三國天下

凌君洋／著

主要人物表

陳　到：字叔至，汝南人，追隨劉備多年，官至征西將軍、永安都督，病卒於任上。

廖　化：字元儉，襄陽人，是支撐蜀國後期的重要將領，官至右車騎將軍、並州刺史。

呂　蒙：字子明，汝南人，東吳第三任都督，官至虎威將軍、南郡太守。荊襄之戰後病死。

曹　操：字孟德，譙郡人，東漢末年軍閥，魏國的建立者，封魏王，死後其子曹丕廢漢稱帝，追謚為魏武帝。

劉　備：字玄德，涿郡人，東漢末年義軍首領，蜀國的建立者，進位漢中王，後稱帝，死後追謚漢昭烈帝。

諸葛亮：字孔明，琅琊陽都人，劉備重要謀士，官拜軍師將軍，建蜀後任丞相，病卒於五丈原北伐大營。

關　羽：字雲長，河東解人，追隨劉備組織義軍，官至前將軍，都董荊州事，後被呂蒙打敗，被擒殺於漳水。

張飛：字翼德，涿郡人，追隨劉備組織義軍，官至車騎將軍、巴西太守，征吳時被部下刺殺。

趙雲：字子龍，常山正定人，追隨劉備多年，官至鎮東將軍，第一次北伐後病死。

孫權：字仲謀，吳郡人，繼承其父兄基業，吳國的建立者，曾向曹丕稱臣，封吳王，後稱帝，死後追謚為吳大帝。

周瑜：字公瑾，廬江人，東吳第一任都督，官至偏將軍、南郡太守，暴病後卒於巴丘。

魯肅：字子敬，臨淮人，東吳第二任都督，致力於維護孫劉聯盟，官至奮武校尉，卒於任上。

于禁：字文則，泰山郡人，曹魏五大將之一，官至左將軍，荊襄之戰被俘，後幾經輾轉歸魏。

程昱：字仲德，東郡人，曹操重要謀士，官至衛尉，終老於魏。

劉表：字景升，兗州人，東漢末年名士「八俊」之一，劉備同宗，荊州牧，病死於任上。

劉璋：字季玉，江夏人，劉備同宗，益州牧，劉備入川時投降，被遷往公安閒居終老。

李嚴：字正方，南陽人，先後侍奉劉表、劉璋，劉備入川時投降，官至中都護、驃騎將軍，因瀆職被罷官，病死於梓潼。

目次

第一章　蒼天與黃天

沉浸在悲痛中的少年們

「爹！你挺住啊！挺住啊……」

一個瘦弱到已經失去人形的孩子，撲在同樣瘦弱的父親身上大哭。

孩子的父親連病帶餓，早已奄奄一息了。只是，他放心不下自己的孩子，自己死後，兒子由誰來照看？不也得像自己這樣痛苦的死去？

只怪世道不好，碰上了亂世，老百姓也只好自認倒楣了。

彌留之即，他斷斷續續說了幾句話，聲音輕的只有他自己聽得見：

「寧為盛世雞犬，不為亂世諸侯……」

孩子也聽到了，看著死去的父親，只顧大把流淚……

這是東漢中平元年（西元一八四年）汝南城中發生的一件事——亂世中的百姓都是這樣無

聲無息死去的。

這一年，爆發了全國性的黃巾起義。

黃巾起義是由東漢末年一個鉅鹿縣鄉村的讀書人張角發起的。張角其人不僅長於讀書，又通醫術，平日與人研究學問，也曾到處為民治病，甚得民心。眼看官場腐敗，奸臣當道，便萌發了推翻腐朽東漢王朝的雄心壯志。他在民間組織「太平道」，信奉中黃太一之神，並以《太平清領書》作為太平道的聖經，宣傳「黃天太平」的思想。他聯合自己的兄弟張梁、張寶與其助手在各處活動。借佈道行醫來發展會眾。追隨者數以十萬計，已是大有揭竿而起一呼百應之勢。然而統治者卻醉生夢死，竟以為張角兄弟因教化民眾而民眾歸之。

早在中平元年前一年，也就是光和六年，張角就命各地會眾一夜間用白土塗的「甲子」二字遍佈京城與州郡官府的門牆。另外，他們還精心策劃了宣傳讖言：「蒼天已死，黃天當立；歲在甲子，天下大吉。」「蒼天」暗指東漢王朝；「黃天」即黃巾軍。很明顯，讖言的意思是「黃天」將代替「蒼天」，時間就在甲子年。

張角兄弟早就把會眾分為三十六方，物色了文武兼備的三十六人為各方統帥，最後決定於甲子年三月五日舉行起義。會眾都摩拳擦掌，只待一聲令下揭竿而起了。

想不到張角的一個弟子卻在起義約定時間前兩個月向官府告發了，出賣了黃巾起義的全部計畫。一時間，許多太平道會眾和與其有瓜葛的百姓都被官府捕殺，黃巾軍重要將領馬元義也被捕，被處車裂之刑。

聞知消息的張角兄弟連夜派人通知三十六方立刻舉行起義，不到十天，起義軍遍佈天下，起義軍以頭裹黃巾作為標誌，故稱「黃巾軍」。朝野震動，天下大亂，當時的皇帝漢靈帝急得如熱鍋上的螞蟻，面對雪片似的告急文書，一籌莫展。直到一個月後才從各地調集軍隊鎮壓起義軍，另外也採取了一些防衛的措施保衛京城防止黃巾軍侵擾。

汝南城離黃巾軍活動最頻繁的穎川很近，黃巾之亂自然也不可避免的席捲了這個已經滿目瘡痍的城市。從穎川敗退到汝南的官軍打黃巾不行，搶劫老百姓倒是氣勢洶洶，原本並不十分富裕的汝南幾乎被搶掠一空。但是很快的，駐守汝南的官軍也溜之大吉了，黃巾軍趁勢佔領了汝南。

那個孩子埋葬了死去的父親後，投奔了黃巾軍。

他的兩個夥伴為他送行。三人聚在他的破屋裏。

死了父親的孩子，姓廖名化，字元儉。年齡比他的兩個夥伴大一點，原為襄陽人，後流落至汝南與其父相依為命。但廖化父不久前染上了重病，家裏窮的叮噹響，根本沒錢治療。所以才有了本章開頭的那一幕。

兩個為廖化送行的孩子，一個姓陳名到，字叔至；另一個姓呂名蒙，字子明，都是世代生活在汝南的平常人家。雖不是什麼富商巨賈，但也可算家財頗豐，在亂世中吃飽穿暖問題不大。兩人同年，虛歲九歲，呂蒙比陳到大三個月。

這三人是好朋友，大家可以說是一起玩大的夥伴。現在面對分別，怎能不傷心？更何況三人都還是孩子，雖然三人平時就顯示出不同常人的剛毅勇武，但是遇到這樣離愁別苦的事，心中的痛苦自然不必多說。只聽廖化說道：

「叔至、子明，我去投奔黃巾軍，此去不知生死，也不知以後是否還有機會見面，以後大家不在一起了，要好好照顧自己啊！」

「元儉哥，你別去投黃巾了！你爹爹不在了，我們會幫你度過難關的，投黃巾生死未卜，不到窮途末路千萬別做這種事啊！」呂蒙強忍著淚水，用顫抖的語調勸阻廖化。但是他很清楚這也是白搭，大家彼此都很瞭解對方。廖化是三人中最年長也是最固執的，他做出的決定，都是經過仔細考慮，再也不會改變的。

果然，廖化帶著一絲苦笑，搖了搖頭，接著說：「我已經決定了，黃巾軍是為百姓、為天下而戰的，我去投奔他們沒錯，如果可以推翻腐朽的漢王朝，也就對得起自己、對得起父親了。你們倆這麼多年給我們父子的照顧很大了，我不能再麻煩你們了……」廖化說著說著，斗大的淚水終於的落下了。

「子明，元儉哥去意已決，不要強留他了。」說話的是陳到，他雖然年齡是三人中最小的，但是廖化和呂蒙都很佩服這個小弟弟，原因就是他做事穩重又善解人意。每次呂蒙或廖化與地痞流氓打架爭吵，或者欺負了財主家的少爺，都是由陳到出面解決問題：勸架啦、賠不是啦、有時候看情況不妙就掩護兩人逃走。如果沒有他，廖化和呂蒙恐怕老早被抓到大牢裏了。

這次面對廖化的選擇，陳到不置可否，沒有勸阻，也沒有支持。

他略微停了一下，很誠懇的對廖化說：「元儉哥，投黃巾不是什麼壞事，但是千萬要多加小心，我看黃巾雖然人數眾多，但是多為烏合之眾，如果真能成事自然好，萬一戰況不利，千萬別做那種殉葬的傻事！」

廖化不解，陳到平時最講信義，怎麼會出這樣背信棄義的主意呢？他急忙問到：「叔至，我廖化也是一個頂天立地的男人，怎麼會做叛徒呢？」

呂蒙也大聲附和：「叔至你怎麼這樣啊，平時裝作正人君子，一到關鍵時刻馬上變叛徒。」

陳到微微一笑，那笑中包含的是對朋友理解與寬容。他從容不迫地說：「眼下這個世道，叫咱老百姓怎麼活？老百姓活不下去了，就會起來拚死反抗。狗急了尚且會跳牆，何況人乎？」

兩人都點點頭。

陳到停頓了一下，接著說：「所以啊，黃巾起義那只是個開端，遠不是結束。大大小小的起義必將如雨後春筍一樣冒出來。黃巾起義由於叛徒的出賣，自己的陣腳早已經亂了，同時也說明黃巾軍內部人員複雜，存在著不少渣滓；再者，我看張角兄弟他們都不是成大事的料，以後很可能為官軍所敗，正所謂『亂世出英雄』，我看朝廷裏倒可能會出現一些幹練的軍事統帥，他們才是以後有實權的人。所以現在還很難說將來的情形會怎麼樣。如果元儉哥你在起義失敗後白白送死，那就無法發揮你真正的才能，也就無法報效國家了。」

廖化、呂蒙聽完，不由得對陳到又多出了三分敬意，小小年紀就對這個亂世有如此精到的分析，真是不簡單啊！廖化真誠地感謝陳到：「謝謝你了，叔至！我此去一定要打出一片天下，如果實在不行了，大丈夫能屈能伸嘛！」

呂蒙在一邊插不上話，只是輕輕說了一句：「當心隔牆有耳，說話輕點！」

陳到立刻吐了吐舌頭，滿懷歉意地說：「我差點忘記了，是得小心點。剛才那番話不管是被官府聽到還是被黃巾軍聽到，我都難逃一死啊。」

廖化背上了自己的包袱，其實裏面什麼值錢的東西都沒有，就一雙破草鞋和一件打滿補丁的衣服，外加一件蓑衣，這蓑衣還是呂蒙送他擋雨的。他深情地望著這兩個夥伴，道了一聲：「子明、叔至，我去了！多多保重！」

兩人拿出了不多的一點錢——是三個人一起積攢了以備不時之需的，埋葬廖化父親就用掉了其中的一半，他們把剩餘的錢都塞在了廖化的包袱裏，道了聲：「元儉哥，多多保重！」

兩人目送廖化走向黃巾軍的營壘。

廖化走出去好遠，回頭一看，他們倆還在揮手，不停地揮手……

淚水，再次從他的眼中汩汩流下……

黃巾軍的生活

廖化很快被收錄在穎川黃巾軍首領波才的手下。開始了一段與過去完全不同的生活。

他每天與和他一樣投奔黃巾軍的人生活在一起。這些人中有被租稅壓榨而破產的農民，也有和廖化一樣家破人亡的少年，他們都對朝廷滿懷著刻骨的仇恨，只是希望能在戰鬥中殺掉幾個官軍，來告慰自己死去的親人；同時，他還發現就如陳到所說的那樣，黃巾軍裏的確有許多人品低劣的市井之徒，他們或者是心術不正的江湖騙子，或者是希望能在戰鬥中發財的地痞流氓。甚至還有朝廷官府的探子。只是，廖化沒有什麼證據，也不能隨便亂說。

他時常一個人發呆，心裏想著：「難道黃巾軍真的如陳到所說，是群烏合之眾？」幾天來的所聞所感，早已使他心中涼了半截。

廖化每天都要進行軍事訓練。在訓練中，他涼了半截的心又有了一絲寬慰，因為他發覺雖然黃巾軍魚龍混雜，但其中確有一些優秀的人，特別是廖化所在小隊的隊長。他姓張，無名，使得一手好槍法。大家正式的時候叫他張鐵槍，平時叫鐵槍張。鐵槍張不但槍法好，人也熱情精神，待人接物都很有一套。他對廖化很好，總是把他當弟弟來看待。開始時這頗有些讓做了很長時間大哥的廖化不太習慣。但很快，廖化便完全溶入了這個陌生的新世界裏。

白天的訓練總是很累，但是一到了休息時間，大家都說說笑笑的，鐵槍張更是忙裏忙外端茶倒水，一副笑眯眯的面孔，儼然一個店小二。

其實鐵槍張的確曾經是京城一家小酒店的夥計，本來小日子也過得去，可惜命不好遇上了亂世。亂世中哪兒有百姓的活路？小酒店被官軍土匪勒索的入不敷出，老闆只好關門大吉。送了鐵槍張幾個錢當路費。沒想到就這幾個小錢也在鐵槍張回鄉的路上被強盜搶走了，自己還被打得半死不活。幸好他遇到了一個江湖俠客，這位俠客不但為他療傷，還教了他一套槍法，更重要的是，俠客還教會了他面對不平的世道要反抗的道理。就這樣，一個原本手無縛雞之力的酒店小夥計，成了勇敢無畏、有目標理想的戰士。

這位俠客就是已經被捕就義的黃巾軍將領馬元義。

聽到馬元義被殺的消息，鐵槍張悲痛欲絕，由於當時官府正在到處搜查「黃巾亂黨」，他就近投奔了馬元義之友，也是三十六方將軍之一的波才。波才看他槍法使得好，又是受馬元義影響加入黃巾軍的，便任命他為隊長，負責對一些新戰士進行軍事訓練。

軍旅生活畢竟是危險的，鐵槍張在不長的起義生涯中已經深深體會到，心中卻總是充滿了希望。只要還活著一天，就要為自己熱衷的事業獻上自己的力量。

很快的，官軍的討伐開始了。

討伐穎川黃巾軍的是左中郎將皇甫嵩與右中郎將朱雋。

波才和其他幕僚正在商量著這場戰役的對策，因為對付地方的官軍，剽悍的起義軍足以壓倒那些膽小如鼠、心懷異志的官軍；但是現在的對手是由絕對忠於朝廷的皇甫嵩、朱雋率領的禁軍。禁軍雖說久不操練，畢竟也是朝廷選出來的精銳之師，要想打敗他們恐怕就不是很簡單的事了。

商量來商量去，最後也沒商量出個頭緒。波才決定以逸待勞，趁官軍初到立足未穩，打他一個措手不及。

再說皇甫嵩、朱雋兩人統帥了四萬軍馬，浩浩蕩蕩開赴穎川戰場。朱雋的軍隊還沒來得及安營紮寨，就被如排山倒海的黃巾軍打垮了，身為黃巾軍其中一員的廖化，也頭裹黃巾使盡本領殺敵立功。官軍不辨東西自相踐踏，死傷慘重。甚至還衝散了皇甫嵩的一部分軍隊。兩人不得已只得退軍長社縣駐守待援。

波才哪肯放棄這殲滅敵人的大好時機？他立刻率領黃巾軍包圍了長社縣。漫山遍野，黃巾滾滾。皇甫嵩和朱雋的大軍人心惶惶，只得堅守不出。

波才眼看急切攻城不下，便駐紮在城外，企圖困死敵人。

連續的戰鬥，使得黃巾軍疲憊不堪，大家都伏睡在營壘中，廖化也累得趴在草堆上呼呼睡去。

鐵槍張輪到站崗，他默默地拄著從不離身的鐵槍，注視著遠方，隨時保持著高度警惕的狀態；另外一個站崗的哨兵卻是昏昏沉沉地見了周公。鐵槍張知道他很累了，沒有打擾他。

所有黃巾軍都沒想到的是，他們已經掉入皇甫嵩和朱雋設計的大陷阱中去了。

皇甫嵩命令部分軍士捆紮好了蘆葦做火把，埋伏在城頭上。朱雋選出數百精銳偷偷出城，潛入黃巾軍營。

黃巾軍營裏唯一沒睡的恐怕只有一個人，那就是鐵槍張。

他似乎聽到了敵人的腳步聲，但是又不能肯定，出於警惕想叫醒那個熟睡的哨兵。可是哨兵怎麼也醒不過來，還打著呼呢。

就是這麼短的時間，不易察覺的碎步聲被整齊清晰的腳步聲代替了。

鐵槍張大喊：「口令？」

沒有回音，但腳步聲越發清晰了。

「敵人來偷營了，大家快起來啊！」聽不到回音的鐵槍張，朝營壘裏發出了警報。

話音未落，一支流箭飛來，正中鐵槍張的胸膛，之後又是接連幾箭，箭箭都中了要害。

他猝然倒下了，那柄鐵槍深深扎入泥土裏，他甚至來不及做最後一次反擊，來不及嘔出那口猩紅之血……

那個還在夢鄉裏的哨兵，也從周公那兒直接到閻王殿報到了。

營壘裏還是靜悄悄的，似乎鐵槍張用生命換來的警報沒起作用。

但是廖化在睡夢中卻聽到了，很清晰地聽到了，他立刻站起身來大喊：「弟兄們快起來啊！官軍來偷營啦！大家快起來啊！快起來啊！」

終於驚醒了一些睡得不是很熟的人。

但是，已經太晚了。

那數百名精銳早已在營中到處縱火，又大聲呼喊。火借風勢，風助火威。一瞬間黃巾軍營壘就陷入了火海之中，皇甫嵩、朱雋從城頭上看到已經得手，便命令城上士兵也點起火把大聲呼應。同時親自率領兵馬從城中衝出，突入黃巾營壘。

黃巾軍戰士被這突如其來的情況打懵了，一個個來不及披鎧拿盾便抄起兵器和敵人打起來，但是沒有了平時的勇烈，人人都是機械似的揮舞著手中武器，不知道戰鬥的意義。

鼓角聲、馬蹄聲、武器碰擊的鏗鏘聲、戰士臨死時的呻吟聲，融合成了人世間最淒慘的曲調。這是由死亡譜成的曲子，每一個音符都是由死去戰士的鮮血畫上的，奇怪的是人類卻特別喜歡這種曲調，人類的歷史中，每朝每代都在重複著，沒有一個譜寫者感到厭倦。

廖化因反應較快，所以頭腦還比較清醒，戰鬥中一刻也沒失去理智，陳到的話再次浮現在他的腦海中——留下有用之身，以待東山再起。

天漸漸亮了，廝殺卻沒有停止的跡象。遠遠的地方塵土飛揚，是的，官府的援軍到了。但是黃巾軍卻是那麼的孤立無援。他們由包圍敵人變化為被敵人包圍。

援軍的為首一將，姓曹名操，字孟德，剛被朝廷任命為騎都尉。他率領了數千羽林鐵騎氣勢洶洶地衝入黃巾營盤。原本已經亂七八糟的黃巾軍在鐵騎的衝擊下，損失慘重。波才一看形勢已經無法挽回，便率領殘部突圍，廖化也僥倖殺了出來，跟著波才往陽翟方向撤退。

曹操與皇甫嵩、朱儁合兵一處，沿途追擊波才軍。波才無心應戰，只是一路奔逃，這一仗，黃巾軍損失數萬人，地上到處可見沾滿鮮血的黃巾。

皇甫嵩、朱儁對黃巾軍來了個「依樣畫葫蘆」——仿照黃巾軍在長社縣包圍官軍一樣，在陽翟設下重重包圍。同時派兵攻打被黃巾軍佔領的汝南、穎川、陳州，連戰告捷。

皇甫嵩和朱儁因功分別被封為都鄉侯、西鄉侯。眼看穎川黃巾軍已經成不了氣候，朝廷令皇甫嵩攻打東郡黃巾軍，朱儁攻打南陽黃巾軍。

廖化得知鐵槍張死訊，大哭一場。面對這場戰役的失利，他已對黃巾軍感到絕望了。

預言

官軍自動放棄對陽翟的包圍，使這支危在旦夕的黃巾軍獲得了難得的喘息機會。其他戰場也陸續有消息傳來。

黃巾軍的首領張角兄弟在河北與朝廷派遣的北中郎將盧植數戰不利，旬月間死傷萬餘人，不得不退守鉅鹿郡的廣宗縣，死守不出。盧植採取了穩紮穩打的戰術，一面命士兵挖壕溝築土山圍困廣宗縣，一面督造雲梯，日夜派兵攻城。沒過幾天，城內形勢岌岌可危，已經有意志不堅定的黃巾軍在晚上逃出城投降官軍。

但是這時盧植與前來軍營「視察」的太監起了衝突，盧植為官清廉，不屑於向一個太監阿諛奉承。結果太監寫了一封彈劾盧植的奏摺送到漢靈帝手中，盧植立刻從朝廷任命的大將變成了蹲囚車的犯人。

替換盧植的東中郎將董卓連連被張角反撲，張角勢力幾乎重新坐大。朝廷被迫命朱儁繼續對付穎川黃巾軍，調皇甫嵩北上攻打張角兄弟的主力軍。

張角派弟弟張梁迎戰皇甫嵩，黃巾軍打敗了董卓，士氣正旺盛，皇甫嵩初戰不利，退兵二十里下寨。

正當廖化以為黃巾軍將要再次崛起時，一個噩耗傳來——廣宗縣爆發瘟疫，黃巾軍病死了好多人，首領張角也染病身亡。雖然張梁秘不發喪，但是一些黃巾軍趁亂向官軍投降，說出了張角已死的消息。皇甫嵩經過偵察後，賭上了全部的力量突襲黃巾大營。張梁猝不及防，倉促應戰，雖然情形萬分不利，但是他卻率軍始終奮力抵抗，毫不畏懼，英勇戰死。

這場戰鬥中，黃巾軍陣亡三萬餘人，另有五萬餘人大多投河自盡；官軍也付出了死傷數萬人的代價。廣宗城外屍橫遍野、血流成河。

皇甫嵩為了不失去戰機，稍稍補充了一下兵力，在十一月向河北晉縣的張寶軍發起最後的總攻，張寶軍勢單力孤，在下曲陽被皇甫嵩打敗，張寶本人也力戰而死。

無論如何，張角兄弟已經全部死了，這股使漢王朝搖搖欲墜的滾滾黃流也算被勉強鎮壓下去了。

下曲陽之戰後，各地的黃巾軍紛紛向官軍投降；也有一部分佔山為王，做起了強盜；只有很少的一部分還在繼續為「黃天」鬥爭著。

波才的穎川黃巾軍也被打敗了，波才也和張角兄弟一樣戰死了。廖化想起了陳到的預言，黃巾起義只持續了九個月就被鎮壓了，他愈加佩服陳到的遠見。他不願意為黃巾軍殉葬，但是投降官軍也是他所不願意的事，他想回汝南找陳到、呂蒙，問問以後該怎麼辦。但是官軍對黃巾餘黨搜捕得緊，他根本回不到汝南。

一咬牙，和一起逃出來的黃巾軍杜遠聚集了百餘人，佔領了一個沒有名字的小山頭。靠劫掠為生了。

「權當幾天山大王吧！」廖化自嘲起來。他覺得當山大王是對自己的一種嘲弄——曾經胸懷報國之志的自己居然當起了黑臉強盜，難道真的是命運嗎？

他想等官軍搜捕黃巾餘黨的風頭過去後，回汝南和兩個夥伴過平常人的生活。可是他沒想到，就是這麼一個小小的願望，在亂世中也幾乎都是不可能實現的。

中平二年初春，陳到、呂蒙兩人都沒有過好這個年，心情都很沉重。黃巾軍的覆滅還不是最主要的，陳到早就叫呂蒙不要抱太大希望，所以呂蒙也沒太在意。但是廖化卻始終沒有回鄉，這可急壞了呂蒙。大年初一拜完年，就急急忙忙找陳到商量。兩人相約聚在陳到家裏。

「叔至，元儉哥會不會真的出事了？黃巾起義已經被鎮壓了，如果元儉哥逃過了官府的追捕，他早就該回汝南了啊！怎麼現在還不回來？」呂蒙急不可待，一見到陳到便連珠炮般發問。

陳到連忙捂住他嘴，低聲斥責道：「子明！白長一歲了？忘記元儉哥出發時你怎麼提醒我的？小心隔牆有耳！」

急躁的呂蒙立刻冷靜了下來，他壓低聲音說道：「我是急的呀！你小子平時就老是喜歡預言，你預言一下元儉哥到底會不會回來？」

陳到臉上閃出一絲苦笑，接著說：「如果我真能預言的話，我還是人嗎？早就變成泥菩薩被供在廟裏了。」他停頓了一下，接著說：「在前一次的長社縣之戰中，元儉哥所在的穎川黃巾軍損失慘重，元儉哥可能就在……」

「胡說！」呂蒙突然大聲叫道：「誰說元儉哥死了？他肯定還在某個地方好好活著呢！我相信他還活著！他一定還活著！你再亂說，小心我揍你！」

陳到等呂蒙說完，長長歎了口氣。誰會希望廖化死掉呢？大家都是好朋友，最不願意看到的就是死亡。可是，誰又知道廖化生死？

陳到嘗試著找個輕鬆的話題：「子明，今年拿了多少壓歲錢？」

呂蒙倒認真起來了：「叔至，你再做個預言，如果讓你料中了，今年我的壓歲錢全給你了，如果你料差了，哼哼！」

呂蒙這個「哼哼」，包含著很深的潛臺詞，陳到聽了，雖然明知呂蒙不會和他太過不去，但是一定會懲罰自己。

陳到閉上了眼睛，用莊重的語氣，緩緩說道：

「如果元儉哥沒有在長社縣之戰中死去，那他一定還活著，只是一時回不來而已，我們不用擔心。今年我們一定能得到他的消息。對，一定可以的！如果我說錯了，任由你處罰！」

呂蒙見陳到真的做出了預言，感動極了，他也用堅定的聲音說：「我相信！元儉哥沒死！你的預言沒錯！」

「還有……」陳到欲言又止。

「還有什麼？」呂蒙已經猜到了八九分。

「你的壓歲錢歸我，呵呵！」陳到終於說了出來——倒不是真的要錢，不過就是和呂蒙開開玩笑。

想不到呂蒙解下腰間的錢袋，看也不看就遞給了陳到：「壓歲錢全在裏面了，如果元儉哥……我要你加倍奉還！」

「是是是，一定一定。」陳到正愁今年壓歲錢拿得少，想不到來了一筆橫財，正想全部收下，突然覺得不妥當。他把錢袋交還給呂蒙，說：「等預言實現的時候再給我吧，可不許偷偷用掉哦！」

「好！走，我們吃湯糰去。我娘包了好多呢！」呂蒙快樂地說。

「不不不，今天你是客人，理應受我們家的款待，午飯來我家吃吧！」陳到也邀請呂蒙在家吃飯。

「對了，我們去比比腕力，上次我輸給了你，不甘心，今天一定要贏回來，倒時候可別哭啊！」

「想得倒美，你以為我會輸你？實話告訴你，上次和你比我還放水了呢，看你這次會輸得多難看！」

兩人手挽手，邊說著話邊蹦蹦跳跳走向院子，一點也看不出剛才那著急的樣兒。他們還是孩子，孩子的天性本該如此。這也只能是亂世中的一個亮點，暴風雨中的片刻安寧。

這次輪到我了

陳到和呂蒙兩人依舊過著原來的生活，雖然官軍對黃巾餘黨查得緊，但是由於陳到事先的忠告，兩家人並沒有和黃巾有什麼來往，兩個孩子固然與廖化來往甚密，可他們在來搜查的士卒面前一口否認，又遞上了一些銀兩，倒也相安無事。

轉眼又近了年關，兩人的衣服也越穿越厚，這一年下來，沒有一點兒廖化的消息。主要問題就是他們不能明目張膽的打聽，最怕官府的人懷疑到自己頭上。如果隨便打聽，即使打聽到了廖化的消息，那也是在害他——朝廷這次被黃巾軍弄得可以說是嚇傷了膽，一聽「黃巾餘黨」這四個字，就是殺。如果陳呂兩人打聽到了廖化的消息，官府也一樣能打聽到，到時候，恐怕就得在監獄裏相會了。

就為了這個，快過年的時候，呂蒙接連好幾天對陳到虎著臉，一見面就陰陽怪氣但不忘低聲地說：「大預言家陳叔至，您老人家好。能預言一下官府什麼時候抓到元儉哥嗎？我給您十年的壓歲錢……」

陳到很苦惱，他也沒想到會弄到這樣的地步。廖化生死不明已經很糟糕了，更加糟糕的是預言的一年期限快到了，萬一在大年初一前沒得到他的消息，呂蒙和自己徹底鬧翻也不是什麼不可能的事情。這幾天他急得飯也吃不好，一天到晚就想著這件事。

終於到了大年夜，雖然平時百姓大多食不果腹，但是年夜飯卻是一年的團圓飯，家家都做的異常豐富，平時連糧食都沒有的窮人家，也都拿出紅燒肉紅燒魚。孩子是最得實惠的，不僅吃好，還有新衣穿，壓歲錢拿。

這一切的一切，在呂蒙眼裏都不重要，重要的是廖化的安危。在陳到眼裏又何嘗不是這樣呢？如果能讓廖化回到他們眼前，即使以後永遠不過年那有又什麼關係呢？

這頓年夜飯，兩人都沒吃好，隨便扒了幾口飯後便以放鞭炮為名，匆匆離了飯桌。

冬日的夜，寒冷，兩人的心也好似這寒冷的夜。遠處，鞭炮聲稀稀拉拉的傳來，但是卻一點也不令人覺得祥和，反倒襯托出了一種肅殺的感覺。

兩人走出很遠，呂蒙先止步問道：「叔至，還沒元儉哥的消息嗎？」

陳到沉默不言。

呂蒙加重了語調：「你不是預言說今天一定會得到消息的嗎？」

陳到似乎想說什麼，他的嘴唇微微打開，呼出了一口氣。

呂蒙又加重了移調：「怎麼？裝起啞巴來了？你倒是說話呀！」

陳到終於說話了：「我已經得到了元儉哥的消息，但是沒經過證實，而且我說了出來，你多半也以為我是現編現賣。」

呂蒙一聽，大喜過望：「你倒是說呀！涵養功夫那麼好啊！」

陳到用的語調異常低沉：「子明，元儉哥還活著……」

呂蒙立刻打斷了他：「搞什麼啊！元儉哥還活著，你怎麼哭喪著臉？哈哈！元儉哥真的還活著！還活著！」

「但是，他可能落草為寇了。」陳到緩緩把話補充完整。

這條消息，好似一個晴天霹靂打在呂蒙身上，他立刻呆住了，呆呆地望著陳到，彷彿不認識他一般。

陳到一聲不響。

「你……你騙人！騙人！元儉哥怎麼會落草當強盜？他是最講信義的人啊！怎麼會去做打家劫舍的強盜呢？不可能……絕對不可能！果然是你在胡說！」

呂蒙語無倫次，整個人處於崩潰的邊緣：如果廖化在黃巾起義中戰死了，他就是為了百姓為了天下而死的，至少，在呂蒙心目中，他是英雄；但是如果廖化成了打家劫舍的黑臉強盜，那他就與百姓成了對立面，成了真正的罪人，呂蒙打心眼裏瞧不起強盜。

廖化高大的形象，瞬間在呂蒙的心中崩塌。

面對失態的呂蒙，陳到心中也不好受，真有點後悔告訴他真相。

陳到是怎麼得到廖化消息的？那還得從廖化當了「山大王」說起。

話說廖化佔山為王，他在黃巾軍裏已經是頗有名望了，但是年齡比較小，做了「二寨主」，一起逃出來的杜遠做了「大寨主」，大概聚了一百來人，有逃亡的黃巾餘黨，也有走投無路的窮苦百姓。官府竭力討伐黃巾，他們扯下了黃巾，倒也不見官軍前來鎮壓。樂得大家平安無事。

雖然沒有官府的討伐，但是到底也要數百號的人，吃飯就是個大問題。只好去搶了。杜遠沒什麼遠見，大多數事都由廖化處理。廖化約束手下，只能「劫富」，不能傷害到無辜的窮苦百姓——有時候還「濟貧」，送衣送飯送藥，救貧苦百姓與危難之中，卻從不留名。廖化山寨中人大多數是黃巾軍，少數是貧苦百姓，都瞭解百姓的疾苦，願意分東西給他們。百姓們都念及他們的好處，都稱之為「俠盜」，受過恩惠的百姓都是早晚一炷香，祝願「山大王」長命百歲。

日子就這樣一天一天過去，廖化也漸漸習慣了落草的生活。放蕩不羈是他的本性，雖說做了強盜，卻也沒做什麼傷天害理的事。他很驕傲，甚至開始喜歡這樣自由的生活。雖然有時也會聽到官府準備鎮壓他們的消息，但是每次都是只打雷不下雨，時間長了也就習慣了。

廖化不是糊塗人，知道自己和杜遠率領的不過就是一支烏合之眾，別說是遇到官軍的討伐，只要糧食供應發生困難，隊伍就會一哄而散。好在廖化本無長久落草念頭，但是不能讓自己的命丟在這座不知名的小山頭裏。他開始編排自己的隊伍，用過去在黃巾軍營裏學到的訓練法進行訓練。還在山寨附近布下暗哨和巡邏隊。小小的山寨在這一年中漸漸發展到大約五百人。在廖化的苦心經營下，小小山寨開始初具規模。杜遠雖說為寨主，其實寨中大小事務基本都由廖化處理。寨中嘍囉看他雖然年紀不大，卻有不凡的才能，無不暗暗欽佩。

看看年關將近，廖化還是不放鬆山寨的戒備，每天都派人巡邏，有時候不放心還親自到處查看。

一日他閒著無事，穿上新做的棉襖，下山巡視，他一眼就看到了兩個自己派遣下山巡邏的嘍囉在搶劫一個過路人。本來強盜搶劫也是情理之中的事，但是廖化卻從不把自己或自己的嘍囉等同於普通強盜。當下大喝：「住手！你們在做什麼！」

其中一個嘍囉一看，是管事的「大寨主」來了，忙分辯說：「二寨主！他是平時欺壓百姓的奸商，我們正想給他點教訓呢！」

廖化一聽，不置可否。那個過路人搗蒜般地磕頭，口裏「大王饒命」叫個不停，頭也不敢抬。廖化用手支起他的頭一看，「哎呀！」一聲驚叫起來。

廖化為何驚慌？那人便是自己舊日的鄰居李大。李大是個和藹的小商販，廖化和他爹剛從襄陽搬到汝南時，這個李大給了廖化父子很大的幫助。廖化一直把李大當成自己的親人看待。卻不知李大這年出去販賣東西折了本錢，本想回鄉休整一下再圖翻身，卻在這裏巧遇了自己。

看見了自己久違的鄉親，廖化也不禁開始想念家鄉。可是這裏的弟兄們需要他，他不能走，絕對不能。

廖化強忍著眼中的淚水對李大說：「李叔叔，元儉無能，已經落草為寇。但是我立誓，有生之年絕對不做愧對祖宗的事。我還是一個頂天立地的漢子，我永遠會為百姓而戰！」

他突然想起陳到和呂蒙這兩個好夥伴，停頓了一下接著說：「麻煩李叔叔給我的兩位朋友陳到、呂蒙帶個口信，就說元儉還活著，他還要幹一番事業，暫時回不來。」眼見李大懼怕自己的模樣，心中陡然一酸，淚水再也忍不住了……

廖化給了李大一些錢當盤纏，想要再說些什麼，卻什麼也說不出口了。李大走了，他只是呆滯地望著李大遠去的背影……

回寨後，他破天荒地自斟自飲——廖化總認為酒醉誤事，釀酒又浪費糧食，他幾乎是滴酒不沾的。頭一回喝酒自然是喝的醉醺醺的。杜遠和其他嘍囉看見他這樣，不敢勸阻他。

只見廖化醉醺醺地走向寨外，高聲喝道——

「蒼天已死，黃天亦死，這次輪到我了！」

寨中幾乎人人都相信什麼是酒後吐真言。廖化的聲音傳出去好遠好遠，杜遠和嘍囉們都看呆了。

江南！我要下江南！

廖化又怎麼會知道，自己在寨中的情況，早就被回鄉後的李大加油添醋地和陳到說了。李大因呂蒙性情剛烈，不敢和他說，便由陳到轉告了。

廖化落草，打著的是「劫富濟貧」的旗號，卻被呂蒙誤解為「殺人越貨」。

就這樣，呂蒙在一瞬間做出了近乎荒唐的決定：「我要做大將軍，殺光天下的強盜。當然也絕對饒不了廖化。」

這個決定，他連陳到都沒敢告訴，但是呂蒙認為首先要做的，就是要多多閱歷這個世界，才能在未來的亂世中不至於失去方向，變得和廖化一樣。

大年夜，兩人無語分手，雖說還要守歲，卻是一點心情也沒有。呂蒙母親看著兒子心事重重，不禁潸然淚下——因為她也有大事要告訴呂蒙。

「子明，你喜歡住在汝南嗎？」呂蒙母親輕輕問道。

「娘，當然喜歡啊！您怎麼問這個問題？」呂蒙覺得很奇怪。

「哦，喜歡就好，喜歡就好。新的一年裏，有什麼新的打算嗎？」

「我嘛，當然是要向對門陳家的叔至好好學習啦，他跟我一樣有力氣，但是腦子卻比我好使多了，我想要做大將軍，單憑力氣恐怕不行，還要多多動腦才行。」呂蒙在母親面前自豪地說著，他承認自己在很多方面不如陳到，但是卻又不肯服輸。

呂蒙母親輕輕歎了口氣：「唉，可惜呀，可惜陳家叔至賢侄與你年齡相當又志趣相同，真是一個難得的好夥伴。我們已經準備舉家遷移到江南，在那兒，你恐怕就沒有叔至賢侄這樣的好朋友了！」

呂蒙又是一驚，已經失去了廖化大哥，居然還要離開陳到。他連聲問：「為什麼？為什麼？在這裏不是住得好好的嗎？」

「孩子，我們家和黃巾餘黨雖然沒有什麼直接的關係，但是你爹爹尚有不少家財，如遇有人貪圖財產存心迫害，誣陷我們私通黃巾，那可是斬首抄家的死罪啊！你爹爹在江南有不少朋友，他們請我們搬過去避禍，娘與爹商量過了，決定搬到江南，江南那兒還不是很混亂，在那裏也許還能過幾天太平日子。你爹爹已經在典當搬運不易的貴重物品了，只要今晚收拾完細軟，明天就好動身。只是……」呂蒙母親低聲地說，但是說著說著，便說不下去了。

呂蒙原本甚是心不在焉，連父親不在都未發覺，原來是去典當東西了。

真是一波未平一波又起，呂蒙還只是一個孩子，聽了母親這番話，一時間竟放聲大哭。

呂蒙母親看了心都要碎了，天下父母誰會願意看到自己孩兒哭呢？更何況呂蒙是何等堅強的孩子，她深深知道「男兒有淚不輕彈，只是未到傷心處」的意思，眼見呂蒙如此傷心，也不好再強逼他。柔聲說：「子明，娘也不強迫你，如果你要留下的話，為娘的陪你留卜，照顧到你長大。今天晚上你好好想一想吧！」一邊說著，一邊擦拭著呂蒙的淚水。

這個晚上，呂蒙如何睡得著？

自己該何去何從？呂蒙不知道，這天——中平二年十二月三十日，他的人生徹底改變了。不但和落草的大哥決裂了，又將要離開剩下的夥伴。未來！未來到底會如何？

呂蒙的頭腦昏昏沉沉，乾脆從床上下來，來回在自己的屋子裏走動——他聽得到父母親在忙這忙那和他們低低的談話聲。

「無可挽回了嗎？」呂蒙自言自語，聲音很低。

他坐在椅子上，靜靜想著，直到想得頭昏腦脹也毫無頭緒。苦苦一笑，走向窗邊，靜靜凝視著夜空。

大年三十，天上沒有月亮，天色陰陰的，呂蒙看了一會，興味索然。正準備離開時，天空中突然劃過一顆流星。

流星在陰陰的夜空中，是那麼明亮，劃出了一條好長的弧線後，消失了。

流星，只有一瞬間的生命。但是它給無邊蒼穹帶來的又何只是那一瞬間的輝煌？呂蒙覺得，流星過後，整個天空似乎不再黑暗，再也沒有陰陰的感覺了。

在這一瞬間，呂蒙也得到了生命的啟示。歷史的長河，就如這黑夜的蒼穹；月的陰晴圓缺，就好似治世與亂世；天下英雄，就好比滿天的繁星。其實說到底，月的或陰或缺與天上的星星本身沒有直接的關係，但是在沒有月亮的夜裏，星星總是更加醒目。不是說「亂世出英雄」嗎？

呂蒙有了豁然開朗的感覺，越想越覺得有理：「無論什麼夜晚，一顆流星劃過天際的短暫一瞬，就可以把自己的光輝印在人們的心裏。這光輝雖然不能算異常明亮，但是它的影響甚至可以超過明月呢。」

是啊！自己老是活在廖化和陳到的陰影裏。老是說自己這樣不好那樣不好比不過人家，這樣下去，如何才能打出自己的天下呢？

呂蒙自己心中也有一片世界——天下太平，百姓和樂，老幼皆有所養。正因為如此，不能一直像現在這樣無所事事活下去了。

江南！那裏是一個新的天地！正所謂「塞翁失馬，焉知非福」？自己也可能在江南獲得更大的發展！有什麼不好？

呂蒙想到這裏，不禁洋洋得意起來：「我要做一個真正的我，勇猛剛強的大將軍呂蒙呂子明！廖化、陳到，你們看著吧！」

突然，呂蒙雙膝跪地，單手舉起，竟然向天立誓，聲音雖低，卻是沉穩有力——

「呂子明今生必要成為天下猛將，竊賊鼠輩聞吾之名，必將望風而逃，若此生無法受登壇拜將之禮，願死於刀箭之下！」

說罷起身，感到異常困頓，竟一頭倒在床上沉沉睡去。

第二天清早，睡得正沉的呂蒙被母親喚醒，母親面帶倦容，顯然也是一夜未睡。

她還是柔聲問呂蒙：「子明，決定了是去是留嗎？」

呂蒙揉了一下惺忪睡眼，大聲說道：「娘，孩兒要隨您下江南！我要下江南！」

母親吃了一驚，原本以為呂蒙會大哭要留下，家裏東西都典當了，房屋也賣掉了，要留下來根本就是戲言一句。可是想不到呂蒙竟沒有絲毫的猶豫，一口答應下來，而且還很興奮的樣子。

「子明，你捨得這裏的一切嗎？」母親說著，語氣裏流露著對呂蒙無限的愛憐，她當然知道留下是不可能的，但是她怕這是呂蒙違心說得話，自然要與他說清楚：「以後，咱們再也不回來啦！」

「娘，沒事，我不會太傷心的。我們要下江南了！要下江南了！」呂蒙對背井離鄉的痛苦似乎異常淡漠，卻對未知的未來生活充滿著希望。母親也覺得很欣慰。

呂蒙與鄉親告別後，特地寫了一張「我將下江南，君珍重」的條子，悄悄塞進了陳到的房間裏。他雖說對汝南的一切沒有多大眷戀，但是說起陳到，他又怎麼能忘記這個夥伴？離別是痛苦的，既然痛苦，那就不要見面了！呂蒙這樣想著。

呂蒙一家人收拾完行裝，乘了輛雇傭的大車向南門走去，他哪知在南門口，有個熟悉的身影正等待著他呢。

沒錯，就是陳到。

「子明，要走了怎麼不對老朋友說一聲呀？」陳到故作鎮定，對遠遠而來的呂蒙輕輕招呼了一聲，接著便向呂蒙父母行了個禮。呂蒙父母微微點頭：「叔至賢侄不用多禮，和子明道個別吧！」

呂蒙跳下車，不好意思地說：「唉，我不希望你我哭著離別，想你我相識一場，也算肝膽相照。想不到今日卻如此作別。」

「子明，借一步路說話。」陳到輕輕說道，接著使了個眼色，走向另外一邊。呂蒙會意，快步跟上。

「叔至，謝謝你這麼多年對我的照顧，我此下江南，恐怕是不回來了，自己要多多保重啊！」呂蒙快人快語，說得明明白白。

「子明，我知道攔你不住，你也要好好保重！但在你臨走時，我要告訴你一件事。」陳到看呂蒙如此爽快，當下也不囉嗦，切入正題。

「說吧，我一定牢牢記住。」呂蒙說完便集中精神聽陳到說話。陳到的忠告，呂蒙一句也不想漏掉。

「子明，不要誤解了元儉哥。」陳到推心置腹地說，他看見呂蒙似乎要說什麼，擺擺手表示不要打斷自己，接著說：「我得到了可靠的消息，元儉哥雖然落草，卻只劫富不害貧，算得上是江湖豪傑。你別把他和戲臺上的黑臉強盜混為一談了。」

「叔至，這些消息你從何而來？你怎麼會知道我對元儉哥的態度？」呂蒙不解。

陳到一笑：「你那點小心思怎麼瞞我？放心吧，消息絕對可靠，眼下來不及細說，你們要趕路，我答應你，下次我們見面，我一定會詳細地告訴你。」

呂蒙一愣，明明知道相見之日遙遙無期，陳到卻如此灑脫，足見其人的確高己一等，當下也不禁行了一個禮，高聲道：「叔至，後會有期了！」

陳到還了一個禮：「後會有期！」

陳到目送搭載呂蒙一家的大車，大車漸漸消失在遠方……

呂蒙目視著前方，心中大聲喊道——

「江南！我來了！」

這裏，只剩下了我

汝南在不知不覺中，漸漸安寧起來。

倒不是天下太平百姓和樂，腐敗的朝廷依舊腐敗，痛苦的人民依舊痛苦。在黃巾起義的帶動下，各地的起義猶如雨後春筍一般，幾乎天天都有新的起義爆發，同時也幾乎天天有被「討平」的起義軍。汝南由於曾經是黃巾起義的「重災區」，官府對其的防範自然比其他地方嚴密許多，所以再沒爆發什麼大的起義。

陳到感到從未有過的失落，廖化和呂蒙的離開，很大程度上刺激了自己。廖呂兩人都是崇尚武力的，自己呢？陳到自己覺得出謀劃策本非己所長，但是在三人之中，他倒成了智囊。現在只有自己一個人了，可以開始嘗試走自己的路了。

可是，鍛煉自己的路還沒開始，不幸卻開始降臨在陳到的身上。

陳到父親原本在衙門裏當差，是汝南太守的抄寫員。檄文通緝令公告這些東西都是由陳到父親來抄寫的，當然抄寫員不止一個，但是就數他最認真了，常常是沒日沒夜地幹。說起來原因也簡單，要多掙點錢，讓一家人過上好日子。

就在這超負荷的工作中，陳到父親的身體一天不如一天，陳到常常可以聽見父親整夜整夜咳嗽的聲音，但是父親卻總是裝作若無其事的樣子，陳到也不好多說什麼。

真出事的時候，後悔總是無法避免的。

一日，陳到正盤腿看書，父親依舊在書桌前寫呀抄呀。只是寫著寫著，頭越來越昏，胸口中似乎有一團東西，悶著難受。

陳到父親的身體已經到極限了，他眼前一黑，嘴裏泛出血腥氣的液體，接著倒在書桌上，手中的筆也掉落地上。

在他昏迷前，只聽到陳到吃驚的叫聲──「爹爹……」

等他醒來，發覺自己已經躺在床上，他妻子與陳到正圍著他。他本以為一定是妻子在安慰著急的孩子，但是實際上恰恰相反，陳到正在給早已六神無主的母親擦拭眼淚呢。他的心一動，這才發覺自己的孩子的確與眾不同，單單這遇事不慌這點就非平常小孩可比，自己雖然身染重病，但是看著孩子也漸漸成長，心中也頗為高興。

陳到表面裝得非常鎮靜，但是父親病成這樣，不著急怎麼可能？若真的漠不關心，倒成不孝之子了。陳到母親慌得沒了主意，所以請醫生、抓藥、煎藥什麼的都由陳到親自動手。這本身也沒什麼特別的，是兒子對父親應盡的孝道，但是能忙而不亂，卻也是十分難能可貴。

陳到再怎麼了不起，畢竟還是一個孩子，幾天下來，累得眼皮直打架，晚上煎藥時又受了風寒，自己也病倒了。還好陳到母親已經緩過神了，雖然陳到也病得不輕，但是有了母親的照顧，陳到的身體恢復得極快，不過幾天工夫，就又生龍活虎了。

但是他父親的病卻是來勢洶洶，接連幾天都是高燒不退。幾乎請遍了汝南的所有郎中，各種偏方也都試過了，卻總不見效，漸漸病入膏肓。

大約病了一個月後，陳到看父親的面色已經蠟黃，知道已經無法醫治，便和母親日夜侍奉父親，父親很虛弱，但是他的嘴卻微微張開，似乎要說些什麼。

父親用手微微招呼陳到，陳到會意，慢慢低下頭，把耳朵湊到父親嘴邊，聽著父親說了這麼一番話：

「我兒……這一段時間……為父的已經……已經看出你非比……非比常人，將來……若有人好好培育……培育你，你……你將大有作為……爹……已經不行了……」

「爹！你……」陳到此時也心亂如麻，不知道父親的用意。

父親擺擺手，示意不要打斷：「叔至……現在這個世……世道，依靠讀聖……聖賢書做官的路……已……已經斷了，答……答應爹……你要……要習武。」

陳到一愣，不知道說什麼好。一向指望自己能學有所成的爹怎麼會說出這樣的話呢？

「兒啊……答應爹吧……我今生……今生學文……到最後也……也不過就是一抄寫員，眼下……朝廷昏暗……你……要找到真正適合……適合你的主子……不要像爹這樣……記住……平天下……平天下……」

陳到淚如雨下，哽咽著說：「放心！爹！今生我一定要做出驚天動地的大事來！絕不會做一個碌碌無為的人！我發誓！」

陳到說完，看見父親在微笑，在微笑中閉上了眼睛……

「爹──！」陳到失聲痛苦……母親也在一旁哭得死去活來……

料理完爹的後事，家財已經所剩無幾。

正所謂「屋逢漏時偏遇雨」，命運卻似乎不放過這個岌岌可危的家庭。陳到母親由於悲傷過度，加上連日勞累，在父親下葬的那一天也病倒了，和父親一樣得了吐血的毛病。

儘管陳到竭盡所能為母尋醫，可是母親的病與父親一樣不見好。挨了半個月，也做了古人。短短的兩個月內，陳到就這樣失去了最疼愛他的親人。

這一年是中平三年（西元一八六年），陳到的年齡只有虛歲十一。面對家庭的變故，他感到茫然失措。但是對於父親臨死時的囑託，陳到卻始終不敢忘記。

他瞭解，父親對他的期望完全來源於父親的遺憾──沒有成為扭轉乾坤的人物。父親希望陳到能完成自己沒完成的事業。但是父親不知道，陳到最喜歡的，不是別的，就是武藝。陳到本身臂力過人，又曾得廖化傳授了一點刀法。但是他生怕父親無法理解自己的喜好，勉強自己去學文。事實上父親在世的時候也的確要求陳到讀書，陳到不敢違父命，到現在也可以說是學有小成，雖然算不上能通古博今，但是一個讀書人最基本的「聖賢書」他都有所涉獵。最重要的是由於讀書的過程中識了不少字，他可以去研習兵書而不需借助旁人。陳到深深知道研習兵書的重要性——勇敢如廖化如呂蒙的將軍，如不懂兵法，在一個精通韜略的大將面前，是要吃大虧的。

猛然間，陳到領悟到了父親對自己的良苦用心——父親怎麼會不知道自己兒子的喜好？只是父親不希望自己成為那種只會逞匹夫之勇的粗俗將領罷了。否則，又怎麼會在臨死前對自己囑咐棄文從武的事呢？

「父親如此用心良苦，我若沒做出什麼了不起的事，又怎麼能對得起父親？」陳到的腦海中，深深烙下了這句話。他不再是單純為了興趣習武，而是為了父親，為了父親那沒有實現的願望——平天下。

不過，父母雙亡的陳到，首先要面對的問題是吃飯。雖然官府對於陳到父親的死，發了一些補貼。但是又能用多少時間呢？陳到算了一下，再怎麼節約，也就夠自己用三個月。換而言之，過了三個月，陳到就可能會淪為乞丐。當然陳到還有一座父母的房子，不過賣了房子，陳到豈不是真的成了無家可歸的人？

但是陳到的心思卻沒有半點變化，他只想著如何完成父親的遺願。他定下計畫，逢雙練武、逢單研習兵法。三個月後自己該何去何從，自己一點也沒去多想。

三個月很快過去了，陳到的日子也越過越艱難。雖然陳到的勁頭始終不減，但他終究只是個血肉之軀，饑餓對他伸出了的魔爪，他也不可能迴避得了。

就這樣又挨過幾天後，陳到已經渾身無力了，再也無法挪動身子練武或讀書了，周圍的鄰居也都想幫他，可以愛莫能助，不少人自己也餓著肚了呢。況且，能一直養陳到嗎？

正當陳到躺在床上覺得快要完蛋的時候，有人推開了他家的門，向他走來，陳到卻連起身看看來人的力氣都沒有，甚至無法睜開眼睛

來人走到陳到的床前，輕輕坐在床邊，說了一句：「叔至，你怎麼了？」

好熟悉的聲音，陳到用力睜開眼，吃了一驚。用沙啞的聲音說道：「元儉哥！是你麼？」

來人正是廖化，他餵陳到吃了點東西喝了點水，接著問：「伯父伯母呢？他們怎麼了？你怎麼餓成這樣？」

陳到再也堅持不住，「哇」的一聲大哭起來。廖化一聽，已經明白了八九成。

「我爹和我娘……都去了……」陳到邊哭邊說道：「子明一家人也……搬到江南了……」

廖化也吃驚不小：「那麼……這裏還有……」

陳到止住了哭聲說道：「這裏……只剩下了我……」

生亦何歡，死亦何憂？

就在陳到最困難的時候，廖化來了。

廖化很長時間沒有回汝南，實在放心不下自己在汝南的兩個夥伴——陳到與呂蒙。再者朝廷對黃巾餘黨的搜捕也比以前鬆了很多。廖化便把山寨中的大小事務委託給了其他人，自己悄悄回汝南看看陳呂二人。

他哪知道回來後看到的情景如此令人心酸——呂蒙家的屋子早已易主，從新主人那兒，廖化得到了呂蒙南下的消息。雖然看不到呂蒙，但是可以知道呂蒙過得還行；陳到一家卻可以說是慘不忍睹，比當初自己投奔黃巾軍前還要困難。

廖化從陳到一家的不幸中，又回想起自己父親臨死時的慘狀，他長歎一聲，暗自下了決心：「一定要撫養陳到成人，告慰陳到父母的在天之靈。」眼下就最好的辦法就是先把陳到帶到自己的山寨，先養大他，陳到小小年紀見識不凡，以後一定可以給自己的山寨帶來新的活力。成為山寨的頂樑柱。

廖化還在想以後如何安置陳到，陳到倒先發話了，他已經從重逢的喜悅中緩過了神，急切想知道廖化是否已經墮落：

「元儉哥，謝謝你救了我一條命，你怎麼回到汝南的？這幾年到底做了些什麼？為什麼一直不回來？」

廖化楞了一下，想不到陳到有這麼多問題，而且問題中充滿了對自己的不信任感。便把自己這幾年來的種種遭遇和變故細細和陳到說了，對落草的那段也沒有做多少修飾，自己覺得是怎麼樣就怎麼說了。他發現陳到的臉上幾乎察覺不到一絲表情，不知他是喜是憂。

陳到靜靜聽完，不置可否，廖化說完後也不言語，兩人都不說話，場面似乎有點尷尬。

還是陳到先打破了沉默：「元儉哥，你參加起義的事，我和子明是支持你的，但是你去當一個連自己山寨名都不知道的小山賊……」

廖化慘然一笑，他知道陳呂二人定會誤解他，但是沒想到陳到居然會如此盤問他，就好比盤問一個犯人。不過實際上，廖化也的確可以算是「犯人」了——強盜一旦被官府抓了，那不就是犯人了嗎？

「叔至，你理解我的苦衷嗎？」廖化輕輕問道，他還不知道陳到是怎麼看自己的，萬一真的把自己看成了打家劫舍的壞強盜，那就無法與他溝通了。

「子明估計是無法知道詳情了，下次遇到他你可要小心，別傷了和氣。」陳到沒有正面回答廖化的問題，卻好似以前為大家出謀劃策那樣幫廖化想主意。

「叔至，子明如果恨我，我還應該讚揚他。」廖化依舊是輕輕地說，他無法從陳到的語氣中得到半點答案，但是知道要拉陳到「入夥」山寨的事多半成不了，他已經做好了陳到可能拒絕自己幫助的最壞打算，但是還是不動聲色順著陳到的意思說下去：「子明是一個嫉惡如仇的人，對於我的落草他一定會感到憤慨，他還不知道我有我的苦衷，我能諒解他。」

陳到也聽出了廖化的意思，終於向廖化說出了自己內心的想法——

「元儉哥，我理解你，你當時落草不過是權宜之計。起義失敗後你可以說是上天無路入地無門，找個棲身之所也在情理之中。但是時間一長，你卻對現在的那些江湖朋友產生了感情，無法拋開他們了，我說得對吧？」

廖化著實佩服陳到的眼力，自己的心思都被他看穿了。他搓了搓手，沒說話，算是默認了。陳到一看廖化默認了，也開誠佈公的說著：「元儉哥，你是不是想讓我也進你的山寨，做個劫富濟貧的『俠盜』？」

廖化聽陳到的語氣中絲毫沒有嘲弄諷刺的意思，便點了點頭。

「對不起，元儉哥。你雖然對我有救命之恩，陳叔至我今生無以為報。但是只做一個『俠盜』，不能實現我生平的意願。」陳到慢慢說著，聲音很輕，但很堅定，就好似當時廖化投奔黃巾軍時那樣。

「叔至，我明白了……」廖化似乎明白了陳到的意思，但是卻沒說出來。

「是的，我和你一樣。只是，選擇了不同的路，僅此而已。」陳到平靜地說著。

兩人的心裏都明白彼此的意思，大家都是在父母死後受到了巨大的刺激。對於年齡不大的他們，活這麼大最痛苦的事恐怕就是父母的死了。這樣強烈的刺激，足已改變每一個人。善良的孩子們痛苦後最希望的事，就是世界上再也沒有如自己一樣痛苦的人。

廖化就是帶著這個願望投奔黃巾軍——創造一個平安、平等、平和的太平世界，沒有爭端，沒有苦難，沒有王侯將相，沒有貪官污吏。有的只是人民，只是百姓，人民的命運由自己來掌握，再也沒有像自己這樣不幸的家庭……

黃巾起義失敗了，但是廖化的夢想卻並沒有破滅，他依舊想實現自己的理想，用自己的力量。立山寨只是第一步，他不單是捨不得與自己患難與共的黃巾弟兄，山寨還能成為自己的天然遮罩。使自己處於比較安全的狀態——亂世中的強盜活得比百姓安穩多了。廖化在山寨中還能洞悉天下大事，養精蓄銳以待幹出一番大事業。

其實廖化並沒有想得那麼透徹，只是隱約覺得立山寨有種種好處，陳到卻是看透了其中的奧妙。但是他不說穿，他以為廖化自己清楚，不便由自己點明。

陳到也有著和廖化一樣的志向，但是他卻不指望靠農民起義來成功。讀過書的陳到明白農民起義的根源——昏君無道，奸佞橫行，百姓活不下去了。與其坐以待斃，不如奮起一擊，拚出個活路。現在的皇帝不好，為什麼自己不可以取代他當皇帝？自己一定可以當得更加好，於是便不斷出現造反的民眾，天下也就不得安寧。

陳到所想的太平，就如「文景之治」，只要統治者可以治理好天下，那百姓也不會冒天下之大不韙，陳到相信這一點。為了達到自己的目的，他必須借助其他的力量。也就因為如此，陳到必然和廖化有著不同的路。

廖化沉默了一會，正想說些別的，卻聽見陳到正輕輕吟著一首小詩：

生亦何歡，死亦何苦？
憐我世人，憂患實多！
皇圖霸業，鬥轉沉浮。
喜樂悲愁，皆歸塵土……

廖化眼前一熱，似乎就看到了骨瘦如柴的父親臨死前的慘狀。是啊！生在這樣的一個亂世之中，有什麼歡樂可言？亂世中不得永年，又何嘗不是一種解脫？巍巍大漢、滾滾黃巾，千百年後不也只剩下幾件殘缺不全的古物來供人憑弔？難道自己為之奮鬥的目標，竟是這樣一個毫無意義的東西？

「絕對不是！至少，這個無意義的東西，得要由我來證明過它！」廖化暗暗對自己說。

陳到察言觀色，對廖化說著：「對不起，元儉哥，我剛才一時興起，隨口亂吟，讓你想起傷心的往事了。」

廖化知道自己的心思瞞不過陳到，但也為陳到感到欣慰，他不是不久前失去的雙親嗎？居然能先發覺別人的內心世界。

「是的，叔至！是這樣的！」廖化有點激動：「是啊！亂世中的百姓真的是『生亦何歡，死亦何苦？』但是這僅僅是在亂世中，讓我們來一起創造一個太平盛世吧！叔至！我們一起！」

陳到還是輕輕搖頭：「大家都有自己的路，但是我們的目的是一致的，所以我們不會成為敵人的，不會的。」

廖化略感失望，也不禁感慨：「是啊！人都有自己的路，叔至，我們要一起努力！目標只有一個——天下太平！」

「對！天下太平！」陳到也激動起來，一把握住了廖化的手。兩個人的手緊緊握著，很久，很久……

廖化不便久留，他留給陳到一些銀兩後，便準備離開汝南回山寨，臨走前，他從腰間摸出兩根馬鞭，他把其中的一根遞給了陳到，高興地說：「叔至，這兩根馬鞭就作為我們之間擁有共同目標的證明。來，刻上我們之間的誓言！」

陳到不假思索，揮揮刻刀，在兩根馬鞭的手柄上各刻下了兩個字：

給廖化的那根，上面刻著「太平」。

自己留著的那根，刻下了「天下」。

第二章 英雄的征途

治世能臣，亂世奸雄

陳到在廖化的資助下，按照自己原定的計畫逢雙習武、逢單學習兵法，雖然日子清苦，卻也非常充實。陳到沒忘記注意天下大勢，他要完成父親的遺志，找到適合自己的主公。

他最先注意到的是那些討伐黃巾軍後升官發財的將軍。得到封賞最多的自然是皇甫嵩和朱儁——他們倆都封了侯領了州牧，但是兩人都沒有特別的本領，只知道效忠主子，再加上年齡也不小了，絕對不是適合陳到的主公。另外鎮壓黃巾的還有一些地主武裝，他們出身都各不相同，有的曾經是走私販子、有的是地痞流氓、甚至還有強盜，但是討完黃巾後，或拜將軍、或得賞賜、甚至還有人封到州牧，一到了自己的地盤，為所欲為做起了土皇帝，百姓的日子一點也沒有轉變，反而愈加陷入水深火熱的境地。陳到很苦惱，不知道該投奔誰。

一日，廖化又來看望陳到了，自從山寨運作漸漸穩定後，兩人就常常見面。廖化也常和陳到聊起當黃巾軍時的見聞，雖然當時對黃巾餘黨的搜查已經不甚嚴密，但是抓到了還是要殺頭的，廖化卻對陳到推心置腹毫不懷疑，陳到覺得單單是這份信任，對自己來說已經彌足珍貴；而且廖化說的那些事，陳到都覺得很有參考價值，對於別人常用的戰術，自己必須心中有數。這次，兩人談起了穎川之戰。

「當時那個傢伙指揮羽林鐵騎橫衝直撞，我們這些百姓哪是對手？」廖化好似在為自己找藉口，陳到微笑了一下，順著廖化說道：「遇上了羽林鐵騎，真是黃巾軍的不幸啊！騎兵對步兵時是絕對有利的，更何況是衣甲不全的你們。」

「唉，如果遇到一個不會利用騎兵的笨蛋將領，那我們就不會慘敗了！」廖化唉聲歎氣起來——這是他參加黃巾軍後的第一次戰敗，雖然以後黃巾軍幾乎沒贏過，但是這次戰鬥對他來說是刻骨銘心的。

「是啊，當時你們在兵營裏面，周圍地勢也不甚平坦，如果你們能鎮定下來據險而守的話，我想即使是羽林鐵騎也佔不了便宜吧！」陳到這樣覺得。

廖化苦苦一笑：「騎兵隊不斷對我們進行擾亂，還一邊放火燒柵欄，我們到後來根本無險可守，那個曹操可真是了不起的將領啊。」

「你能稱讚你的敵人，說明這個曹操一定有什麼過人之處。」陳到開始注意上了曹操：「我正不知道誰是我的明主呢，你再詳細介紹一下吧。」

「呵呵，你是不是以為我成了那傢伙的說客？來遊說天下第一的賢才陳叔至，如果把你拉到他的帳下，那我不是成了他的大功臣嗎？」廖化和陳到開起了個玩笑。

陳到卻當真了：「那個曹操如果真的是個了不起的人，等我學有所成一定會投奔他的。」

廖化只好實話實說：「我其實不是很瞭解他，只是知道他二十歲出仕，現在已過而立之年，打完黃巾後做了『西園八校尉』中的典軍校尉，也算是官運亨通了，我就知道這些。」

陳到沒有多說什麼，陷入了沉思，廖化知道這是陳到的習慣，也沒多說什麼，只是靜靜等陳到發話。

兩人如此默契，卻也難得，只是在穎川之戰中初露鋒芒的曹操到底是什麼樣的人呢？

曹操生於漢永壽元年（西元一五五年），沛國譙縣人。本為無名氏之後，被當時的大宦官曹嵩收為養子後改姓曹。從小就喜歡飛鷹走狗，過著浪蕩無度的生活，平時最喜歡的事，就是打獵，結交的夥伴也多是些江湖俠士。這些江湖俠士有時候遇到了什麼麻煩，或者被官府抓了，曹操總是能想盡辦法救出來，甚至會去劫獄。由於曹嵩是權力極大的宦官，曹操當時也不過是個十來歲的孩子，所以也從沒被追究過什麼責任，相反的反而為他揚了名。

當時做官的渠道是官府的推薦，曹操的少年時代的確可以說是名聲在外，不過這個「名」可以說是「臭名」，曹操懂事後，開始為自己的仕途鋪平道路，第一步，就是沽名釣譽。

可是要沽名釣譽，哪是那麼簡單的事？首先不是人人都會為你說話，其次願意為你說話的人多半自己也是無名小卒，更何況曹操的名聲不太好，正所謂「好事不出門，壞事傳千里」，京城裏的達官貴人幾乎個個都知道大宦官曹嵩的養子曹操是個無行浪子。

就在曹操處於這樣尷尬境地的時候，轉機出現了。

曹操曾經與當時四世三公、門生遍佈天下的袁家子弟袁紹交好，袁紹母親死後埋葬在陳到的家鄉汝南郡的汝陽縣，當時來憑弔的人數以萬計，曹操和一個同伴也去了，只見葬禮排場極大，而看不見袁紹和他的弟弟袁術有任何悲痛的表情。曹操不禁歎氣道：

「天下將亂，亂天下者，必為袁紹和他的兄弟袁術。」曹操手指了指他們倆，感到了一種莫名的悲哀。

他的同伴也感慨道：「是啊！但是能平定天下的人，除了你還有誰呢？」

兩人相視而笑，他們的聲音並不大，卻被一個人聽到了。

他就是當時位列三公之一的太尉橋玄，橋玄開始不相信眼前這個小小少年竟有如此本領，主動上前與曹操交談。

兩人從閒談開始，一直談到軍國大事、政務吏治，橋玄驚訝地發現眼前的這個少年的確有著非同常人的本領，小小年紀有如此不凡的談吐與見識，長大以後定是了不起的英雄。

他發自內心的對曹操說了這樣一句話：

「漢家將亡，安天下者，必此人也！」

就是這句話把曹操從「花花公子」的惡名中解救了出來，有一部分賢士開始願意和曹操結交，曹操終於有機會走上政治道路。

橋玄還推薦曹操去和當時很有名氣的許劭結交，許劭是當時品人的權威人物，如果獲得他的好評，那在仕途上就會順利很多。

但是曹操去拜訪這個許劭的時候，卻出了大洋相。

許劭對曹操不算陌生，對這個浪子的品行許劭可以說是嗤之以鼻，曹操到訪，他非但不迎接，反而閉門謝客，一點面子也不給。

曹操雖然無奈，卻厚著臉皮黏在許劭家門口等，等了好幾個時辰。許劭以為曹操早走了，但是剛一開門就看見曹操站在門口，那一雙機智卻又裝著謙卑的目光，使許劭不安起來——總不能趕走他吧，只好讓曹操進了門。

曹操入座後，一點也不拐彎抹角，迫不及待地問：「許先生，您看我是怎麼樣的一個人？請您評價一下我。」

許劭又是一愣，他知道曹操此行一定就是為了這事，但是想不到曹操竟然會如此直接了當，絲毫沒有掩飾。但是許劭又著實鄙薄曹操的為人，便一言不發，指望曹操覺得沒面子後自動滾蛋。

哪知曹操的臉皮簡直如城牆一般厚，非但一點也不難為情，反而步步緊逼：「許先生如不品評曹某，曹某誓不離去！」

許劭哭笑不得，尷尬萬分，看來不給他點評價是打發不了的。但是許劭從不隨意點評別人，更何況是這樣一個怪人。

尋思良久，許劭的口中終於吐出了十一個字：

「子，治世之能臣，亂世之奸雄。」

曹操聽罷，哈哈大笑，滿意而去。

許劭雖不屑曹操的為人，但是就是從剛才的那番對話中，看出了曹操的個性——不達目的不甘休，不說別的，就這厚臉皮也非常人可比。

許劭事後想，這樣一個亂世奸雄，到底能不能做出一番事業呢？

就這樣，一個「治世能臣、亂世奸雄」的人物，在得到許劭品評後不久，就踏上了仕途。二十歲那年他被舉薦為孝廉，接著被尚書右丞司馬防推薦當了京城洛陽的北部尉，負責洛陽北部的治安。官不大，但是那只是開始而已。

「不掃屋，將何以掃天下？」這就是曹操仕途上的第一步。

江南是個藏龍臥虎地

陳到與廖化的聊天中，有一個人是經常被談論到的，那個人就是全家南下的呂蒙。

自從呂蒙下江南後，可以說是杳無音訊，無論陳到或廖化，都沒打聽到一丁點關於那個舊日好夥伴的消息。兩人雖然心中隱隱不安，但是他們相信呂蒙不會出什麼事的。

呂蒙的確沒出什麼事，相反地，他的日子滋潤著呢！

初到江南，呂蒙感覺到的只是新鮮。新鮮過後，江南的面目也就清晰了。在呂蒙的眼中，江南不過就是一塊多水易碎的翡翠，一絲一毫都顯得那麼脆弱。自己隨便揮揮拳頭，眼前的一切就都可能支離破碎。

「早知道江南如此，我就不來了。」呂蒙有點後悔。「這種地方，有像廖化或陳到一樣非同一般的人嗎？」

牢騷歸牢騷，呂蒙在汝南已經沒有任何家當，要回去也只是一句空話，再說父母會答應嗎？呂蒙開始了此行的目的——鍛煉自己、磨練自己、讓自己成為真正的大將軍。

但是這個願望已經沒有摻雜對廖化的憎恨了，呂蒙始終不願意把廖化想成太壞的人，人生在世，身不由己的事太多太多了，廖化一定有他的苦衷的。

在江南，呂蒙第一個深深欽佩的是人是周瑜。

周瑜字公謹，廬江舒縣人，年齡比呂蒙大三歲。呂蒙剛到江南，就聽說了周瑜這個人，呂蒙自然是去拜訪了，雖然周瑜原本並不認識呂蒙，但是依舊接待了他。

周瑜家族世代為官，家中頗為豪華，呂蒙略感拘束，但也無可奈何，開門見山說道：「鄙人呂蒙，字子明，汝南人氏，與父母避難至江南，聞公乃江南名士，特來拜會。」

周瑜一聽，笑了起來：「眼前的這個孩子比自己還小，卻用著大人的語氣說話，實在有點不倫不類。」

「呂公子，不必拘禮，敢問光臨周某寒舍，有何見教？」周瑜想來想去，還是仿照對方的語氣比較妥當。

呂蒙的臉當即漲成紫色——辭令本非他所長，開頭勉強說了一句裝點門面的客套話，可要一直說下去，那憑自己根本不可能做到的——陳到比較擅長這些事，所以過去這些都是他一手處理的。

周瑜一看對方的樣子，就猜得八九不離十了。靜靜等待對方發話。

呂蒙努力使自己的心思安定下來，決定不再用複雜的辭令了。他更直接地說：「人人都說周公謹本領非凡，我是來見識見識的。」

「不敢當。」周瑜下意識地回答，這樣的話他聽過無數遍，「不敢當」三個字已經成了他的條件反射。自然他對呂蒙也有些失望，想閉門謝客，他的腦子裏開始盤算辦法。

呂蒙在這一瞬間也洞察到了對方的思想，心想再不採取行動，就要被趕出去了。又接著說：「比文采，呂某承認不如你，至於武藝嘛……」

「哦？」周瑜顯然被吸引住了，暫時打消了閉門謝客的想法，「閣下自認為武藝出眾？」

呂蒙暗暗得意，暫時算是穩住了：「你別小看我，論力氣，一般的大人都遠不及我，刀法我也很精熟。你雖然年齡比我大，我想在武藝方面你也未必是我對手。」

周瑜又仔細打量了眼前的這個少年。單論身材，這個少年沒有什麼特別的，但是那雙炯炯有神的眼睛，散發出旺盛的生命力。

「可能真的是有點本事吧，不可小瞧。」周瑜暗想，他命僕人搬出一排兵器，任由呂蒙挑選，之後又帶他到了自己的花園。

呂蒙挑了一把長柄大刀，倒提著跟隨周瑜，剛進花園，呂蒙眼前又是一亮：「眼前的花兒開得是那麼燦爛，自己在汝南從未見過如此美麗的景色。」一時間竟呆呆的了。

周瑜又微笑了，眼前的少年看來不是什麼富家少爺，似乎也經歷過很多事，這樣的人應該不至於太沒用吧。

當下周瑜輕輕喊了呂蒙一聲，把陶醉於美景的呂蒙喚醒，呂蒙的臉又漲紅了。

呂蒙定了定神，擺開了架勢，舞起了手中的大刀，但聞刀過處，風聲呼呼，自然是力量渾厚，再看他的刀法，幾乎無一處破綻，速度也由慢及快，到最後幾乎只聞刀聲不見刀影，呂蒙把大刀舞成一團，可以說是水潑不進。這次輪到周瑜呆住了，想不到眼前這個平平常常的少年竟然有這麼大的本事！

正當周瑜看得入迷，呼呼刀聲中突然夾入一聲巨響。細看之下才發覺是呂蒙借勢將刀杆往地上一衝，周瑜的花園地上鋪的是堅硬的鵝卵石與石板，並不鋒利的刀杆竟深深扎入，直至與呂蒙齊高。呂蒙接著又雙手打拱，半跪於周瑜面前，高聲說道：「獻醜了！」

這一聲可謂聲如雷霆，著實嚇了周瑜一跳。

好在周瑜從小涵養就好，很快鎮定下來，迎上前去扶起呂蒙：「好功夫！呂賢弟之武藝，真乃黥布、彭越再世，愚兄實為佩服。」

呂蒙暗暗得意，周瑜居然和自己稱兄道弟起來了，看來自己的武藝也的確算不錯了。當下謝道：「過獎了！」

周瑜看呂蒙的確是個很有潛質的少年，有心把他帶在身邊，以後說不定可以成為自己的左膀右臂。當下開始顯出自己的不凡學識——要讓呂蒙對自己俯首貼耳。

「賢弟武藝雖精，然兵法學問也學有所成？」周瑜先試探性地問一句，萬一呂蒙是個奇才，什麼都精通的話，自己也沒辦法駕馭。

可是「兵法學問」正是呂蒙的致命傷，呂蒙只得老實地說：「唉，我生平除了武藝，幾乎沒什麼拿得出手的本領。」

周瑜聽了這句話就放心了，擺出一副長者的架子，語重心長地說：「賢弟武藝好自然是難得，但是如果不通兵法，則成了匹夫之勇，實在可惜啊！」

呂蒙心中一震，這不正是舊日裏陳到對自己的忠告嗎？看來周瑜的確是名不虛傳，居然能夠一眼看穿自己的弱點。

周瑜知道自己說到點子上了，微笑著對陳到說：「別太在意了，賢弟你還年輕，如果現在開始走上正確的磨練自己的道路，我相信以後你一定是個了不起的人物！」

呂蒙心中高興極了，自己的能力得到了周瑜的肯定，自然興奮無比——能被周瑜看得上眼的人才，真的是不多。

周瑜與呂蒙說著說著，想帶呂蒙開闊一下眼界，便吩咐隨從備馬。

呂蒙好奇地問：「我們要出去嗎？」

周瑜還是微笑著：「是啊，我帶你去見見江南的豪傑。」

說話間，馬已牽來，周瑜呂蒙各自跳上一匹駿馬，向著外面衝去。

呂蒙武藝精湛，但是馬術卻平平無奇，過去在汝南的時候，根本沒有錢去買馬，有時候遇到一些騎馬的富家子弟，呂蒙會忍不住把他們打下來後自己上去悠哉遊哉——當然沒有白騎的，不過有陳到出面，對那些富家子弟軟硬兼施，也算沒弄出什麼大亂子。現在騎著高頭大馬跟著周瑜飛奔，雖然表面很威風，可是呂蒙的手緊緊抓著韁繩，大氣也不敢喘，一看就知是個不擅此道的人。周瑜注意到之後，也放慢速度，防止呂蒙摔下馬，當眾出醜。

好容易到了一個小莊園，周瑜下了馬，呂蒙見狀也下了馬，只是動作實在有些難看。呂蒙發覺周瑜正看著自己下馬，暗暗慚愧。

莊中有個小青年走了出來，年齡似乎比周瑜略大，他向周瑜拱了拱手：「不知公謹賢弟來訪，未能遠迎，失禮了。」

周瑜依然保持著微笑：「子敬兄太客氣了，我們之間哪還有這麼多的客套，在這裏住得還算習慣嗎？」

「習慣習慣，真是過得逍遙自在啊，這種閒雲野鶴的生活，也多虧了公謹賢弟你呀！」

呂蒙在一邊插不上話，只得駐立一旁。

那個小青年發現了還有一個與周瑜同行的人，想必此人也不是尋常角色，很有禮貌地招呼呂蒙道：「這位小兄弟該怎麼稱呼？有些眼生呀！」

「他是我才認識的好朋友，他是呂蒙，字子明。」周瑜忙為呂蒙做介紹。

呂蒙也向那個小青年行了個禮：「敢問先生大名？」

周瑜也向呂蒙介紹了眼前的小青年：「這位是魯肅，字子敬。他是臨淮東城人，被我邀請來這裏小住一段時間，也好多向他請教點問題。」

「說錯了說錯了，是我向你請教才對，我那點本事還教你，小心人家笑掉大牙。光顧著說話了，快進莊吧！」魯肅笑眯眯地命僕人把兩人的馬牽入馬棚，和兩人進了莊。

呂蒙心中歡喜無限：「這下我又有兩個夥伴了，江南的確是個臥虎藏龍的地方。」

呂蒙的主公

斗轉星移，日月如梭，轉眼間，由命運牽繫著的三個夥伴，都漸漸長大了。

且把時間定格在初平二年（西元一九一年）。

這一年，陳到、呂蒙虛歲十六、周瑜十九、廖化二十、魯肅二十二。

這幾年時間，陳到依舊在汝南老家習文弄武，本領早不是過去可以比的；廖化打理山寨事務，上上下下弄得井井有條，還給自己的山寨取名「忠義寨」，忠義寨吸納了流落各地的英雄豪傑數千，已經頗具規模了，由於只對付奸商貪官，不為難普通百姓，所以很得民心，官府後來的幾次征討都大敗而歸，廖化的豪傑之名也傳播各地；呂蒙一家在江南住了下來，生活安逸，呂蒙本人與周瑜交好，時常一起練武，但是魯肅卻不太喜歡呂蒙，總把呂蒙看成一勇之夫，魯肅也想不通為什麼周瑜如此看重呂蒙。一次魯肅背著呂蒙，向周瑜問了這個問題。

周瑜的回答很巧妙：「因為你不瞭解子明，等你瞭解他後，自然會重視他的。」

那麼天下呢？

依舊是一片混亂。

在初平元年（西元一九〇年），中華大地上爆發起了一場新的大規模戰爭。由關東義士、軍閥組成的十四路盟軍「歃血為盟，誓師討賊」。發起者是東郡太守橋瑁，響應的人有：渤海太守袁紹、河內太守王匡、冀州牧韓馥、豫州刺史孔伷、兗州刺史劉岱、陳留太守張邈、廣陵太守張超、山陽太守袁遺、濟北相鮑信、後將軍袁術、長沙太守孫堅、西園假司馬張揚、還有一個就是拋棄典軍校尉官職、遠走他鄉組織義軍的曹操。

這些人都是當時有名的各方豪傑，大部分都是割據一方的軍閥，雖然起兵響應了橋瑁的號召，卻是各懷心思。渤海太守袁紹被推選為盟主、曹操為參謀。

橋瑁就是曾經「慧眼識曹操」的前太尉橋玄的兒了。

他們所討的「賊」，就是當時權傾朝野的相國董卓。

董卓原本是並州牧，是在宮廷變亂中趁虛而入奪得大權的，處世為人極度冷酷殘忍，對付敵人的辦法就是一個字——殺。他專權亂國，暴虐無比，這也是董卓不得人心的原因。

廖化有一次探望陳到，就盟軍的事問了陳到的看法，陳到只是笑笑，說道：「十四路諸侯十四顆心，不可能成大事。」

結果真的被陳到料中了，就是這一支聚集了天下英豪，不下十萬的大軍，卻幾乎沒做出什麼成績來。火拚、內訌、扣糧……一切不和諧的陰影時時刻刻都籠罩在了盟軍的頭上，盟軍很快就解散了，軍閥都回去搶地盤搶錢糧。這片似乎受到了詛咒的大地上，充斥著的只有饑餓與死亡。

後來，曹操回憶起這段悲哀的歷史，寫下了千古名詩〈嵩裏行〉：

關東有義士，興兵討群凶。
初期會孟津，乃心在咸陽。
軍合力不齊，躊躇而雁行。
勢力使人爭，嗣還自相戕。
淮南弟稱號，刻璽於北方。
鎧甲生蟣虱，萬姓已死亡。
白骨露於野，千里無雞鳴。
生民百遺一，念之斷人腸。

呂蒙在這時終於發現了自己的明主。他就是已經領了烏程侯爵位的長沙太守孫堅。

原因有多方面的，首先是周瑜的影響。周瑜與孫堅長子孫策可以說是親如兄弟，兩人在江南被並稱為「孫郎」和「周郎」，周瑜自己也決定再稍微過幾年就去投奔孫堅，呂蒙看在周瑜的面子也一定會去的。其次是孫堅本人那了不起的政治魄力，在討董的盟軍裏，與董卓軍正面交鋒的人只有孫堅和曹操，而且只有孫堅打了勝仗。傳聞中孫堅還得到了傳國玉璽——那可是件寶貝，有了這東西，就有「登九五」做皇帝的可能。外面是紛紛擾擾的傳聞，呂蒙從周瑜的口中得到的可是確切的情報——的確有此事。

還有就是孫堅那「江東猛虎」般豪爽的個性，呂蒙最看不上眼的就是那些滿口「仁義道德」卻總與自己言行背道而馳的人。

孫堅從洛陽帶著傳國玉璽走在歸途上，呂蒙和周瑜商量好了，和孫策帶領一支精兵，北上迎接孫堅。但是卻在荊州被攔阻了下來，荊州刺史劉表不放孫策一行人過去。

孫策帶的人雖然精銳，可是人數太少了，孫策和周瑜呂蒙商量後，決定暫緩強攻，等孫堅回來再說。

安營紮寨三日後，孫堅的部隊也來了，兩軍合兵一處，包圍了荊州城。

孫堅先對未經同意就擅自帶兵出來的孫策責罰了一頓，接著和大家商量起了對策。

周瑜先發話了：「劉表是因為傳國玉璽的事和我們過不去，我們沒有必要在這裏損耗我們的兵力，我們的軍隊剛從前線回來，已經很疲憊了，再戰下去沒什麼好處，還是先回去吧。」

孫堅很熟悉周瑜，知道他的意見沒什麼錯誤，他想徵求一下那張生面孔——呂蒙的意見：

「子明賢侄，你有何高見？」

呂蒙第一次見孫堅，就受到如此禮遇，也開誠佈公地說：「我認為，一定要打下荊州！」

孫堅、孫策、周瑜都「哦」了一聲，急切想知道下文。

呂蒙不慌不忙地說：「劉表為了傳國玉璽就和我們刀兵相見，簡直可惡之極，你們就能忍下這口氣？」

孫堅沉默不語，孫策搖了搖頭，周瑜則說：「來日方長，不計較一日得失嘛。」

大家顯然都對呂蒙比較失望。

呂蒙哈哈一笑：「大家一定都以為我是個目光短淺的小人物吧，我只是試探一下大家的反應。」

大家又「哦」了一聲，眼巴巴看著呂蒙，看他能發出什麼高見。

「我們一定要攻下荊州，荊州之地富庶，可以供我們養兵；荊州處於長江上游，佔據了長江上游，我們就可以憑藉天險的優勢，進可攻，退可守；另外，有很多了不起的人才在荊州避難，如果拉他們到我們的麾下……」

「夠了夠了，真了不起啊，子明賢侄，你竟然能把事態分析的如此清楚。我再補充一條吧！」孫堅高興極了，原來他早就打算攻打荊州了。

「劉表給了我們這麼好的一個藉口，不好好珍惜怎麼對得起他？」剛才沉默的孫策也發話了。孫堅笑了：「策兒，有長進。」

周瑜仔細盤算了一下，也贊成了攻城的方案。

「好！大家回去休息一晚，明日此時，我們在荊州城中痛飲一醉！」孫堅站了起來，望著這些比自己小一輩的孩子，心中感到無比欣慰。

「得令！」三個少年將軍也站了起來。向著既是主將又是長輩的孫堅行了個禮，各自回去歇息了。

五更天，天剛濛濛亮，大軍就開始圍城。

孫堅攻打北門、孫策攻打西門、周瑜攻打東門、呂蒙攻打南門。

一場喋血大戰，從早上一直打到中午，城上城下都是死屍，黑雲籠罩了整個荊州城。

呂蒙看看戰況膠著，披上雙層鎧甲，一手握巨盾，一手舞大刀，親自攻城，他爬上雲梯，斬殺敵兵數人，第一個登上了城牆。

呂蒙無畏的勇敢，振作了士氣，士兵們紛紛奮勇爬上城牆，斬殺敵兵，終於在黃昏時控制了南門，另外三路也在呂蒙的幫助下，攻入了外城，劉表躲進了自己的府邸。

夜晚，孫策周瑜呂蒙三個年輕人都高興得聚集起來開慶功宴，孫堅推說身體不適，沒有參加。

三人都以為孫堅攻城累了，也不甚在意，哪知孫堅竟一人一騎，偷偷去探看內城的情況──這對孫堅來說是家常便飯，用他的話來說是：「不入虎穴，焉得虎子？」

這一次，孫堅失算了，他再也沒回到自己的營帳，與那些年輕人再商談大計了。

劉表的一個衛兵發現了孫堅的行蹤，一支流箭射中了他的腦袋，頹然倒下馬的孫堅，只來得及說一句話──

「策兒，為父的心願……就由你來……」

這是孫堅的遺言，充滿了對兒子的期望，充滿了對天下的期望。

得到孫堅身死的消息，三人的悲哀無法用言語表達。孫策被迫以退出外城為交換條件，換回了父親的屍首。安葬於故鄉曲阿。

孫堅一死，自己的部屬四分五裂，孫策率領殘部，準備投奔淮南太守袁術。並問了周瑜呂蒙的意見。

兩人的回答出奇的一致：「我們的主公只有你！」

孫策抬頭，雙眸問天：

「對啊！忍辱負重，總有出頭的一天！我就是你們最好的主公！」

真正的戰爭

孫策一行人投入了袁術門下，當然，不會是永遠——孫策豈會久居人下？呂蒙周瑜都堅信這一點。

袁術第一次見孫策，得到了這樣的感慨：

「有子如孫郎，死復何恨？」

周瑜第一次見袁術，得到了這樣的結論：

「此人定不得善終，追隨他，如同追隨一個死人。」

周瑜決定暫時隱居一段時間，他根本不屑做袁術的下屬，他想等孫策發家之後再回來。孫策也不好強留，呂蒙本來也想和周瑜一起下野，只是為了不想讓孫策人單勢孤，所以決定留下來。呂蒙的決定救了孫策一命。

袁術由於知道孫策不會在自己這裏留多少時間，所以雖然對他很賞識，卻不是很信任他。只允許孫策保留自己招募的數百人，而且都是新兵，孫策雖然心中不滿，卻也無可奈何。

一次征討山賊時，袁術軍遭到了敵人的偷襲，孫策軍幾乎全軍覆滅，孫策本人也陷入重重包圍不能得脫，正在危機的關頭，孫堅的舊將程普與呂蒙一齊殺入重圍。

形勢萬分危急，孫策已經受了多處箭傷，賊兵又重重壓上，真如鐵桶一般。

孫策大聲喊道：「程叔叔、子明，快衝出去！別管我了！我今天就死在這裏吧！」

「廢話少說！看著自己的主公去死，還算是人嗎？我已經目睹過自己的主公死於非命，只要我呂蒙還有一口氣，這樣的事絕對不會再發生的！」呂蒙厲聲大喝。「程老將軍，保護好主公！我來斷後。」

程普也高聲應和，他雖然年齡已經不算年輕，可是呂蒙那充滿豪氣的話語，激勵了他的鬥志。熱血沸騰的程普，幾乎找到了那少年時候的勇氣。他手舞鐵脊蛇矛，連殺數名敵人的騎兵，勇不可擋，孫策緊緊跟著程普——生的希望，不可輕易放棄。

呂蒙眼看孫策漸漸衝出重圍，心中暗暗高興，轉身一看卻嚇了一跳——一個弓騎兵正彎弓搭箭，瞄準的正是孫策的後心，孫策一路奔逃，毫無提防……

「無名鼠輩，休傷吾主！」呂蒙暴喝一聲，躍馬一刀，弓騎兵還沒來得及射出那支可以致孫策於死地的箭就連人帶馬被劈成了兩半！當場血濺十步之外，驚呆了周圍全部的人——無論是賊兵、孫策的殘兵、或者是來支援的袁術軍。都被眼前的小小少年驚呆了。

橫刀立馬，呂蒙第一次感到自己存在的價值。

在這電光火石的瞬間，呂蒙竟鬼使神差想起了陳到和廖化。

「叔至、元儉哥，你可有體會到戰爭？真正戰爭的意義是什麼？你知道嗎？」

把時間切換到初平四年（西元一九三年），再來看一下陳到和廖化吧。

陳到已經十七了，他在十七歲的那年，他開始遊歷生涯。廖化也很支持他，給了陳到一筆盤纏。陳到決定遊歷一年左右，便投奔自己心中的明主——現在還沒有。

陳到先北上到了許昌、又路過陳留、定陶、到達了兗州、遊覽了黃河。最後南下去了徐州。一路上。陳到見到的，是流離失所的難民、野蠻殘暴的兵痞、餓殍遍野的荒地、暴殄天物的貪官——遇到難民，陳到總是盡力幫助他們；遇到兵痞，陳到會給他們一點教訓；遇到不幸的死屍，陳到會幫他們挖個墓穴；遇到貪官，陳到會想方設法逼迫他開倉放糧。可是，單憑自己的力量，無法治理源頭，陳到深深自責著。

可是當陳到站立於黃河邊時，胸中那晦澀的感覺得到了徹底的釋放，他用了最大的嗓門喊道：

「喂——天下！你什麼時候會得以徹底的太平啊——！」

洶湧澎湃的黃河浪濤聲，淹沒了陳到的呼喊。這滾滾的濤聲，似乎已經回答了陳到的疑問：

「年輕人，天下不會得到永久的太平，就和這浪濤一樣，有高潮就有低谷。太平是可貴的，但是也不是那麼輕易得到的，就由你來把握吧！」

陳到癡癡的下了最大的決心——

平定天下！依靠自己的力量平定天下！不單只是為了父親的遺願，還要為了天下的芸芸眾生！

當陳到踏入徐州的土地時，原本他以為踏入了亂世中的最後一片安寧的土地——徐州在混戰的軍閥之間，總是保持中立的。哪知戰爭的夢魘已經悄悄降臨了這最後的淨土。

曹操現在已經是東郡太守了，不過曹操一直駐兵在兗州，他的親生父親，曾經的太尉曹嵩也到徐州躲避戰禍，卻不幸遇到強盜打劫，財物全部被搶，曹嵩本人也遇害身亡，隨從大多數也被殺。僥倖逃出的一個隨從，立刻逃到兗州，報告了駐軍在那裏的曹操。

曹操一聽，兩眼一黑，差點暈了過去，等恢復冷靜後，腦海中只有兩個字——報仇！

曹嵩的死，本身與徐州沒有什麼直接的關聯，但是曹操卻說是徐州太守陶謙保護不力，發兵征討徐州。

徐州，最後的一片淨土，只是為了一個人的私仇，即將面臨可怕戰火的洗劫！曹操甚至放出話語：「所到之處，雞犬不留！報仇雪恨！」

陳到算是觸了霉頭，對曹操的大軍，陳到來不及走脫，又無法阻止曹操的入侵，只好暫時先躲進徐州，等待時機逃走。陳到知道憑徐州的力量，根本無法阻擋曹操的來犯，自己沒必要把命丟在這種地方。

曹操也真的算是心狠手辣，路途上可以說對百姓是秋毫無犯，可一踏入徐州領地，見人就殺，見財就搶，見屋就燒，大軍所到之處，只有死亡與毀滅。

陳到總算不幸中之大幸，在曹操進入徐州之前進了徐州城，所以說在城池完全淪陷前，陳到還是處於安全狀態的。

徐州太守陶謙，性格比較保守，雖無驚天緯地之才，卻也算把徐州治理得井井有條。他信奉「人不犯我，我不犯人」的基本原則，盟軍討伐董卓時，他採取的是「兩不相幫」的策略，這也弄得曹操對陶謙很惱火。旁觀者清，當局者迷，曹操此舉，大多數軍閥都看出是找藉口吞併徐州的地盤，順便懲罰一下陶謙。可憐陶謙一看形勢危急，卻只是想著如何與曹操和解，甚至想冒險到曹操的營盤去請罪——結果一看就知道，陶謙會被扣押，多半會被殺頭，其他人一看陶謙死了，多半會獻城投降。

陶謙有兩個重要幕僚，一位是糜竺，字子仲；另一位是孫乾，字公佑，他們先竭力平靜了陶謙的激動情緒，和陶謙商量後，決定混出城請救兵。

糜竺擔當了這個重要的使命，他利用黑夜的掩護，繞過了曹操的軍營，之後買了一匹馬，一路奔向北海郡求救——當時的北海太守是孔融，他是以小時候「讓梨」出名的，他也是一個有名的儒生。孔融也是個很講信義的人，見到糜竺的求救，也為曹操的不可一世感到忿忿不平。他點起北海的大部分軍兵，支援徐州，同行的還有青州刺史田楷。

無論孔融還是田楷，都近乎白面書生，行軍打仗沒什麼本領，糜竺也不甚擅長軍事。田楷卻想起了一個人。

此人名叫劉備，字玄德，曾在漢末大儒盧植處學習，黃巾之亂時也組織了一支小小的義軍參與了朝廷組織的圍剿大戰中，雖然屢次受挫，卻也積累了不少作戰經驗，曾與他同在盧植門下學習的北平太守公孫瓚舉薦做了平原相，很得田楷的賞識。

劉備答應了田楷的請求，點起本部兵馬，帶上了曾與他一起組織義軍的夥伴關羽、張飛。公孫瓚聞訊，派出剛投奔自己的勇將趙雲帶了兩千人支援劉備。

再說徐州城那邊，曹操軍日益逼近，形勢已經萬分危急，這時陳到對驕橫的曹軍再也看不下去了，他在陶謙面前毛遂自薦，自願幫助徐州抵擋曹軍，陶謙眼看援軍未到，陳到又有一身武藝，便孤注一擲，把全城的兵權交與陳到。陳到日夜指揮守城，再加上徐州城牆高厚，曹操軍一時也難以攻陷徐州。

曹軍換了戰術，先是把徐州圍了個水泄不通，然後開始挖壕溝來阻斷城內的運輸與補給，同時防止陶謙突圍，想把陶謙軍的鬥志消磨光。

就在這個時候，孔融、田楷、劉備的援軍終於趕到了。但是曹軍人多勢眾，援軍也只好遠遠的下寨，不過，援軍的到來的確給了曹操很大的壓力，曹操也不得不分兵戒備援軍。

援軍無法與城內取得聯繫，劉備和孔融田楷商量後，決定先率領自己的人馬衝入徐州城再做商議。

劉備先派一小隊士兵佯攻曹軍，然後率領精兵衝向曹軍的薄弱處，孔融田楷也出兵牽制曹軍，關羽在左，張飛在右，趙雲斷後，一行人越過壕溝，衝向徐州城。

陳到在城牆上，看到有一支軍隊衝向城來，旗幟上大書「平原劉玄德」五個字，知道是援軍來了，忙出城接應。劉備、關羽、張飛和大多數軍兵都進了城，只有斷後的趙雲與一小隊士兵遇到了曹軍的截殺，陳到大喝一聲，只帶了十餘騎衝出了城，殺入了曹軍的包圍圈。

趙雲為了爭取時間掩護劉備，自己陷入了重圍，他左衝右突，不能得脫，陳到殺入重圍，與趙雲合兵一處，又往徐州城的方向殺去。槍挑劍砍，無人可擋。

曹操親自帶兵出營，看見了這兩個奮戰著的勇將，心中感到無限的惆悵：「這樣的勇將，為什麼不能收歸自己呢？」

陳到趙雲漸漸衝出了重圍，曹操下令不要繼續追擊了，眼看著兩人帶領殘兵進了城。

「這兩個人，必須屬於我！」曹操心中說道。

剛進了城，趙雲滾鞍下馬，拜倒在陳到面前：「多謝將軍救命之恩！請受我一拜！」

陳到連忙扶起趙雲：「區區小事，何足掛齒。將軍隻身殿後，勇冠三軍，真乃豪傑也！敢問將軍大名？」

「在下趙雲，字子龍，常山正定人。」

「在下陳到，字叔至，汝南人。」

「咱們先去見平原君吧！」趙雲提醒道。

「說得是，咱們走吧。」陳到領著趙雲走向議事廳。

城外，曹操軍的喧鬧聲，戰馬的嘶鳴聲，呼呼風聲，依舊不絕於耳，剛才的血戰，使陳到第一次感到的戰爭的恐怖。

趙雲拉著新朋友的手，卻感到陳到正瑟瑟發抖，而且還聽到陳到自言自語道：

「子明，元儉哥……戰爭，真正的戰爭……真的很可怕……」

徐州的議事廳

陳到趙雲一齊到了議事廳，陶謙劉備已經在迎接他們了，劉備快步上前，緊緊握住趙雲的手：「子龍，多虧了你斷後，我們才能衝進來，你可立了一個大功啊！」

趙雲連忙指了指陳到：「如果不是這位將軍捨命掩護，我就沒有命見平原君了。」

「這位是……」劉備並不認識陳到。

「這位是在徐州被包圍時自願來幫我守城的陳到壯士。」陶謙忙做介紹：「多虧了他呀，如果沒有陳壯士奮力守城，我想徐州城恐怕支撐不到你們趕來支援吧。」

「敢問陳將軍隸屬哪位將軍？」劉備聽陶謙稱陳到為「壯士」，料想陳到多半不是朝廷派遣來的人，多半是某些地主武裝的人吧。

陳到微笑著搖了搖頭：「在下一介草民，無父無母，靠著幾個江湖朋友走南闖北混口飯吃，眼看兗州曹刺史不以天下蒼生為念，想血洗徐州，才一時激憤出手，現在各位英雄已經來了，草民我也就放心了。」

「壯士真乃天下豪傑！退曹操之兵後，吾定當保奏聖上，不會讓英雄無用武之地的！」陶謙真心實意想留陳到，作為自己的左膀右臂。

「陶刺史言重了，草民本無所求，只是為了徐州十萬百姓的安寧，我也不是什麼沽名釣譽之徒，如果我把今日之事到處傳誦，將來定不得好死！」陳到慷慨激昂，毫無做作，眾人皆為陳到的氣概所深深折服。

劉備也自我介紹：「鄙人劉備，字玄德，暫任別部司馬、平原縣令。」接著指了指關張二人：「這兩位是與我一共起兵，追隨鄙人多年的戰友。」

關羽抱拳行禮：「在下關羽，字雲長。」

張飛學著關羽的樣：「我是張飛，字翼德，我不會什麼客套，大家多見諒！」

「大家先進議事廳吧，我們商量一下對付曹操的辦法。」陶謙說著，引大家進了議事廳。

「曹軍勢大，硬拚是沒意義的，我們得想點辦法。」陶謙只有這句話，陳到心裏嘀咕：「廢話，你不會換點話說嗎？」

這是陳到聽陶謙第四次說這樣的話了。

「我的建議是寫一封信。」劉備摸了摸鬍子，出了這麼一個主意。

「信？」大家不約而同的問。

「對，寫一封信，但是不是求和，而是動之以情，曉以利害，曹操不是那種感情用事的人，他現在血洗徐州，很失朝野人望，如果給他個臺階，說不定他會退兵的。」劉備經過分析，說出了自己看法。

「可以嘗試一下，平原君曾與曹操同為討董盟軍，這封信就由您寫吧。」趙雲同意這個辦法。「不戰而屈人之兵，善之善者也。我們先禮後兵，就沒什麼過失了。」

「大哥說咋樣就咋樣，我聽他的！」張飛沒那麼多彎子。

「可是……」關羽似乎不太同意，欲言又止。

「關將軍的意思是……」陳到似乎也領會到了關羽的潛臺詞。

「你們倆別打啞謎了，有什麼問題說呀！」張飛最受不了九曲十八彎的說話技巧，當下打斷他們。

「問題是……誰送這封信呢？」劉備自然不會不知道二人心中的疑惑。

「先寫完信吧，使者的問題等下再說。」陶謙眼看有一根救命稻草，自然死死抓住不放。

當下有人筆墨伺候，劉備略略思考，寫下書信一封：

備自關外得拜君顏，嗣後天各一方，不及趨侍。向者，尊父曹侯，實因盜賊不仁，以至被害，非陶恭祖之罪也。目今黃巾造孽，擾亂於外；董卓餘黨，盤踞於內。願明公先朝廷之急，而後私仇，撤徐州之兵，以救國難，則徐州幸甚，天下幸甚！

陶謙看完，連連搖頭：「語氣如此強硬蠻橫，曹操看了豈不是要勃然大怒？那徐州就完蛋了！平原君還是另寫一封措辭委婉點的信吧。」

陳到卻有不同的看法：「陶刺史，如果太謙恭的話，曹操一定會覺得我們軟弱可欺，反而助長他的囂張氣焰。我覺得平原君的信沒問題，就這樣吧。」

「我也這麼覺得，沒必要對曹操太客氣。」關羽贊同道。

「陶大人，我們也覺得沒什麼問題。」糜竺和孫乾開始時保持沉默，看了信後，兩人都以為可行。

「這信怎麼會有問題呢？別囉嗦了，誰如果怕做信使惹怒曹操被殺頭，老張我去送！」張飛這個人雖然性子急，對劉備總是保持著絕對的忠誠與信任。

張飛無意說中了大家心中的疙瘩。

曹操大軍壓境，並揚言「所到之處，雞犬不留」——事實上他也這麼做了。徐州的人上至刺史陶謙下至流民乞丐，聽到「曹操」兩字，臉色都會嚇得發白。徐州的父母哄騙小孩，只消說一句：「曹操要來啦！」孩子當即閉嘴，乖乖聽父母的了。對曹操的恐懼如此強烈，誰敢送信呢？

人在亂世中，過著朝不保夕的艱難生活。生活條件的艱險，會使人對於生的留戀大大減少。但是不知道是不是命運的捉弄，陶謙把徐州治理得相當不錯，徐州在亂世中成了少有的一方太平之地，人活得自在，就不想死。弄得陶謙現在連一個「願效死力」的人都沒有。

「如果……找一個亡命徒……」陶謙喃喃自語。

「不行……亡命徒做不來外交上的事……那還不如把信射到曹操的營壘裏呢……」趙雲不同意陶謙的觀點。

「子龍說得對，但是……」劉備也皺起了眉頭。

「只是……」糜竺孫乾也只有搖搖頭。

「……我去！」

「什麼！」

聲音很低沉，但是很堅定，眾人的眼光都盯上了他——

說話的人是陳到。

「陳壯士……你……」陶謙語無倫次，不知說什麼好。

「相信我。我會活著回來的。另外，請平原君和陶刺史做好戰備，萬一我失敗了，為了徐州的百姓，你們一定要拚死一戰。不能屈服於曹操！」

「是啊，城外田刺史和孔太守也正與曹軍奮戰呢，我們怎麼可以這麼快認輸？」劉備站了起來：「陳壯士，信就交給你了！祝你馬到成功！」

「陳兄，要活著回來呀！」趙雲感慨萬分。

「陳壯士，那就派你做信使，你的使命很重大，徐州的十萬百姓……就看你的了……」陶謙眼眶紅紅的，顫抖著把信裝近信封，遞給了陳到。「平原君……如果陳壯士……請一定要努力守住徐州……我會自縛向曹操請罪……到時候……」

「陶刺史，別說喪氣話！天無絕人之路！」劉備堅定地說。

陶謙點了點頭。

「雲長、翼德、子龍，和我去城頭上看看形勢吧。」劉備招呼三人，向陶謙行了個禮：「鄙人先行告退。」帶著三人，離開了議事廳。

陳到把信貼肉收藏，向陶謙行了個禮，也離開了。

議事廳裏只剩下陶謙和他的心腹幕僚麋竺、孫乾。

「主公……剛才你的意思是……」麋竺問道。

「主公，沒別的外人了，你剛才的意思，我們倆能領會……」孫乾也追問道。

「唉，我老了，對天下角逐無心也無力。眼看漢室衰微，我卻無能為力呀……」陶謙剛才強忍著的淚水，終於流了下來。

「您難道……打算把徐州讓給劉備？」麋竺終於問出了這句話。

「是啊……」陶謙並不避諱。

「徐州是現在少有的一片太平之地，您想讓百姓重新步入血腥與死亡的深淵嗎？」孫乾不免有些著急。

「唉，我當然也想過……可是現在徐州不是也受到兵禍了嗎？」陶謙沉重地說：「其實，如果曹操能善待百姓，我把徐州讓給他也不是什麼不可以的事。只是他殺戮太重，我擔心……」

「所以您選擇了劉備？」麋孫二人同時問陶謙。

「對，劉備願意幫助素不相識的我們，而且我看得出，他是為了百姓而來的。」

「您為什麼不認為劉備是為了其他的目的而來的？城外還有著田刺史和孔太守，他們也都是為了百姓？」孫乾想刨根問底。

「田楷孔融的軍隊雖然開到，卻不與曹操作戰，明顯是想和曹操打消耗戰，曹軍兵多，過一段時間後可能會軍糧不濟，這樣他們就在徐州百姓面前成了英雄，到時候要趕走我還不是一句話的事。劉備不同，他想用外交方式了結這場戰爭，曹操一旦接受勸告收兵，那援軍就沒有理由繼續留下了，自然也沒藉口搶徐州了。」陶謙畢竟在官場多年，這些事還是能看透的。

糜孫二人連連點頭。

「我別無選擇，只有相信劉備，相信他會善待徐州百姓。」陶謙長歎一聲。

糜孫二人勸慰了陶謙幾句，也退下了。

再說陳到，他扮成百姓，身藏利刃。已經準備出發了。

望著城頭上大書「平原劉玄德」的獵獵軍旗，陳到已經決定了：

「平原君，你是我陳到一生的主公！如果……我還有命跟你的話……」

驚心動魄

陳到一個人走出徐州城，緩緩走向曹操大營。

離曹軍大營還有五十步。

「站住，你是幹什麼的？」一隊騎兵衝了過來，圍住了陳到。徐州城的人誰敢跑到曹軍大營這裏？分明是送死！

「我是徐州城的使者，給曹大人送一封信。」陳到不慌不忙。

「信呢？」騎兵隊裏一個看起來像隊長的人問。

「我必須當面交給曹大人。」陳到依舊不慌不忙。

「我看你像徐州城裏的奸細，信拿來，我們幫你給曹大人，你立刻給我滾回去，叫陶謙老頭早早投降！」另外一個騎兵一副惡狠狠的樣子，想搜陳到身上的信。

「哼，我原本以為曹操是個多了不起的人呢，原來練出來的兵都是你們這樣的飯桶！」陳到很生氣，如果不是心裏還記著送信的大事，他早就出手教訓一下這些狂妄的士卒了。

「什麼？想找死是不是？大爺我最近刀沒見紅，正無聊著呢。兄弟們，宰了他！」第一個說話的騎兵已經「唰」的一聲拔出了腰刀，其他的騎兵見狀，也紛紛拔刀在手。

陳到沒了退路，後退一步，右手深入懷中，已經觸及了那把短刀。

「住手！」營壘裏突然飛出一騎，雷霆一般的大喝，立刻嚇住了那幫兇殘的騎兵，只見那騎如幻影一般奔來，這五十步的距離不算短，卻只是眨眼的工夫，那人已在眼前。

那人身著錦袍鐵甲，看上去最起碼也是個將軍

「主公早就傳令，徐州城裏的來使，一定得好生招呼，你們怎麼敢藐視軍令？」那將軍狠狠斥責那幾個騎兵。

「于將軍，小人只是看這個人很面熟，以為他是奸細……」

「哼，『你以為』，小心誤了主公大事。到時候砍頭，沒人幫得了你。快去巡邏！」被稱為「于將軍」的人又接著訓斥了兩句，打發那群騎兵走了

眼看那群騎兵走遠，陳到鬆了口氣——倒不是怕了那些兵，只是怕萬一打起來，送信的差使多半要完蛋了。

「閣下可有信箋給我主公？」見陳到沒說話，那人下了馬，首先發問。

陳到這才緩過神來：「多謝將軍幫助，小人確有一封信要送予曹大人。」

「請隨我來吧。」那人沒有上馬，而是牽著韁繩，領著陳到走向大營。

陳到暗想：「和剛才相比，待遇簡直是一個天上一個地下嘛。」他想記住眼前這個人，問道：「請問將軍高姓大名？」

「在下于禁，字文川，現為陷陣都尉。」此人自報家門，毫無掩飾，陳到不禁感慨他的磊落胸襟。雖然先前陳到並不認識這個于禁，但是現在對他頗有好感。

說話間，兩人已到軍營，由於陳到跟著于禁，並沒有遭到什麼盤問，陳到也沒有被蒙住雙眼——那是防止信使趁送信之機探察軍情的有效手段，陳到也抓住了機會，暗中觀察了一下曹操的軍營。

軍容嚴整，旗幟鮮明，兵器銳利，盔甲堅固。陳到幾乎沒找到一點破綻！曹操果然有一

手，如果剛才看到這些，就不會說曹操「治軍無方」了。

七拐八繞後，于禁帶著陳到進了一座營帳。

營帳裏有一個威武的中年人坐在案几前，左右兩旁各站著一名全副披掛的衛士，身邊還站著一個文書。

于禁向坐著的人作揖：「主公，這是徐州城派來的使者，他有封書信給您。」

眼前這個人就是曹操？

陳到仔細打量了一下這個想血洗徐州的「惡人」與「能人」的混合體——炯炯有神的目光，吞吐天地的氣概，以及那極力隱藏著的，閃爍於眼中的野心。

「是他，沒錯了，的確是個亂世奸雄。」陳到心中暗想。

「信呢？拿上來。」曹操只說了這麼一句話，但是陳到已經感到了曹操可怕的魄力。

陳到取出了信，那名文書早就走向陳到，接過了信後，雙手遞給曹操。

陳到盯著曹操的手，看著曹操拆開信封，手也漸漸伸入懷中——

于禁等人看陳到似乎正低著頭，其實陳到正悄悄抬眼密切注視著曹操臉色的變化，只見曹操的臉色漸漸發青，陳到也緊緊攥著懷裏的那件東西。

終於，曹操把手中的信一甩：「劉備算什麼東西！竟然在我面前說教！」

說時遲，那時快，陳到突然拔出剛才對付小兵時沒用上的利刃，一個箭步衝上前去，電光火石之間，已經制住了曹操的要害。

兩旁衛士和于禁大驚，要想阻止陳到，卻怎麼來得及？

曹操先也是一驚，但是立刻鎮定了下來。陳到也從曹操的眼神中明白，他絕對不是那種只為了父親的仇恨而起兵復仇的人——陳到幾乎想就此罷手，但是開弓沒有回頭箭，一旦罷手，一定會被當成真正的刺客……

曹操先是凝神屏氣，然後居然笑著說：「我認出你來了，你不就是那個救了劉備將領的徐州守將嗎？」

陳到一震，曹操有如此敏銳的洞察力，太可怕了，還好陳到的精神高度集中，否則極可能功虧一簣。

「吾可否知壯士大名？」曹操依舊微笑問

「陳到，字叔至。」陳到盡量控制住自己的精神，從容不迫地問曹操：「曹大人，您是否決定退兵？」

「不。」

回答乾脆俐落，沒有一絲轉圜餘地。衛士在旁不敢動彈，于禁也為曹操的回答感到害怕——萬一陳到狗急跳牆……

「于禁將軍，你先面向營壁，沒有我的命令，不許回頭。」陳到先控制住可能反撲的于禁。然後還是用從容的口氣問曹操：「為什麼不退兵？」

「因為以後再也找不到這樣好的藉口了。況且，我能感覺到，你現在是不會殺掉我的。」曹操從容地說道。

「為什麼我不會殺你？」陳到把手中的匕首緊了緊。

「這個天下不能沒有我，況且，你殺了我也無濟於事，我的部下一樣會把徐州碾壓為齏粉，我看得出你是個聰明人，不會做任何無意義的事。」曹操這樣回答了陳到。

陳到覺得曹操所言不錯，現在殺了他，的確無濟於事。只得帶著最後一絲希望問曹操：「你如果被我殺了，那攻下徐州還有什麼意義？」

曹操依舊是微笑：「用徐州百姓的血，祭奠我的亡魂。」

陳到絕望了，曹操真是個軟硬不吃的傢伙。若不是出了一些變故，陳到估計會自刎在曹操的營帳裏。

一個傳令兵進了曹操營帳，大喊一聲：「報——」

沒了下文，傳令兵被眼前的景象嚇得呆了。

「說，什麼事？」曹操似乎沒把陳到那架在脖子上的刀當一回事，如平常一樣問傳令兵。

「大人……」傳令兵幾乎說不出話來，在場的人除了曹操，還有誰那麼輕鬆呢？

「說！」曹操的語氣顯然嚴厲了起來。

「大……大人……呂布……呂布偷襲了兗州……」傳令兵結結巴巴說出了這條消息。

「什麼！」曹操大驚。

「現在只有三個縣還在死守，請大人立刻回救……」傳令兵說著說著，聲音低了下去，他還是不能明白眼前到底發生了什麼。

「可惡的呂布，我饒不了你，傳令下去，立刻退兵！收復兗州！」曹操像往常一樣發號施令。

「曹操大人，您似乎忘記了，您現在是我的人質。」陳到聽到傳令兵的消息，已經大喜過望了：「徐州有救了！」

「哈哈，我不打徐州了，你也沒理由再挾制我了吧。」曹操的笑容始終很燦爛。

「是的！」陳到收刀入殼，抱拳行禮：「得罪了，此事與于禁將軍無關，還望大人別為難他。」

「好，這次我先賣你們一個順水人情，于禁嘛，因為你說情了，我也饒他無罪。」曹操也似乎沒有為難陳到的意思。

「大人，這刺客……」那個文書還驚魂未定。

「胡說，陳壯士怎麼是刺客呢？他是徐州城的信使！」曹操的口氣很堅定，沒有一點玩笑的語氣。

「曹大人，這次小人得罪了，改日再來謝罪。謝曹大人能以天下蒼生為念，雖然這是一個巧合。」陳到不卑不亢，然後轉身出了營門——于禁已經轉過身來，但是沒有攔阻陳到——是感激？是敬畏？是恐懼？于禁說不清楚自己內心的感受。

「陳壯士，曹某愛你是條好漢，記住，不如意時可以來投奔我，我永遠歡迎你的到來。」曹操也走出營帳，向已經走遠的陳到喊話。

「謝大人美意！」陳到向後一拱手。

「這個陳到，真是天下猛士啊……」曹操和于禁的心中都對這個陳到心存敬畏。回徐州的路上，陳到回想起剛才的舉動，不禁後怕，手腳也開始發冷發軟，差點就不能靠自己的力量走回去。

劉備等人已經在城牆上遠遠看到，曹操軍正在拔寨撤兵……

我沒有選錯主公

陳到剛進了徐州城，陶謙和劉備已經來迎接了。一直在城牆上注意觀察的劉備早就把曹軍撤退的消息告訴了焦急的陶謙。

陶謙遠遠看見了陳到，倒頭便拜：「陳壯士，我代徐州的十萬百姓，謝謝你了！」

陳到一驚：「大人快快請起，這不折殺小人了？」說著，一把扶起了陶謙，只見陶謙的眼中噙著淚水，陳到不禁感慨：「陶謙雖非可以追隨的明主，但的確是一個愛護百姓的良吏。難為他在這片亂世中苦苦掙扎。」陳到突然對陶謙有了一種同情的感覺。

劉備也上前扶起陶謙：「總算曹操心中尚有百姓蒼生，未釀成更大的兵禍。」

「不，曹操絕對不是為了百姓而退兵的，他的老巢兗州被偷襲了。」陳到苦笑著——可能真的是天意吧，如果沒有呂布的偷襲，曹操絕對不可能退兵，自己現在也已經沒命。

「誰？」劉備和陶謙不約而同問起。

「呂布。」陳到沒有告訴劉備陶謙曹營裏發生的驚心動魄的一幕，只說出了這個無意間救了徐州的人的名字。

「呂布？」陶謙剛才還熱淚盈眶，聽到了這個名字，立刻緘默了下來。

「這下……有曹操受的了……也算是惡有惡報吧……」劉備幸災樂禍：「最好把曹操的兗州給打下來，那曹操就無家可歸啦。」

趙雲這時候也下了城樓，聽到了大家的議論，也發表了自己的看法：「我看呂布未必可以與曹操相抗衡……只是……」

呂布何人？

呂布字奉先，五原郡人，自幼無父無母，是被馬賊養大的，呂布生來力大無窮，又由於小小年紀就出入馬賊周圍，習得了一身好武藝，尤其擅長騎射，有著百步穿楊的本領。曾被當地人譽為「飛將軍」——如李廣一般的武藝。

武藝高強，這點對呂布無論如何是不可否認的，但是呂布卻被天下人恥為不義之首：他曾被並州刺史丁原徵召為騎都尉，又被當時人人切齒的董卓收買，而後不久又殺了董卓。先後投奔多名軍閥，後又倒戈，以致現在根本沒有人願意收留呂布，就是這樣，呂布只好鋌而走險去搶曹操的兗州了。

「呂布的事先不去管它。」陶謙緩過神來：「總之現在曹軍已退，徐州得保，全仗諸位之力。田刺史和孔太守也即將入城，我們先準備迎接他們吧。」

「說得是。」眾人齊聲應道。大家也都各自準備慶祝了。

第二天，陶謙等眾人出城迎接田楷孔融一行人，百姓也都湧上街頭敲鑼打鼓慶賀——雖然這次戰爭死了不少無辜百姓，但是死者已矣，不用太過悲傷。倖存者重新開始享受生的樂趣，自然要慶賀一番了。

陶謙在府邸擺酒席慶賀，一番客套之後，陳到與趙雲都堅持坐了末位。劉備與其他人也推陶謙坐了首位，大家依次紛紛入席。一時觀舞飲酒，好不熱鬧！

酒過三尋，陶謙命隨從拿出了徐州刺史的銅印，雙手捧上，鄭重其事的遞向劉備：「陶某人知天將大亂，可惜有心討賊，卻無力為之，平原君寬厚愛民，又有雄心壯志，如蒙不棄，還望收下此印，陶某人年老體弱，欲告老還鄉，還望平原君成全。」

除了麋竺孫乾，在場人無不大驚失色——連陳到也覺得匪夷所思：劉備功大，但也絲毫沒有搶奪徐州的意思，陶謙何故如此？

劉備更是惶恐萬分：「陶大人何出此言？劉備不過一無名小卒，得田大人錯愛至此，身無寸功，退曹軍全仗在座各位英雄，劉備何德何能，敢如此妄想？請大人快快收起大印。」

「平原君不必過謙。」麋竺上前一步，他一直站在陶謙的後面：「陶大人早已有此意，只是當時曹軍未退，恐慢軍心，今日正是時候，請平原君不要負了陶大人的美意。」

「此事傳開，世人將把劉備置於何地？」劉備只是推託：「何不請袁術大人？他一家人四世三公，聲望極高，若陶公無心政事，何不交予袁術大人呢？」

「平原君，袁術這種人如果得到了徐州，定會使徐州雞犬不寧。」孫乾也站了出來：「徐州現在再想避免戰禍，已經是不可能的了，陶大人只是希望能有個了不起的人來治理它，能使徐州百姓過上相對安寧的生活，這個位置，只有您才能勝任啊！」

「……」劉備已經沒有什麼托詞了。

「平原君，陶大人如此器重你，你就收下吧！」在旁的田楷孔融也不禁感慨：「劉備為何有如此的政治魅力？只是那麼幾天的工夫，就使陶謙願意拱手相讓自己的地盤？」

「主公，我們……」張飛正想發話。

劉備瞟了一眼張飛。

張飛當即識趣閉嘴。

「我本是外人，不方便插話。但是事關重大，我就冒昧了。」陳到終於也開口了：「陶大人把徐州刺史的大印讓出，是明智的。」

眾人都覺得匪夷所思，陶謙白白讓出一個經過自己苦心經營多年的富庶的徐州，還很明智？

只有陶謙用手輕輕捋了捋鬍鬚，面帶微笑。

劉備似乎有些局促，目光盯著陳到。

「徐州即將成為曹操與呂布爭奪的地盤，這點是不可改變的。」陳到繼續說。

「何以見得？」孔融發問了，他一直以為曹操是為了顧念百姓才退兵的。

「現在曹操與呂布爭兗州，如果曹操打跑了呂布，那麼曹操一定會回兵再打徐州。如果曹操被呂布打敗了，呂布也一定會找機會吃下徐州這塊肥肉。退一步講，即使他們都不發兵，徐州也是四面受敵的地方。」陳到停頓了一下，繼續說：「揚州的袁術、河北的袁紹，這兄弟倆都是很有野心的人，你們能說他們對徐州就沒有佔有的欲望？」

田楷低頭不語，袁紹的野心他最清楚了，因為袁紹正窺視著他自己的地盤青州。孔融也黯然神傷，自己看錯曹操了。

陶謙的心裏卻如打翻了五味瓶一般，什麼滋味都有——自己的確是擔心曹操會回兵再打徐州，但是沒想到還有來自呂布、袁紹兄弟的危險。而且陳到的意思分明是自己無法抵擋這些敵人。不過陶謙心裏也很安慰，自己畢竟老了，現在是年輕人的天下了，現在陶謙不單對劉備充滿信心，對陳到也是刮目相看。陶謙甚至有這樣一個想法——如能把陳到收羅到自己的手下，那還怕曹操什麼？

不過，陳到太年輕了，年輕人，不受到點挫折是不會成長的。

劉備最後還是收下了銅印，陶謙親自向朝廷發了公文，開缺了自己的一切官職，並推薦劉備接替自己——當時朝廷早已沒空去理會這徐州刺史是誰了，所以很多地方都是由開缺者自己申報補缺人——一般都是世襲的。陶謙開缺後，樂得輕鬆自在，收拾的一些東西就回鄉了。

田楷、孔融軍休息了幾天後，也拔寨回自己的領地去了。

趙雲也回去向公孫瓚復命了。臨走前，趙雲緊緊握住劉備與陳到的手，不願放開，劉、陳二人也感到不捨。

「劉將軍、陳兄弟，咱們後會有期！」趙雲是帶著淚水離開的。劉備對趙雲，覺得只能用「義士」來稱呼。

至於陳到呢？

他留下了，因為暫時無官無職，陳到就先充當了劉備的侍衛隊長。

這個官只是名義上的，陳到其實還是屬於「白身」那一類的，但是陳到卻能常常與劉備長談，關羽張飛都是追隨了劉備多年的老資格人物，但是他們必須承擔各種軍務，自然沒有太多的時間和劉備談。劉備處理完公務後，總喜歡找人聊天，陳到自然是最佳人選了。雖然陳到很年輕，但是年輕並不一定氣盛，至少劉備覺得。

一次，兩人談到了徐州的問題。

「主公，當時陶謙讓印時，您是怎麼想的？」陳到好奇極了。

「開始是吃驚，之後是想笑納。」劉備笑笑，並不避諱。

「不怕天下人說您狡猾？」陳到也笑了。

「不怕，又不是我搶的徐州，是他自願給的，再說了，不管我怎麼推辭，天下人也會曲解我，說我是偽君子云云。」

「您自己以為呢？」陳到繼續問。

「呵呵，爭奪天下的人，誰沒有這樣的野心呢？我覺得我不是偽君子，但是離孔聖人說的君子，距離還很遠呢！那種君子，我做不來，也不想做。」劉備就是這樣的坦白。

「是啊，只是，人世間的偽君子實在太多了，不過，主公您是例外，您才是真正意義上的君子。」陳到這麼說。

「奉承我？」劉備童心大起，和陳到開起了玩笑。

陳到卻很認真地說：「不是，您是君子，我沒有找錯主公！」

從劉備那兒出來後，陳到給廖化寫了信，把這裏發生的一切都裝在了信箋裏。孰是孰非，由他來評判一下吧！只是陳到覺得，自己的確沒找錯主公。

陳到不知道為什麼自己沒選擇曹操。

初嚐敗仗滋味

曹操與呂布為了爭奪兗州的大戰，談不上誰是贏家，交戰數場，各有勝負。不過有一點是可以肯定的，受害最大的永遠是百姓。現在不但是徐州，兗州一帶也是死屍遍野，許許多多世居兗州的百姓也紛紛遷徙他鄉。老百姓最恨的就是不能葬在家鄉了，這樣一遷徙，百姓更是叫苦連天。

最後還是曹操暫時佔了上風，把呂布從自己的地盤上攆了出去。呂布無奈，率領殘兵敗將往徐州而來。

當然不是要搶徐州了，自己的力量不允許，呂布是來投奔現在的徐州牧劉備的。

劉備早就得到了消息，召集眾人商議對呂布該以禮相待還是驅逐。

最先發話的是張飛：「我生平最恨寡情薄義的小人，呂布這個三姓家奴，哪兒有什麼好心？分明是想伺機奪走徐州！趁他現在勢單力孤，我出兵滅了他！」說罷就幾乎要衝出府邸。

關羽連忙拉住，小聲責備道：「主公還沒發話呢，你著什麼急。」

張飛乖乖回了自己的位子，但還是一副餘怒未息的樣子。

劉備微笑了一下：「先前沒有呂布偷襲兗州，曹操怎麼會退兵？呂布可以說是我們的恩人啊！他現在窮途末路來投奔我們，我們怎麼好意思拒絕？」

「還有，萬一呂布和袁術勾結起來搶徐州，麻煩就大了。」麋竺也插言，陶謙回鄉後他和孫乾都跟了劉備，成了劉備最重要的幕僚。

「對，子仲說得有理，這點不能不防。」孫乾贊同道。

「主公放心，呂布雖勇，有我和翼德在，諒他也不敢怎麼樣。」關羽也素來不屑呂布的為人，但是對呂布的武藝，關羽也頗為忌憚。

「叔至，你的看法呢？」劉備轉身徵求陳到的意見。

陳到開始在劉備身後一言不發，原以為沒有自己發言的資格——自己不過是劉備的衛隊長而已。現在劉備卻鄭重其事徵求他的意見，陳到感到受寵若驚：「不敢，我就發表一下自己的觀點吧。」

「請講。」劉備大度的一揮手——按陳到的本領，做個衛隊長實在是太可惜了，可惜現在沒機會，以後一定要重用他。

「我覺得，呂布乃猛虎，虎雖可吃人，但是也可以助人吃狼，就看你怎麼利用牠了。」陳到說出了心裏話。

「叔至之言，正合我意。」劉備點頭稱善。

「利用這種人？簡直是恥辱……」只有張飛還在那裏嘟囔，可是劉備已經贊成了，張飛也不好多說什麼，他對劉備永遠保持絕對的信賴和忠誠。

「那好，呂布明天應該到徐州地界了，雲長、叔至，你們和我一起出城三十里迎接。翼德守城，不用與呂布見面。子仲、公佑你們負責慰勞呂布軍等事務。不過接風的宴會上大家一個也不能落下，翼德你也得來，收斂一下你的脾氣，以大局為重。」劉備粗略分配了一下大家的任務。

「是！」全體答應。張飛也大聲答應，他巴不得不要和呂布打照面。

一切如劉備的設想，呂布初來，小心謹慎，一點也不敢和劉備頂撞，可以說顯得謙恭有加，倒是張飛一直找茬，不過劉備總是盡量避免張呂兩人直接碰撞。

劉備和其他人商議了一下，呂布帶來的人不少，實在是不能放心，就客氣地讓出了徐州的小沛給呂布屯兵駐紮，並且供應錢糧。呂布為了不受張飛的窩囊氣，也順水推舟接受了劉備的建議。

劉備、呂布兩家相安無事，倒是一旁原本想坐山觀虎鬥的曹操與袁術打起了小算盤。

曹操眼看著本來應該屬於自己的徐州被劉備取去了，心中本已憤懣，但是兗州剛剛平定，需要的是加強內政，鞏固實力。所以默許了劉備成為徐州牧。可是呂布投奔了劉備，劉備也接受了，這對曹操來說簡直是個挑釁——收留偷襲曹操老家的人，明擺著沒把曹操放在眼裏。

「主公，現在沒有時間管他們了，我們當前的首要任務是『挾天子』，然後是『令諸侯』，到時候，無論劉備或呂布都不能公開反對我們了。」謀士荀彧獻策：「我們先分化一下劉備的幕僚吧！」

「也只能先這樣了！」曹操感歎。

曹操開始拚命接近天子，想把天子拉到自己的地盤下。並且保奏麋竺與其弟麋芳分別為嬴郡太守和彭城相，分化劉備實力，好在麋竺兄弟對劉備夠忠誠，曹操的計謀沒起到什麼作用。

曹操在籠絡麋竺兄弟的同時，也保奏劉備為鎮東將軍、宣城亭侯，領徐州牧。這雖然早就是既定事實，但是對劉備來說曹操也算給足了面子。不過曹操在送宣城亭侯大印時，也以朝廷的名義命令劉備征討淮南袁術。

曹操屢送人情，劉備又怎麼能拒絕，再加上袁術也開始行動了，他眼看劉備、呂布勢力坐大，哪能坐以待斃？不等劉備出兵，袁術就點了數萬大軍，以猛將紀靈為先鋒，開赴徐州。

劉備帶了關羽和陳到，留了張飛守城，點起約二萬人，在淮陰一帶進行阻擊戰，與袁術先鋒紀靈遭遇。雙方開始了一場惡戰。

陰雲蔽日，雙方戰鼓擂得極響，袁術陣中，先鋒大將紀靈親自出馬，手舞三尖兩刃刀，大喝：「販履小兒劉備，敢與紀靈一戰否？」

劉備悄悄謂關羽：「此乃袁術第一大將，若能斬他，定能大挫袁術銳氣。」

關羽一聽，飛馬出陣，舞動八十二斤的青龍偃月刀，直取紀靈。兩將就在陣前廝殺起來了，但見刀光過處，鏗鏘聲起，兩人氣勢正盛，互不相讓。

交戰三十回合，紀靈漸感體力不支，而關羽卻越戰越起勁，勝負已漸漸顯露出來。紀靈賣個破綻，閃開了關羽的一刀，然後大喊：「稍歇再打，稍歇再打！」一邊喊一邊往本陣奔去。

關羽也不追趕，回到本陣，也不下馬歇息，只是橫刀立馬，壓住陣形。心中暗想：「這紀靈也算有點本事，看來真的太小看袁術了。」

大約過了半個時辰，關羽再次出馬討戰。

紀靈的銳氣被關羽磨掉了，他不敢再出馬應戰，派了自己的三個偏將來牽制關羽，消耗關羽的體力。

那三個偏將雖然打不過關羽，可是三條槍就這樣東挑一下西刺一下，關羽一時倒也無法取勝，反而有些岌岌可危，陳到看不下去了，提著廖化留給他的三尖兩刃刀，直取那三員偏將：「你們也太無恥了，哪兒有這麼打的？我來教訓教訓你們！」

說話間，陳到已加入戰陣，手起刀落，斬殺紀靈偏將一名。關羽也緩過手來，也一刀斬了一個。最後一個看情況不妙，虛晃一槍，落荒而逃。

劉備趁機發動總攻，紀靈大敗，後退三十餘里下寨，等待袁術大軍到來。劉備也紮下營寨，一面打探袁術軍消息。

「今天多虧叔至你了，要不然真不知道該怎麼應付。」關羽很感激陳到出手相助：「對了，以前沒見你用過三尖刀啊，你怎麼會和紀靈用一樣的兵器？」

「我的刀法是舊時朋友所傳，刀也為他所贈，平時不輕易拿出來。」陳到笑笑，這個舊日朋友就是廖化：「以後，這把刀可得多砍幾個人，不然對不起我那朋友。」

「哈哈，我看紀靈那把刀比你的閃亮多了，下次我幫你搶了來，這把刀既然是你好友所贈，應好好保存呀！」關羽快人快語。

「正是，下次一定把紀靈的刀和腦袋一起帶來。」陳到也捨不得一直用廖化送的刀。

「不早了，先歇著吧。你保護好主公，小心夕人，當心敵人派刺客來。」關羽如往常一樣，睡前先去巡視軍門了。劉備早就睡了，陳到覺得累了，也躺在草席上，迷迷糊糊睡著了。

陳到太大意了。關羽劉備也太大意了。

紀靈軍半夜時分偷襲劉備大營，劉備軍沒有一點提防，營寨陷入混亂，兵馬自相踐踏，死傷無數，陳到還算睡得不熟，率領殘部死命保護劉備突圍，與關羽的殘部會合了。

計點人馬，不足一萬，損失慘重。陳到一拳頭砸在地上，鮮血直流：「都怪我麻痹輕敵，弄成這樣，死了那麼多弟兄，我……」

「這哪能怪你啊，叔至，我也太鬆懈了。哪裏料到有這種事？」關羽也恨得直跳腳。

「別說了……勝敗乃兵家常事，不必掛懷，我們先回徐州休整一下吧。」劉備也深受打擊，但仍不失大將之風。

「報！」傳令兵突然進帳報告了：「三將軍……」

「翼德怎麼了？」劉備又吃了一驚。

「三將軍……被呂布偷襲……丟了徐州……」傳令兵不敢看劉備的眼睛。

劉備閉上眼，揮了揮手：「下去吧，如果翼德來了，讓他進來。」

陳到一聽大本營丟了，更是難受，眼淚竟流了出來，苦澀極了。

「戰敗的滋味……真苦啊！」陳到心中默念。

天下雖大，何處可容我等？

「大哥！我沒臉見你呀！」張飛一進劉備大營，便跪倒在劉備面前，眼淚大把大把流了下來：「呂布那個賊子居然乘夜偷襲，我……」

劉備低頭不語，關羽先發問了：「呂布即使偷襲，徐州城牆高厚，也不是那麼輕易就能攻下的吧！」

「那天晚上我辦了酒宴，本想喝完就戒酒的，結果哪知道……」張飛嗓音越來越小，越來越沙啞。

「嫂嫂呢？」關羽一聽急了，張飛醉酒，一定把劉備家眷也忘了：「你逃出城時有帶嫂嫂一起出來嗎？」

「我開始沒想到……後來來不及了……」張飛懊惱地萬分。

「你你你……大哥把徐州交給你，你就這樣把徐州給丟了，現在這裏與袁術的戰況也很不利，本來想退兵徐州再做打算的……你……」關羽恨不得揍張飛一頓，以平息心中怒氣。

張飛羞愧難當，抽出腰中長劍就要自刎，關羽背對著張飛，根本沒注意到。劉備離張飛太遠，也來不及阻止，眼看張飛就要命喪劍下——

陳到作為劉備的衛隊長，雖然一直在營內，鑒於這是他們私人間的事，陳到始終沒有插嘴。不過陳到總是習慣性的把手搭在劍把上，就是這個無意間的習慣動作，救了張飛一命。

張飛出劍，陳到已知道他的意圖，同時也出劍，當張飛的劍抹向脖子時，陳到正好彈飛了張飛的劍。

「三將軍，徐州丟了可以再打回來，何苦自尋短見呢？」陳到驚魂未定，張飛如果死了，劉備軍團可能會這樣一厥不振，剛才好險啊，若不是張飛恍恍惚惚，自己又怎麼能這麼輕易擊飛張飛的劍呢？

「翼德，你怎麼這麼草率啊！」關羽見張飛如此，心中充滿了對自己兄弟的憐愛：「叔至說得對，徐州丟了不算什麼，只是你把嫂嫂陷城裏了……」

「翼德，徐州本來是陶謙大人的，丟了就丟了，不用在意。家眷丟了也就算了，我想呂布也不至於為難我的家眷，畢竟沒有深仇大恨，但沒有了你，我們的事業可能就此一蹶不振。」劉備說著說著，竟笑了起來，絲毫沒有悲傷的樣子。

「主公……」張飛不知道該說些什麼。

「呵呵，主公說得對，我們沒必要這樣難受，不就是個徐州嗎？下次我們把呂布打爛掉。」關羽也從陰霾中脫離了出來，在劉備的一席話下，心情異常開朗。

「翼德，你先去休息一下吧，雲長，你去查看一下受傷的士卒，我和叔至說幾句話。」劉備剛說完，兩人就退出了營帳。

「叔至，謝謝你救了翼德一命！」兩人剛退出去，劉備就向陳到鞠躬行禮。陳到忙起身回禮：「此乃小人應該做的，主公何言謝？」

「叔至……我聽說你也曾經有共過患難的好朋友……你能體會我的感覺嗎？」劉備搓搓手，欲言又止的樣子。

「是的……我能理解主公的心情，徐州這麼大塊地盤丟了，論誰都會心疼，但是如果翼德死了，那才是最大的悲哀。」陳到沉重地說。

「對啊！徐州本來不是我的地盤，丟了就丟了，不過呂布的做法實在是太過分了，我準備回徐州把呂布給滅了，免得以後和他糾纏不清。」劉備雖然嘴上不怪張飛，心中的鬱悶也不必多說了。

「主公，我軍新敗，兵無戰心，又丟了徐州，我們還是先找個地方休整一下吧！」陳到本想說憑現在的軍力打不過呂布，但又不想讓劉備難堪，提出了這個建議。

「唉，天下很大，可是到處都是兵禍戰亂，何處可以容我等？」劉備有些茫然了。

陳到也無語，一時想不出什麼合適的地方。

「先就駐紮在這裏吧，看看形勢再說。」劉備無奈地做了決定。

不數日，劉備軍糧草將盡，一時全軍狼狽不堪，最後還是糜竺提議去他的老家東海郡朐縣駐兵。

糜竺祖上幾代都經商，家中「僮客萬人，貲產巨億」，但是他卻一點也沒有守財奴的樣子，劉備軍到朐縣後，他幾乎散盡家資以為軍用，又從家僮僕人中選出數千精壯來補充劉備軍，最讓劉備感動的是糜竺見劉備的夫人被呂布所俘，竟把自己的妹妹嫁給了劉備。當時朐縣人都罵他是敗家子，這話經過加油添醋後傳到糜竺的耳裏，他居然毫不惱怒，一笑置之。劉備對糜竺的感激之情無以言表，關羽張飛也很感激他。

休整了一段時候後，劉備決定去徐州向呂布討個說法，雖然這對呂布根本沒用。

哪知呂布倒是振振有辭，說張飛酗酒，虐待部下，自己是來幫助張飛守城的，並且送還了劉備家眷，劉備吃了個悶頭虧，又不得發作，只得暫且駐兵小沛——這是當初劉備給呂布的地盤，現在自己這個徐州的主人倒和作為客軍的呂布換了個位置，連劉備自己都覺得滑稽。

「主公，這口氣咱們怎麼咽得下？」張飛一看見呂布就恨的牙癢癢的，如不是劉備反覆關照不得莽撞，張飛說什麼也要上去和呂布拚死一戰。

「呂布這段時間招兵買馬，特別強化了他的騎兵隊，憑我們現在的實力，根本不是對手。」孫乾說道，他在徐州被呂布攻下時，為了保護劉備家眷而自願留下，呂布也沒有為難他和劉備的家屬，孫乾一直留在徐州直到劉備回小沛，所以他對呂布軍的虛實很清楚。

「公佑說得有理，再者，我軍多新兵，宜多多操練，我們再招募一些人，等我們的實力也強了，再和呂布廝殺不遲。」糜竺也不贊同貿然和呂布翻臉。

「好，訓練的任務就交給我和翼德吧，我們練出來的兵，絕對不會輸給呂布的。」關羽也發話了，聲音中充滿了自信。

「就這樣吧，大家好好努力，別被呂布看扁了！」劉備一句話結束了會議。

「那我呢？」陳到發現自己沒什麼事可做了，在大家退出營帳後說了這三個字，雖然作為劉備的衛隊長，陳到本來就不該有太多的事參與，可是想到自己老是無所事事，心中也是不快。

「叔至，你有特別的任務。」劉備只說了這一句話。

「特別任務？」陳到心頭一熱：劉備開始把自己當成心腹來看待了。

「你今天就出發，幫我送一封信給曹操。」劉備一字一句。

「是！」陳到知道這封信一定非同小可，臉色一下子凝重了起來。接過劉備手中用蠟封死

的信，陳到行了個禮後也走出了營帳。這次陳到的打扮和上次幾乎沒有變化。腰中還是掛著那口利刃

「叔至……不要讓我失望啊……」望著陳到遠去的背影，劉備心中似乎有了一個沉甸甸的包袱。

陳到為了圖快貪走小路，但是路不好走，反而走得慢了，又染上了一種傳染病，只得寄居在一戶農民家裏。等完全康復，已經耽擱了好些日子。

陳到一到曹操所在的兗州，迎接他的卻是一個壞消息。

張飛為了報私仇，竟搶奪呂布購買的馬匹，呂布人怒，搶先攻打劉備軍。劉備軍戰敗，劉備等人生死不明。

這條消息在兗州城內可以說是盡人皆知，陳到這才知道生病誤了大事，劉備生死未卜，可身邊還有劉備的信，自己的任務尚未完成，卻已不知道主公的下落。

一時間，陳到有了種從未有過的失落，他甚至覺得自己太看高劉備了，沒料到劉備卻是如此不中用，回想起自己在劉備軍裏待了不算長的一段時間，卻幾乎場場戰敗，實在是窩囊。

他甚至開始有些後悔投奔了劉備。

「就當是相識一場的紀念吧！主公可能已經不在人世，但是主公託付我的任務我說什麼也得完成。」陳到對自己說，然後大步走向曹操的兗州府邸。

「曹操是不是真正的明主呢？」陳到突然有了這樣一個想法。

曹操曾經邀請過陳到加入他的麾下，陳到沒有答應，也沒拒絕。那是因為當時陳到已有了心中的明主，可是現在呢？

曹操的府邸很好找，但是陳到卻越走越慢，他的心裏正激烈的鬥爭著，回想劉備過去對自己的賞識，自己實在沒有理由離開他，但是如果劉備真的已死，自己有必要為他殉葬嗎？

天下興亡，在陳到的心中久久迴盪，陳到這個年輕人，竟也有了一絲沉寂之氣，他第一次感到孤單，一種充斥內心的孤單。

曹操的府邸已在眼前了，陳到鼓起了最大的勇氣，走了進去。

第三章 不滅的希望

劉備的密信

陳到由於曾經劫持過曹操，雖然曹操沒有刻意下令，但是曹操府邸的大多數人對陌生的來人，特別是送信的人都抱有戒心，陳到這次來，當然是被搜得徹徹底底了，好在陳到知道這次送信不比上次，實在沒有帶武器的必要，被搜出來反而引起不必要的誤會，就把武器留在了自己的客棧。

曹府的人確認陳到身上沒有什麼武器之後，便帶陳到去見曹操。曹操曾有命令，一般情況下，他都要親自見信使。

曹操一見陳到，先是一愣，然後笑了笑：「不知叔至親臨，有何見教啊？」一面示意左右退下，曹操不想讓陳到被認出來陷入難堪。

陳到心中一陣溫暖，作了個揖道：「上次身不由己，還望大人海涵。」

「哪兒的話，曹某甚為佩服叔至的勇氣，不知這次來……」曹操臉色一變，又不動聲色地望著陳到。

「大人說笑了，陳某來此，是為劉大人送信的。」陳到說出了自己的來意。

「什麼？」曹操有些不敢相信：「劉大人不是已經……」

曹操下意識的住口了，他以為劉備已死，陳到是來投奔他的，現在看來情況似乎有些和自己料想的不太一樣。

「大人也聽說了……」陳到的語氣沉重起來了：「我由於貪趕路程走小路，不當心迷路了，還遇到了強盜，生了場大病耽擱了好些時日，想不到……」

「那你現在豈不是沒有主子了？」曹操覺得還有機會拉攏陳到，對陳到送來的信似乎沒什麼興趣。

「可能是……不過……」陳到沒有多說什麼。

「願意加入我的陣營嗎？」曹操終於說出了心裏話。

「不。」陳到的回答很乾脆，依舊是沒有一點可以商量的餘地。

「為什麼？」曹操覺得無法理解，陳到可以說已經是沒有什麼出路了，自己的勢力雖然算不上大，但是也可以算是一方豪傑，竟然會對陳到毫無吸引力？

「我還沒有得到主公的死訊。」陳到漸漸平靜下來：「如果主公沒死，我卻在這裏投奔了你，這算什麼？還有，即使主公真的已經不在人間，我想我會回家鄉汝南，等待新的明主出現。如果再沒有玄德公一樣的英雄出現，我就一輩子做一個農民吧。」

「為什麼？難道我不能做你的明主嗎？」曹操有些難受。

「至少現在看來，你不是我的明主。」陳到回答的不卑不亢。

兩人都沉默了一會，陳到又打破了沉默：「那麼，曹大人，您不想看看我送來的信了？」

曹操如夢初醒：「啊……我都忘了，請給我看看。」

陳到用雙手遞上信，曹操也用雙手接過。

曹操用手慢慢撕開信封，取出了劉備的信，聚精會神地看了起來。

陳到則靜靜等著曹操發話。即使曹操回信，陳到也不知道該送給誰。

「我和劉備看來還有差距……」曹操終於放下書信，輕輕地說。

曹操把信又遞給陳到：「你也看看吧，你的眼光果然很準。」

陳到接過信，展開，劉備蒼勁的字體躍然紙上：

孟德親啟：備本山野草民，得大人與徐州陶公錯愛，舉為徐州牧，自思當為國出力。淮南袁術，圖謀不軌，備盡力征討，無奈賊人勢大，力有不歹，呂布背信棄義，襲取徐州。翼德與其如水火不容，恐日後有變。備雖死不恨，然布狼子野心，必為害天下，望大人以天下蒼生為念，早日除此禍害。聞大人賞識陳叔至，其人胸有大志，如吾身死，望大人多多提攜，大人必不負天下人之所望，如此，實乃漢室之福！劉備百拜。

「主公……」陳到看完信，眼淚不禁湧了上來——自己沒有白跟劉備！難得劉備如此記掛他，如果剛才糊裏糊塗答應的話，真是……

「叔至，玄德信中的意思你明白吧。」曹操還想爭取一下，雖然明知這是徒勞的。

「對，我明白主公的意思，他是站在我的角度考慮問題的。當然，我也要站在主公的角度考慮問題，小人先謝過曹大人的美意。」陳到又深深向曹操鞠了個躬，轉身走出了曹操府邸。

曹操目送他遠去。

陳到出了府邸大門後就一口氣跑回客棧，把自己關在房內，大把大把抹眼淚，在曹操那兒，自己還勉強克制著，現在只有一個人了，他終於忍不住了，跟隨劉備這一段時間以來，酸、甜、苦、辣，種種往事湧上心頭——

他想起在徐州城頭上初次見到指揮入城時劉備英氣勃勃的身影。

他想起自己身負送信大事時，劉備那雙充滿期待與不安的眼睛。

他想起劉備事後知道自己劫持曹操的時候，那難以琢磨的長歎。

他想起被袁術偷襲後，劉備向著死去的士卒深深鞠躬的情景。

短短數年時間，一個個鏡頭如走馬燈般交相疊印，漸漸的，好像融合了起來，陳到恍惚中感到一片朦朦朧朧的水霧彌漫在自己周圍。水霧中，關羽、張飛、趙雲、廖化、呂蒙，一個個向他走來，陳到卻怎麼也碰不到他們，人影很清晰，但又很快模糊，劉備的影像從水霧中走出，向陳到微笑著，陳到用力拉住劉備，卻感到天旋地轉，接著重重摔了一下。

陳到發覺剛才的只是南柯一夢。

醒來陳到只是苦笑著，自己忘不掉劉備，忘不掉這些時日來一直相處融洽的朋友。可是卻事事不遂人願，自己也許真的無法侍奉劉備終生吧。

他開始收拾行裝，他準備先回汝南打探劉備的消息，也順便看看廖化，好久沒有再和他一起談心了。

這年已經是興平二年（西元一九五年），而且到冬天了，陳到已經虛歲二十出頭了，和過去相比，少了些許輕狂的少年之氣，多了一份穩重。他知道這次不是衣錦還鄉，所以非常低調，甚至沒有給廖化一封書信預告他的回鄉——陳到覺得自己這樣回鄉是丟盡臉面的，盡量少惹人注意吧！

路上風餐露宿，好不辛苦。但是這和過去的軍旅生活完全不能相提並論，陳到的心一直空落落的。背著一直跟隨自己的三尖刀，陳到覺得對不起這把刀過去的主人廖化。雖然這次回鄉的主要目的是見廖化，可是他有些怕，他怕廖化眼中那種期待而又失望的眼神。

回到老家後，陳到稍稍整理了一下早已殘破的老屋後。便去了廖化的「忠義寨」。出乎陳到意料之外，廖化似乎知道他要來似的，有兩個小嘍囉一直在山腳下等候著。盤問著過往的人。

兩個小嘍囉確認眼前之人是陳到後，臉上都露出了高興的笑容。其中的一個說：「這下二寨主一定開心死了！我們這些天也算沒白等。」

「是啊是啊，二寨主成天就是那句『叔至要回來了』。我先去通報一下！二寨主一定會親自來迎接的。」另一個小嘍囉也說道，一邊飛奔上山去了。

「什麼？元儉哥已經知道我要回來了？」陳到大吃一驚：「我根本沒有告訴過任何人啊，這……怎麼回事？」

「啊，這些我可不知道。」小嘍囉唯唯諾諾，然後端茶倒水，請陳到喝茶歇息，陳到也著實有些渴了。坐下喝了幾口水。

不到半個時辰，山上下來了一大隊的人，陳到起身細看，領頭的正是廖化！

「叔至——叔至——」廖化也看見了陳到，像個孩子一樣飛跑著：「兄弟——叔至兄弟——」

人世間最真摯的友情，難道不能超過親情嗎？

陳到與廖化，如一對親兄弟一般緊緊抱在一起，許久不願放開。迎接陳到的隊伍也一片寂靜，整個人間，似乎只有這裏才有一絲光亮。陳到不願意打破這樣的氣氛。

「叔至，讓我好好看看！三年沒見到你啦！」廖化親昵地打了一下陳到的腦袋：「唉，瘦了，也黑了，有點當將軍的樣了！」

「哪能呢！」陳到還了一拳，覺得這一拳簡直如砸在牆上，還好沒用力：「元儉哥你才是更強壯了，過去被我打一拳肯定趴下。」

「呵呵，小子別嘴硬，下次有你受的。」廖化沉浸在久別重逢的喜悅中，寨中人大多數沒見過平時嚴肅沉穩的二寨主這樣喜笑顏開，都有些愣愣的。

陳到突然想起一件事：「元儉哥，你怎麼知道我回來了？」

廖化的笑容一下子淡了很多：「就知道你會問，唉，真是事事難料啊。劉玄德這樣好的人，居然被宵小暗算。」

陳到已經大致猜到了。

廖化從懷中取出一封信，一言不發的遞給陳到。

陳到看見封皮上寫的是「徐州劉備付廖化義士開拆」。

陳到想起了自己帶給曹操的那封信——他雙手顫抖接過廖化的信，但是沒有打開——信的內容很容易猜到。

「主公，叔至何德何能！」陳到痛苦的說道。

來日方長

陳到在「忠義寨」住了下來。

劉備的那封給廖化的信，陳到不知看了多少次，每次都會紅了眼眶。

「忠義寨」的大寨主，當時和廖化一起落草的杜遠老是聽廖化把陳到形容的如何了不起，現在一看，覺得陳到不過是個喜歡流淚的小青年，不由得有些瞧不起他。

廖化呢？過去總是把山寨的事放在第一，現在卻總是安慰陳到，杜遠很佩服廖化，但是實在想不通廖化為什麼對陳到這麼好。

「廖賢弟，你的那個兄弟都有些什麼本領？露兩手叫大家開開眼界啊！」杜遠老是有意無意這麼說，廖化心裏知道，陳到不會為山寨所用，所以對杜遠的要求一笑置之，根本沒向陳到提起。

但是過了一個月，陳到卻不得不在杜遠面前「露兩手」了——來了一夥官軍，一共一千多號人，揚言要「踏平忠義寨」。廖化不敢小看，到底一千多的敵人呢，他點起八百嘍囉下山，準備大戰一場。

出發前的集會上，廖化激勵弟兄們奮勇作戰，陳到沒有露臉。廖化頗有些失望——他本想帶陳到一起去消滅官軍，但是又不好意思主動開口。

廖化與官軍先打了一仗，沒有明顯的勝敗，雙方死傷也差不多。廖化急於求成，當晚準備劫寨。他想一舉擊潰官軍，這樣又可以獲得發展自己的時間了——這也是廖化的慣用戰術。擊退了多次官軍的攻擊。

馬摘鈴，人銜草，馬蹄上綁了厚布，廖化率領五百精銳突襲官軍大營。可是廖化卻沒料到這次等待他的，是一個巨大的陷阱。

官軍連守寨的士卒都沒有，廖化卻毫不起疑，自己帶頭搬開那些柵欄，然後一馬當先衝入營寨。

一團漆黑，似乎一個人也沒有。

「不好，中計了！」廖化勒兵急退，可是來不及了，官軍的伏兵從各個地方擁出，手舉火把高喊：「投降者免死！」

好在這次帶來的都是山寨的忠勇之士，雖然大家心中都很害怕，卻沒有人臨陣倒戈，廖化左衝右突，無奈看不清楚周圍情況，反而迷失了方向。

「用火箭！」絕望中廖化聽到敵軍的指揮者下令。接著四面八方閃出點點火光，隨著一陣弓弦響聲，營壘中到處都是火苗，廖化察覺到了營壘的很多地方都撲了乾草之類的易燃物，果然官軍是早有提防。

不幸中箭的嘍囉發出一陣陣慘烈的叫聲，然後又是被灼傷和燙傷的戰馬的嘶鳴。廖化的心在滴血，如果不是自己的莽撞，絕對不會出這樣的錯。

可怕的事正次第出現，馬蹄上的厚布碰到火後都燒了起來，戰馬都如瘋了一般，僥倖未中箭的人，也紛紛被瘋癲的戰馬摔了下來，廖化的人馬越發零落。

廖化自己也受了傷，肩膀上中了一支流箭，自己的馬中了三箭，已經堪堪待斃了。突然，又一支箭向廖化射來，廖化躲避已不及，馬如通靈了一般，抬起身體擋住了這一箭，然後便倒下死了。

廖化清楚的看見，馬的眼中閃動著淚水。

廖化的眼淚也湧動著，可是他清楚自己沒有時間悲哀，他的腦子裏只有一個念頭：「活命！」

舞動自己的三尖兩刃刀，率領一直緊緊跟著自己的嘍囉，廖化鼓起最後一絲勇氣：「弟兄們，咱們衝啊！」

人不多，卻是齊聲響應，廖化徒步戰鬥，砍死了好幾個身邊的敵人，可是敵人大多數是弓手，一批又一批的流箭，使廖化根本來不及抵抗，身後的殘餘嘍囉也紛紛中箭。

「今天只好死在這裏了，我死了，叔至就沒依靠了，杜遠不會善待他的呀……」廖化神思恍惚，快失去戰鬥的意志了。

可是，世間的一切卻總是發生著變動，戰爭也是這樣。

廖化的援兵已經來了，帶隊的是陳到。只是廖化不知道罷了。

廖化只覺得東面的官軍似乎混亂了，他帶著必死的決心衝了過去。啊！是自家旗號，雖然是夜晚，但是那黃白相間的大旗，紅線繡出的「忠義」兩個大字，在火光下顯得格外醒目。

「不是在作夢嗎？真的是援兵嗎？」廖化一下子放鬆了，可隨後就暈倒了——他的體力早已透支。

甦醒後的廖化，發覺自己躺在床上，身上的傷口都包紮好了，陳到坐在床邊。

「叔至！你……」廖化一時沒明白過來。

「廖賢弟，昨天好險啊，如果你死了，誰來幫我打理山寨的事啊！」杜遠也在廖化旁邊。廖化看見了想坐起來，杜遠擺了擺手，他沒有一點責怪廖化的意思，但是昨夜的血戰已在廖化腦中留下了深深的烙印，廖化由看到陳到而略顯興奮的臉，很快就慘白一片。

「元儉哥，勝敗乃兵家常事，何苦自尋煩惱？」陳到終於開口了，這句話是勸慰戰敗者用的最多的一句話。廖化聽了，只覺得更加悲哀。

「杜寨主，我想和元儉哥單獨談會話。」陳到站起來，輕輕對杜遠說。

杜遠會意，走出營帳，而且命令衛兵不許任何人進入。他知道陳到與廖化一定有什麼要談，陳到的這番話一定對廖化很重要。

「元儉哥，我和主公當時被袁術打敗時，比你還狼狽呢。」陳到輕輕對廖化說。

廖化睜著眼睛，沒有體會陳到的用意，只是問陳到：「我們昨天死了多少弟兄？」

「你帶去的五百人，三停裏去了兩停，剩下的幾乎個個帶傷，援兵也死了幾十個。」陳到沒有一點掩飾，說得很透徹，他知道這個時候用謊言安慰廖化效果只會適得其反：「戰馬也幾乎全部死了，我們的騎兵隊現在只剩下一個番號了。」

廖化痛苦的閉上眼睛。

「你知道劉備在和袁術的戰鬥中死了多少人嗎？」陳到這樣問。

「……多少？」廖化的確是不知情。

「戰死了整整八千人。另外還有三千人潰散了，傷者不計其數。」陳到的語氣很平靜，好像訴說著一件和自己毫無關係的事。

廖化卻好似又被重重打了一下，八千人！比自己昨天損失的人多了整整二十倍！那是八千條活生生的生命啊！引申開來，就可能是八千個家庭失去親人！袁術軍也不會沒有損失……那又是多少無辜的家庭？戰爭實在是太可怕了！太可怕了！

陳到又繼續說：「這只是一場普通的大戰，全天下到處都是這樣的戰場，每天死的人你數都來不及數！」

「夠了，別說了！」廖化以前從沒想那麼多，現在被陳到提出來，全身都在冒冷汗。自己真的就是活在這個到處是死人的世界中？廖化真的有些怕了。

「死亡是無法避免的。」陳到換了一個語調：「但是我們可以減少死亡的數量。在太平盛世，也是天天有人死去的，但是有死就有生，生命就是這樣一代又一代繁衍著。不用去躲避死亡，坦然面對吧！那個瀟脫的廖化才是我的元儉哥……」

陳到的語調有些哽咽了，但是還是繼續說道：「我已經很長時間沒有主公的消息了，但是我始終沒有放棄希望，即使主公死了，那也只是一個新的開始。元儉哥，你還有那麼多的好弟兄，杜寨主那樣的好朋友，怎麼就這樣消沉了？」

「來日方長，來日方長……」廖化的口中重複道，神情肅穆。陳到笑了，這才是平時的廖化，真正的廖化。

「叔至，謝謝你……」廖化感謝陳到的勸慰：「論年紀我是你大哥，可剛才卻好像個小弟弟似的，是不是很丟臉啊？」廖化心情轉好，便和陳到開起了玩笑。

「多年前我父母雙亡的時候……你也反覆勸我，我才努力活了下來，這是我應該做的。」陳到不由得又想起那段悲哀但又充實的日子。

廖化不顧受傷的身體，拉著陳到出了營帳。杜遠和嘍囉見了，都非常高興，幾乎看不到昨夜戰敗帶來的陰霾。

「兄弟們！杜老大也來了！我們要給死去的兄弟報仇！報仇！」廖化緊緊握著拳頭，惡狠狠地咒罵官軍：「咱一起砍了他們，給他們棺材睡！」

「好！好！好！」眾人三呼。杜遠也很高興，剛才還病懨懨的廖化，一眨眼工夫就生龍活虎了。這下打敗官軍還是有希望的。

鑒於前次戰鬥損失比較大，杜遠、廖化、陳到三人商議後，決定先以小部隊佯攻吸引敵人，再把敵人誘入絕地進行殲滅戰。陳到承擔了佯攻的任務。

昨夜一戰，大大助長了官軍的囂張氣焰，當官軍看見陳到引著一支不足百人的小隊伍來討戰時，連陣形都不列就全軍壓上，陳到且戰且退，漸漸把官軍都引到了忠義寨的山腳下。

官軍想一鼓作氣滅了忠義寨，就不顧一切衝上山，陳到暗暗好笑：「昨天真不知道廖化怎麼會中埋伏的，官軍的主將明明是個好大喜功的廢物，現在這支官軍純粹是一些找死的笨蛋。」

機會來了，陳到瞅了個破綻，手起一刀斬殺了官軍帶隊的主將，然後乘敵人驚慌的時候，躲入了山林。

官軍不知是計，但是帶隊的主將被陳到斬了，也不知是該進還是退，幾個副將各有看法，誰也不能說服誰。

「放箭！」霹靂般的大喝嚇了官軍眾人一跳。這是廖化充滿仇恨的大喝！接著，杜遠率領的弓手隊把一支支充滿仇恨的箭射向了官軍，雖然沒有像昨天的箭上帶火，但是箭隱藏著的仇恨的火焰，使箭比昨天的可怕百倍！

一批又一批的官軍倒下了。他們潰不成軍，四散奔逃，陳到乘勝追擊，一直打到官軍的大營。

官軍的大批物資都成了忠義寨的戰利品。

杜遠和廖化也來到了官軍大營，開始搬運戰利品回山。

這時，一個營裏閃出一個人，他仰天長笑：「驕兵必敗，果不差矣，今天吾死在這裏，也是活該！」

陳到看清了眼前的這個人，「哎呀」一聲，上前緊緊拉住他，好像怕他飛了。

「原來是你啊！」陳到大喊。他異常激動，生怕眼前的只是幻影。

「陳將軍！是你！」那個人也吃了一驚。

「哈哈，有趣啊！官軍要不是你早就死光了！」陳到大笑起來。

陳到眼前的人是劉備過去的三幕僚之一，劉備起兵後一直跟隨著他的心腹之人簡雍。

簡雍，字憲和，幽州人。他是劉備少年時期的好朋友，為人狂放不羈不拘小節。但是劉備卻很看重他，而且居然安排做迎接賓客之類的外交工作。簡雍在接待賓客時總是非常隨意，特別是坐姿，有時候甚至躺著。客人看到如此古怪的接待員總是面帶悖色，簡雍卻總是滿不在

主公，我回來了！

乎。劉備卻是越發器重他了，因為簡雍總能出色完成一樁樁接待任務。雖然大多數人看來有些匪夷所思。

簡雍不但擅長外交，而且在出謀劃策方面也有特別的才能，他多次向劉備獻奇策，劉備也深知其計均為良策，可惜大多數人無法接受簡雍的辦事習慣，甚至處處排斥抵觸簡雍，所以簡雍在劉備處始終不甚得意。

不過陳到倒是挺喜歡簡雍的個性，所以兩人的關係也算不錯。自從陳到與劉備失去聯絡後，簡雍是陳到第一個見到的劉備陣營的人，這樣的重逢，真的是有點驚喜交加。

當下陳到引廖化杜遠與簡雍相見了，廖杜二人看眼前衣著古怪的書生是陳到故友，也頗為親切，四人在官軍的主將營中坐下。

簡雍自然又按照自己的慣例歪歪坐著，陳到本來就很瞭解簡雍的習慣，當然是沒多說什麼，廖化和杜遠本來就討厭那些麻煩的禮教，也來了個大放鬆，這下四個人中就陳到坐得還像個樣，其餘三人如一攤泥——最省力的姿勢總是最難看的。

「憲和，你怎麼會和這些雜牌官軍在一起？」陳到最關心這個問題，也許能得到些關於劉備下落的線索——如果得到的是確切的死訊也只好怪命運捉弄人了。

「哈，說來話長了，可能是巧合吧，你去送信後又過了幾天，玄德令我去別的地方採買軍糧物資什麼的，沒想到在外面我染上了瘟疫，病了好久，一時間趕不回徐州。後來就聽說了徐州被呂布偷襲，玄德的兵都是新招的，多半是擋不住。」簡雍說起話來就是這樣隨意，他頓了一下繼續說：「然後我就聽說玄德死了，我當然是不相信啦，病好後就四處打聽，結果……」

「有消息嗎？」陳到的心都吊到嗓子眼了，廖化杜遠也非常關心——陳到的命運、劉備的命運，緊緊的，牽動著大家的心。

「我只知道玄德沒死。」簡雍緩緩說出這句話。

「主公……沒死？」陳到驚喜交加。這可是陳到第一次確切得到劉備的好消息。

「但是確切的下落我也說不清楚……」簡雍說話有些吞吞吐吐，過去陳到從沒見簡雍這樣。

「到底怎麼回事，我越聽越糊塗了。你一會說確定主公沒死，一會又說不知道，這可不是你的風格啊。」陳到有些著急了，剛才放下的心也再次懸了起來。

「我確定主公沒死是因為我遇見過他。」簡雍平靜地說。

「啊？」陳到又是一驚：「那你怎麼還流落到這種地方？」

「……那是因為……玄德遭到了呂布的追殺……他、雲長、翼德都失散了……我多方打聽，終於找到了玄德的殘兵，唉……只有不到三百人，而且一半以上帶傷……開始時他們還死不承認劉備在他們裏面，最後一個士兵認出了我，我才見到了玄德。」簡雍的聲音有些嘶啞，也難怪，這樣的傷心事論誰都得難受。

陳到的眼光一直死死盯著一個角落，一句話不說。廖化和杜遠也低頭不語，重逢的喜悅似乎已經消失，取而代之的是一片陰霾。

「玄德受了箭傷……而且面色很難看……似乎也得了疫病……不過我沒問，他的面色真的是有病的樣子……」簡雍越說越發語無倫次。

陳到突然站了起來，又馬上覺得不妥，緩緩坐下，廖化杜遠也慢慢收斂了難看的坐姿，即使是他們這樣憎恨禮教的人，也覺得帶著無所謂的心態聽簡雍說話，是對劉備的侮辱和褻瀆。

「玄德看到我，面色似乎好了一點，只問我出去採買物資的事——那些物資我根本沒心思去管了，玄德也沒怪我，還很關心我的病情……」簡雍紅了眼眶，但是沒有哭，他說到這裏就停住了。

「那主公……」陳到的聲音很輕，他幾乎不想再聽下去了，劉備的結局不是死就是流亡。

「我聽說，玄德秘密投奔了曹操，但是似乎沒人知道。大概曹操也封鎖了這條消息吧。」這也許就是主公沒有下落的下落了吧！陳到長歎，但是劉備沒死，實在是一件幸事，將來，還是有機會再和他一起完成天下大業的。

「憲和，你怎麼會加入這些官軍呢？」陳到岔開話題。

簡雍臉上露出一絲微笑：「玄德當時說暫時不能帶我一起行動，讓我先回家鄉，等他東山再起。我又沒有回鄉的意思，就想學叔至你那樣周遊一段時間。後來才發現現在兵荒馬亂的，我又沒有武功，太危險了，思來想去，想清剿掉一些強盜什麼的，就隨便投奔了這支官軍。」

廖化杜遠相互望了一眼，慘然一笑。

簡雍立刻察覺到了，卻也不甚避諱：「本來麼，世道不太平，正所謂官逼民反。不過大多數山大王都是了不起的英雄豪傑……不過還是有一些黑心的壞蛋。我的目的，就是剷除一兩個這樣的壞蛋。」

「結果就鏟到我們頭上來了？」杜遠不知道簡雍把自己和廖化到底歸為哪類。口氣也有些含糊。

「哈，那是帶隊的問題，和我可無關，我就是個狗頭軍師。」簡雍調侃道：「前幾天還不知道呢，出了個放火的主意。現在我知道了，自己錯打了。我認罪，望兩位頭領海涵。」

廖化想到昨天數百弟兄的死，都是因為眼前這個古怪的書生，心中憤懣無比，但是又深深佩服他的才智，特別是那沒有一絲古板氣的個性。當下有心拉簡雍上山。

「那群笨蛋靠我的計策贏了一次，就得意忘形，不把我的話當一回事，看，我說有埋伏吧。現在他們死光，也是活該。」簡雍的語調中有些氣憤，顯然是官軍勝利後他受到了冷遇。

「要不是遇到老熟人，你現在大概已經嗚呼哀哉了吧！」陳到看準機會，壓壓簡雍的威風。簡雍立刻識趣低頭：「饒了我吧，我又不是故意的……」

廖化哈哈大笑：「好，給你個機會，你反正暫且無事，不如暫且先留在忠義寨中，這個山寨的事務嘛……」

「遵命遵命，哈哈，我就喜歡過從未體驗過的生活。」想不到簡雍居然毫不猶豫就答應了，陳到知道簡雍的性格古怪，但也不會如此草率吧！

「好！簡先生真是個爽快人！忠義寨得先生相助，真乃萬幸也！」杜遠也很高興，今後又多了一個多智之士，何愁官軍？

四人站起，四雙手緊緊握在了一起。

陳到簡雍並沒有明說入夥，但是已經把忠義寨當成了自己的家。寨中每個人都知道二人對山寨的巨大貢獻。春去秋來，轉眼又是一年，已經是建安二年（西元一九七年）了，陳到已經二十二歲了。

忠義寨的探子得到了一個消息，是袁術冒天下之大不韙，稱帝了，陳到聽了，狠狠地咒罵了袁術一聲，如果劉備還在，絕對不會有這種事發生的。

突然，簡雍像個小孩一般向陳到跑來：「好消息！叔至有好消息！」

陳到心裏一動：「憲和，袁術那個狗賊稱帝也算好消息？」

「不是啊，我是說我得到了玄德的確切消息！」簡雍快樂極了。

陳到的快樂也是很容易想像的，兩個人手舞足蹈，一旁的嘍囉看著都覺得莫名其妙。

「玄德的確投奔了曹操，但是曹操卻把這當成大秘密，除了曹操的高級幕僚，幾乎沒有人知道了。現在曹操已經公開表奏玄德為豫州牧，真是太好了！」簡雍恨不得立刻飛到劉備那兒去。陳到又何嘗不想呢？

兩個人商量了一陣，覺得事不宜遲，陳到留了一封信給廖化和杜遠，立刻下山去投奔劉備——他沒有告訴廖化杜遠是怕夜長夢多，廖化估計還好，杜遠就夠嗆，弄不好會耽誤行程。

兩人以最快的速度上了路，陳到從未這樣興奮過。簡雍也似乎被注入了活力，快步走著。

寄人籬下

陳到和簡雍沒費多少力氣就找到了身在兗州卻有著豫州牧官位的劉備。陳到劉備有近兩年未見，自是感慨不已。簡雍知道他們倆一定有很多話要說，所以雖然自己也很激動，卻推說旅途勞累，早早歇息了。

「叔至！你回來了！回來了就好！」劉備拍了好幾下陳到的肩膀，兩年的時間，陳到只是更加強壯了點，劉備卻似乎有些見老了，額角上的白髮也有了，不過劉備精神依舊很好，眼中依舊閃爍著少年般的光彩。

「主公……」陳到一時間百感交集，卻說不出一句話。想起劉備的兩封信，陳到覺得自己太幸運了。

「呵呵，我知道呂布狼子野心，偷襲我只是早晚的事。三弟得知呂布正到處籌措軍需品，目的很明顯是要來攻打我們。唉，三弟沒有審時度勢就去偷呂布的馬。這倒給了呂布一個好藉口。弄得我們被動不堪，現在我倒成曹操的策士了。」劉備有些無奈，但是也沒有什麼難過的樣子。幾乎把一場關乎他生死存亡的戰役與變故當成了一件平常事。

「我……這段時間和憲和一起在廖化那兒……」陳到有些不好意思，特別是把簡雍也拉入了山寨。可是這一年陳到也著實成長了不少，也算一種人生的歷練吧。

「你成長了，叔至，很好。你是否發覺這段時間來曹操的發展特別快？」劉備問。

「是啊，曹操的戰略決策明顯發生了變化，籠絡袁紹兄弟、呂布、公孫瓚等群雄，然後就是拚命的靠近皇帝。」陳到一向很注意情報的收集，所以雖然一直在忠義寨，卻對外面的消息瞭若指掌：「我不太明白，現在的皇帝……早就是……曹操還那麼努力取悅他幹什麼啊？」

「呵呵，叔至，你太年輕了，還是缺乏政治頭腦。」劉備笑了笑接著說：「這是我給曹操出的主意，真有點後悔啊，給他出了這麼好的主意。如果自己有機會的話，這條計策一定為我所用。」

「那是什麼計策啊！」陳到顯然被吸引住了。

「挾天子以令諸侯。」劉備淡淡的說。

陳到沒有說什麼，慢慢琢磨起這條計策來。

「挾天子以令諸侯……」陳到念叨著：「可是，天子已經是個牌位了……諸侯會聽他的嗎？」

「哈哈，這你就只知其一不知其二了吧。」劉備笑吟吟地說：「只要一個牌位就足夠了。只要任何諸侯拒絕了『天子』的聖旨，就可以出兵討伐他了，而且『師出有名』。」

陳到張長大了嘴，發覺自己在政治方面近乎一個文盲。

「這裏的學問是書本上所學不到的，唯一的老師就是經驗。」劉備故意在陳到這個年輕人面前倚老賣老，卻又突然發覺自己真的不年輕了。人怎麼能敵得過滄桑呢？

「主公，什麼時候我能學到你的程度啊？」陳到一句話，打散了劉備那淡淡的哀愁。沒有時間感慨了，要把握屬於自己的分分秒秒啊！

「主公，這段時間為什麼曹操要封鎖你的消息？」陳到無法理解這件事，向劉備問起。

「嗯……我自己也說不清楚……」劉備似乎也有些迷惑：「用曹操的話來說，就是『怕你這隻會下金蛋的雞被別人搶走』。我也猜不透曹操到底有什麼用意。」

「而且……突然表奏主公為豫州牧……」陳到看連劉備本人都說不清楚，有些茫然了。話也說不下去了。

「雖然現在還不知道，但是我肯定曹操一定有什麼陰謀。」劉備堅定地說。

「主公還是想暫時聽命曹操嗎？」陳到著實不願意做曹操「下屬的下屬」。

「是，我雖然身為豫州牧，但是豫州的大部分是曹操的，還有一小部分現在被江東孫氏割據，我只是遙領，雖然豫州離兗州很近。」劉備無奈極了，臉色有些灰暗。

「該死的呂布，搶了徐州。」陳到一聽就火，若不是呂布，現在局面怎麼會如此被動？

「徐州是我送給呂布的。」劉備哈哈大笑，你看著，這徐州怎麼來的，我就會怎麼奪回來。」

「什麼？」陳到這下吃驚不小：「送？這麼一個富庶的徐州能隨便送人？」

「陶謙不也很隨便的送給了我？」劉備笑著反問。

「可是……」陳到一時間不知道說什麼好。

「眼光放遠一點，不要計較一城一地的得失，你還是太年輕了，再稍微成熟一點，你就能獨當一面了。」劉備好似在解說自己的計策、又好似在鼓勵陳到，陳到只覺得心中很溫暖。

「雲長、翼德怎麼樣了？」陳到也非常關心他們倆。

「他們沒有和我失散，自然也是和我一起投奔曹操了。」劉備的母親早就死了，可以說現在劉備最在乎的人就是他的兩個夥伴。

陳到也放心了：「我等下就去看他們，好久沒見他們了。」

「叔至，我絕對不會長時間寄人籬下的，你看著吧。」劉備看陳到的眼中閃著迷惑的目光，說了這句話。

「主公，我相信。」陳到沉重地說。

「說的有些勉強啊。」劉備半開玩笑半當真地說。

「主公，我相信。」陳到的語氣更嚴肅了。

「好！你先去休息吧。」劉備很高興。

從劉備那裏出來，陳到沒有去休息，而是立刻拜訪了曹操。

曹操運用劉備「挾天子以令諸侯」的計策後，把漢獻帝迎進了自己的地盤——許昌，之後就是「官運亨通」——官封大將軍，這是地位最高的將軍，而且一般都把持朝政。曹操已經不是當初那行事謹慎的兗州牧了，但是曹操在陳到面前依舊沒有擺架子。

除了曹操的一些心腹幕僚，一般的官員要見曹操可是難上加難，陳到可以說一直是白身，雖然曾經做過劉備的「侍衛隊長」，但是朝廷從未有過類似的任命。而且，陳到還在「忠義寨」當過一段時間的「山賊」，怎麼說曹操都沒有理由隨便接見這樣一個人。

但是曹操一直很器重陳到，過去是，現在還是。

「叔至，你果然還是回來了，不出我所料。」曹操對低頭行禮的陳到朗聲說道：「不用拘禮，抬頭。」

陳到抬頭，感到一絲欣慰，曹操還是像過去那樣禮賢下士。

「好啊，比過去更壯實了，看來這一年你長進不少啊！」曹操坐在一張披著虎皮的椅子上，越發顯得英武。

「大人見笑了，我……」陳到有些難以啟齒，自己當時沒有跟隨曹操，反而是當了一段時間的山賊，內心的羞愧使陳到臉紅了。

「哎，我可沒有責怪或嘲笑你的意思。」曹操還是那樣會揣摩人的心思：「你的過去種種，我不介意，現在你回來了，我也很高興！」

「大人，我是來……」陳到又止。

「你是來找劉豫州的吧。」曹操似乎被澆了一盆冷水，興味索然：「叔至果然是忠臣義士。」

曹操擺擺手，意思是陳到不要打斷他：「不過，劉豫州現在雖為州牧，本質上還是屬於我的幕僚。你投奔他和投奔我沒什麼區別，哈哈。」

曹操的笑聲很苦澀，陳到聽得出來。

「大人，您為什麼要隱瞞玄德公在您這兒的消息？」陳到想了想還是說出了自己心裏的困惑。

「劉豫州沒告訴你嗎？」曹操笑笑：「他這樣的人才，哪個豪傑不想收羅到自己的手下？聽到呂布偷襲後，天下豪傑聞風而動，到處尋找玄德下落。僥倖落在我的手裏，我怎麼會輕易讓別人再挖了去呢？我就封鎖了消息，連你都沒打聽到玄德的下落，想必封鎖工作還是很成功的。」

陳到有些失望，看來曹操對自己還有所保留：「謝大人明示，小人告退。」說罷行了個禮，就準備走了。

「且慢。」曹操有些意外，沒想到陳到竟然是專門為此而來的：「叔至，你還沒有官職嗎？」

「是。」陳到並不掩飾，但是絲毫沒有猥瑣的樣子。

「你無官無階，無論在玄德那裏或者我這裏行事都不方便，明日我表奏你為豫州的別駕從事，你就跟著玄德好好幹吧！」曹操主動給了陳到一個不算很大的官階。

「謝大人。」陳到沒多想什麼，又行了個禮，走了。

陳到走後，曹操站了起來，在椅子前踱了幾步：「叔至，我實在猜不透你到底要什麼……不知道該怎麼駕馭你啊……為什麼劉備可以讓你如此死心塌地呢……」

離開曹操的計畫

曹操獨攬朝政後，漸漸飛揚跋扈，在朝中安插親信，剪除異己，朝野議論頗多。衛將軍董承利用自己國舅的特殊身分——他的姑姑是獻帝的祖母，在朝中組織反曹的同盟。劉備出於利害關係，加入了同盟。

這是件失敗了就要滅九族的大事，劉備自然小心謹慎，平時言談舉止也有不小的變化，一切當然都是為了防止曹操懷疑上自己，可「要想人不知，除非己莫為」，過於謹慎，反而會引起一些麻煩。

曹操一日請劉備喝酒，劉備心中有鬼，本不想去，卻又怕曹操懷疑，硬著頭皮還是去了，劉備不敢多喝，曹操卻是開杯暢飲，喝得大醉，曹操的僕人最後不得不抬著他回屋。

醉眼迷離的曹操被抬進去前說了兩句話：「玄德……天下英雄……就你和我……沒別人了……」

這句話把劉備嚇得不輕，劉備如逃一般走出了曹操的府邸。負責保護劉備安全的陳到緊緊跟著，心中想：「在酒面前，人都會暴露自己最真實的一面，看來曹操很看中主公，被權傾天下的曹操視為英雄，在別的一般軍閥看來，是件很值得自豪的事，但主公雖官居左將軍兼領豫州牧，但只要曹操一句話，立刻就會丟官殺頭，這可真麻煩了。」

曹操醉了一天一夜才酒醒，自然不記得自己大醉後說了什麼。酒醒後得到的第一個消息，是關於袁紹的。

袁紹已經徹底打敗了北平太守公孫瓚，吞併了他的全部地盤和部屬，聲勢大振。曹操聽到這個消息，不禁皺了皺眉。袁紹是曹操的最大對手，袁紹的強大，對曹操是一種威脅。曹操肯將「大將軍」的官職讓給袁紹，也足以說明這一點。

劉備這時突然求見曹操，曹操知道劉備和公孫瓚的關係很好，知道肯定是有關袁紹的情報，立刻接見，果然，劉備告訴曹操，袁紹的弟弟偽帝袁術有投奔袁紹的跡象，並主動請纓上陣，盡快消滅袁術。曹操同意了劉備的計畫。

曹操沒有和其他的幕僚商議，自己擬了奏摺——這是曹操的習慣，重要的奏摺都由自己親自來擬。

獻帝對曹操的奏摺一向都只有接受的份，不過獻帝也著實願意讓劉備出征，他知道劉備此去必定不會再回來，也就意味著朝廷裏少了一個可以輔佐自己的人。但是也等於同時給曹操埋下了一個未知的，極有威脅的棋子。

「主公，是誰建議讓劉備去討伐袁紹的？」曹操的謀士，同時也是朝中的尚書程昱在聽說曹操奏請的事後，連忙跑來見曹操：「立刻把提這個建議的人抓起來，肯定是奸細！」

曹操喜歡程昱那剛直的個性，並沒見怪，而是笑了笑：「沒有誰建議啊，是我自己決定的，有什麼不妥嗎？」

「不妥之至！」程昱的嗓門很大，這次幾乎是聲嘶力歇了。

「為何？」曹操不解：「到底有什麼不妥的地方？」

「袁術和呂布是笨蛋沒錯，但是別忘了呂布的謀士陳宮可不是笨蛋啊！唇亡齒寒的道理他會看不出？」程昱常常是這樣口無遮攔地說：「去滅袁術，沒問題，但是勢必會把戰事波及徐州地界，先不談呂布可能會援助袁術。打仗打到呂布的地盤上，他是個泥娃娃也要跳腳了。」

曹操倒真沒想那麼遠，似乎是有些被自己的聲勢沖昏了頭腦：「大意了，大意了！怎麼沒想到啊！你說怎麼辦呢？」

「先滅了呂布，回頭再收拾袁術！」程昱的回答乾乾脆脆。

曹操習慣性的低頭沉思。

「袁術還沒把淮南的資財揮霍光，他暫時還不會走。再說了，袁術去河北，必先經過徐州、兗州、豫州的地界，那裏要麼是我們的地盤，要麼即將成為戰場，還怕他飛了不成？」程昱看出了曹操的憂慮。

「我再考慮一下，你先下去吧。」曹操揮了揮手，程昱恭敬地退下了。

曹操吸取了昨天自己一個人決斷的教訓，請來幾位心腹幕僚商議，結果大家都同意程昱的計畫，劉備攻打袁術的計畫也就暫時擱置起來了。所有人都開始一心一意籌備即將和呂布開始的決戰。

劉備只得要求隨軍出發，曹操自然答應了，並任命其為前部先鋒。

劉備無精打采地騎著馬，關、張、陳三人也跟隨大軍。隊伍一直行進，劉備感到了苦惱。他不得不尋找除了打袁術以外的第二個可以用來離開曹操的藉口。

白門樓的遺恨

不數日，曹操大軍到達徐州，呂布不敢小覷，與陳宮等商議後，決定以逸待勞迎戰曹軍。

曹軍初戰不利，由劉備親自指揮的軍隊被呂布手下大將高順打敗。劉備羞愧而歸，曹操大怒，與眾將商議對策，最後決定先靜觀其變。

想不到徐州內部果然出現了分裂。呂布的謀士分成了兩派，一派以陳宮為首，另一派以陳登父子為首，兩派在很多地方都有分歧。陳宮一直以元老自居，又加上他性格比較剛直，所以不是很得人心，呂布表面倚重他，其實內心也不太喜歡陳宮；倒是另外兩個姓陳的比較討呂布的歡心——其實很簡單，呂布勇則勇矣，但是愛聽奉承話，陳宮就是奉承話說得少，有時候還會批評呂布，陳登父子則有手段，即使是批評也非常婉轉，呂布聽得進他們的話。

陳登父子其實並不忠於呂布，呂布的暴虐與喜怒無常，早就使大多數將士離心離德。陳登父子也早已看出呂布成不了大事業，背地裏早就開始算計了。

就這樣，呂布集團一步一步陷入陳登父子的陷阱：先是把呂布家屬、輜重、親隨全部轉移到下邳，接著又推薦其父陳珪留守徐州——很明顯了，徐州沒有了呂布的家小親隨，等於是白送給了陳登父子。

不用說，陳登一封書信，徐州城頃刻就易了主。

接著，又是陳登用計騙陳宮棄了蕭關，騙張遼、高順棄了小沛。這樣一來，呂布就只剩下下邳一座孤城了。進展如此順利，是曹操沒有想到的。

徐州被奪回，劉備終於再次和自己的家小相見了，同時還有一直忍辱負重留在徐州保護劉備家小的糜竺。劉備沒有哭，只是望著糜竺瘦削的臉龐，輕輕得說了一句：「子仲，你辛苦了！」

「主公……」糜竺早已是泣不成聲了。

曹操知道這件事後，也著實感慨，自己早就為糜竺保奏過官職，可是他不接受，劉備現在是自己的手下，而糜竺卻依舊稱其為「主公」，劉備真可謂得人心矣。

話說另一頭，呂布困守下邳，尚自以為糧草豐足，戰將驍勇，又憑藉泗水之險，幾乎是有恃無恐。陳宮勸呂布主動出擊，呂布不聽，眼睜睜看著曹操的大軍完全包圍了下邳城。

呂布原本打算讓曹軍糧儘自退，想不到曹軍並不急戰，呂布無奈，只得派人突圍向袁術求救，只是袁術在自己安逸的帝位上醉生夢死，根本沒有給呂布發救兵的意思。呂布唯一的戰略就是靠亂箭抵擋攻城的曹軍，事實上，亂箭倒也的確減慢了曹軍的攻城進度——有一次曹操親自指揮攻城，城頭上箭如雨下，一箭射穿了曹操的頭盔，嵌進了頭髮中，把曹操驚出一身冷汗。從此不再親自參與攻城了。

泗水是城防的基礎，可是呂布沒想到最後讓自己走上末路的，正是這條泗水。曹操命令自己的大軍掘開泗水，倒灌下邳，一時間，下邳幾乎成了一片汪洋。百姓無家可歸，死屍遍野。呂布卻幾乎是不管不問，一天到晚只是喝酒，陳宮屢次獻上破曹奇策，呂布都置之不理。

呂布的暴虐，終於引起兵變。陳宮、張遼、高順這些呂布集團的重要成員和呂布本人都被一個常被呂布無故責打的部下設計捉了。全部解往曹操處。殘部也不再抵抗，全部投降。

曹操倒也沒想到這麼輕易就吞併了呂布的勢力，想到從此一個心腹大患不存在了，好比心頭一塊石頭落地。曹操突發奇想，不如好好審問一下這些俘虜，看看這些人面對死亡還有什麼話說——一個人只有在酒和死亡面前，才不會說謊。

審問的地點決定設在擒獲呂布的地方，也就是下邳城的主城樓——白門樓，曹操覺得這樣更有勝利者的氣魄，也更使被俘的人羞愧難當。

曹操坐在正中間一張披著虎皮的交椅上——那張虎皮原本是呂布打獵得來的，成了曹操的戰利品。曹操的大小將佐也依次站開，一個個身披錦袍威風凜凜。曹操的身邊站著的則是他的貼身侍衛典韋及依然受到曹操信任的劉備。關、張、陳三人站在劉備的身後。

高順第一個被解上白門樓。曹操眯起眼睛：「聽說這個人是呂布陣營中腦子最死板的，只會一味執行呂布的命令，從不參與爭權奪利，對呂布又可謂是愚忠。」曹操有心收服他。

「閣下今日被擒，有什麼還要辯解的嗎？」曹操盡量使自己不帶任何語氣地問。

高順一言不發。

「看來是屈服了。」曹操暗想，語氣有了些變化：「現在是棄暗投明的好機會！願意歸順朝廷嗎？」

高順抬起頭，依舊一言不發，只是對曹操怒目而視。

曹操有些不悅：「意下如何？早做答覆！」

高順似乎很鄙視曹操，目光更加陰冷，輕輕「哼」了一聲。

想不到曹操大怒：「敗軍之將竟然如此囂張！來人，立刻推下去斬了！」高順依舊一聲不吭，似乎一臉不服地被拉了出去。誰都看得出，高順不是在戰場上被擒獲，他這種固執的人自然不會心服。

第二個被押解上來的是陳宮。也是呂布陣營中最令曹操頭疼的。

曹陳兩人曾有私交，關係相當不錯，只是陳宮後來發覺曹操為人極殘忍好殺，才離開了曹操，甚至投奔到了與曹操敵對的呂布陣營中。且雖知呂布成不了大事，也始終不離不棄。其實一直有和曹操賭氣的意思，現在兵敗被俘，不知道還會怎麼樣。

陳宮被推到曹操面前，不但沒有低頭服罪，反而高昂著頭，有點挑釁的意味。

曹操命令解開陳宮的繩索；陳宮卻只是活動了一下手腳，沒有一絲感謝曹操的意思。

曹操覺得應該開口了：「公臺別來無恙？」

「托大人的福，還沒死，不過快了。」陳宮語氣很蠻橫，他想激怒曹操，早點殺了自己。

曹操並沒有動怒：「那天我攻城，為何箭那麼多？」

事實上如果陳宮不是和曹操有舊交，曹操早殺了他。

「我只恨太少！不曾射死你這個亂臣賊子！」陳宮幾乎是破口大罵了，但也越發顯得黔驢技窮，只想求早死。

曹操還想說什麼，陳宮再次請死：「別廢話了，快殺了我！」

「公臺即死，汝母如何？」曹操企圖用親情打動陳宮。

「一切聽憑你的。」陳宮回答的乾脆俐落。

「汝妻如何？」曹操知道保不住陳宮了。

「我不想重複同樣的話。」陳宮說完，闊步向行刑臺走去。曹操起身，親自送了陳宮一程。

曹操處決了陳宮後，回到自己的位置上，興味索然，他與高陳兩人的對決明顯是自己輸了一籌，只好看看後面的幾個能不能挽回些面子。

呂布終於也被押了上來，垂頭喪氣耷拉著腦袋，恰似陳宮的反義詞，完全沒有一方霸主的風範。曹操的將佐也甚是鄙薄呂布的貪生怕死，劉備身後的張飛甚至朝呂布吐唾沫。陳到趕緊制止張飛。

呂布比曹操先說話：「從今往後，曹公可以高枕無憂了。」

「何出此言？」曹操對呂布的反覆無常和貪生怕死很反感，本想隨便羞辱他幾下就拉出去殺掉，但是呂布卻先吸引住了曹操的思維：如何控制天下。

「曹公最擔心的，就是我呂布，現在我屈服了，從此以後我指揮騎兵，公指揮步兵，何愁天下不定？」

一片譁然，曹操眾將都很憤慨。

「既然如此，還要我們幹嘛？」不少人馬上提議殺掉呂布。

曹操有些動搖了，呂布該殺，但是也是個難得的猛將，千軍易得，一將難求，殺不殺呢？

劉備終於說了一句讓呂布絕望的話：「如果呂布用騎兵去打曹公的步兵呢？」

曹操哈哈大笑，隨即命把呂布推出去斬了，呂布驚恐萬分，歇斯底里大喊大叫，但最終還是逃脫不了死亡的命運，呂布的時代終於結束了。

還有最後一個張遼也上了白門樓，他眼看呂布身首異處，破口大罵曹操，曹操也大怒，抽出配劍要親手殺掉張遼。

劉備早聞張遼為忠義之士，有心搭救，眼見曹操舉手就要取張遼性命，忙拽住曹操的手：「此等忠臣義士，萬萬不可殺！」

關羽陳到也出來說情：「殺此人實為不智！曹公三思！」

張飛也說：「這樣的好漢，為什麼要殺啊？簡直忠奸不分。」

曹操將佐也齊刷刷地站出求情：「主公三思！」

曹操一看這樣，立刻把劍扔在地上：「張遼義士之名果不虛傳！」說罷親自解開他的繩索。張遼感動不已，請求曹操收殮了呂布遺體，然後歸順了曹操。

劉備看著張遼哭拜呂布的墳，一言不發。

「今天呂將軍做了古人，定會讓天下豪傑遺恨萬分的！」張遼淚眼迷濛。

「不！如果你今天死了，才會讓天下英雄遺恨白門樓。」劉備卻這麼說。

曹操遠遠看見這一幕，微笑了——

「玄德，我沒看錯你！你的確是個義薄雲天的人！」

劉備自己都不知道，曹操對他更信任了。

曇花一現

曹操消滅心頭大患呂布之後，本想一鼓作氣消滅袁術，但是包圍下邳的戰役，使全軍疲頓不堪，和眾幕僚商議後，還是決定暫時班師回許昌休整。劉備在商議時也贊成先回許昌，表面上似乎是有些不可思議，其實是劉備和自己心腹商議後做出的決定：曹操對自己很信任，但是一部分人，如程昱對劉備幾乎是滿懷敵意，這樣做即使不能解除至少也能減小被懷疑的可能。

事實證明劉備太天真了，程昱不但沒有降低對劉備的懷疑，反而對劉備的反常言論更為警惕，幾乎是三天兩頭在曹操面前暗示劉備有不臣之心，不知道曹操是裝糊塗還是其他，他對程昱的話置若罔聞，甚至有些疏遠程昱。這一切劉備自然看在眼中，心情更為惶恐。萬一曹操聽了程昱的話，自己就徹底完蛋了。

建安三年（西元一九八年），荒淫無度的袁術終於耗竭了壽春城內的所有財富，準備去投奔他的哥哥袁紹。並且有把帝位交給袁紹的意思，雖然袁紹表面上沒答應，但是也開始準備迎接袁術的到來。

再說說暫棲於袁術處的孫策等人，孫策由於長時間受到袁術的壓迫，已經離開了袁術。孫堅留給孫策的傳國玉璽，原本是用於名正言順「登九五」的，可是孫堅就是為了這個玉璽死去的，孫策把它當成不祥之物，竟然拿玉璽作抵押向袁術借了三千士兵。然後找了個藉口離開袁術，自己去開拓屬於自己的疆土。

孫策沒有辜負孫堅臨死的寄託，也沒有辜負周瑜與呂蒙的誓死追隨。他成功了，打出了屬於自己的天下，他一路所向披靡，佔領了江南六郡的大片領土。由於其英勇善戰，又起兵於江南，人稱「小霸王」。袁術稱帝時，孫策正式與他絕交，並且和曹操交好。曹操對那些不與自己為敵的諸侯，總是用安撫和籠絡的手段，他表奏孫策為討逆將軍，考慮到孫策把孫堅死後留下的「烏程侯」世襲爵位讓給了他的四弟，曹操還上奏封孫策為吳侯。孫策很高興，樂得與曹操相安無事，好把握時間整頓江南各郡。

袁術徹徹底底被孤立了，但是長期紙醉金迷的生活，讓這個原本也有夢想的人失去了一切奮鬥的力量。袁術只是一味派出自己唯一的得力大將紀靈做先鋒，企圖從揚州地域開赴河北。

安逸的生活是不是能消磨人的鬥志？

就連紀靈這樣曾經能與關羽抗衡的猛將，現在也顯得有些懶散，袁術的兵本就不多，長期懶於操練，幾乎是一點用都沒了。這樣的隊伍，又怎麼敵得過劉備呢？

建安四年（西元一九九年），劉備終於從曹操處「逃」了出來，他率領關羽、張飛、陳到這班忠勇不二的戰將，以「征討反賊袁術」為名，帶著曹操的無限信任，踏上征程，準備在徐州狙擊袁術軍。全軍除了程昱費盡心思安插的左右護軍朱靈和路昭外，全是劉備的嫡系。

劉備用急行軍的速度離開許都，真的像逃一般，朱靈和路昭兩人雖非劉備嫡系，但是因資歷淺，在軍中也對劉備言聽計從，對劉備幾乎構不成什麼威脅。

行軍一天後，劉備終於下了紮營的命令，張飛抓緊機會悄悄問劉備：「我們已經從許都衝出來了，為什麼還要跑得這麼快？簡直像後面有追兵一樣。」

劉備還未回答，傳令兵就報告：「曹大人貼身侍衛許褚求見。」

劉備馬上給了張飛使一個眼色，張飛終於明白了些什麼，手握著劍把，站在劉備旁邊，而身為劉備的貼身侍衛，陳到也聽說許褚的到來，立刻找到劉備，與張飛一起站在劉備兩旁。

「末將奉曹大人之命，特請將軍回許都，有要事商議。」許褚是個粗人，在劉備面前也學著行禮作揖，看來並沒有多少惡意。

「將在外，君命有所不受，請將軍代吾向曹大人覆言，待我消滅袁術軍，立刻就回許都交割兵馬。」劉備盡量使自己鎮定下來，說話頗有大將的威嚴。

許褚見張、陳兩人站在劉備旁邊，知道佔不到什麼便宜，答應了一聲，率帶來的五百精銳騎兵回去覆命了。

「翼德，你看見了？」劉備打發走了許褚，鬆了一口氣：「我們這樣急行軍都被追上了，你該知道後方對我們的潛在威脅了吧！」

「曹操不是很信任我們嗎？居然背後打埋伏！」張飛嘴裏嘟囔著，劉備看得出，剛才的事對張飛刺激很大。張飛也感受到了無形中來自曹操的巨大壓力。

「曹操這次突然招回我們，一定是對我們產生了懷疑。而且我們拒絕班師，曹操的懷疑只會加劇。」陳到開始分析當前的局勢：「當前我們還是應該靜觀其變，如果曹操第二次招回我們，最好還是先回去，免得曹操馬上和我們撕破臉皮。」

「叔至說得有理，就聽他的吧。」剛才一直在指揮士兵紮營的關羽也來參與商議：「曹操生性多疑，我們以後行事得多加小心。」

「我們明天繼續用急行軍的速度前進。」劉備略微思考了一下：「許褚回去得一天，即使曹操再次派使者招我們回去，至少還得三天時間。按照我們的速度，三天內一定可以趕到徐州了，到那時就算使者又來了，我們也能以戰況吃緊為由加以拒絕……當然一切還得根據實際情況進行處理。」

朱靈和路昭看見劉備等人聚在一起，還以為是軍事會議，也走上前去。陳到立刻帶頭轉換話題：「我們應該在袁賊立足未穩之際，打他個措手不及，所以明天還是繼續急行軍，搶到有利的地勢，對消滅袁術有著重要的價值。」

其他幾人心裏都暗自偷笑，不過表面上都點著頭。朱靈、路昭自然沒有猜忌他們，對這次急行軍的疙瘩也解開了。

如劉備所料，全軍以急行軍的速度在三日內趕到了徐州，呂布敗亡後接任的徐州刺史車冑大開城門迎接劉備軍。與此同時，哨馬來報，袁術軍逼近徐州地界。劉備下令全軍暫緩入城，並請車冑關上徐州的城門。全軍駐防徐州城外，以逸待勞迎戰袁軍。

正午時分，袁術軍先鋒大將紀靈的隊伍與陳到率領的前軍遭遇，發生了戰鬥。陳到早見識過紀靈與關羽的單挑，知道是個狠角色，抖擻起精神與紀靈鏖戰，哪知道紀靈的身手早就不能和過去相比，一招一式都有些遲鈍，雖然他的金刀依然閃耀，但不到十個回合就力氣不濟，刀法漸漸散亂。陳到不禁歎了口氣，看來紀靈在袁術那裏的生活過於糜爛。

既然如此，沒有必要手下留情了，兩人戰到二十回合，紀靈虛晃一刀，拔馬便回，陳到哪裏肯捨，拍馬便追，看看追上，手起一刀，將紀靈斬於馬下。又順手奪了紀靈的金刀，招呼前軍衝殺。袁術軍失去了主將，四散奔逃。陳到又率軍追殺了一陣，才引兵回營。

回營後，陳到顧不上參加慶功宴，馬上把廖化的那把三尖刀擦得乾乾淨淨，收好了。他不捨得再用這把有著紀念價值的刀，改用紀靈的那把金刀——同樣是三尖刀，紀靈的金刀顯然比廖化的那把更威風更鋒利。但是就其價值而言，紀靈的那把再寶貴也不過就是把刀，而廖化的那把即使是破銅爛鐵，也是兩人友情的見證。

「元儉哥，我的不辭而別，又給你添了麻煩吧？」陳到在許都的時候，也曾寫過信給廖化解釋，但是沒有收到回信。由於在許都寫太多信容易受到曹操或者其謀士耳目的猜忌懷疑。陳到不敢多寫。現在終於有了機會，乾脆寫封長信吧！

沒寫幾行，陳到就被張飛拉去喝慶功酒了，第二天還有仗要打，看來一時半刻是寫不完了。

第二天，袁術大軍也行進到了徐州地界，劉備命朱靈、路昭率領左翼，關羽張飛率領右翼，陳到為先鋒，劉備自帶中軍，全軍如暴風驟雨一般衝向疲敝不堪的袁軍。袁軍的重要將領幾乎全部死於亂軍之中，袁術自己也只剩三千殘兵逃回壽春，不數日便吐血而亡。

袁術的皇帝夢就這樣破滅了，正如曇花一現，他的事業曾經燦爛過，也最終落得個兵敗而亡的下場。歷史，就是這樣一代一代的重複著，延續著。

離散

消滅袁術的勢力，不過是為了劉備自己真正計畫的鋪墊，同時也算對曹操的小小報答。處理完戰後的各種雜務後，劉備為了支開朱靈和路昭，特地寫了奏摺，大大誇耀了他們的戰功，然後請他們先回許都。朱、路兩人不知是計，高高興興回去「邀功請賞」了。而劉備並沒有像當時許諾的那樣親自回許都「交割兵馬」，反而將打袁術的那數萬大軍駐紮在徐州地界，徐州刺史車冑尚不知怎麼回事，出城迎接凱旋的劉備，被關羽一刀斬了。劉備輕鬆取得了徐州城作為自己的據點，並且窺視著豫州的領土。

曹操見朱、路兩人回來，就知道情況不妙，不久又得到劉備殺車胄奪徐州的事，勃然大怒。曹操多麼信任劉備啊，可劉備卻利用了這種信任。在劉備與袁術交戰的時候，董承的反曹計畫敗露，全家被殺，參與計畫的人都受到了牽連，被誅族、囚禁、流放的人不計其數。劉備雖當初與董承有過約定不洩露自己的，但是計畫敗露後，董承還是告發了劉備——臨死也要拉個墊背的。曹操發現劉備原來早就背叛自己了，更是怒不可遏。

程昱當機立斷，幫助曹操調集軍隊，準備攻打劉備。

照理說劉備敢這樣公然反抗曹操，真的可以說是膽大包天，簡直是自取滅亡，劉備那點實力根本無法與曹操抗衡。其實劉備是早有準備的，董承事洩，株連極廣，袁紹自然也逃不掉。劉備早就聯絡了袁紹，約定好自己搶徐州，曹操一定會來討伐，這時候袁紹就乘機攻打許都，曹操首尾不能兼顧，就可以一舉消滅他。

至於袁術，袁紹只對他手裏的傳國玉璽感興趣，至於他們的兄弟之情，其實一直很糟糕。劉備幹掉袁術，一方面迷惑曹操，另一方面也無損於袁紹，甚至是幫了袁紹。

曹操在討伐劉備之前召開的軍事會議上，聽到了很多反對征討劉備的聲音，為首的郭嘉很明確地指出了來自於袁紹的巨大威脅。

「螳螂捕蟬，黃雀在後，人無遠慮，必有近憂。攻打劉備會牽制住我們的大量兵力，急切還攻不下來，這時候如果袁紹來打許都，我們可怎麼抵禦啊？」郭嘉的意思再明白不過了。

「袁紹為人多謀少決，優柔寡斷，手下謀士又分了很多派別，必定不能成事。」曹操下了決心，非要消滅劉備不可：「劉備人傑，不除，必為心腹大患。」

曹操集結了全部的軍隊，要消滅劉備，劉備也不著慌，一面派使者向袁紹告急，一面加強城防，準備用純粹的防禦戰術拖延到袁紹襲擊曹操老巢。

但人算不如天算，袁紹因小兒子病重，一會說沒有心情，一會又說天時不利，竟把先前的承諾全丟在了腦後，在他的兒子面前做起了「模範爸爸」——這不是把劉備往火坑裏推麼。

使者的回報，使劉備幾乎絕望了，他大罵袁紹無能。隨後立刻冷靜了下來：眼前只有一條路——孤注一擲，死戰到底。

劉備集結兵馬，分別由自己和張飛統領，陳到和其他幕僚守徐州城，關羽守下邳以成犄角之勢，準備趁曹操遠來沒有防備的時候劫寨，挫掉曹軍的銳氣，然後等待救援——或者說，等袁紹的小兒子痊癒。

曹操識破了劉備的計謀，佈下了天羅地網等劉備來鑽呢。

劉備與張飛軍先後中伏，全軍覆滅。兩人失散，劉備只剩下一人一騎，往河北方向投奔袁紹去了。

曹操怎麼會放棄這個一舉消滅劉備勢力的好機會呢？對劉備的伏擊戰剛結束，曹操就下令攻打徐州城，劉備的兵本就不多，大多數又被帶去劫寨，徐州的守備力量也就可想而知了。陳到與孫乾、糜竺、簡雍等苦苦守了一個晚上，已經幾乎守不住了。

「叔至，不能打下去了！徐州保不住了！」簡雍雖為文官，也手提長劍親自指揮守城，可是曹軍如螻蟻一般包圍了徐州城，徐州裏的任何一名士兵、一個百姓、甚至一個孩子，都知道徐州馬上就要陷落了。

「我要與徐州城共存亡！」陳到暴喝一聲，嚇了簡雍一跳。

「曹操的進攻這麼猛烈，主公一定是遇到了埋伏。我們應該保存實力，以待機會！」糜竺大聲勸阻陳到：「現在我們與曹操實力差太多，還不到決戰的時候，忍辱負重，總有出頭的一天！」

陳到冷靜了下來，的確，徐州不可守，唯一的辦法就是棄城而走。然而徐州已經被包圍，城中的武將就自己一個，殘兵也沒多少了，能否突圍都是個問題。

「我們四個人分別從四個城門衝出去，這樣好歹分散一下曹軍的注意力，我們至少可以衝出去一個吧。衝出去了再打聽主公的消息！」孫乾也想到了兵力不足的問題，提出了這個方案。

「我們兵本來就少，分散了就沒希望了！先由我來開路，再由我來斷後，大家聽我這一次！」陳到斬釘截鐵地說了這句話。

「沒時間再計議了，叔至，戰鬥的事就交給你了，可不許死啊！這份欠你的情，來日簡某一定會報答的！」簡雍聽從了陳到的意見。孫、糜也同意了。

陳到一馬當先，衝出徐州南門，三位幕僚緊隨其後，幾十名殘存的騎兵也衝了出來。

出乎意料，曹軍根本就沒有攔截這支隊伍的打算，竟自動讓開了一條路，陳到護送著這些幕僚衝出了曹操的包圍圈。

「太順利了吧！曹操會不會有什麼陰謀？」脫離了危險的孫乾第一個反應過來。

「什麼叫會不會？曹操為什麼放我們一條生路？肯定有陰謀！」簡雍大聲嚷嚷。

「是曹操發了善心？」麋竺還是被突圍的事壓著喘不過氣，思考也沒平時敏捷。

「不對，只有一個可能。」陳到說。

「什麼？」眾人齊問。

「我想只有一個可能，曹操沒抓到主公，以為我們知道主公的下落，他就暫且放掉我們，等我們與主公會合後再一網打盡……」陳到冷靜地分析。

「有道理，不過我們也不知道主公的下落啊……」簡雍覺得陳到的分析是正確的，進一步分析下去：「現在我們大家最好還是分散，這樣才不會被跟上。」

「走不得，只要他們一追，我們盡是個死！」麋竺不畏懼死亡，卻也不甘心這樣死去。

「難道就這樣束手就擒？」孫乾顫聲問道：「那還不如自盡算了，免得遭曹賊侮辱！」

「突圍前不是商量好了嗎？我先開路然後斷後，衝出來的士兵分成三組，三位先生各帶一組往三個不一樣的方向衝。不會有事的！」陳到覺得自己應該站出來保護大家。

「你已經逞了一次英雄了，還來？」簡雍頗感意外。

「這是武將的價值所在。」陳到笑了笑。

「欠了你雙份人情，下次一定會還你的！」簡雍的神情變得肅穆，沒有一點玩笑。

「我也是！」說話的是孫乾。

「還有我！」麋竺也漸漸緩過神了。

「好啦好啦，你們欠我的情分，我都記著呢，下次可要還清啊！」陳到又笑了笑，提刀上馬。三位幕僚也紛紛上馬，帶著自己的小隊伍分散了。

大家離散前說了一句話，然後相互把手緊緊握了握。

「我在主公那裏等你。」

陳到獨自一人斷後，這種行為在任何人看來都是送死。但是命運卻總是會和人開玩笑。曹軍似乎真的沒有追蹤他們的意思，陳到一人一騎提著三尖兩刃刀等在通往徐州的官道上整整一天，儼然要拚命的樣子。可就是沒見人來，甚至連個過路的都沒。他又餓又累，最後滿腹狐疑離開了。

陳到本想去投奔死守下邳的關羽，可是關羽困守孤城，最後的結果恐怕比自己好不到哪兒去。而且沿途又非常危險，不得不放棄了這個打算，思來想去，還是再回去找廖化比較好。

想到廖化，陳到又想起了那封與袁術大戰後送出的信，一封躊躇滿志，傲視天下的信。現在自己卻又再次成了被人恥笑的落魄人。已經失敗過一次了，廖化會怎麼看自己？

陳到提著金刀，還背著廖化送的刀，慢慢往汝南方向走去。

隱忍

陳到再次回到忠義寨，已經是建安五年（西元二〇〇年）的事了。廖化對陳到的不辭而別非但沒有怪罪，反而誇獎他遇到情況會隨機應變，見陳到一直珍藏著自己送的刀，廖化很欣慰，陳到苦笑。

陳到在忠義寨住了幾天，就發現這裏有些變了，拉幫結派，喝酒賭錢，打架鬥毆，什麼人都有。問廖化，他也只是搖頭：「林子大了，鳥就多了。」

廖化似乎有什麼隱情不願說出，陳到隨便找了個小嘍囉一問才知道，原來忠義寨表面還是欣欣向榮的樣子，其實內部已經分裂了——寨主杜遠無論在武勇或是其他方面，都比不上廖化，加之年紀漸大，而當時因為年齡太小而屈居二寨主的廖化現在正是能發揮本領的年齡。杜遠雖然什麼事都得依靠廖化，但是卻想保住寨主的位子。廖化本無心搶寨主之位，但是對杜遠的這種做法感到不滿。兩人一直是面和心不和。

陳到聽了，只覺得好笑，當初一心為民為天下的廖元儉竟然會為了一個寨主之位而鬱鬱寡歡。其實廖化本人對寨主的位子真的是毫不在意，他只是擔心杜遠變得這樣功利心，山寨已經面臨許多困難，以後就更難發展。

陳到找了個時間與廖化進行了一番長談，為了避免引起杜遠的無端懷疑，兩人是半夜裏在廖化的屋子裏低聲交談的。

陳到先把這幾年自己發生的事簡略說了一下，然後就問廖化忠義寨分裂的事：

「元儉哥，我記得原先杜寨主不是這樣的人啊！他到底怎麼了？」

「唉，一言難盡啊！」廖化似乎真的是有滿腹委屈，就像對親人一樣輕聲訴說起來：「杜大哥以前雖然沒為山寨做什麼了不起的事，但他信任我，敢放手讓我幹，現在忠義寨才能到這個局面。可是現在我處處受約束，山寨越弄越糟了，現在他急於培養自己的勢力，對來投奔的人不管好壞都收留，這樣下去以後要出大亂子的呀！」

「綠林中的買賣，終無了局，元儉哥打算一直這樣下去？」陳到從另一個角度問廖化。

「我始終不能丟下這些兄弟，我覺得唯一可行的辦法是以後帶弟兄們投奔一方豪傑。一個可以讓我們有所作為的英雄！」

「聽口氣，好像你是寨主啊。怪不得杜老大要提防你。」陳到為了緩和氣氛，故意和廖化打趣。

「唉，我是沒那個意思，只是這樣下去，忠義寨的威名將付諸東流。」廖化顯然沒有被陳到逗樂，心情反而更為憤懣。

「我送元儉哥兩個字吧。」陳到也不再打趣繞彎了。

「哪兩個字？」廖化知道陳到一定是經過深思熟慮才會這麼說的，所以打算用心記住。

陳到用手指在廖化佈滿繭子的手心裏寫了兩個字：「隱忍」。

廖化先是一楞，隨即便明白了：「我明白了，謝謝你，叔至。」

「我們之間哪兒還用得著『謝』這個字。太見外了吧！」陳到只能這麼說，「隱忍」這兩個字是他多次受挫後覺得唯一可以做的。

「叔至，劉皇叔怎麼樣了？你還打算繼續跟他嗎？」廖化問。

「當然了！」陳到毫不猶豫：「只要一打聽到主公消息，我馬上就回到他那裏。」

「劉皇叔是一位寬厚愛民的仁慈之主，但是我看他自起兵以來敗多勝少，恐怕不是可以長久追隨的明主吧！」廖化終於說出了對劉備的真實看法。

陳到沉默不語。

「叔至……我知道這麼說對你會有刺激，但是……這的確是我的想法，你能接受嗎？」廖化也不想這麼說，但是他覺得這樣是為陳到負責。

「只要你也侍奉主公一段時間，你也會瞭解他的，他不是你說得那麼沒用。」陳到已經是第二次與劉備因戰鬥不利而失散了。在廖化面前，他缺乏有力的證據證明劉備的才能。

「哦，如果以後有機會的話，一定要見識見識他有什麼才能。」廖化知道這次劉備還是生死未卜，沒有把話說滿。

「主公就是沒有把握好隱忍才會兵敗的。」陳到歎息道。

廖化本想繼續問下去，但是看陳到似乎沒有談話的興致了，再加上談話時間長怕被杜遠發現，於是沒再說下去，陳到回屋歇息了。

陳到在忠義寨一住又是一年。期間，曹操徹底佔領了徐州，下邳失守，關羽下落不明。肅清劉備後，曹操與袁紹終於在中原地區進行了大戰，曹操的實力雖比袁紹弱很多，卻把握住了機會，在官渡大敗袁紹軍。

陳到在下邳被攻破時，聽說關羽投降了曹操，根本不相信，可是後來得到了確實的消息，並因他在官渡之戰中立下了大功，被封為漢壽亭侯，陳到只覺得手腳冰冷。

這一年中也一直沒有劉備的消息，陳到的心幾乎被冰凍起來了，他心灰意冷，不參與忠義寨的事，也不再和廖化談論天下大勢，好似一個老頭一般打發餘生。

關羽當了叛徒，劉備、張飛及三幕僚都下落不明，自己流落江湖。廖化與杜遠的矛盾爭鬥，也漸漸影響了他。陳到甚至想找個地方隱居，或者乾脆投奔曹操去。

「叔至，發什麼呆啊？」一日，廖化又看見陳到在發呆了，想去安慰他。

陳到好像什麼也沒聽見。

「叔至，說話啊！」廖化提高了嗓音。

「我沒事，你忙你的。」陳到終於說話了。

「你最近怎麼了？」廖化很擔心陳到會憋出病來。

「我說了我沒事。」陳到越發冷淡。

廖化不計較陳到的態度，繼續說：「你心情煩躁，我本不該打擾你，但是我得把兩個字還給你。」

陳到一愣。

廖化握著陳到的手心，用手指寫下了「隱忍」兩字。

陳到又是一愣，隨即釋然了。

「隱忍……我要隱忍……」陳到反覆對自己說。

又過了幾個月，到了初冬時節，天氣漸漸冷了，往來回鄉準備過年的人也多了，杜遠在這段時間一直親自帶人幹上幾票，說是讓兄弟們過個好年，其實就是籠絡人心。

廖化陳到正烤著火，杜遠和一群嘍囉趕著兩輛馬車上了山，兩人一看皺了眉頭：準是又搶了女人，車裏還隱隱傳出女人的哭聲呢。

「廖兄弟，這兩個女人姿色不錯，我給帶了上來，做咱們的壓寨夫人吧！」杜遠不知道是什麼目的，居然還有這心思。

「我可不要，你把她們送下去吧，這些都是良家婦女，你何苦這麼逼她們？」廖化一向不近女色，到現在都沒娶親，杜遠的「壓寨夫人」卻已經有三個了。

「陳老弟，你要嗎？」杜遠皮笑肉不笑地問陳到，陳到只覺得背脊發冷。

「搶女人這種事下次別做了，你的壓寨夫人已經夠啦。」陳到沒有正面回答，他不喜歡這種行為。

「先看看長得有多標緻再決定吧。」杜遠一揮手，嘍囉就把車裏的兩個女子拽了出來，陳到只掃了一眼，立刻大吃一驚！那不是劉備的甘夫人與糜夫人嗎？只見兩位夫人哭成一團，只是一味求饒。

「甘……甘夫人……糜夫人……」陳到只覺得腦子一片空白，沒反應過來。

「是……陳將軍嗎？」甘夫人顯然也認出了陳到，試探性問了一下。一面擦拭著自己與糜夫人的淚水。

陳到立刻跪倒在兩位夫人面前：「夫人受驚了！陳到罪該萬死！」

「叔至，她們是誰？」廖化沒搞明白，看陳到跪下了，一時莫名其妙。

「元儉哥，她們是劉皇叔的兩位夫人啊！」陳到對眼前的一切來不及反應，只是急切地解答了廖化的疑問。

「劉皇叔？就是那個打幾次仗輸幾次仗的劉皇叔？」杜遠當然知道劉備的大名，一看這陣勢，知道今天好不容易抓來的兩個漂亮女子是保不住了，無奈，只好借題發揮，權當發牢騷。

廖化發現陳到的臉色突然變了，變得從未有過的可怕。

兩位夫人巧遇陳到，驚魂稍定，雖然也沒弄清眼前的事態到底會如何發展，只希望不要鬧出什麼亂子。

「叔至，這可能是場誤會，你先把兩位夫人帶到裏寨吧，我和杜老大說明一下！」廖化覺得自己充當一下和事老的角色比較好，先緩和雙方的矛盾再說。

「哼，這裏還輪不到你做主吧！別忘了寨主是我！」杜遠最恨廖化在自己面前發號施令，特別是在人多的場合，當下情形劍拔弩張。

「杜老大，對不起，但是這事有些……叔至，快帶兩位夫人進裏寨。」廖化說完，心裏罵了自己一聲，剛說完對不起，又在那裏「發號施令」，自己到底怎麼了？

杜遠理所當然怒不可遏：「反了反了！廖化！你眼裏還有沒有我這個寨主？今天這兩個女人我還要定了！我倒要看你有什麼本領和我搶！」

兩位夫人手腳冰冷，差點暈了過去。

兩邊的嘍囉早就知道杜廖的火拚只是時間問題，都識相得退開了。

陳到心中壓抑的情緒已經無法控制，瞬間轉化成了滿腔的怒火。隱忍隱忍，總有奮起的那一刻，否則和軟弱可欺有什麼區別？

「來啊，大家做個了斷吧！」陳到也手按劍柄。

火拚

杜遠很快發現形勢對自己不利，陳到和廖化決定是一條戰線的，自己已經老了，顯然不是他們對手；廖化多年來苦心經營山寨，擁護他的人絕對比擁護自己的多；陳到也為山寨立下過無數功勞，很得人心。自己鬥得過他們嗎？

但是事情已經鬧到這種地步了，想停止也不行，杜遠也豁出去了，「刷」一下拔出劍，陳到以為他會猛撲上來，可杜遠卻往另外一個方向衝去。

「糟糕！」陳到猛然醒悟，哪裏還來得及？沒錯，杜遠一劍砍死了原本準備帶廿、糜兩位夫人進裏寨的嘍囉，然後挾制了她們。

「你還有沒有點男人的氣魄？」陳到措手不及，內心深處的最後一絲冷靜使他沒有破口大罵——他一直認為罵人是無知與膽怯的表現。

「他娘的！老子今天還跟你們耗上了！」杜遠可沒那麼多忌諱，想罵就罵：「格老子的，你們兩個想搶我寨主的位子已經很久了，我怎麼可能讓給你們！？「

「杜老大！你別誤會了！我和叔至根本沒有搶奪寨主的意思，我們只是……」廖化忙辯解。

「只是什麼？只是怕名不正言不順吧！哼，今天老子給你們個機會，只要你不顧及這兩個女人的命，寨主的位子就是你們的。來啊！」杜遠停頓了一下，接著說：「你們倆商量過誰做寨主了嗎？」

廖陳兩人心中「咯噔」了一下，杜遠這招當然是在分化他們倆，最好是弄得大家當場分裂，當然杜遠的計畫是不可能得逞的，但是眾嘍囉一聽，肯定都心寒了。忠義寨也算到了盡頭了。

「你快把兩位夫人放了！」陳到不想就寨主問題浪費時間，他關心的只有夫人的安全。

「門都沒有，有種你就來搶啊！」杜遠把劍架在了兩位夫人的脖子上。只見兩位夫人嚇得腳都軟了。

「杜老大，你先放了她們，其他事好商量……」廖化不想就這樣讓大家反目成仇，始終沒有拔出劍，希望能找到解決問題的方法。

「哼，大家都鬧到這份上了，還是把話明說了吧！」杜遠很不耐煩：「這忠義寨，的確是你廖化辛苦維持才支撐到現在的局面，但是寨主的位子是我的，你們誰也別妄想奪走！」

廖化實在哭笑不得：「杜老大，你要怎麼樣才相信我？我絕對沒有那個意思啊！」

「永遠離開忠義寨！不，馬上在我面前自盡！」杜遠狠狠心終於說出來了，本來只是想趕走廖化，可一想到不除掉廖化，自己就永無寧日，還是立刻要逼廖化自殺。

廖化一驚，然後咬牙切齒，右手緊緊攢著劍柄。

「杜老大，廖老二是俺們忠義寨的支柱啊！你今天逼他死，改天就要逼俺們了！」一個嘍囉看不下去了。

杜遠毫不手軟，一手制住兩位夫人，手起劍落，殺了那個嘍囉：「再有反對廖化死的，就和廖化一起去死！」

杜遠失算了，他的暴虐激怒了眾嘍囉——就這麼一點時間，兩個生龍活虎的夥伴就被他殺了，兩個根本沒有犯錯的弟兄就這樣被殺了，這種事恐怕是連一般老百姓看到都會無比憤慨，何況是這一群熱血男兒？

「杜遠！忠義寨不是你一個人的，它是大家一起努力創造出來的！」陳到再也忍不住了：「寨主本來就該是有德者居之，你現在不明是非就枉殺了兩個弟兄，哪兒有資格做寨主！」

原本兩不相幫的嘍囉們也紛紛站到了廖陳那一邊。

「沒有廖老二就沒有忠義寨！」

「你為什麼要殺自己弟兄？」

「大家一起除掉這個忠義寨的敗類！」

「抄傢伙！」

不滿的嘍囉越聚越多，要杜遠給個說法，杜遠一著慌，竟然有些手足無措，手裏抓著兩個女人實在礙事，一不當心手鬆了一下，兩位夫人就逃出了他的掌控。

陳到連忙接應夫人，這下沒有什麼後顧之憂，他的劍尖直指杜遠要害，直刺下去。

杜遠命在旦夕，只聽「叮」的一聲，賤出了火星，眾人都沒看清怎麼回事，只有陳到感覺到自己的劍被什麼東西蕩開了。

是廖化，廖化擲出了自己的劍，擋住了對杜遠的致命一劍。

「元儉哥……」陳到輕輕地呼喊了一聲。

廖化低著頭，一聲不吭。陳到輕輕歎了口氣，把手中的劍也扔了。

杜遠被剛才的一刺一蕩嚇壞了，手中的劍不停顫抖，差點就跪地求饒了，口中「我……你們……」說了好幾遍。哪兒還有開始時的氣魄？

「元儉哥？怎麼處理他？」陳到還是輕輕地問。

「唉……」廖化歎了口氣後，又是許久不作聲。

兩位夫人剛才受了驚嚇，站都快站不穩了，陳到目示兩個嘍囉，又用手指了指，嘍囉會意，帶著兩夫人進了裏寨歇息——是繞開杜遠走的，雖然他已經瀕臨崩潰，但是那樣子還是很嚇人。

廖化突然發話了：「弟兄們，大家說說怎麼處理這事吧。」

眾嘍囉你看看我，我看看你，似乎有幾個人躍躍欲試，但是最終還是沒有人說話。

「我尊重大家的意見。」廖化恢復了平時那莊重的口吻。

「殺，祭奠被他殺掉的兩個弟兄。」一個膽大的說了自己的意見。

帶頭的一說，後面的也就無所顧忌了。

「殺了他！擁護廖元儉做寨主！」

「殺！」

「算了吧，趕他下山就是了，杜遠畢竟也為山寨做出過貢獻。」

「反正寨主之位不能再讓他霸佔了。」

「殺了，免除後患。」

「……」

喊殺的多，喊趕走的少，喊杜遠無罪的沒有。

廖化尊重了大家的意思，一劍結果了疾賢妒能的杜遠，不過還是下令好好安葬了他。

就在安葬杜遠的時候，山下管理放哨的嘍囉來報：「山下有一員猛將，單人獨馬要衝上山來，勇不可擋！讓我們放了剛才被搶上來的女人！」

「是關羽麼？還是張飛？」陳到的頭腦依舊是亂七八糟，劉備的兩位夫人怎麼會被劫掠上山？關羽或張飛怎麼會在山下出現？劉備本人是否平安？

「叔至，咱們快下山去說明一下吧！」廖化提醒道。

「是，元儉哥你和我一起下去，我想應該是翼德……他的脾氣很暴躁，別傷了弟兄……雲長已經……」陳到想起關羽，不由自主低下了頭。

嘍囉備了兩匹馬，廖化沒再說什麼，兩人立刻上馬下山。

「翼德，是你嗎？真的是你嗎……」陳到終於又有了一絲聯繫劉備的線索，山路雖不甚崎嶇，也頗為顛簸，陳到竟然騎得飛快，廖化追趕不上，大喊：「叔至當心，別騎太快了！摔了可不是兒戲！」

陳到並沒有放慢速度，甩開了廖化，自己先到了山下，山下有一人正欲衝上山，此人不是張飛，而是關羽！

「叔至？」關羽大吃一驚：「是你搶了兩位夫人？」

「不是。」陳到回答的乾淨俐落。

「夫人的隨從親口告訴我的，她們被一個強盜搶上了這座山，剛才守衛這裏的嘍囉也都說了山大王搶了壓寨夫人，這都是你幹的好事麼？」關羽的口氣顯然嚴厲了很多。

「不是。」陳到一想到關羽無恥的背叛，無論如何也無法原諒他，說話也冷漠了許多。

「你……」關羽剛要發怒，廖化終於也到了山下，一見這架勢，立刻緩和氣氛：「請問將軍高姓大名？來此有何貴幹？」

關羽瞥了瞥廖化，說道：「某乃關雲長，今護送兩位嫂嫂去河北投奔兄長，閣下是廖化吧，請送還兩位夫人，不要為難關某了。」

廖化下馬：「關將軍，此事個中原由尚有待明說，夫人剛才受了驚嚇，今日恐怕很難上路了，請將軍上山歇息一晚，明日再行。」

關羽沒有猶豫，馬上問：「能送還夫人嗎？」

「當然，今天建議不要走了，夫人的狀況很不好，您最好去看望一下她們。」廖化說得很誠懇，不由得關羽不信。

「夫人受了什麼驚嚇？」關羽有些擔心：「發生了什麼事？」

「事情比較複雜……」自己山寨火拚的事說出去總不太好：「請您先上山吧！」

廖化領頭開路，關羽緊跟著催馬上山，陳到一言不發走在最後，心想：「關羽投降曹操的事或許只是誤傳？還是另有隱情？」

進了忠義寨，關羽首先去安慰兩位夫人，她們看到關羽，終於定心了。

廖化吩咐殺牛宰馬招待關羽，關羽問起整件事的緣由，廖化就把杜遠搶夫人的事說了出來，火拚的事也沒有隱瞞，關羽很喜歡廖化的坦率，陳到則一直一言未發。

「叔至，你是有什麼話要和我說吧。」細心的關羽當然知道陳到在想什麼。

「聽說你投降了曹操？」陳到質問。

「沒有，我只投降了漢帝，沒有投降曹操。」關羽的回答很乾脆，就好像陳到在山下回答他一樣。

陳到冷冷一笑：「漢帝？那不過是個曹操的傀儡罷了，你和主公情同手足，竟然做出背叛他的事來，你覺得對得起主公麼？」

這話說到了關羽最傷心的地方，但是他沒有迴避：「我有我的苦衷。」

「說！」陳到第一次對關羽這麼冷漠。

關羽歎了口氣，說出了那段可以稱之為恥辱的日子。

回歸

「徐州失守，下邳成了孤城，雖然我死守不戰，可是城內糧草一天天減少，而且又沒有援兵，唯一的出路就是突圍。」關羽用簡潔的語句描述了當時的情景：「曹兵如螻蟻一般包圍了下邳，如果突圍，我還可能全身而退，夫人就……」

「那你就投降曹操？」陳到已經無心責怪關羽了。

「我說過了，我沒投降曹操，我投降的是漢帝。」關羽不厭其煩地糾正。

「這個從何說起？包圍下邳的是曹操不是漢帝啊。」陳到不解。

「我為了掩護夫人，不得已和曹操談判，最後有條件的放棄了抵抗。」關羽義正詞嚴，而且似乎有意識在迴避「投降」這兩個字。

「條件？」陳到差點笑出來：「還有條件可談？」

「一，我只降漢帝，不降曹操；二，兩位嫂嫂處以皇叔舊日俸祿給養，其住處閒雜人等不得入內；三，一旦得知皇叔下落，哪怕千山萬水，也要即刻告辭尋他。」關羽慨然而言。

「曹操……居然答應了？」陳到簡直不敢相信，曹操為了收服關羽居然會答應如此不平等的條件？

「不但答應了，而且答應得很乾脆，甚至按照約定履行了諾言，放我去尋主公。」關羽似乎很感激曹操：「不過，我也以官渡之戰的表現報答過他了。」

「你有主公的消息了？」陳到大喜過望：「怎麼不早說呢？主公在哪兒？」

「袁紹那裏。」關羽懶懶地說。

「袁紹不是輸給曹操了嗎？主公幹嘛要在他那裏……」陳到口上這麼說，卻無法掩飾興奮的心情。

「叔至，你要和關將軍一起去嗎？」廖化問：「你要丟下百廢待興的忠義寨？」

「原諒我。」陳到說：「我的主公是劉皇叔，我要和他一起為這個天下奮鬥終生。」

「那……我可以和你一起嗎？」廖化突然這樣說：「我能和你，和關將軍，和劉皇叔一起，為了這個天下奮鬥！」

「元儉哥……」陳到簡直不敢自己的耳朵：「你要……和我們一起？」

「是的，和你們一起！」廖化堅定的說。

「忠義寨呢？」陳到不放心。

「願意去的弟兄一起去，不願意的發放路費遣散。」廖化似乎不是開玩笑的。

「廖兄弟，我代替大哥歡迎你……只是你那些弟兄沒問題嗎？會不會……」關羽始終保持著謹慎的態度。

「他們都是和我一起出生入死很長時間的忠義之士。絕對不會讓關將軍失望的。」廖化做出了保證。

「我也可以保證，我在這裏生活的時間也不算短啦。這裏的弟兄大多數都是空有一身本事卻無報國之路的人。」陳到見關羽有顧慮，和廖化一起保證：「他們一定會成為好士兵的。」

「那麼，我先去河北探探虛實，你們這幾天收拾收拾山寨，和他們說清楚是去做什麼，不要騙他們。」關羽答應了廖化的要求。

「雲長，我和你一起去河北吧！」陳到迫不及待提出了自己的要求，他想早日見到劉備的心情不弱於關羽。

「叔至，這些天搬遷的工作可能會很多，你最好還是留下來幫助廖兄弟一起吧。」關羽沒想到陳到提出這樣一個要求，考慮到廖化的難處，關羽勸陳到留下。

「雲長，此去河北，長路漫漫，要保護兩位夫人，可能會出什麼狀況。」陳到說出了自己的擔憂，「你一個人畢竟勢單力孤，我和你一起會順利很多。」

「好你小子，找到了主公就忘了哥。」廖化打趣：「放心去吧，這裏有我就可以了，但是找到皇叔後，可別忘記我啊。」

「忘不了，但是現在主公那裏情況怎麼樣，我也不清楚，你可能得等上一些時間吧，不過我保證你不會等太久的。」陳到把話說得清清楚楚。

「那就這樣吧，大家先去休息吧，明日叔至你和我一起上路。」關羽做了決定，「元儉收拾山寨，等我們消息。」

「好！」陳到開心得笑了，廖化在山寨難得看到陳到笑，自己也欣慰得笑了。

陳到與關羽一起上了路，一路平安未出什麼意外，只是到了黃河渡口時，據守在這裏的曹操將領秦琦與關羽發生了衝突。

關羽很恭敬地請秦琦安排渡船送他們一行人過黃河，秦琦卻甚為傲慢：「河北是曹大人死對頭袁紹的地盤，你去河北無非就是投奔他，我怎麼會放你過去呢？」

「在下此行不是投奔袁紹，而是去尋主公。」關羽不想惹事，只想早早上路。

「哼，你用了什麼方法欺騙了曹大人才逃出來的？一路上的將官怎麼都不攔住你？」秦琦幾乎是在無理取鬧了：「你的文書呢？呃？」

關羽強壓著怒火，把文書取出遞給秦琦。

想不到秦琦根本不買賬：「想從這裏過？等我請示一下曹大人再說，那就委屈你們先留在這裏吧，哈哈！」

「請示曹大人可以，但是我沒時間了，會耽誤行程的。」關羽剛要發作，陳到拉了他一下，自己對秦琦解釋。

「那可以，你們倆可以過去，留下車仗隨從。」秦琦傲慢得說，一面瞟了瞟車仗。

關羽再也忍耐不住了：「可笑！曹操也要禮讓我三分，你是什麼東西？竟然這麼放肆！」

「哈哈，你有本事就來吧！」秦琦手一揮，士兵就立刻包圍了關羽一行人。兩位夫人在車仗中緊緊相擁，大氣不敢喘。

「看來帶我一起走是正確的決定吧！」陳到笑著對關羽說，他知道戰鬥無法避免，招呼了一半隨從回馬保護車仗。

關羽則一心一意對付秦琦。

秦琦知道自己不是關羽對手，本想襲擊車仗隨從，沒想到陳到卻死死護住車仗，秦琦佔不到便宜，一著慌被關羽催馬追上，一刀斬於馬下。士兵眼看主將陣亡，四散奔逃。

關羽攔了幾個小兵：「秦琦無禮，被我殺了，你們別怕，快安排船渡黃河，我還要趕路！」小兵哪敢不聽？找了最大的船送他們過河，不一日，關羽一行人到達河北地界。

河北不太平，上岸沒走多久就遇到打劫的強盜。只見帶頭的滿身筋肉，使一把大刀，倒頗有幾份威風。

「叔至，你的朋友來了，哈哈。」關羽根本沒把強盜放在眼裏，還和陳到開玩笑。陳到努了一下嘴，拍馬出陣：「這位朋友，看你也像位流落江湖的好漢，可有心報國安民，救百姓於水火？」

「哼，我原本也是黃巾軍的大將！誰願意當一輩子強盜，可是弟兄們正餓著肚子呢！懂事的留下包袱錢財，車仗裏是女人吧，咱們不要！如果沒有錢財，吃的我們也要！」那帶頭的倒也爽快，似乎不是窮兇極惡的強人。

「黃巾軍？那你可知道劉關張之名？」關羽試探地問。

「閣下是誰？」帶頭的問。

「我乃關雲長是也！來河北投奔我的主公，劉玄德劉皇叔。」關羽坦然自報姓名。

「哎呀，這次做錯了生意，關將軍包涵。」那帶頭的滾鞍下馬，倒頭就拜：「小人周倉，曾是黃巾軍的一名將領，可惜起義失敗，只能流落四方幹起了這種勾當。今日得見將軍，真乃萬幸！望將軍收留我，我當誓死追隨將軍！」

「你若跟我，你那些弟兄怎麼辦？」關羽問。

「若將軍帶著不方便，周倉願意一個人跟隨將軍，以後有了駐紮的地方，再來接這些弟兄。」周倉一心要跟隨關羽，跟廖化一樣把自己過去這些患難與公的弟兄拋在了腦後。

「既如此，待我們商量一下。」關羽招呼陳到回來，商量了一下。

「這個人不像是什麼壞人。」陳到馬上說出了他對周倉的第一印象。

「他像不像壞人，不是你說了算的，畢竟他是黃巾軍出身，不能不有所提防啊。」關羽始終保持著謹慎的頭腦。

「元儉哥也當過黃巾軍啊！」陳到有些不滿：「你能收納元儉哥，就不能收納周倉？」

「那問一下嫂嫂吧。」關羽的態度轉變了。

兩人一起下馬走到兩夫人馬車前，把周倉的事大致說了一下，兩位夫人倒很寬容：「一兩人跟隨，無關大礙。」周倉就這樣找到了自己一生的歸宿。

關羽、陳到、周倉保護車仗到了古城，巧遇了張飛，三幕僚中的麋竺和孫乾也和張飛在一起。張飛原本對關羽也有誤解，在陳到和兩夫人的解釋下，諒解了關羽。

劉備與簡雍從袁紹處以與其他諸侯外交為名，逃了出來。所有人終於在古城會合了。

「大家都回來了！」劉備經過這幾年生活，沒多大變化，笑容依舊掛在臉上：「回來了就好！」

「主公，還有我的元儉哥也要來投奔我們哩！」陳到馬上做補充。

「還有我的一些弟兄呢！」周倉也笑哈哈的說。

「大家……回歸成了一個更牢固的團體了……」簡雍激動得哭了。

「咱們要打出一片新的天下！」關羽握拳高舉。

「好！」所有人的聲音匯聚起來，震耳欲聾。

第四章　蹉跎的歲月

回鄉

劉備、關羽、張飛三人團圓了，劉備與失散多時的夫人也團圓了。述完心中這幾年來的牢騷與疙瘩，大家都開始談正事了。

「周倉，去把你的那些弟兄都找回來吧，這個古城暫時就作為我們的據點了。」在古城休息了幾天後，關羽請周倉去招募人手了，周倉當然是毫無異議，馬上就出發了。

周倉的山頭離古城不遠，按理說來回一次半天就夠了，哪知道整整一天周倉都沒回來。關羽不免有些擔心，他暗自和陳到嘀咕：「該不會是這小子耍什麼把戲吧！怎麼還不回來啊？」

「可能收拾山寨花太多時間了吧。」陳到說。他當然也有些擔心，但是不能說出來，否則會影響關羽的心境，「要不我們去看看？反正不遠。」

「如果周倉真的耍花招，可能會有埋伏也說不定……」關羽永遠是保持謹慎的人物。他比陳到想得多，想得遠。

「那帶些兵？」陳到建議。

「帶一些吧，如果真的有埋伏，帶多了也是浪費，白白送死。」關羽說。畢竟一個人都不帶有些不妥，於是和陳到點了五百人一起出發接應周倉。

走到半路，只見周倉帶了一百來人氣喘吁吁往回趕，一見關羽，幾乎是氣急敗壞：「有個穿白甲的小將，前幾天搶了我的寨，弄得大家都跟他幹了。我回去只召回一半都不到的人。我氣不過，就和那小將打上了，哪知他槍法凌厲，我連中了三槍，只好回來求救。唉，真丟臉啊！」

「什麼？居然有這種事？你帶我們去看看。」關羽一聽，稍稍放心，抖擻了一下精神就催馬飛奔，陳到緊緊跟在後面。

很快到了山下，周倉大喊：「搶了我寨的人快出來！有種再戰三百合！怕你爺爺不是娘養的！」

果然，山上傳出了搖旗吶喊聲，隨後一騎衝下了山，後面還跟了幾十人，那人大笑：「你先掂掂自己的斤兩吧！不怕風大閃了舌頭？就憑你那點蠻力，練個十年再和我打吧！」一邊說一邊揮舞著手裏的長槍。

「你……」周倉剛想自己上，被陳到拉住了，周倉馬上識趣讓開。

「奇怪呀……這聲音有些耳熟……」陳到一面拉住周倉一面自言自語。

「找來了幫手呀！沒關係，多少個我都不怕！一千個來，一千個死！你們做好死的準備了麼？」那人擺開了單挑的架勢，似乎並沒有把關羽的五百人放在眼裏。

「我去看看他有什麼本事，真是夠狂妄的！」陳到對關羽說了一聲，然後一馬當先衝了上去。一人使金刀、一人使銀槍，只聽「鐺」的一聲，兵刃相碰，兩人都感覺對手的力道甚是沉重，同一個念頭同時出現在兩個人的腦海中：「他是誰？我怎麼好像認識他？」

陳到努力回憶著：「這裝扮，這兵器，這本領，難道是……」

「叔至！是你麼？」對手居然先認出了陳到，驚訝之情溢於言表。

「子龍？趙子龍？是你！」陳到終於想起來了，那位與他在徐州城下並肩作戰的老友，公孫瓚手下的猛將趙雲。居然在這種狀況、這種地方再次相遇，冥冥之中自有天意。

「叔至，好久不見了，咱們重逢居然是用武器說話的，真是有趣！」趙雲開心得哈哈大笑：「你的身手比以前更好了，那大塊頭是你朋友麼？不是我說他，力氣比我大，可惜沒有巧勁，我傷了他，得罪，得罪。」

關羽驅馬上前，也認出了趙雲：「子龍！是你啊！主公一直記掛著你呢！我去叫主公來，他一定會高興死的。」說罷，也不待趙雲回應，自己回馬就往古城飛奔，一邊跑還一邊招呼周倉：「是自己人，別和他較勁啦，你不是他的對手！」

「哎呀呀，鬧了半天居然是自己人。俺這幾槍挨得可真冤枉。」周倉表面在埋怨，內心的不快也早已消散，他對趙雲的槍法是心服口服的：「可你幹嘛要奪我的山寨啊。」

「這位朋友，昨日多有得罪了。」趙雲向周倉拱手道歉，一面解釋道：「前幾日我路過此地，你的這些弟兄就來打劫我，我雖說是一文不名，卻也不甘心受這種窩囊氣，狠狠教訓了他們一頓後，本想早點走人，可他們說舊老大丟下咱不管了，咱們何不找個新的老大？於是我就被他們留了下來，盛情難卻嘛。」

「你居然願意當山賊頭頭？」陳到突然發覺居然有這麼多人對當山大王感興趣。

「不是……說出來真的有些好笑……我身邊沒多少乾糧了，只好暫時留在這裏啦，我怎麼會長久留在這種地方呢……」趙雲顯然有些不好意思。

「唉，公孫太守兵敗自戕，之後就一直沒你消息，我還以為你也……還好沒事，沒事就好。」陳到說。

「公孫太守待我不薄，可惜實力不濟，兵敗袁紹也是註定的。我在這裏流浪了有一段時間了，本來想去投奔玄德公，可聽說他在徐州被曹操打敗了，袁紹來徵召我，我沒去。後來聽說玄德公在袁紹那裏，我又想去投奔了，只是怕袁紹見怪，就這樣一直漂泊。」趙雲簡單地把自己離開公孫瓚後的經歷說了一下。

「子龍背後不知道吃了多少苦，這短短的幾句話一定包含了他這幾年所有的辛酸。」陳到暗想，不由得長歎一聲。

「子龍！子龍！」一陣呼喊聲已經遠遠傳來，似乎是劉備的聲音，陳到回頭一看，果然看到劉備和關羽快馬加鞭疾馳而來，後面塵土飛揚，好像還有幾千人的樣子。

「怪了，雲長走了沒多久啊，怎麼這麼快？怎麼還有這麼多兵？」陳到暗自嘀咕，兩人已經跑得很近了。

「劉使君，您來了！」趙雲立刻下馬，待劉備一到，倒頭就拜。

「起來起來，像什麼樣子！」劉備笑著扶起趙雲：「子龍啊，真的是久違了！徐州一別後再無你的消息，現在終於找到你了。」

「主公，您怎麼來得這麼快？還帶兵來？」陳到問出了心中的疑惑。

「我看見雲長和你帶了五百人，以為你們倆去找誰晦氣呢，怕你們人少，我特地帶人來支援你們的。」劉備說道，「大家能在這裏相遇，我真高興呀！」劉備依然很激動。

「我與使君一見如故，今後願追隨使君，肝腦塗地萬死不辭！萬望使君收留。」趙雲說出了心裏話。

「哪兒的話呀，子龍，我還怕你看不上我這裏呢，不過沒關係，即使你不答應，我綁也要把你綁到古城去，哈哈。」

「子龍漂泊至今，除使君外未見一人可稱英雄，從此可追隨使君，實乃平生之幸也。」趙雲站了起來，招呼周倉的舊部：「喂，你們的新老大和你們過去的老大都要追隨英雄去打天下了，你們也一起來吧！」

開始是稀稀拉拉的，後來幾乎所有人都舉起手裏的武器高喊：「好嘞！跟著老大走準沒錯！」

「叔至，雲長說你的元儉哥也要跟我，呵呵，到底是跟我還是不放心你啊？」劉備突然這樣問陳到。

「那只有問他了，我可不知道。」陳到差點把廖化給忘了：「我猜兼而有之吧，公私兩便。」

「好個『公私兩便』。」劉備自從東山再起後，笑臉一直掛在臉上：「叔至，古城不是久留之地，你寫封信告訴元儉，稍安毋躁。」

「古城的確不是什麼可以安身立命的地方，但是除了那裏，還有其他的地方可以暫居呢？」陳到暗想。劉備好像看穿了陳到的心思，笑著說：「回叔至你的老家——汝南。」

「什麼？去汝南？」陳到一時明白不過來。

「被曹操安撫的黃巾舊部劉辟、龔都在官渡之戰中反叛曹操，佔領了汝南城，袁紹曾經派我去安撫，我和他們關係很好，這次去跟他們合兵一處，那就暫時沒什麼危險了。」劉備終於說出了自己的安排。

「那，到了汝南後，可以把元儉哥召來嗎？」陳到一聽回老家，興奮極了。

「當然，用徵召不太好，我親自去請比較有誠意。」劉備禮賢下士的名聲不是白得的。

「太好了！太好了！」高興萬分的陳到像個孩子似的笑了起來。

劉備在徐州戰敗後失散的人員，幾乎全部都回來了，又得到趙雲、周倉的加盟，劉備的實力大大增強了。

全軍前往汝南城，劉辟出城迎接，陳到看見了那既熟悉又陌生的一花一草，感慨萬分，彷彿回到了無憂無慮的童年時代。

無意間，瞥見了呂蒙家的屋子，陳到不禁熱淚盈眶。在忠義寨的時候，他一直牽掛著呂蒙，以至於大部分時間都用來打探消息，可除了知道呂蒙跟了孫策，還有孫策在東吳莫名其妙暴死後由其弟弟孫權即位，其他皆一無所知。

「子明，我回來了，元儉哥就要回來了。我們的故鄉即將成為我們的根據地，為什麼你不能和我們一起呢？」陳到癡癡地想著。

保衛汝南

「叔至，咱們先去商議正事，商議完了你再去走親訪友。」趙雲輕輕拍了拍正在發呆的陳到，陳到如夢初醒，不好意思地笑了笑，快步跟上已經走遠了的劉備。

陳到已經很久沒有回汝南城了，父母都早已故去，最好的朋友也就廖化和呂蒙，所以基本沒什麼需要走動的親友。陳到從來不知道除了父母外自己還有什麼親戚，因為父母從來未提起過，但是對家鄉的懷戀，使陳到前所未有的輕鬆。

「要是能長久在這裏，並幹出一番事業，那該有多好啊！」陳到騎上了高頭大馬，氣派非凡，鄉裏鄉親的有認出的來，無不議論紛紛：

「那不是城東陳家的那個當了小毛賊的小傢伙麼？」

「輕點，別讓他聽見，他現在可是這裏的主子。」

「劉辟和龔都都是黃巾舊部，怎麼說也是末路的英雄，怎麼跟那些毛賊混在一起了？」

「誰說是毛賊？那些苦命人大多數也是黃巾出身，只搶為富不仁的惡人，從不為難百姓，我還受到過他們接濟呢！」

「別說了別說了，咱們都是老百姓，汝南城落誰手裏都一樣，只希望別難為我們。」

陳到全部聽在耳朵裏，卻沒有感到任何難堪，相反很為廖化感到高興——雖然有人誤解，但是始終有人在幫他說話呢。

須臾，來到了汝南城的議事廳，陳到小時侯沒有進去過，有時候路過還會被衛兵驅趕，現在卻可以昂首挺胸闊步走入，真有點三十年河東三十年河西的感覺。

大家到齊後，開始了第一次軍事會議，討論的話題只有一個，就是如何應對來自曹操的威脅——劉備是背叛者，劉辟也是。曹操對背叛者向來都是心狠手辣絕不手軟的。商議來商議去，只覺得前途渺茫。雖然集合了劉辟與龔都的黃巾舊部，也不過一萬餘人，要和剛打敗袁紹，士氣正旺的曹軍對抗，幾乎沒有勝算，只好用籠絡的外交手段暫時求和。

轉眼天黑，會議結束，劉備和陳到一起回劉辟送的新宅邸。分別時，劉備對陳到說：「暫時先別請廖化過來吧，現在這種情況，請他來簡直是害他。」

陳到點點頭，答應道：「等形勢緩和點再說吧。」

「哈哈哈哈，我可全聽見了！」一個黑影閃過，陳到嚇了一跳，隨即手握腰間的劍柄，擋在劉備前面大聲斥問：「來者是誰？」

「喂，連你元儉哥的聲音都聽不出來了？好你小子，說好找到劉使君就通知我，現在居然合夥戲弄我？呃？」來人居然是廖化，這可讓陳到更為吃驚了。

「元儉哥……你怎麼來了？不管忠義寨了麼？」陳到驚喜交加，差點把廖化抱住。

「誰像你，逼死了杜遠，把這麼大個爛攤子隨手甩給我，自己撒腿就跑。」廖化帶著責怪的語氣調侃陳到：「不知道我那些天頂著多大的壓力啊？差點就和杜遠一樣被同樣逼死了，唉，如果死了可真不划算。」

「元儉哥……現在……情形不太有利啊，你自己倒也罷了，忠義寨那麼多弟兄何苦跟你送死啊。」

「哈，你對我連一點掩飾都沒有，不是已經把我當自己陣營的人了麼？」廖化又笑了，「不用多說什麼了，就衝你們這份義氣，我廖化是跟定你們了。」

「閣下就是廖化麼?元儉，你想清楚了嗎？」一直沉默的劉備發問。

「是。」

「很好，從今天起你和你的忠義寨就是我們的同伴，我們要為了屬於自己的天下奮鬥終生，你準備好了麼？」

「是。」

「今天晚上先和叔至將就擠一間房吧，明天我和劉辟說一下，也給你一間吧。其他的弟兄也去軍營報到。」劉備已經開始著手安排廖化的生活問題。

「不用了，如果叔至沒意見我就和他住一起吧，以前在忠義寨我也和他住一起的。」廖化謝過了劉備的好意，拉著陳到睡覺去了。

劉備目送他們離開後，也休息了。

不數日，劉、龔兩人和劉備商議後，開始招募新兵。廖化和周倉的舊部都沒受到過正規的訓練，一場如火如荼的新兵大訓練開始了。訓練場上，三千個老兵和三千個新兵揮灑著汗水，進行格鬥的訓練——老兵指導新兵如何擊打對手，或者指導新兵如何防守才不會被打倒。

「看著我的眼睛。你手裏的是刀，不是鋤頭！」

「我攻擊你的右面，你要擋開這一下，注意，好！就是這樣！」

「攻擊我，攻擊我，不對不對，你那樣在戰場上會送命的！」

「劈呀！」

「拿出你的勇氣來！氣勢絕對不能輸給敵人！」

「不要怕，一味的防守就是示弱，狠狠地打，要還以顏色！」

「哎呦，還真劈了我一刀啊，不錯不錯，別忘了這動作，再來練！」

「衝，衝，當心，露出破綻了。」

六千個人殺聲震天，一萬兩千條胳膊舞動如風。這種熱鬧的場景在汝南城已經很久沒出現過了，惹得百姓都忍不住來訓練場看，還有的百姓親人就在裏面訓練，特地跑來鼓勁。甚至還有些富足百姓牽了牛來犒軍的。劉備看在眼裏，喜在心上。

曹操當然不會毫無反應，很快就派大將蔡陽帶領一萬人馬攻打汝南城，在黃河邊被關羽斬殺的秦琪正是這個蔡陽的外甥，可想而知他的復仇欲了。

可惜他太低估了劉備聯軍的實力了，雙方只打了一陣，蔡陽軍大敗，他自己也被斬。

劉備對這次勝利採取的低調的做法，他憂慮地說：「萬一曹操親率大軍來戰，我們可如何抵擋？汝南城雖然經過徵兵和訓練，防守力量有所增強，但是始終敵不過曹操人數上的優勢。將來何去何從，還要看看大家的意見。」

「咱們聯繫袁紹吧。」劉辟提議。

「不行，上次的教訓忘記了麼？」龔都馬上反對：「袁紹難成大事，不要再想依靠他了。」

「袁紹內部已經四分五裂，被曹操徹底消滅只是時間問題了，他現在是泥菩薩過河自身難保，我們怎麼能再指望他？」趙雲也反對。

「但是當前形勢……」劉備陷入沉思。

「主公，我有個提議。」關羽說，「咱們何不與荊州的劉表聯繫一下？」

「對，這是個好主意！」陳到也贊成道。

「劉表與主公你是同宗，現在曹操打敗袁紹後，下一個目標應該就是劉表了，說不定劉表他現在正如坐針氈呢。」關羽深入分析了當前局勢，「我們需要更多的人來幫助我們，不然被消滅就只是時間問題了。」

「對，那麼，劉、龔兩位將軍，沒有什麼意見吧？」劉備試探著問。

「沒意見，就這樣辦吧，越快越好！」劉、龔兩人想想也只好如此了。

「孫先生、麋先生，這件事拜託你們了，麻煩你們兩位立刻去荊州與劉表聯絡。」劉備當機立斷，做出了決定，「路上可能有山賊什麼的，還請陳到、廖化兩位將軍護送他們。」

「得令！」四人一起抱拳答應道。

「即日起，加強汝南城的防守力量，嚴防曹操的細作，加強對新兵的訓練，大家還有什麼意見呢？」劉備補充道。

「增加哨卡，盤查一切來往的人。」劉辟提議。

「增高城牆，修補破損的地方。」龔都也提議道。

「再趕造一批箭，以後守城戰中使用。」簡雍說道。

「我說你們這些人啊，除了防守沒點別的戰術了？大男人要打就光明正大轟轟烈烈拚個你死我活，窩在城裏算什麼本事嘛。」張飛一直插不上話，現在終於蹦出一句，差點沒把大家都逗得笑出來。

「不過翼德的話還是有道理的，一味防守就是示弱，我們最好能正面挫敗他，這樣更有利於贏得時間。」笑過後劉備贊同道。

「我要打頭陣！」張飛立刻自告奮勇。

「好！」劉備當然答應了。

會議結束後，孫、糜兩人在陳、廖的保護下連夜啟程前往荊州。路上並沒有遇到什麼危險，這受到了荊州刺史劉表的重視——如關羽所料，劉表眼看北方軍閥一個一個被曹操消滅，早就希望劉備來助一臂之力了。孫乾也坦誠說出來來意，劉表欣然允諾。

再說汝南戰場，曹操知道蔡陽兵敗陣亡後，立刻親自帶領大軍攻打汝南，由於準備比較充分，劉備採取了主動出擊的戰略，張飛的勇猛，加上士卒的精幹，人數上佔絕對優勢的曹軍居然沒佔到什麼便宜。但是劉備眼看曹軍勢大，就收兵回營了，曹兵遠道而來，又苦戰了一天，疲憊不堪，駐營後倒頭就睡。

劉備早就預備了一隊人馬用來夜襲曹操，雖然以前好幾次都失手了，但是這次卻打了曹操個措手不及，曹操退兵二十里重新下寨。劉備軍表面上和曹操軍戰況陷入膠著。實際上劉備暗暗高興——這為與劉表的聯繫取得了寶貴的時間。

雙方又交戰幾次，劉備情勢漸漸不利，但是曹操投鼠忌器，不敢過分逼近，這時孫乾終於回來報告了劉表恭迎的消息，劉備終於鬆了一口氣。

劉備哪裏知道，等待他的是漫漫無期的蹉跎歲月。

荊州的歲月

劉表親自出城迎接劉備一行人，這使劉備頗感意外。

劉表，字景升，與劉備一樣是漢室宗親，山陽郡高平人氏。年輕時以孝廉入選朝廷為官，成為了清流黨的知名人物。後被朝廷派遣到荊州任刺史，荊州原本是久亂之地，到處都是起義兵變，劉表到任後，大刀闊斧進行改革，重用了當地的蒯良、蒯越、蔡瑁等豪族子弟，聯絡各地的名士豪紳，很得人心。並且能採用他們的意見，使用招降納叛、恩威並施的方針，很快平定了兵亂。號稱江東猛虎的孫堅也在襲擊荊州時被殺，後又有一些進犯者，也一一被劉表打敗。一時劉表擁有荊州方圓千里的土地，精兵十萬餘，也是名氣很大的一方豪傑。

劉表實力雖強，但始終信奉「人不犯我，我不犯人」，在混戰的亂世中始終保持中立，荊州竟也太平了多時，由於劉表保護了大批在黨錮之禍時避難的黨人，荊州之地英傑極多，但是劉表之所以不敢發動大的對外戰爭，很大程度上是因為他的內心始終猜忌別人，無論是自己的屬下或者是其他的地方豪強。

劉備來投，劉表禮待有加，但是並不見重用，荊州名士大多久聞劉備之名，依附的人很多，劉表猜忌之心也日益加重，最後很客氣得送劉備去新野縣屯兵了。

新野縣，位於荊州治所襄陽城東北數十里處，方圓不過數十里，是個小地方，但是錢糧卻很豐足。以劉備之才治理一縣城，實為牛刀屠雞。不過一月，政治一新。

陳到也漸感無聊，他的工作無非是訓練士卒，或者巡邏。士卒早已練得很強幹了，就是沒有機會一展身手；巡邏的意義也不大，就那幾十里的地，走多了閉上眼都不會迷路。幾個月下來，不單是自己，連一向處事謹慎的關羽也漸漸懈怠——真的是英雄無用武之地啊。

其實劉備更加無聊，開始的幾個月還天天親自理事，對於政務絲毫不敢放鬆，可幾個月一過，已經煥然一新的新野縣幾乎再也沒什麼公務要辦。劉備把日常的政務全部推給三幕僚。軍隊的操練則有關、張、趙來操持，城防與巡邏、探聽情報等則由陳、廖、劉、龔來負責。

這下劉備可真的是投閒置散起來了，整日除了偶爾去訓練場看看，就是一個人坐在自己的宅邸中，低低吟唱著以前廣泛流傳於中原的〈七哀詩〉以打發心中的那片無奈：

荊蠻非我鄉，何為久滯淫？
方舟溯大江，日暮愁我心。
山崗有餘映，岩阿增重陰。
狐狸馳赴穴，飛鳥翔故林。
流波激清響，猴猿臨岸吟。
迅風拂裳袂，白露沾衣襟。
獨夜不能寐，攝衣起撫琴。
絲桐感人情，為我發悲音。
羈旅無終報，憂思壯難任。

詩詞透露的，是無奈？是鬱悶？是寂寞？是悲哀？亦或兼而有之？劉備有足夠的時間為自己的現在與將來思考，但是長時間的思考後，劉備只覺得更為無奈，更為鬱悶，更為寂寞，更為悲哀。

日復一日，月復一月，年復一年，天長日久。劉表雖然常召劉備去襄陽商議如何抵抗曹操的事，卻始終沒有發展更大事業的機會。

再說曹操，他在官渡之戰中打敗了河北最大的軍閥袁紹，袁紹病死後，曹操又幾次打敗了袁紹的兒子袁譚、袁尚，平定了冀州；黑山農民軍統帥張燕也率領十萬餘投降了曹操；遠征並州，打敗了袁紹的侄子高幹；連續東征管承，北征烏桓，徹底消滅了袁尚的殘餘勢力，平定了北方。

曹操的勢力越來越大，劉備卻長久留在一個小縣城無所作為，龍落淺灘，困不得游；鷹入牢籠，羽翰失色，事業無成，雄心難展，他漸漸把難遣之懷尋向家中。

劉備有兩位夫人，一位是在任徐州牧時娶的甘夫人，另一位是麋夫人，是劉備與甘夫人失散後由她哥哥麋竺做主出嫁的。

劉備雖然與兩位夫人有著七年的夫妻名分，但是時而失散，時而顛沛，奔波於戎馬之間。所以幾乎無暇顧及，因此劉備雖已年過不惑，卻沒有任何的子女。所以劉備已認了一個義子劉封。

寂寞之中，劉備才發覺兩位夫人的可愛，於是開始整天沉溺於酒色之中，心中自然是放不下天下亂事，但是空虛的內心總算有所排遣。

某日，有人獻上一尊玉雕女像，劉備一般是不收禮物的，可是一見這尊女像，整個人好像被電了一下——此像與甘夫人簡直神似！除了服裝和首飾，真的可以說是一模一樣。劉備當然馬上收下了，日夜把玩欣賞，愛不釋手，並讓甘夫人和糜夫人按這玉雕的服飾打扮起來，更覺兩位夫人光豔動人，劉備整日把玉雕與兩位夫人一起把玩。

「主公，請您到縣衙視事。」某天，陳到不顧衛兵攔阻，跑入劉備府邸懇求劉備，與其說是懇請劉備視事，不如說是懇求他結束放蕩的生活。

劉備正與兩位夫人飲酒作樂，看見陳到莫名其妙來打攪自己，心中不悅，但是忍住沒有發作。「不了，政務和軍務有你們處理，我放心，以後有事先通報，沒有特殊情況不要擅自闖入我的府邸，你出去吧。」

「主公，您已經很久沒有來衙門了，即使政務不多，身為這裏的地方官，每天到場巡視也是應該的。」陳到沒有退讓，也沒有要退下的意思。

「你要幹什麼？」劉備的語氣明顯惱怒了，「這裏是我的府邸，你隨意出入，甚至不迴避夫人，不覺得失禮麼？快快退下！」

「主公！」這是陳到第一次被劉備呵斥，要不是因為肩負著囑託，早就摔門而出了。

「快快退下！」劉備幾乎如發怒的老虎一般。

「夫君，是我們請陳將軍來的。」甘糜二夫人出人意料地站出來解釋。

陳到心裏一震——自己是受趙雲的囑託而來，兩位夫人應該是毫不知情的。

「夫君，容我們慢慢告稟。」甘夫人首先發話，「新野雖是彈丸小城，但是這裏早晚會成為與曹操決戰的戰場，您將來得統領大家一起與曹操抗爭，怎麼能一味自暴自棄？」

「什麼？難道你們不希望我多陪陪你們？」劉備驚詫地問。

「作為人妻，自然希望夫君能多陪自己，但是您和一般人不能等同，您是有著重大責任的人，男兒自當治國平天下，我們婦道人家雖然幫不了什麼忙，可也不能扯後腿呀！」糜夫人也勸劉備。

「主公！不要有負將士們的一片忠誠之心啊！」陳到聽到糜夫人「平天下」三字，想起早已故去的父親，想起自己長時間的無所作為，不禁潸然淚下。

「哈哈哈哈！」劉備大笑不已，「原本以為我的夫人只不過是小小沛縣的閨門碧玉而已，想不到也有如此的眼光與胸襟！我真的是太小看你們了。」

說罷，劉備拿起那個玉雕，往地上一摜，玉雕立刻成為碎片。

「叔至，剛才言語衝撞，莫怪莫怪。」劉備不忘向陳到道歉，陳到忙說不敢。

劉備終於臨衙視事。陳到眼看著大家期盼的日光，心中的一塊石頭終於落地了。原來讓一個人振作，並不是什麼難事。

但是荊州的漫漫歲月，卻著實令人歎惋。

陷阱

一日劉備拜訪劉表，劉表設宴款待，在閒談中兩人談起了荊州繼承者的問題，劉備勸劉表立長子劉綺，為了防止擁戴幼子的蔡氏一族作亂，建議劉表慢慢削減他們的兵權，並且聯絡蒯氏兄弟加以牽制。這一切劉表的夫人躲在屏風後聽到了，她恨得咬牙切齒，立刻去找自己的弟弟蔡瑁，要他下手除掉劉備。蔡瑁一聽此事，立刻著手安排行動。

天剛濛濛亮，蔡瑁就帶著一群精兵衝進劉備的驛館，蔡瑁早就吩咐他們，進去後見了人就砍，砍死劉備者賞金百兩。

哪知驛館裏空空如也，原來劉備早有提防，天不亮就跑了，蔡瑁並不準備善罷甘休。恰逢新年，蔡瑁故意說要辦一個宴會慶賀，邀請荊襄九郡四十二縣的官員齊聚一堂。劉表身體不適決定請劉備和自己的兩個兒子一起主持——當然，他根本不知道蔡瑁的陰謀。

請柬發到新野，劉備看了後神色怪異。眾將前日見劉備慌慌張張匆匆歸來，心中早已生疑，便一起詢問劉備到底怎麼回事。劉備眼看不能隱瞞了，方才說出了荊州城裏蔡瑁要暗算自己的事。

「媽的，老子立刻去宰了蔡瑁，肯定是劉表那個老不死的指使的，把他也幹掉，然後讓主公當荊州牧！」衝動的張飛恨不得敲碎蔡瑁的腦袋。

劉備喝退：「胡說！還不住嘴！」

「大哥，蔡瑁居心叵測，此去必定有危險，不能明知是陷阱還往裏面跳啊。」關羽也不同意劉備赴會。

「乾脆和劉表一樣稱病吧。」孫乾提議。

「不太好，這樣拂了劉表的面子，會給蔡瑁以迫害我們的口實。」簡雍想得比孫乾更遠。

「去也不是，不去也不是，該怎麼辦？」糜竺搖頭，他也想不出什麼好辦法。

「我想還是去吧，畢竟四十二縣的官員都在，諒蔡瑁在宴會中也不敢胡來。」趙雲說。

「那宴會結束後呢？要是蔡瑁敢胡來呢？」關羽實在是放心不下。

「我帶五百人保護主公，看誰敢放肆，蔡瑁要是不識相，哼……」趙雲很少用這種語氣說話，眾人都感到有些驚訝。

「好，子龍，你帶五百人保護我，咱們一起去吧。」劉備同意了。

「可是，如果蔡瑁舉辦這次宴會真的是針對主公，我想恐怕不會這麼簡單。」陳到開始沒有說話，眼看劉備已經決意要去，不得不說了。

「無論如何，這次我是去定了。子龍，你去挑五百人吧。」劉備這次卻是少有的堅決。

「主公，我也要去！」張飛嚷嚷著。

「你不能去，去了會出亂子。」劉備當然知道張飛的脾氣，拒絕了他的請求。

「子龍，我化妝成五百軍士中的一人，帶我一起去！」張飛不服，哇哇大叫，劉備知道張飛的心意，硬硬心腸說：「不要胡鬧了！翼德！我自有安排！」

張飛一聲不吭站回了原位。

「主公，翼德的話我覺得不無道理。」陳到站出來為張飛說話，「我是主公的貼身衛士，我混在五百兵士裏面比較合適。萬一有什麼狀況，我也可以支援子龍。」

「如果是叔至的話，我放心。」劉備同意這樣的調度。

「主公你太偏心了！」張飛聽了很不服氣，「難道我的武藝比不上叔至麼？叔至，我們來比比武，誰贏誰保護主公去！」

「論武藝，你可能比叔至還高，但是你太不冷靜了，萬一你看到蔡瑁抽了刀就要砍他，那可怎麼辦？還有，我們三人初來荊州時是一起拜見劉表的，很多人都認識你，這樣就起不到暗中保護的作用。」劉備向張飛解釋著。

「翼德，就讓子龍和叔至去吧，大哥都安排好了，你別操心了。」關羽出來打圓場，張飛也不再強求，只是對趙雲和陳到說了一句話：「主公出了什麼事，拿你們是問。」

「有我們在，主公不會有事的。」趙雲打了包票。

次日，趙雲率領五百精銳兵士護衛劉備前往襄陽城，荊襄九郡的官員也陸續抵達，劉備眼見襄陽城裏衛兵眾多，知道蔡瑁已經布下了一張巨大的網等著自己去鑽，努力讓自己平靜下來，劉備以自己超乎常人的涵養與勇氣，壓制住了自己內心的恐懼。

劉琦與劉琮迎接劉備一同赴會，五百兵士也駐紮在襄陽城內，陳到由於身穿普通士兵的服裝，沒有辦法參加宴會，所以只有趙雲一人跟隨劉備進去參加宴會。

劉備看到劉琦與劉琮兄弟兩人關係相當不錯，並沒有為荊襄九郡將來的歸屬而爭得頭破血流，內心感慨道：「要是沒有蔡氏作梗，荊襄尚可以太平十餘年。」

再說趙雲，知道自己身負著重大的職責，手裏握著劍把站在劉備身後，注意力高度集中，生怕出一丁點錯，葬送了劉備的性命。

陳到那些士兵也受到款待，有酒有肉。他到處打探城內虛實，打探後得知，蔡瑁果然不懷好意，東門、北門、南門都有重兵把守，西門雖無人把守，然有檀溪天險，水流湍急，難以渡過。己方只有五百人，如果真的發生變亂，混戰中劉備衝不衝得出去就很難說。陳到心裏暗暗著急，悄悄吩咐下去，所有士兵一律不得碰酒，防止誤事。

大會開始，蔡瑁本想立刻下手——他早就埋伏好了一百刀斧手，可是趙雲的存在使他投鼠忌器，弄不好會傷到一些荊襄的官員。不得已另辦一桌酒席，專門款待武將，強拉趙雲參加。趙雲一眼就看穿了其中的伎倆，不願意去，哪知劉備卻催促趙雲快去，趙雲肚子裏有話卻不好說出來，不得已服從了。

趙雲以為劉備又喝醉了，其實劉備頭腦異常清醒：如果蔡瑁無意加害，趙雲在不在都一樣；如果是有意加害，趙雲一人又怎麼敵得過數百名伏兵？陳到的五百人怎麼能與襄陽城裏的全部兵馬抗衡？這次是凶是吉，全看天數了。

救過劉備一次的伊籍也出現在官員之中，他趁向劉備敬酒的時候，給劉備使了個眼色，劉備會意，以如廁為名溜到外面，伊籍的隨從已經等在那裏了，見到劉備，立刻低聲通告劉備：「劉皇叔，我家主人要我轉告您，蔡瑁設下了陷阱，東、北、西門都有重兵守護，只有西門人少，馬匹在左手拐角處，請皇叔快逃！」

「多謝你家主人！萬望你家主人能通知趙雲，說我已經脫險！大恩來日再報！」劉備說完，上了馬就向西門飛奔。

西門的守衛稀稀拉拉，劉備猛抽了馬一鞭，馬像飛一般衝出了西門，守衛哪裏攔得住？慌忙通知蔡瑁。蔡瑁見劉備如廁久不歸來，心中早已生疑，一聽稟報，親自率領三千鐵騎兵追趕。

劉備出西門不過數里，就被檀溪阻斷去路。檀溪名雖為溪，實為一條大河，河寬水深流急，劉備只得原地打轉，本想另選路而逃，回馬望見西門方向塵土飛揚，顯然追兵已近。

「天喪我於此！但是我被活捉的話，還不知道會受什麼樣的屈辱呢！」劉備心一橫，越馬跳入檀溪之中。

行至河中心時，追兵已經趕到了岸邊，劉備清晰地聽到蔡瑁下了命令：「放箭！」

然後是羽箭亂飛的聲音，劉備絕望了，無意間用力拉了一下馬韁。

「嘩啦啦……」劉備只聽到耳旁水波轟響，眼前盡是水霧，如夢如幻一般。「難道我已經死了麼？我已經在陰間了麼？」劉備腦海中只有這兩句話。

「嘶……」馬一聲暴喝，劉備剛緩過神來，才發現自己已在檀溪西岸，回眼一望，對岸已經是追兵橫陳，亂箭不斷飛來，劉備立刻策馬疾馳，逃出了蔡瑁布下的天羅地網。

「難道我能從這麼可怕的埋伏中逃出來麼？我不會是在作夢吧？」劉備還不太相信眼前的事實，這次全是自己這匹馬的功勞，劉備撫摩了一下愛馬，思緒不禁回到了過去。

這匹馬名喚「的盧」，原本是曹操的馬，曹操素愛馬匹，自設了上下兩個馬廄。他自己的坐騎是弟弟曹洪送他的「白鵠」，原本還有一匹大宛馬「絕影」，在戰鬥中被亂箭射死了。劉備過去在曹操那裏時，受到很優厚的待遇，一日兩人並駕而行時，劉備的座騎怎麼也追不上曹操的名馬，曹操大笑道：「我們是在馬上打天下的人，皇叔你可需要一匹好馬啊！」說罷帶劉備去自己的馬廄挑選，曹操的一等馬全部置於上廄，次之置下廄，劉備在上廄裏沒挑到一匹中意的，正想失望而去，忽然聽到下廄傳來一聲洪亮的馬嘶，劉備聞聲趕去，見到了一匹白色的瘦馬。

這匹馬全身沒有一根雜毛，雖然瘦骨嶙峋，但是雙目迥然有神，雙耳不停聳動，牽出馬廄，蹄步輕盈，劉備大喜過望，當下選定了這匹，並號之「的盧」。曹操心中還暗笑劉備不識貨，他哪知道，劉備對相馬有著很高的造詣，曹操就這樣失去了一匹千里良駒猶不自知。

此馬不但隨劉備南征北戰，還在這危難關頭救了劉備的命，劉備當初如果沒挑中這匹馬，此劫難逃。

回憶中的劉備，不經意驅馬進入了南漳地界，在這裏，劉備又領教到了什麼叫「塞翁失馬，焉知非福。」

世間尚有如此之才

襄陽城內，早就因為劉備的逃離與蔡瑁的追趕而亂成一團，整個宴會亂七八糟，趙雲與陳到在蔡瑁出兵追趕時，也緊緊率領不多的士兵跟上，但因為全是步兵，怎麼可能追上蔡瑁的鐵騎？蔡瑁追殺劉備不成，鬱鬱回襄陽，路上遇到趙雲軍，趙雲斥問蔡瑁：「我家主公呢？你把我家主公趕到什麼地方去了？」

「玄德宴會參加了一半，就無故退席，我是去尋他來著。」蔡瑁試著狡辯。

「那為何帶這幾多兵馬追趕？」趙雲知道事情沒那麼簡單。手裏的槍握得緊緊的。

「荊襄九郡的官員全在這裏，我當然要保護他們的安全。」蔡瑁答非所問，他的心中正盤算怎麼和劉表交代——事情鬧這麼大，四十二縣的官員都看在眼裏，瞞是瞞不過了。

「我的主公在哪裏？」趙雲心急如焚，因為他看到蔡瑁軍中似乎沒有劉備的蹤影。

「你自己去尋吧。」蔡瑁沒心思與趙雲囉嗦，引兵回城。

趙雲大怒，正要指揮兵馬與蔡瑁開戰，陳到及時拉住了趙雲的手，低聲說：「我們只有五百步兵，對方是三千鐵騎，城裏還會有援兵，我們如何取勝？尋主公要緊！不然看你回去不被翼德打死。」

「叔至，你還有心情說笑，不過你說得對，尋主公要緊。」趙雲壓住怒火，沒有再理睬蔡瑁，引兵直至檀溪。

面對這湍急寬闊的大河，趙陳兩人相視，苦苦一笑，連渡船恐怕都很危險。劉備怎麼過得去呢？

「不會是沿路跑掉了吧？」陳到猜測。

「不太可能，蔡瑁鐵了心要害主公，怎麼會停止追趕呢？」趙雲搖頭，呆呆望著檀溪的急流。

「難道主公被他們逼入檀溪了？」陳到禁不住開始發抖。

「很有可能……叔至你看，河中心似乎有馬通過的痕跡。」

「主公……被急流沖走了嗎？」陳到悲愴地問，像是在問趙雲，又像是在問自己。

「我當時為什麼沒有一直跟隨在主公的身邊呢？可惡！都是我的錯！」趙雲痛苦地咒罵著自己。

「將軍！您看，對面的岸上有水痕！還有射在石頭上的箭矢！」一名士兵眼尖，把這一切看得清清楚楚：「主公肯定是跳過去了！」

「這……可能嗎？」趙雲不太相信。

「那又怎麼解釋對岸的景象呢？」陳到為了不給趙雲壓力，盡量往好的地方想，「主公吉人自有天相，一定沒事的。」

「你去和翼德說吧，他相信你才有鬼呢！」趙雲心情並沒有緩解多少，「我們且沿岸尋去，找到渡船或橋就到對岸去看個究竟。」

「也只好這樣了。」兩人不敢回新野，一路尋劉備去了。

再轉說劉備，逃了一個晚上的他人困馬乏，見到一個比較大的莊園，沒多想就想去借宿。

「來人可是劉皇叔？」莊園主人一看見劉備，立刻就認了出來，劉備本不想承認，看對方並沒有惡意，也坦然相告：「我正是劉備。」

「山人失禮了。」莊園主人引劉備入宅內以禮相待，劉備感到有些不安，問了一連串的問題：「您到底是誰？這裏是哪兒？我與您素昧平生，您怎麼會認出我？為何待我如上賓？」

「山人司馬徽，這裏是水鏡山莊，皇叔大名誰人不知？你的相貌特徵在荊襄連三歲小孩都知道，招待皇叔，當然要以上賓之禮了。」

司馬徽面帶微笑，從容不迫回答了劉備的四個近乎失禮的問題。

「原來是水鏡先生，久仰。」劉備的話並不是客套話，他的確早就聽說過司馬徽這個人。

司馬徽，字德操，潁川人，是當地的著名學者，與荊襄地區的名流龐德公交好，後在他的邀請下，舉家搬到南陽，並且設館教書，因善於識人，被荊襄之人稱為「水鏡先生」。

「皇叔何來此地？」司馬徽笑問。

「偶然經過此地。機緣巧合啊。」劉備並不想吐露真相。

「皇叔不必隱諱，我想你恐怕是逃難到這裏的，這裏山野之間，沒有什麼閒雜人等，直說無妨。」劉備一身水淋淋的狼狽相，司馬徽一眼就看出了其中定有隱情。

「水鏡先生果然明鑒，是我失禮了。」劉備眼看司馬徽已見先機，也就坦然說出了自己遭受到的巨大風險。

司馬徽侃侃而談：「荊襄童謠云『到頭天命有所歸，泥中蟠龍向天飛』。劉景升前妻去世時，家亂已成，他的眾將也各有所屬，現在他命不久矣，荊襄九郡必定大亂，蟠龍見首不見尾，未得天時則為潛龍，一旦得勢，如風雲際會，必當龍飛九五，成為天下之主。吾觀荊襄之地，無此等人，倒是皇叔雖客居於此，卻懷英武之略，且不得騰飛馳騁，正應蟠龍之語啊！」

「不敢不敢，備是何等之人？敢應蟠龍之言？」劉備連連擺手。

「皇叔雖為蟠龍，可惜身邊沒有能夠扭轉乾坤的人才，此間尚有兩位名士，一號『臥龍』，一號『鳳雛』。二者得一，可安天下！」司馬徽說道。

「世間尚有如此之才？」劉備為表誠意，跪倒在司馬徽面前，「敢問此二人高姓大名？身在何方？」

司馬徽並未阻攔，仰天大笑：「天下之英才，盡聚南陽一郡，皇叔求賢若渴，可在那裏細心求之。」

劉備再問，司馬徽只是微微笑著，不肯再言語。

「將軍！這裏有個莊園，要不要進去找找？」莊外突然有大量士兵前來，轉眼就包圍了水鏡莊。

「我進去查探一下，你們約束好兵士，不要毀壞這裏。」外面一個像是頭領的人吩咐著，然後走進了莊園。

「難道是蔡瑁？」劉備立刻拔劍在手，低聲對司馬徽說：「如備身死，望將此事告之新野的眾將，請他們速速逃命！」一面擺開架勢，準備偷襲進來的人，然後趁機衝出去。

司馬徽好似根本沒有發覺這些，坐著閉目養神。

劉備還未看清進來的人是誰，就一劍刺了過去，那人居然一側身躲過了劉備這快如電光的一劍，劉備大吃一驚，誰能閃過這麼可怕的一劍？

「主公！是你！」那人躲過致死的一劍後，正要拔劍還擊，立刻發覺剛才攻擊自己的人是劉備，詫異萬分。

「子龍！」劉備也看清楚了，來人不是別人，正是與自己一起參加襄陽之宴的趙雲！

「叔至！主公在這裏！終於被我們找到了！」趙雲連忙招呼陳到進來。劉備不知道該說什麼好，眼看趙雲和陳到一定是找了一夜，居然能被他們找到這裏，真是不容易。

「子龍，這下你回去不會被翼德打了！」陳到看到劉備無恙，也是喜形於色卻也不忘和趙雲打趣。

「水鏡先生，謝謝您的指教，我告辭了，以後有機會我還會來拜訪您的。」劉備覺得趙雲帶了這麼多人包圍水鏡莊很失禮，而且不知道蔡瑁的追兵會不會來，覺得立刻離開比較好。

司馬徽一直微微笑著，沒有再說話。

趙雲陳到不知道這個莊園的主人是誰，看到劉備這麼恭敬，也一起行了個禮：「打擾貴府了，多多包涵！」

回新野的路上，劉備與趙陳兩人說起馬越檀溪的事，兩人都唏噓不已。

「下次我要好好教訓一下蔡瑁！」陳到怒氣難消。

劉備擺了擺手：「不用了，至少，他間接幫助我找到了一位，不是，是三位當世賢才。」

隱居（序）

南陽的一個草廬中，兩個年輕人在對話。一位是司馬徽說的臥龍，另一位是他的朋友。

兩人商議天下大勢，談著談著，臥龍感到一絲寂寞——過去他有好多好多的朋友，常常聚在一起談天說地，現在朋友們都出仕了，只有兩個人的草廬，似乎有些淒涼。

「你對當世的官僚、軍閥，都有些什麼看法？」臥龍的朋友突然這樣問。

「他也想出仕了。」臥龍暗想，但是現在還看不出他有什麼主意，於是臥龍試探性問：

「你覺得荊州劉表怎麼樣？」

「久聞他的英名，前段時間我去見過他了。」

「怎麼樣？」

「知善而不能用，知惡而不能除，當斷不斷，處事遲緩，是個庸主。」

「哦……」

「你別隨便敷衍我，我是認真的。」

「那……你覺得新野的劉備呢？」

「半生流離失所，寄人籬下，但是英雄之志不滅，非劉景升之輩可比也！我曾聽說曹操貶盡天下豪傑，唯獨稱他為英雄。」

「他一生敗績無數，你打算幫他？」

「他雖然屢戰屢敗，但是文武僚屬忠心不二，雖離散多次，卻又重新聚集。這種凝聚力是我最看重的。」

臥龍笑了：「你都看中了，我還能說他壞話不成？」

臥龍之友一時語塞，慢慢說道：「不過是徵求一下你的意見麼……」

「曹操挾天子以令諸侯，已經稱霸北方，你覺得怎麼樣？」

「曹操名為漢相，實為漢賊！竊國者也！雖已成就霸業，並無多少可取之處。」

「江東孫權呢？他也已經稱霸一方，不可小視啊。」

「他只是繼承了父兄的基本，將來可能會坐吃山空吧！」

「哈哈哈哈！曹操當年貶盡天下英雄，獨稱自己和劉備為英雄，今日你同樣貶盡天下英雄，連曹操都貶了，你可真的比曹操還要厲害啊！」

「你別損我了，但是『良禽擇木而棲，賢臣擇主而仕』，名主是千載難逢的啊！」

「哦，是啊。」

「你能和我一起去嗎？」

臥龍微笑不語。

「又來了，唉，真拿你沒辦法，好了，不勉強你了。」臥龍之友知道他的習慣，起身告辭。臥龍送到廬外，一直到看不見他的背影。

一隻蒼鷹突兀拔地而起，打了幾個翻飛，直沖雲霄，臥龍眼見鷹擊長空，心中的熱血開始沸騰，不能自已。

他感到自己隱居的日子快結束了。

隱居

劉備僥倖逃出了蔡瑁的陷阱回到新野後，與眾人商議了一下，以較委婉的語氣寫了一封書箚，派孫乾送呈劉表，病中的劉表看後，勃然大怒。

「荒唐！蔡瑁居然敢對玄德動手，他眼裏還有沒有我？下次該不會要對我動手了吧！」劉表越想越氣，幾乎是怒不可遏：「來人啊！立刻將蔡瑁拿下！斬首示眾！」

「求大人看在你我夫妻一場的面上，饒了我弟弟吧！」蔡夫人不停磕著頭代蔡瑁求饒，她知道這次劉表是真的生氣了，如不求情，蔡瑁肯定沒命了。

「都是因為你這個賤人！我一而再再而三的縱容蔡瑁，這次絕對不行！蔡瑁的腦袋，我要定了！快來人啊！速速去捉拿蔡瑁！」

劉表久病未愈，又怒火攻心，一時竟暈了過去，蔡夫人連忙喊人把劉表扶進內室。剛開始沉默不語的孫乾，終於明白了加害劉備絕對不是劉表的本意，心裏也不再怪罪劉表。

劉表慢慢轉醒，醒來第一件事就是要殺蔡瑁，蔡夫人泣涕連連，只是哀求饒蔡瑁一命，孫乾看不下去了，也為蔡瑁說情，劉表暈倒後，自感氣短三分，終於作罷，下令打了蔡瑁四十軍棍，並令他去新野向劉備道歉。劉表本來還想親自去找劉備道歉，無奈病情加重了，只得派長子劉琦代自己去。

蔡瑁與劉琦一起到了新野，見了劉備，蔡瑁尷尬得道歉之後，匆匆離去回了襄陽。劉琦與劉備的關係甚好，兩人長談了一天一夜。

次日，劉備送劉琦出城，兩人依依惜別，劉備突然問劉琦：「荊襄之間，還有隱士嗎？」

「隱士非賢士，要說隱士，天下到處都是，盡是些無能或口出狂言之人，賢士真如鳳毛麟角，難尋啊！」劉琦發出了自己的感慨。

「賢侄保重！」劉備拱手與劉琦告別了。

「皇叔保重！」劉琦也拱了拱手，拍馬而去。

劉備回到新野城，還在為劉琦的那句話玩味：「隱士非賢士。」

突然，一位書生從劉備的眼前經過，說他是書生，是劉備對讀書人有著特有的敏感，一般人看見這樣的人，都會當成乞丐或者瘋子。

這個「書生」衣冠不整，步履蹣跚，而且面紅耳赤，似乎喝了很多酒，還口中長歌：

天地反覆兮，火欲亡殂
大廈將傾兮，一木難扶
山谷有賢兮，欲投名主
名主求賢兮，不知有吾

「難道是臥龍？」劉備的腦海中立刻有了這樣的反應，雖然眼前之人怎麼看怎麼像乞丐，但是蹣跚的步履中透露出一絲英氣，劉備自己也不知道為什麼會有這種感覺。

「聽先生之歌，頗為不凡，敢問先生大名？」當那人走過時，劉備下馬拱手而問。

「失禮了，在下穎川人，姓單名福，聞劉皇叔招賢納士，特來相投。」想不到那人也拱拱手回應劉備。

「你怎麼知道我就是劉備？」劉備感到奇怪。

「新野城裏唯一不把我當酒鬼和瘋子的，我想除了劉皇叔沒別人了吧！」自稱單福的怪人淡淡一笑，說出了自己判斷。

劉備奇之，帶他去了自己的衙門，以上賓之禮對待單福。

單福就這樣留了下來。

幾天後，劉備有事乘馬出行，單福見了，說道：「主公之馬，真乃千里良駒也！」

劉備一怔，不明白單福到底是阿諛奉承還是有超凡的相馬能力，笑了一笑：「先生何以知之？」

「此馬四蹄無塵，目光攝人，可見是一匹好馬，可眼下有一道白色淚槽，所以必會妨害一主。敢問主公是這匹馬的第一個主人麼？」

劉備不禁又仔細打量了一下單福，口中回答道：「我是『的盧』的第一個主人。」

「請主公尋找一位仇家，將馬借與他，等牠妨害了一主，主公可索回，這樣才能保無事。」單福不慌不忙說出了自己的辦法。

劉備臉色一變：「這不是叫我去害人麼？」正要發作，轉念想到單福並無惡意，完全是為了自己著想，於是和和氣氣地說：「先生不知此馬曾救我一命，故我與此馬誓不分離，且害人利己，非我所為。備謝過先生好意了。」

說罷策馬而去，單福看著遠去的劉備，微微點了點頭。

過了幾個月，曹操派曹仁帶了三萬人馬屯兵樊城，準備攻打新野，曹操此舉並不是要消滅劉備，而是試探劉備經過這七年到底有多少長進。

劉備升帳議事，單福站在最末尾，並未提出任何意見。面對曹仁的優勢兵力，劉備鎮定自若，先分派關羽、張飛分別率軍二千包抄曹軍後陣，再派陳到引五百人正面引誘曹仁，自己與趙雲各率領一千人接應，只一戰，大敗曹仁先鋒軍。殘兵狼狽逃回樊城，曹仁無奈，上書向曹操請罪，曹操沒有怪罪他，只是給曹仁寫信叫他稍安毋躁，等他親來。

曹仁氣不過，不聽曹操信上所言，率領全部人馬奔殺新野。

劉備方面，戰後單福私下拜見劉備。獻計偷襲樊城，並詳細說明了自己的計畫，劉備大驚，知其非常人，反覆詢問下，單福才說出自己真名叫徐庶。

徐庶確實是穎川人，早年殺人後逃亡，在江湖上認識了許多豪傑，並習得一手好劍術，後感自己學識太過淺薄，於是到處拜師學文，兵法與文理皆有所成，其名早傳遍荊襄，只是由於行蹤不定，尋他甚是困難，因此劉備過去雖聞其名但無緣識其人。

劉備知道單福就是徐庶後大喜，立刻拜其為軍師，請他統領三軍抵抗曹軍。

探馬來報，曹仁軍在離新野三十里的地方下寨。徐庶立刻下令升帳，派關羽率領三千精兵連夜襲擊樊城，其餘人待命，準備和曹仁軍廝殺。

第二日，兩軍對陣，曹仁擺開家傳的「八門金鎖陣」，被徐庶輕易識破了，徐庶命趙雲只帶了五百人打陣，大破曹仁的陣型。曹仁撤兵，徐庶也不追趕，鳴金收兵。

徐庶算到曹仁晚上必定來劫寨，設下了埋伏，一切都應驗了，曹仁被早有準備的劉備軍打得大敗，曹仁在副將于禁的保護下，逃回了樊城。但殘兵剛接近樊城，城頭上亂箭如雨，關羽早就襲擊了樊城，一陣追殺，曹仁的三萬大軍只剩不到五千，逃回了許都。

劉備率人馬進駐樊城，樊城縣令劉泌出城迎接，劉備與劉泌又有同宗之誼，所以安民完畢後，劉泌設宴款待劉備。席間，劉備認劉泌外甥寇封為義子，改名劉封。

與此同時，陳到拜見徐庶。

「我是第一個看出你身分的人，你相信嗎？」陳到笑著說。

「哦？你是什麼時候看出來的？」徐庶來了興致。

「你說你是穎川人的時候。」陳到笑得越發燦爛。

「呵呵，難道我臉上有字寫著『單福不是穎川人』麼？」徐庶大笑。

「可以這麼說吧，我看你的第一眼，就覺得你不是常人，我的老家汝南離穎川很近，但是我卻從來不知道穎川有你這樣傑出的人。」

「萬一你看走眼了呢？萬一我根本就是個招搖撞騙之徒呢？」徐庶哈哈大笑，他發覺自己看輕陳到了。

「你最大的破綻，在於你胡亂編造的姓。我爹原本是汝南的抄寫員，我記得以前幫爹爹抄過一份穎川全郡民的抄單，根本沒有姓單的人。」

「……穎川少說也有幾萬百姓，你如何記得住？」徐庶大吃一驚。

「沒什麼了不起的，雕蟲小技罷了。」陳到又笑了笑，「我這次來，是想問一下先生故鄉南陽是否尚有賢士隱居？」

「是，當然有。」徐庶回答得乾脆俐落。

「是臥龍嗎？」陳到出其不意地問

「臥龍只是其中之一。」

「謝謝先生坦言，小將告辭了。」陳到起身。

徐庶送陳到出了自己的府邸，望著陳到的背影，徐庶莫名有了這樣一個想法：

「這人真的是武將麼？」

臥龍

曹仁大敗回到許都向曹操請罪，曹操並沒有怪曹仁，只是召集了大部分謀士議論：「曹仁也算是久經戰場的大將，怎麼會敗得這麼慘？」

「我覺得劉備本人沒多大變化，所以唯一的可能是他那裏有賢人。」謀士們尚未開口，追隨曹仁參加戰鬥的于禁先說話了。

「文則何以知之？」曹操問。

「曹將軍家傳的秘陣——八門金鎖陣居然會被輕易識破，大家認為劉備可能做到嗎？」謀士們用搖頭代替了回答。

「偷襲樊城的計謀，劉備會想得到嗎？」

部分謀士搖頭，部分謀士猶豫不決。

「具體的證據我沒有，但是我預感到劉備那裏有一個可怕的能人，他是我們的敵人。」于禁沉著地說出了自己內心的想法。

曹操用贊許的目光看著于禁：「此人是個將才，早知如此該讓他當主將的。」

「主公，我們在新野的細作曾經報告過，劉備在前段時間收攬了一個奇怪的書生，名叫單福。」負責諜報的官員立刻報告。

「為什麼不早說？」曹操不禁有些惱怒。

「小人報告過大人……」官員見曹操發怒了，只好小心為自己辯解，頭上汗涔涔的。曹操當丞相後，殺心極重，動不動就砍人腦袋，只怕自己也小命不保。

「哦……我想起來了……」曹操拍了拍自己的頭：「最近患上了頭風，記性不好，是有這麼一回事，他到底是什麼人？我從來沒聽說過他。」

「單福？這……」眾謀士大多都不知道單福大名，唯獨程昱喃喃自語，臉色變得有些蒼白，有些可怕。

「仲德，你知道單福嗎？」曹操一看程昱的臉色就明白了，而且隱隱感到有些不安。

「……我不希望是我知道的那個人，如果是，那真是我們的不幸。」程昱輕輕說著，語氣沉甸甸的。

「快說吧，到底是誰？」一向耿直的程昱這次說話吞吞吐吐的，曹操越發感到不妙。

「這個人可能是我過去的朋友，他一直以單福之名遍訪天下豪傑，真名是徐庶，字元直。」程昱慢慢說著。

「哦……是徐庶啊。」曹操這才知道事情的嚴重性，「是啊，如果徐庶一心一意為劉備賣命，那真的很棘手。對了，仲德，徐庶之智與你相比，如何？」

「十倍於我。」程昱回答得乾乾脆脆。

曹操一怔：「程昱一向自負且梗直，他能如此欣賞徐庶，可見徐庶真的是有濟世之才。」

「能用官位金帛拉攏過來嗎？」于禁小聲問。

「絕對不可能，就好像劉備永遠也不能用高官厚祿拉攏我一樣。」程昱有些惱怒地回答了于禁，好似于禁在侮辱自己一般。

「仲德，說說徐庶家裏還有什麼人？」曹操沉吟了一下，發問了。

「主公明鑑！」程昱好像突然想起了什麼，「徐庶父親早亡，是他母親一手把他拉扯大的，他殺人逃難期間，母親一人孀居，吃盡苦頭，還不忘教導偶爾回來的兒子，徐庶對母親最孝！他母親現在在潁川閒居，只要他母親在我們手裏，不怕他不就範。」

「仲德，你這樣做可有些卑鄙啊，元直還不恨死你。」曹操哈哈大笑，因為終於有制服徐庶的辦法了。隨意和程昱調侃一下。

「為了主公，值得。」程昱倒是很認真。

「這事就由你一手去辦吧。」曹操很滿意，揮手示意商議結束。

「謹遵主公之命！」程昱拱手退下，立刻派人悄悄去潁川，謊稱是徐庶的隨從，輕而易舉就軟禁了徐庶的母親，然後程昱就修書一封，派人送到新野要脅徐庶歸降曹操。

徐庶接到信，心如刀絞，淚如雨下。他帶著信去見劉備，把情況一一說明，也明確表示了自己的意思：「我必須去曹營。」

「母子之情，人之天性。」劉備呆住了，好久才緩過神來應答徐庶，「既為人子，當以孝為先，我……當然會放你去的……」

徐庶熱淚盈眶，他沒想到劉備居然會放他走。

劉備的母親早已逝去，可是他卻從未在母親的病榻前端過一次藥，連喪事也是出自己的叔父出面辦理的。當時朝不保夕，連母親的遺容都沒看到，一想到這裏，劉備悲從中來，不禁大哭起來。

眾人聞訊，個個義憤填膺，可是徐庶老母在曹操手中，這點使大家都感到棘手萬分又無可奈何。

「謝主公體諒徐庶的難處，我願來生做牛做馬報答皇叔的恩情！」徐庶說完，打了個拱，回去收拾行裝了。

「元直……晚上你來我這，我為你舉辦餞行宴……」劉備的思緒已經被眼前殘酷的現實打得紛亂，整個人好似被抽了主心骨一樣。

待徐庶走後，孫乾向已經失魂落魄的劉備獻計：「主公，我們可以拖延時日，先不要放徐庶走。曹操一看徐庶不來，一定會殺了徐母，到時候徐庶會痛恨曹操，我們……」

「住嘴！」劉備大怒，「你把我當什麼人了？這種背信棄義的事我怎麼能做？曹操玩弄卑鄙的權術，你以為我會和他一樣？」

劉備很少生這麼大的氣，至少孫乾從來沒見過，嚇得他一句話都不敢說。

「公佑，我知道你是對我一片好意，但是希望你也能顧慮到元直的心情。」劉備立刻緩和了自己的情緒，和顏悅色地對孫乾說，孫乾點點頭也退下了。

自從上次在襄陽醉酒取禍後，劉備幾乎是滴酒不沾，但是在餞別宴上，劉備卻喝得爛醉如泥，徐庶心中只念著老母，一杯酒都喝不下。

「元直但去無妨，但去無妨，休以備為念，先生一去，備無抗曹之力矣，只得隱遁他鄉，終老山林了。」

兩句話，說出了劉備心中的全部矛盾，一面說「但去無妨」，一面又希望徐庶能留下來，徐庶哪會不知？只是歎息著說：「庶能遇皇叔，實乃平生之幸，只恨無緣侍奉終生。皇叔放心，庶此去，只為尋回老母，終生不會為曹獻一計納一言。」

「只望元直心存漢室，切記切記。」劉備仰頭又喝下一杯。

「吾雖去，皇叔不必掛念，必有良輔來助皇叔。」看著痛苦萬分的劉備，徐庶越加不忍，思前想後，準備向劉備推薦一個人，「南陽隆中尚有一高士，複姓諸葛，名亮，字孔明，乃前朝司隸校尉諸葛豐之後人，其人有神鬼不測之能，荊襄人士均號之曰臥龍。」

「臥龍？」劉備那被酒精麻木了的神經突然有了反應，「是水鏡先生司馬徽說過的『臥龍』與『鳳雛』中的一個麼？」

「正是，鳳雛已在江南遊歷，請皇叔快去請出臥龍。」徐庶鄭重說道。

「此人與先生相比，何如？」劉備激動得問了這樣一句話——就好想曹操問程昱徐庶如何。

「十倍於我。」徐庶的回答也是這樣的乾脆，「軍機、政理、戰策、人文、數術，無所不通，無所不曉。若能為皇叔所用，則霸業可成，漢室可興！」

「既如此，煩元直為我請來一見。」劉備的惆悵不說是煙消雲散，也明顯開朗了許多。

徐庶搖頭：「孔明性情高傲，徵召對他沒用，聞劉表、曹操、孫權均有徵召而不就，自然更非我所能為，我還需趕路去曹操那裏，恐怕得皇叔親自去才行。」

劉備心涼了半截。

徐庶慌忙安慰劉備：「精誠所至，金石為開，我曾和孔明長談過，天下豪傑，孔明獨許皇叔一人。望皇叔斟酌。」

劉備的心總算放了下來，兩人一直長談至深夜。

次日，劉備率全體文武送徐庶出城，眾人送了三十里就止步了，劉備不捨，撇下其他人送了一程又一程，唯一跟在劉備身邊的只有陳到。

「皇叔，送君千里，終有一別，你我就此別過吧！」徐庶終於與劉備分別了。劉備勒住馬，眼看著徐庶從自己的視野中慢慢消失。

突然，劉備發覺徐庶回馬奔來，立刻催馬上前，陳到緊緊跟著。難道他改變主意了？

「皇叔，在下匆匆而走，忘記一件大事。」徐庶拍馬而回，立刻說出了這句話，劉備發覺和自己想像的有些不一樣，忙問：「何事？」

「您身邊的陳到，他也是一位了不起的角色。我去也，皇叔珍重！」徐庶說罷，一拱手再拍馬遠去。

陳到就在劉備身旁，還沒弄明白怎麼回事，徐庶就走遠了。劉備也感到奇怪，自己手下眾多勇將，為何徐庶獨贊許陳到一個？

再說徐庶，深深感激劉備恩德，雖然自己知道諸葛亮非徵召所能動，但還是去了一次南陽，一是言及推薦之事，二也是與諸葛亮話別——以後可能再也沒機會見到他了，或者，是在戰場上見到他。

徐庶見到孔明後，將曹操軟禁自己母親的事說了，孔明唏噓不已，然後立刻有了三分警覺——元直莫非是來幫劉備當說客的？

徐庶又說起劉備之事，力勸孔明加入劉備的陣營。孔明沉默不語，只是歎氣。

徐庶見話不投機，又著急趕路，向孔明告辭了，孔明也不好挽留，攜手送徐庶上路，徐庶記掛著老母，轉眼就跑得沒影了。

「可歎啊，一個棟樑之才，誤陷曹操之手，只怕元直一生無所建樹了……」孔明悲歎著。

尋覓

徐庶終於抵達了曹操處，曹操鬆了一口氣，自思天下已經初定，唯獨江東孫權和荊州劉表兩人尚可憑長江天險與自己抗衡。要在他們坐大之前徹底消滅掉，於是開始計畫南征。一切就如劉備所料，即使荊州兵多糧足，又有著長江天險，但是內無良將，外無救兵，又怎麼可能敵得住曹操呢？

曹操召集眾人商議時，徐庶也在裏面，一聽曹操要南征，著急萬分，現在如果曹操發兵，劉備那裏必定毫無準備，孔明也尚未出山，如何應戰？只得硬著頭皮力諫：「時值隆冬，非戰之期，懇請丞相收回成命，等來年春天再發兵，定可一戰而定！」

曹操何等精細之人？他當然看出了徐庶的小算盤，心中只是感歎：「徐庶的心依舊在劉備那裏，和當時的關羽一樣，劉備到底為什麼有如此大的人格魅力？」

感歎完後，曹操心想徐庶說得也沒錯，自己的兵馬多為北方人，不習水戰，加之天寒，的確不是開戰的好時機，該如何取捨呢？

「丞相，我軍多是北方人，不習水戰，南征只是遲早之事，我覺得可以先發展屯田，同時訓練水軍，等士兵操練精熟、糧草充足後再興兵，不是更好麼？」程昱也提議道。

「好吧徐元直，看在你對劉備一片忠心的份上，我就再給劉備半年時間喘息吧！」曹操心裏暗暗說，他自己也不知道，為什麼會給自己最大的敵人這麼長的時間？

「程昱聽令，引漳水入許都掘池，操練水軍，這個工作就交給你了！」曹操終於下令了。

「請丞相為池賜名！」周圍的眾幕僚都討好般地跪下，懇請曹操為準備挖掘的池起名，曹操並沒有像往常一樣哈哈大笑，只是半瞇著眼吃力地想了好久，才懶洋洋地說：「就叫玄武池吧。」

下面的幕僚們照例是一片讚歎聲，曹操沒了興致，揮了揮手表示會議結束。

再說劉備，自從徐庶走後，劉備當日飯量就減了一半，一天到晚就是唉聲歎氣。

關羽實在看不下去了：「主公，振作點精神！元直先生看到你這樣一定難過死了，他不是還推薦了一位諸葛亮嗎？」

「我去把那個什麼諸葛亮找來，省得主公一天到晚心神不寧。」張飛更乾脆，說著說著就想出門去尋諸葛亮。

「翼德你又亂來。」劉備心裏又好氣又好笑，他是擔心諸葛亮為人高傲，恐怕不是能輕易請出山的，「明日我們三人備好禮物一起去請。」

「何必主公親自去？我去就足夠了，要是他擺臭架子，我就把他綁過來！」張飛就是這個暴躁脾氣，劉備常常為此頭疼不已。

「你要再胡來，明天不帶你去了，罰你巡城！」劉備笑著說，他知道這招對張飛最有效。

「好好好，我聽主公的。」如劉備掌握的，張飛立刻不說話了——他最怕劉備和關羽做事丟下自己。

正在這時，有人報一老者不肯通名，只是求見劉備，劉備對求見自己的人一向都以禮相待，吩咐帶老者去會客廳，自己略微整了整衣冠，又叮囑了張飛一句，就去了會客廳。

沒想到竟然是水鏡先生司馬徽。他依舊是原先的樣子，孩童般的笑臉，使劉備暫時忘卻的徐庶離去的煩惱。

「不知水鏡先生來，失迎失迎。」劉備知道司馬徽一定有大事要和自己說，使了個眼神，左右識趣，全部退下了。

「山人聽說徐元直在皇叔處效力，特來找他敘舊，順路拜訪一下皇叔，為何不見元直？」司馬徽也爽快，一下說了來意。可這句話真的應了「哪壺不開提哪壺」，劉備原本還為司馬徽的到來而略顯興奮，立刻就被司馬徽的這句話勾起了痛苦的思緒。

「元直……被曹操……」劉備已經說不出話了。

「什麼？怎麼又和曹操搭上關係了？」司馬徽不解，待劉備說出事情原委後，司馬徽也不由得長歎一聲：「可惜辜負了元直胸中的才學，明珠暗投，明珠暗投啊！」

「元直走前，向我推薦了當初您也一力稱讚的臥龍……」劉備幾乎是用徵求意見的語氣，試探性問司馬徽：「您認為我該如何去請臥龍出山？」

「哈哈哈哈……」司馬徽爽朗的笑聲依舊，並沒有正面回答劉備：「元直去了也就罷了，何苦拖臥龍出來呢？」

「備敢問先生，如何可得臥龍輔佐？」劉備不氣餒，再次發問。

司馬徽眯著眼說：「皇叔漂泊半世，卻無大的作為，非時運不遇，實人謀不濟。而天下英傑之士也大多投奔中原與江南，這隱居的臥龍，可能是皇叔你最後的籌碼了。」

「怎麼今天司馬徽都在說些廢話？」劉備心裏暗暗說，臉上閃過一絲不快，卻也立刻控制住了，「敢問備如何可請臥龍出山助我？」

「好好好！皇叔，記住，對臥龍就要像剛才對山人我那樣！臥龍身居南陽隆中的臥龍岡，能否把握住就看皇叔的了！山人去也！」說罷，司馬徽作了個揖，也不待劉備再說什麼，飄然離去。

劉備準備了禮物，懷著極虔誠的心情，兩次拜訪了徐庶和司馬徽推薦的臥龍，可是兩次都沒遇到，讓人難以捉摸，到底是擺架子還是藏拙？

大家議論紛紛，劉備卻突然想起了司馬徽的一句話：「對待臥龍，就要像對待山人那樣。」劉備認為，司馬徽的意思就是要自己耐住性子，不厭其煩，這樣才能達到目的。果然，劉備不顧眾人的反對，第三次拜訪臥龍，終於把他請出了山。

聽說臥龍來了，巡城的張飛特地來看看，一看就覺得大失所望，口無遮攔地說：「就這麼一個後生？俺還以為有多了不起呢。」

張飛打心眼裏看不起這個比他小二十歲的小青年。

沒過多久，劉表病情加劇，東吳一看有機可乘，屯兵江夏，伺機發動攻擊，奪取荊州，北方曹操的水軍已基本訓練完成，也對荊襄之地垂涎三尺，荊襄之地已是四面受敵。

「主公，與曹操的大戰已經不可避免，弄不好東吳也會來趁火打劫，您以為我們有什麼力量抵抗？」孔明一日問劉備。

「我還想請教你呢！」劉備一臉無奈。

「主公，劉表病重，兩子懦弱，必不可抵擋，望主公以荊襄百姓為重，取荊州以抗曹，不然，新野是守不住的。」

孔明再次道出了自己蟄伏多年時間對天下大勢的見解——隆中對：先奪取荊州，以其為基地，然後標榜己方為仁義之師，進兵西川，與曹操、東吳方面鼎足而立，再聯合東吳打敗曹操。劉備也以為這是唯一能對抗曹操的方法，把這個對策當作了以後的作戰的方針。這次孔明提醒劉備，是該奪取荊州了！

劉備沉默不語。

「主公，您還猶豫什麼？」

「人無遠慮，必有近憂，如果我今天奪了荊州，將來靠什麼來標榜自己是仁義之師？」劉備提出了這個很實際的問題。

孔明一時語塞。

「劉景升對我有恩，我卻奪他的地……」就自己內心而言，劉備也是十萬分不願意奪劉表的基業。

「憑新野的力量，我想只能暫時抵擋一段時間，還請主公三思！」孔明有些著急了。

「那就請先生為我先抵擋一段時間……你也好先樹立威望，我看翼德對你很不服呢，但是打仗怎麼能少得了他？」劉備一想起張飛的態度，不禁連連搖頭。除了他和關羽，天下怕沒有能約束張飛的人了吧？

想不到孔明自信滿滿：「三將軍一定會聽我號令的。這點您放心吧！」

剛來劉備陣營，首先要制服的竟然是自己人，孔明覺得侍奉劉備不是一件很簡單的事。

第五章 荊楚的大地

文韜武略

劉表的長子劉琦因為是劉表前妻所生，所以長期受到蔡氏宗族的排擠刁難。特別是在劉表病重後，荊襄九郡的歸屬問題擺上了檯面，矛盾更顯著化了。

自古，在選繼承人方面總是立長不立幼、立嫡不立庶，廢長立幼總會引起內亂，僚屬也會各有所屬，就像袁紹的敗亡一樣，不是被曹操打敗的，而是在內部爭權奪利中自滅的。

劉表當然清楚這些，兩個兒子的能力性格他也很瞭解，卻無法做出決定。

長子劉琦，人品極善良，讀書也勤奮，只可惜秉性懦弱，做事常常優柔寡斷——劉表知道，在這亂世中，懦弱的人是沒有資格活下去的。還有就是劉琦一直都沉溺於酒色，雖然說不上是荒淫無度，這幾年來也有所節制，但被酒色掏空的身體，是很難恢復的，劉琦能不能活得長久也是一個問題。

次子劉琮，是蔡氏所生，非常聰明，劉表打心裏也比較喜歡這個小兒子，但是廢長立幼畢竟是一大忌諱——特別是在東吳、曹操兩面夾擊的情況下。劉表自思自己的勢力沒有袁紹大，而現在面臨的敵人卻更加強大——但是如果立長子，不單蔡氏宗族會為難他，憑懦弱的劉琦，有能力與曹、孫戰鬥麼？

劉表日思夜想，想不出什麼兩全其美的辦法，兇險的病情卻不給他更多的時間思考，彌留之際，他想起了劉備。

他很想見一見劉備，可是劉表哪知道，蔡瑁與他妹妹密謀，完全封鎖了自己病危的消息，至於去請劉備來襄陽，根本是空話一句。

劉表在絕望的等待中，走到了生命的盡頭。他死時，身邊只有那個蛇蠍心腸的蔡夫人和劉琮——東吳因百姓滋擾不斷，已經撤出了江夏，劉琦為了避禍，藉口守江夏，在那裏避難。

蔡氏兄妹等劉表死了兩天後才發喪，並偽造劉表遺書，立劉琮為新的荊州牧，而且沒有給劉備、劉琦發訃告並嚴密封鎖劉表死去的消息。劉琮與劉琦關係相當不錯，他不願意就這樣奪走哥哥的東西，但是在自己母親與舅舅的控制下，一個十四歲的孩子又能怎麼樣呢？

這時已是建安十三年（西元二〇八年）盛夏時節，曹操已有了出兵的跡象。劉備尚未知劉表已死，只是心中放不下曹操南征的事，於是找孔明商議對策。

孔明笑著說：「我雖然長期住在隆中，可是這裏的情況我也是比較瞭解的，聽說主公前段時間進行了戶籍管理，增加了兵員，這就是個好方法。」

「已經用過了，還要再用一次？」劉備的內心不無疑惑。

「新野的人口並不少，只是入戶口的人少，上次主公你的調查缺少了一個重點。這裏的地方豪族大肆吞併土地，並把失去土地的農民拉到地上耕作，這些農民大多沒有戶口，而您過去最關注的是那些無業遊民，現在無業遊民大多有了戶口，而那些地主手裏的農民卻沒有戶口，按照戶口來徵稅，人心不服。」孔明停頓了一下，看劉備正聽得出神，又接著說下去：「現在可以下令，那些無地農民必須到官府報戶口，違者重罰，這樣不但可以增加稅收來源，也可以增加徵兵的數量，還能打擊地方豪族的勢力，是個比較可行的方法。」

「好！真是個好辦法！」劉備大喜，這孔明果然很有才能，想出了這麼好的辦法，劉備立刻執行了，果然查出了很多的無地農民。劉備的兵力又擴充了，總兵力已經超過兩萬，其中有一萬精銳水師，由關羽統領。

關羽、趙雲、陳到，還有其他三幕僚，都開始敬重佩服孔明，唯獨張飛依舊我行我素，他無法否認孔明的才能，只好說：「充其量也就做做徵稅斷案的事，有本事你也上陣殺敵啊！」

孔明只是笑笑，笑得意味深長。

再說曹操在許都厲兵秣馬了一年時間，開始計議南征荊州之事，且聽說了劉備在新野招募了許多新兵，更把劉備當作自己統一天下的心腹之患，他決定親自出征，派遣了自己最信任的同族大將夏侯惇為先鋒、于禁等為副將，浩浩蕩蕩殺赴新野。

程昱已經知道了孔明出山輔佐劉備的事，勸曹操要多加小心，曹操並不以為然：「一個二十多歲的小青年，能有多大本事？再說夏侯惇也是久經戰陣的大將，精通兵法，劉備在他手裏也決計討不了好。」

曹操這年已經五十四歲，征討半生，並沒有遇到過什麼不可戰勝的對手，遂命夏侯惇出兵，並自信滿滿地令他早奏捷報。

夏侯惇兵到新野之時，已是金秋時節，得意洋洋的夏侯惇率軍急行，卻見前方塵土飛揚，待馳目遠看，原來只是一支不過千餘人，且隊伍不整的步兵隊，為首一將是趙雲，夏侯惇並不知趙雲之勇，更不知道以前攻破曹仁「八門金鎖陣」的人就是眼前的趙雲，便引馬上前與趙雲大戰，未及十個回合，趙雲詐敗退走，夏侯惇自然不會放過，緊緊追趕，趙雲並不是縱馬飛跑，而是跑一陣打一陣，惹得夏侯惇暴跳如雷，緊追不捨。

于禁看出有詐：「敵將似乎在引誘我軍，小心埋伏。」

夏侯惇想早日獲勝，好向曹操報捷，便輕蔑地說：「文則多慮了，劉備依附別人，本來就兵微將寡，憑他的兵力，即使是十面埋伏我也不怕！給我追！」

追到離新野不遠的博望坡，突然一陣戰鼓聲，一支伏兵從博望坡內衝出，領兵的主將竟然是劉備本人！夏侯惇有些吃驚，難道劉備把所有的兵力都放在了埋伏上？剛才真的只是誘兵之計？

夏侯惇畢竟久經戰陣，冷靜一觀察，發現劉備的伏兵不僅數量很有限，而且老弱佔了多數，便指揮精兵上前拚殺，不一會，劉備就抵擋不住，與趙雲合兵一處，退入博望坡內。

夏侯惇哈哈大笑對于禁說：「看見了？文則，你料得果然不差，這就是劉備的伏兵，笑死人了，丞相還把這種人當作心腹之患，看著吧，今天我不打到新野，絕不收兵！」說罷，第一個帶頭衝入博望坡。

于禁總覺得有些不對勁，這次進兵太順利了，但也只能引軍跟著夏侯惇。

天色已黑，秋風越刮越強，夏侯惇只顧著追殺，並沒有感到其他什麼異狀，而于禁卻發現了一件很可怕的事：山路越走越狹窄，而且兩旁雜草叢生，風又這麼大，要提防火攻啊！

于禁一想到這裏，急忙催馬趕上夏侯惇：「此地樹木草莽到處都是，路又不好走，萬一敵人火攻，如之奈何？」

夏侯惇這才醒悟——上當了！立刻下令前軍改作後軍，立刻撤出博望坡。

但是哪裏還來得及？一聲炮響，徹底使夏侯惇絕望了。陳到率領的弓箭手，一齊射出火箭，還點燃火種，從高處扔下，頓時，博望坡成了火焰山。

陳到不但率弓手丟火種，同時還丟易燃物，火借風勢，風助火威，曹軍一個個不知道是該前進還是後退，有的自相踐踏，有的焦頭爛額，夏侯惇引兵急退，卻又被關羽的伏兵截住，大殺了一陣，張飛的伏兵也縱火燒毀了夏侯軍的大部分輜重。夏侯惇慘敗，幾乎全滅。在于禁的奮力死戰下，僥倖逃脫了性命，回許都向曹操請罪去了。

這場戰鬥，可以稱之為「博望坡殲滅戰」，因為劉備方面在幾乎沒有損失的情況下，重創了曹操的先鋒夏侯惇，大大振奮了士氣。也粉碎了曹操想一戰定天下的計畫。

張飛這次終於對孔明心服口服了。因為他即使想破了腦袋，也想不出這麼精妙的埋伏計。看來主公就是主公，能請到這樣厲害的幫手，這也是一種本領吧。

這次勝利對孔明來說，只是個開始罷了，他蟄伏了十年的才華，現在才要開始展現。

劉表之死

夏侯惇引著殘部灰溜溜回許都向曹操請罪，曹操雖然說沒有責怪他的意思，但是也頗有些恨鐵不成鋼：「你自幼熟讀兵書，自當知曉狹隘草茂之處，需防火攻，何為劉備軍所破？」

「我太輕敵冒進了，只想早日拿下新野，才會上了劉備那廝的當，要不是于文則及時提醒我，恐怕都不能活著回來見孟德你了！」夏侯惇是個爽直的人，並不推卸自己的責任，他和曹操原本就有親戚關係，而且在曹操陳留起兵後就一直追隨左右，曹操雖然已經官至丞相，而且權傾朝野，但夏侯惇依舊習慣直接稱呼曹操的字——這也是曹操的部屬中絕無僅有的。

「這樣啊……」曹操沉默了一會：「夏侯惇聽罰，你輕敵冒進，折我銳氣，念在殺敵心切，軍棍二十，罰俸祿一年。」

夏侯惇沒想到處罰這樣輕，忙磕頭道：「謝丞相不殺之恩。」

「于禁聽罰。」曹操又說道。

于禁頭皮微微發麻，他心中暗想，夏侯惇畢竟是曹操的親戚，曹操不會不給他面子，自己就很難說了，弄不好會被當成替死鬼。

「身為副將，沒有及時勸諫主將，但忠勇可嘉，軍棍十五，免罰俸祿，作戰指揮有度，乃軍中之楷模！拜虎威將軍，增邑二百戶。」

于禁大吃一驚，雖然要受到十五軍棍的輕微處罰，但是懲罰後居然還加官進爵，實在令人匪夷所思，他立刻跪下請罪：「禁敗軍之將，萬死莫辭其咎，為何……」

「立功當賞，有錯當罰，這是應該的！」曹操知道于禁要說什麼，哈哈大笑：「這次輸給了諸葛亮，都怪我沒有聽程昱先生的話！程昱聽賞，拜奮武將軍，封安國亭侯，增邑二百戶。」

「謝丞相！」程昱想不到自己也有份，極為意外。

「大家聽著，這次雖然讓劉備佔了便宜，但是勝利終究是屬於我們的！大家有什麼建議，提出來商議看看。」曹操幾乎對這次戰敗滿不在乎，又與眾人商議起奪取荊州的對策來。

劉備那方面，以往每次勝利後，劉備總是會為了未來擔憂上好半天——因為下次會面對更強的敵人，現在有孔明在，總算擺脫六神無主的感覺了。

而孔明似乎也有自己的無奈：新野城小牆低，四面空曠平坦，根本不是久戰之地，博望坡之戰是利用了對手的輕敵冒進與不明地理才取勝的，曹軍下次估計不會再上當了。唯一的可能性，就是先取荊州，然後再傾盡荊州之力，才有與曹操對抗的最起碼的資本。

一聽要取荊州，劉備只是搖頭，可是劉備哪兒知道，劉表早在一個月前就已經不在人世了，現在荊州被劉琮秘密掌握著——不，應該說是被劉琮的母親和舅舅掌握著。

劉備不肯取荊州，孔明只是歎氣，他原先以為劉備不取荊州只是為了收買人心，現在看來不是這樣——劉備發自內心感激劉表。

劉備的存在其實已達到給劉表威脅的程度，而劉表在與蔡氏周旋了很長時間後，變得多疑，僅此兩條，劉表就可能找出一百個藉口殺掉劉備。但是劉表卻沒有殺劉備，不是說沒動過這個念頭，而是在潛意識中拒絕對劉備下毒手。

劉表雖然已經很老了，畢竟也曾是一方豪傑，英雄惜英雄，這是很自然的事，劉表看得出，蔡氏兄妹日思夜想讓劉琮在自己死後成為荊州牧，劉備和劉琦交好，這就使蔡氏兄妹恨之入骨。劉琦一直稱劉備為叔父，長子在叔父的輔助下為主，比幼子劉琮為主名正言順得多。

劉表是下定決心讓劉琦來繼承自己的事業，荊州的基業不能丟，所以劉備不能死，劉備死，劉琦絕對不是蔡氏的對手。內部一旦發生爭權，等待荊州的就只有滅亡了。

劉表有這樣的想法，可以看出他還不瞭解蔡氏，不瞭解他們的陰謀有多可怕。

蔡氏先是不按劉表的意思請劉備來荊州主持大局，然後毀掉了劉表的遺書，改立劉琮，劉表在彌留之際，恰巧劉琦來探病，也被蔡氏關在襄陽城外，劉琦大哭不得入內，這件事劉表到死都不知道，最後還是蔡氏，為了自己兒子能長為荊州牧，竟暗中聯絡曹操投降。劉琮雖是一個孩子，卻也不肯不戰而降，但一切都被蔡氏兄妹掌握，一個孩提牧守又能怎樣？

就這樣，蔡瑁寫了降書，曹操也頗為意外——原本還以為要動用自己的水軍，這下不但獲得了長江上游的地理優勢，荊州水軍也可為己所用，打敗劉備和江東孫權，指日可待了！

劉表的死訊，再加上秘密的投降，這些事劉備根本不知情，可這樣的大事又怎麼能瞞得了許久？劉備聞訊後，立刻派人去襄陽詢問究竟，劉琮瞞著母親舅舅，派了自己的一個親隨宋忠去見劉備，把事情原原本本說了出來。並告訴劉備，曹操已經駐兵宛城，不日即將對新野發動攻擊。

劉備聽完，只覺得手腳冰冷，打發走了宋忠，忙召集大家商議，恰巧當年曾在襄陽大會上救過劉備的伊籍，受劉琦之托來見劉備，正好一起商議對策。

伊籍果然不凡，第一個想出了辦法：「現在大公子和皇叔你都知道景升已死，我們立刻趕往襄陽，以弔喪為名引誘劉琮出城，奪取荊州，如果他不出來，我們也有藉口，說他毒死了父親，陰謀篡位，取得道義上的優勢，不然，曹兵一來，我們只能坐以待斃了。」

「好計！」孔明沒想到劉琦那兒還有如此聰慧的人物，他並不認識伊籍，現在頗有些一見如故的感覺：「伊籍先生的計策很好，主公，立刻發兵吧！」

「荊州是景升傳給二公子了，不管有什麼內幕，現在這已是既定事實，我怎麼能去奪他的基業呢？」劉備始終不肯奪荊州。

「主公！不要感情用事！」關羽也著急了，「荊襄之地現在危機重重，只有主公你能力挽狂瀾，求主公你為了荊襄九郡的百姓，發兵吧！」

「當年主公在徐州時候也是這樣，土地本來就是天下的，有什麼好謙讓的？」張飛實在弄不懂，劉備為什麼不肯取襄陽？

「子龍，你帶五百人先去宛城探聽虛實，不要與曹軍交戰。」劉備看見趙雲也想說什麼，知道他也希望自己取荊州，不等他發話，先打發他去偵察。趙雲一向視軍令如山，只說了聲「得令」就匆匆召集人馬出發了。

「主公仁義之心，天下皆知，但是如果完全靠仁義做事，很難立足於天下啊！」簡雍說，他知道自己的位置已經被替代了，但是並不怨恨孔明，相反，甘願退居次幕後，作為孔明的左膀右臂，他眼看劉備不肯接受這樣好的計策，心中也急，但是他瞭解劉備的性格，所以改勸阻為引導，但是劉備依舊只是搖頭。

會議沒再繼續下去，這次會議上，唯一沒勸阻劉備的，只有陳到和廖化。

散會後，陳到問廖化：「元儉哥，你為什麼不勸說主公取荊州啊？」

「這……就我個人來說，我不能接受，這的確是不義之事，而且，你也沒勸說啊。」廖化雖然年齡比陳到大，但是到現在為止一直是看陳到臉色做事的——他覺得陳到比自己高明。

「我知道主公不會奪荊州的，而且不是為了單純的『義』，這也是我選擇侍奉他的原因。」陳到笑笑，沒再多說下去，廖化也不好多問。

當日晚上，趙雲帶著五百人回來了，他向劉備報告自己打探到的情報：「曹兵已經分兵駐守博望坡，宛城裏也已駐紮了三萬人，上次火燒博望的可能性已經沒有了。我們的形勢很危急，估計曹軍會在十天之內對我們發動總攻，主公……我們……」

「子龍，辛苦了，下去休息吧……」劉備揮揮手，又想起了什麼：「麻煩你通知伊籍先生一下，曹兵勢大，請他立刻回江夏協助大公子整軍備戰。」趙雲無語，默然離去。

趙雲注意到，劉備急召諸葛亮商議，徹夜未眠。

第二天，劉備與諸葛亮制定出了作戰方案：新野不可守，只有放棄，全軍退守錢糧充足、城牆高厚的樊城才是上策。

大家既感到意外，又覺得這個決定在情理之中，只是有些捨不得辛苦治理了八年的新野。

「還有百姓呢？」陳到插問：「曹軍軍紀一向不好，徐州一戰幾乎是血流千里，不能讓新野的百姓重蹈覆轍！」

「我和軍師商議後，沒有別的辦法，只有貼出安民告示，請百姓一起遷往樊城，但是絕不強迫。」劉備慢慢說出這句話，一面觀看眾人的表情。

「同意！」想不到幾乎所有僚屬都贊成劉備的抉擇。

劉備心中暗暗說：「曹操，我辛苦經營了八年的新野就給你了，但是你只能得到一座空城！而且我要讓你為得到這個空城付出沉重的代價！」

第二次火攻

劉備治理新野多年，在百姓中甚得賢名，一聽曹兵壓境，都願意跟劉備一起遷往樊城，這時三幕僚終於也有了工作——他們負責處理撤退的事宜，孔明則騰出手來安排對付曹兵的辦法，孔明下令關羽率領水軍駐守在新野城外的白河上游，用沙袋壘壩蓄水，命張飛埋伏於博望坡附近的渡口，又命令部屬分別在新野的西門、南門、北門埋伏，趙雲率領騎兵埋伏於東門，陳到負責在城內的屋脊放上引火之物，劉備帶著剩餘的士兵，和諸葛亮去新野外的鵲尾坡埋伏。

再說曹操的前隊，由曹仁和許褚率領的曹操精銳部隊「虎豹騎」，在劉備軍撤出新野後一日，即對新野發動了攻擊。

曹仁曾慘敗於劉備，對劉備的陰謀總是有所提防，路過鵲尾坡時，見山上赫然插著劉備的軍旗，不禁哈哈大笑，對身旁的許褚說：「劉備居然棄城逃跑了！當真是膽小之輩。」

「不對吧？鵲尾山那裏我看有伏兵嘛。」憨直但忠勇的許褚只覺得奇怪。

「哈哈，仲康，所謂的『伏兵』，是要埋伏起來的嘛，你看鵲尾山那裏，旗幟如此之多，哪有一點埋伏的樣子？我看是疑兵還差不多，吸引我們過去，給他們的逃跑取得足夠的時間，所以我說劉備已經棄城逃跑了。」

「哦！」許褚答應了一聲，他的勇猛恐怕在曹仁之上，但身為副將，自然聽從主將的號令，所以不再有二話。

曹仁軍到達了新野，很容易想像的，當一支殺氣騰騰的軍隊衝到一座空城面前，會是個什麼樣的情景。

「哈哈，劉備果然夾著尾巴跑了！」曹仁覺得自己的推測得到證實了，得意極了，許褚覺得事情有些蹊蹺：「將軍，劉備那狗頭莫不是有什麼陰謀吧？我們不要上了他的當。」

「不會，你看他連新野都不要了，裏面的百姓也全被他虜跑了，如果劉備真有陰謀，帶這幾多礙手礙腳的百姓做什麼？」曹仁堅信自己的判斷是準確的，又補上了一句：「我雖然曾敗於劉備這逆賊手裏，但是不能一朝被蛇咬，十年怕井繩麼！大家跟我一起上，後退者斬！」

軍令如山，曹軍一個個爭先恐後闖入新野，果然，城裏一個人也沒有，天色漸黑，曹軍忙乎了一天，個個饑腸轆轆，正想埋鍋造飯，突然有軍士報東門火起。

「不要自己嚇自己，一定是士兵造飯不小心失火了，不必在意。」曹仁根本沒把失火當一回事，他失去了最後一個逃離陷阱的機會。

就是一眨眼的工夫，新野滿城火起，遍地硝煙，曹軍一個個置身於烈焰火海之中，隨便走幾步，就可能會到達閻王殿。

「全軍集結！向東門突圍！」曹仁也是久經戰陣的大將，多次面臨生死考驗，他知道兵敗如山倒，沒有什麼可以挽回的，重要的是找對突圍方向，盡量減少損失。

可惜，曹仁這次遇到的，是比徐庶更聰明的軍師，他那點小策略在孔明看來，簡直是一場拙劣的把戲。

在東門等候曹仁的，是趙雲的主力大軍，一陣截殺，趙雲並不窮追猛趕，只是搶奪曹軍的物資輜重，曹仁左衝右突，方逃脫性命。

「曹將軍，大家很久沒吃東西了，實在不行，先找點水喝吧！嗓子都冒火了！」許褚並沒有責怪曹仁指揮不當的意思，反而幫曹仁想辦法解脫困境：「劉備兵少，不敢來追，離這裏不遠有條白水河，我們先去那裏整頓一下，天亮後再決定是撤還是戰。」

「仲康，就聽你的了。」曹仁指揮剩下大約兩萬人馬，直奔白水。

白水的水流不急，水也不深，兩萬人馬早就焦頭爛額，紛紛下馬喝水清洗，附近似乎沒有伏兵，曹仁總算鬆了口氣。

忽然，溫順的白水成了咆哮的驚濤！上游的河水如萬馬奔騰，傾瀉而下，這樣的場景只能說是鋪天蓋地，人類在自然的偉力面前，顯得多麼渺小！多麼無力！

是關羽，他聽到了白水下游的喧鬧聲，知道曹軍已經上鉤，立刻指揮士兵搬開阻塞了白水的土袋，一切就如孔明事先料想的一樣，曹軍又有近萬人葬身魚腹。

驚慌失措的曹仁、許褚，率領殘部衝往博望坡的渡口——現在已經不可能再戰了，估計新野附近到處都有劉備的陷阱和伏兵，早點離開這個是非之地才是上策。

「將軍你看，渡口在那裏！」許褚的話語透露出無限的興奮。他們一路猛奔，天已經快亮了，透過晨曦，他們看到了船隻上的「曹」字旗，看到了生的希望。

「快走，都怪我小看了劉備這狗頭！」曹仁心裏憤恨無比，繼夏侯惇之後又慘敗於劉備，回去怎麼向曹操交代！

曹仁的內心正在痛苦掙扎著，突然一聲炮響，博望渡口處一支騎兵一字排開，為首一將是張飛。曹仁只叫了一聲苦，隨即咬牙切齒：「今天橫豎死在這裏了！殺他一百個墊底再說！劉備狗賊……」

「大家保護曹將軍往新野方向撤！我的本部一千人留下斷後！」許褚暴喝一聲，隨即率領自己不多的人馬衝上前去。曹仁明白了他的意思，感動的熱淚盈眶：「仲康，你在這裏抵擋一陣，我在新野東門等你！」

許褚是曹操手下的得力猛將，他懷著必死的決心策馬與張飛拚命，倒給張飛一個措手不及，只顧招架，沒有還手之力，張飛不免氣結：「媽的！狗急跳牆了啊！」

許褚和張飛纏鬥了二十多個回合，自己的一千軍士已經傷亡不少，這樣下去有被張飛軍包圍的危險，許褚感覺曹仁大概已經脫險，虛晃一刀，張飛急躲，許褚趁勢率兵突圍。張飛大罵不止：「有種就別逃！和你張爺爺再打個三百回合！」話說著，卻不敢追殺，這是張飛上戰場以來，第一次感到害怕。

許褚找到了曹仁軍，曹仁也不愧是身經百戰的大將，雖然中了好幾次埋伏，軍陣在他的重新編排下又井井有條了，曹仁布下圓形之陣一面防禦，一面等待許褚，兩人合兵一處後，尚有一萬多人馬，他們知道劉備兵少不敢來攻，就在新野城外駐營，同時給曹操寫了求援書。

孔明站在鵲尾坡的最高處，曹軍的一舉一動都在他的眼裏，眼看曹軍進退有度，防守有方，不由歎息一聲，傳令加緊渡河，自己和劉備也悄悄帶著鵲尾坡的伏兵悄悄前往渡口。

孔明和劉備同乘最後一艘船，劉備拱手向他表示謝意：「先生妙計，阻擋了曹兵的猛攻，雖得眾將同心協力，首功非先生莫屬！」

「主公經營了八年的新野，現在已經成了一片廢墟；新野數萬百姓，為我之計顛沛流離，樊城百姓的生活也會被打亂，我何功之有？曹仁戰敗，曹操必率大軍來攻，樊城也會毀於兵火之中啊。」孔明想得比劉備遠，曹仁雖然戰敗，但是從他戰敗後的指揮中，依舊可以看出他是可以獨當一面的大將，曹軍實力可見一斑。自己這第二把火，燒得應不應該呢？

劉備啞然無語，只是默默望著天空。

破亡的序曲

不出孔明所料，曹操收到曹仁的求援書後，氣得吹鬍子瞪眼，口裏不住在罵：「諸葛村夫安敢如此！」可是氣歸氣，手下的兩位親族大將都敗在這個二十來歲的小青年手裏卻是不爭的事實。曹操一面恨兩人不爭氣，一面也尋思，要如何對付劉備。

劉備是個人才，多年前曹操為了收服他以及與他生死相隨的兩位夥伴，用了無數的方法，結果非但沒有收服，反而使劉備成為了自己的強大對手。

曹操閉上眼，回憶起自己和劉備的一次次戰鬥。

劉備一次又一次的慘敗，但是一次次散而不亂，核心部屬總是離散後再團聚，最可怕的是，敗亡後重新崛起的劉備，總是比上次強大的多。這點是最令人擔憂的——天曉得下一次，劉備會強成什麼樣子！

曹操一想到這裏，腦子清醒了，大漢的開國皇帝劉邦曾無數次敗於項羽，只在最後垓下一戰定乾坤，奪取天下，劉備打著「皇叔」的旗號，在這個動亂的年代，也有著特殊的鼓動力，萬一真為劉備積威所破，自己一統天下的夢想不就成了泡影嗎？

曹操醒悟了，他開始把劉備當成統一天下的巨大障礙和敵人，對付敵人絕不手軟是曹操的性格，經過深思熟慮後，曹操下令分兵八路，每路一萬人馬，同時進逼樊城——孔明即使有三頭六臂，又怎麼可能用劉備很有限的兵力同時佈置八路埋伏？同時命水軍也開赴前線，封殺了劉備北上逃亡的可能性。

劉備方面打探到這個消息後，成天計議不出對策，孔明更是憂心忡忡，樊城雖然城防相當堅固，城內儲備的糧草物資也夠支撐一段時間，但是怎麼能長久和曹操戰鬥下去？曹操這些年通過屯田，軍糧問題已經大大緩解，此來明顯是有備而來，如果長期圍城，勢必軍心渙散，被消滅只是時間問題，唯一的出路就是撤。

往哪兒撤呢？北上的道路已經被封，襄陽的劉琮已經投降於曹操，西進的路線等於也被封殺了，唯一的可能性就是江陵了，荊州九郡的錢糧有一半囤積在江陵，如果能佔領江陵，就能和江夏的劉琦形成犄角之勢，共同抗擊曹操——雖然勝算也不大，但是畢竟沒別的更加好的方法了。

新野百姓剛到樊城還來不及紮住腳，劉備再次貼出安民告示，請樊城百姓和新野百姓一起再次遷徙到江陵——江陵再大，同時安置兩縣百姓也是不可能的，也就是說肯定會有人無家可歸，甚至有淪為乞丐的可能性，但是百姓們看了告示，一個個都願意追隨劉備，一個上了年紀的老伯並不識字，聽看榜的人說了遷移的事後，想也沒想就說，別說只是百里開外的江陵，哪怕走到天邊也要跟著劉皇叔這樣的人啊！

這句話慢慢傳開了，輾轉傳到了劉備的耳朵裏，劉備覺得又苦又甜，民心雖未失，但是目前的情況下，民心的作用可能遠遠比不上一支軍隊。

劉備帶著這樣複雜的心情踏上了前往江陵的路，兩城合計超過二十萬百姓大部分都跟著一起走了，劉備剩餘的兵士有一萬多，分散著保護百姓，軍民混雜，百姓都帶了部分細軟所以走得慢，每天最多只能走二十里。

「主公，江陵容不下這麼多人，我們不如先去襄陽，請求劉琮幫我們分流掉一部分也好，我們畢竟不是去和他們決戰的，劉琮應該不會置這些百姓於不顧吧！」孫乾看著這支逃難大軍實在是走得太慢，萬一曹軍急行軍趕來，簡直不堪設想。

「說得也是，這麼多百姓為了我一人流離失所，我有責任為他們找一個好的歸宿！」劉備似乎並沒有理解孫乾的潛臺詞，只是一心為百姓想著，反正襄陽很近，劉備下令先去襄陽探探形勢。

不幾日，抵達襄陽城，城門全都關著，城牆上很多弓箭手全副武裝，劉備不敢接近，只是在城下喊話：「劉琮賢侄，我無意責怪你什麼，景升之死我感到很傷心，我沒有什麼要求，只希望你能收留我這裏的一部分百姓，其餘的我自會帶到江陵去，只要這些百姓無事，我劉玄德就算立刻死在你的箭下也毫無怨言！望賢侄打開城門吧！」

一部分在襄陽城有親戚朋友的百姓，也站了出來，希望這裏能接納自己。

城上沒有回應，劉備大著膽子往前走了幾步。幾個膽大的百姓也走上前。

隨之而來的就是城頭上弓箭手拉滿弓的聲音。

劉備看自己已經在射程之內，只得站住，那幾個百姓則抱頭鼠竄，躲在人群後面，惟恐再慢一步被射出幾個窟窿來。

「劉琮賢侄，請你出來說句話啊！你現在是荊州之主，理應為荊州百姓做主啊！」劉備見劉琮不出來，只得再喊。

回答劉備的是一片沉默，空氣也隨之凝結，城頭上弓箭手們拉緊的弓弦時刻也沒有鬆開過，劉備的靈魂似乎沒有意識了，只是機械地向前走。他甚至沒有意識到，那一支支蓄勢待發的箭，每一支都有可能穿過自己的胸膛。

「主公危險，快後退！」糜竺被劉備的鹵莽舉動嚇壞了，但是又不敢去拉劉備回來——整個人一時都懵住了。

大夥兒都沒有反應過來，只是眼看著劉備走向危險的深淵，大家不是不想救，而是沒有弄明白到底發生了什麼事。

非常不巧，關羽在做安撫百姓的工作，趙雲在斷後，張飛負責壓陣，在劉備百步之外。沒有誰能救回劉備。

只聽一聲梆子響，一陣箭雨向劉備射來，劉備卻沒有停止自己的腳步，用自己的身體承受著如暴風雨一般的洗禮。

彷彿有神在保佑，沒有一支射中劉備，只是有好幾支都射到了劉備周圍，有一支還射掉了劉備頭上的帽子，眾人大驚失色，大喊：「主公危險！快回來！」

劉備的意識似乎回來了，可是他卻沒有恢復理智，而是怒氣衝天大喊：「劉琮你這個小王八羔子有種出來見我！反正打不過曹操，既然不能求勝，也不想求生了！」

弓箭手們迅速取出第二支箭，搭上了弓，而且進行了瞄準……

「主公！」張飛大喝一聲，雖然距離很遠，依舊飛馬衝向劉備，雖然不太現實，但張飛的腦子裏這時只有一個念頭——救出劉備！

只是，怎麼來得及啊！百步的距離即使騎馬也來不及啊，眼看第二批箭即將離弦，張飛絕望地狂喊——

「主公——！」

說時遲，那時快，只見最前面的人中有一人徒步衝向劉備，用自己的身體為劉備擋箭。

眾人未看清那人是誰，流矢已到，遮擋的那人肩膀上中了一箭，劉備由於他的庇護，毫髮無傷——如果不擋住那支箭，可能射中的就是劉備的脖子。

「叔至避箭！」劉備看清了，幫他擋住這一箭的是陳到，這一驚非同小可，比自己中箭還吃驚。

「主公為百姓尚不避一死，我又何惜自己一條命？願追隨主公！」陳到的氣勢非常強烈，劉備從來沒見過這樣的陳到，當然，也立刻明白陳到的意思了：「叔至，一起撤！」

張飛也馳馬趕到，掩護劉備陳到後退至射程之外，那些弓手也不再射箭，但是依舊保持著高度戒備。

陳到用自己的手拔出了箭，還好傷得不重，就在大家手忙腳亂為陳到包紮的時候，襄陽城開了一扇小門，一位將官走出來說話了：「少主身體不適，不能見客，請你們盡快帶兵離開，哪些百姓在襄陽有親戚的，可以留下來，我可以保證留下的百姓的安全。」

「劉皇叔待我們如此，我們家破人亡也不能離開他啊！」百姓們議論紛紛，都被劉備剛才那近乎鹵莽的行動感動了，幾乎沒人願意留在襄陽。

劉備立刻向百姓們打躬：「各位父老鄉親，誰在襄陽有親戚朋友的，我拜託你們留下，這不但是為了你們好，也是為了我好！江陵再大終究容納不了這幾多百姓，大家就算為了我留在這裏吧！」

劉備說著說著，覺得鼻子酸酸的，他克制了一下，沒有哭出來。

一部分百姓明白了劉備的苦衷，從人群中走了出來，哭著向劉備磕頭，劉備連忙去攙扶他們。後面的人見了，也紛紛站了出來。

大約有三萬多名百姓留在了襄陽城，一路上離散了將近兩萬，劉備的逃難大軍還有大約七萬百姓，劉備的心裏感到一絲慰藉，他決定去拜祭一下劉表的墓地。

「主公，探馬來報，曹軍追得甚急，我們不要再耽擱時間了吧！」孔明驚出一身冷汗，強做鎮定請劉備快走。

「以後恐怕沒有機會再掃墓了……」劉備喃喃地說，然後跨上了「的盧」寶馬……

行動開始

劉備跌跌撞撞折騰了好些時間才找到了劉表的墳墓，一時間香火祭品什麼的也找不齊，劉備不樂意了，說今後可能沒機會來拜祭了，這次說什麼也不能含糊。一席話說得大家莫名其妙——曹軍壓境，危機四伏，掃墓這種事已經是大大的浪費時間了，居然還要管什麼香火！

哪知百姓們卻對這件事倒是很關心，一個個自發拿出自己帶著的東西充祭品，你一支蠟燭我一把香，只一會兒居然就湊齊了需要的那些家什，劉備也滿懷赤誠寫下了一篇祭文，當著所有軍士百姓，深情地讀了一遍。劉備沒有哭，但是他的聲音很顫抖，百姓們雖然對祭文的含義不甚了了，但也一個個低頭抹著淚——不是為了死去的劉表，而是為了眼前這個把百姓和大義放在首位的劉備。

三幕僚個個急的坐立不安，在一起議論紛紛，孔明不動聲色看著劉備讀完祭文後，上臺與劉備一起主持完了祭祀儀式，然後又準備出發前往江陵了。

祭祀完畢，已過晌午，百姓們一邊走一邊吃著乾糧，劉備雖然大半天沒吃過什麼東西了，但並沒有什麼胃口，和孔明說了一句話後，一直沉默到傍晚紮營。

劉備說的是：「先生是否覺得我這場祭祀毫無意義？」

孔明的回答是：「我理解主公的用意，主公想在百姓心目中樹立一個不滅的明主形象，既然想不滅，就得趨近於完美，您剛才的祭拜就是很必要的，怎麼能說是沒意義呢？但是當前最重要的問題是曹軍，您即使不掃劉表的墓，大家依舊把您當明主，而為了在形象方面錦上添花浪費撤退的時間……我只希望主公你已有準備……」

這支逃難大軍終於在傍晚時分找到了駐營點，找了個背風坡駐下，淒慘的一天終於即將結束，由於是在行軍途中，吃得都是乾糧，劉備可以和幕僚們在一起邊商討邊解決肚子問題，而武將甚至連吃飯的工夫都沒有，他們要指導百姓紮寨，還要約束兵士的紀律。

「主公，這個問題我想了整整一天了。」孫乾一面啃著乾糧一面有些怯生生地和劉備說，他似乎在害怕什麼，說話吞吞吐吐的。

「公佑，有什麼話就說吧……」劉備歎了口氣，似乎已經猜到了孫乾的意思，但是依舊讓孫乾說下去。

「請主公星夜出發，先別管百姓，取了江陵安身。」孫乾硬了硬頭皮，出於對劉備的忠誠，說出了這番話。

劉備瞇著眼，不置可否。用眼睛瞟了瞟其他兩個跟隨了他多年的幕僚，像是在徵求他們的意見。

麋竺不敢說話，只是微微點了點頭表示贊成孫乾的想法，簡雍也一改往日懶散的態度，端坐著正色回答道：「這是最後的機會了。」

劉備並未徵求孔明的意見，雖然孔明就坐在他的身旁，只是低頭似笑非笑地說了一句話，好像是自言自語，又好像是教導那幾個幕僚——

「舉大事者，必以民為本，民為重而官為輕。今數十萬百姓，為我一言而流徙於此，我若棄之，與豬狗何異？」

歎息聲不絕，劉備在歎息，幕僚們在歎息，眾將在歎息，百姓們也在歎息，惟獨孔明沒有，他很冷靜地審時度勢，想憑只手力挽狂瀾。

在徵求過劉備的意見後，孔明急令關羽協同其子關平率本部五百人去劉琦處求救，借得劉琦的水軍後立刻馳援；張飛率領三千精銳斷後，趙雲率領其餘士兵保護百姓和劉備家眷。劉封率領五百輕騎作為哨馬，隨時傳遞曹軍追趕的消息。

孔明的內心其實比誰都急——勸其取荊州而不取，奪襄陽而不忍，走江陵而不行，即使姜尚重生也是死路一條。

與此同時，曹操的八路大軍也早就抵達了樊城，由於上次在新野吃了大虧，曹操不敢毅然下令攻城，而是派出無數哨馬偵察哪兒有埋伏，耽擱了兩天才發現樊城及周圍地域不但沒有劉備的一兵一卒，甚至連百姓都如蒸發了一般，曹操如吃了蒼蠅一樣不舒服，繼續南下與已經投降了的劉琮接觸。在蔡氏兄妹的脅迫控制下，襄陽城如約放棄了抵抗，開門投降。

曹操就這樣輕易佔領了重鎮襄陽，封賞了荊州的投降官員，為了避免劉琮的勢力死灰復燃，曹操打發他到遙遠的青州做刺史，劉琮又怎麼能違背曹操的意圖呢？只能帶著母親和幾百親兵遠赴青州——而除了親兵隊長王威，舊日的將佐則一個個留在了曹操的身邊。

劉琮出發三天後，曹操秘密召見于禁，很嚴肅的命于禁去辦一件事——殺掉劉琮和他的母親，不允許留下一個活口，讓世人以為這整個事件只是盜賊殺人越貨罷了。

于禁大驚：「丞相，劉琮不過一頑童，且羽翼已散，名為青州刺史，實際已是被流放遠方了。何必出如此殺手？」

曹操並沒有責怪于禁的唐突，帶著無可奈何的神情向于禁解釋：「斬草須除根，即使劉琮現在成不了氣候，萬一他臥薪嚐膽，圖謀自強，將來豈不是成了我心頭一患？我聽說劉琮這小子很聰明，他現在畢竟是青州刺史，不得不防啊，我相信你一定能把這件事做得很漂亮。」

于禁不禁嘆服曹操的遠見，感激曹操對他的信任——曹操的陣營中，同宗將領佔了很大的比例，這麼機密的事讓一個外族將領來做，說明曹操對自己不但是信任，還有器重。

于禁率領了三千精銳鐵騎日夜兼程追趕劉琮，不幾日就探到了劉琮行蹤。為了掩人耳目，于禁並沒有立刻動手，而是讓士兵們喬裝改扮，悄悄跟在劉琮一行人後面。

走了幾天，周圍基本已經是荒野，而且快到兗州地界了，于禁雖於心不忍，還是決定盡早下手——所謂早死早超生吧。

所有軍士早就等得不耐煩了，扯下那些彆扭的衣服，露出耀眼的鎧甲，縱馬飛奔追上了毫無防備的小劉琮，手中的兵刃劃過空氣，發出渴血的長鳴聲，剩下的，就只有劉琮親兵無意義的抵抗、流血、死亡。

劉琮只是和他蛇蠍心腸的母親躲在車裏抱著哭，忠於劉琮的王威挺身而出，與于禁戰鬥，只是實力差了不止一籌，才三個回合就被于禁的槍刺傷了，雖然負傷，王威仍奮力死戰，口裏大罵曹操不講信用。

于禁的心裏不禁長歎一聲，手起一槍，刺中王威脖子，他倒下了，眼睛睜得大大的，絕望的眼神中，寫滿了「不甘心」三個字。

這時劉琮剩下的親兵也全部被殺了——曹軍只有三個士卒受了傷，于禁一揮手，士卒們早就把劉琮母子從車裏拖了出來，驗明正身後，一人一刀取了首級。然後把屍體和馬車堆積起來，放了一把火，繳獲的軍械和馬匹自然都帶了回去。

曹操對于禁大加讚賞，並派于禁去執行另一個秘密任務——去隆中搜捕諸葛亮的妻小，抓到之後，格殺勿論。

如果說，曹操殺劉琮母子的事于禁尚能夠理解，那殺孔明全家老小的事，于禁只覺得可笑，但是他這次沒有和曹操爭執，他知道曹操恨諸葛亮入骨，不單只是為了兩次打敗曹軍，最主要的是諸葛亮讓曹操最信任的兩個親族大將嚐到了慘敗的滋味。于禁心裏雪亮，曹操寧肯讓外族將領打十次敗仗也不願意看到親族有一丁點閃失。

「我是軍人，軍人的職責就是服從命令！」于禁自言自語，雖然不願意，他還是克制住了自己的情緒，帶了一百人悄悄去了隆中。

哪知孔明早在三個月前就把自己的家眷遷往三江縣躲避了，于禁撲了個空，然而他並不失望，反而更敬佩孔明的遠見了。他把這消息報告了曹操後，看到了曹操那略微有些失望的眼神。

曹操無可奈何，命大軍加緊追趕劉備。

這時劉備帶著百姓向江陵緩緩而行，關羽去江夏求救久無回音，劉備遂命劉封保護孔明再去江夏求救。孔明無奈，又和劉封一起帶走了五百人，廖化接替劉封帶領哨馬。

劉備軍也因此越發零落，計點下來已不足三千，百姓也沿途倒斃不少，再加上「曹軍逼近」的消息不斷傳到這裏，百姓們一個個都掩面而泣，不知何去何從。

天又黑了，已經快到當陽地界了，也就是說再走幾天就可以到江陵了。劉備吩咐紮營，同時喚陳到和廖化兩人來見他。

劉備見到兩人後，先是和顏悅色地問陳到箭傷如何，然後又問廖化曹兵的追趕情況，閒談了好久，陳到微感失望，他原本以為劉備是想和他們商量出對抗曹操的辦法。

「叔至、元儉，你們小時侯不是有一個生死之交，現在仕於東吳嗎？」劉備突然問。

「是，他名叫呂蒙，是孫權的部下，官拜橫野中郎將。」陳到很久很久沒有呂蒙的消息了，一想到兒時的夥伴現在天各一方，陳到不禁有些悵然若失。

廖化的眼睛裏也充滿了憂鬱。

「你們有多久沒看到他了？」劉備好像在聊家常。

「二十多年了……」陳到的聲音低得幾乎連自己都聽不到，轉眼，自己也過了而立之年啊！廖化更是已近不惑，本該屬於自己最輝煌的年代已經一去不復返了，好在依舊年富力強，一定要抓緊時間幹出一番事業，否則怎麼對得起帶著遺憾死去的父親呢？

正當陳到胡思亂想，劉備卻帶著笑意發話了：「好好好，那你和元儉就一起去見見他吧？」

陳到和廖化懵了，不知道劉備什麼意思……

重逢

「你們想念呂蒙麼？」劉備若有所思地問陳廖兩人。

陳到一言不發，廖化則點了點頭。

「好吧，那我就給你們一個任務，去東吳幫我辦點事，你們也可以順便去看看老朋友，算是公私兩盡吧。」劉備搓搓手，不經意說出這句話。

陳廖兩人面面相覷，不知道該說什麼好，也弄不明白劉備的意思。

「你們也知道，劉琮投降曹操了，按照曹操的性格，凶多吉少，劉琦的兵力也很有限，我們要和曹操抗衡，必須和其他豪傑聯合才有希望取勝……」劉備停頓一下，繼續說：「而今能聯繫上的，只有東吳一家，我的意思你們明白嗎？」

「可是主公……現在戰況危急，曹軍正步步緊逼，雲長和軍師都不在，我們兩個武將怎麼能離開？這種聯絡的事務交給孫先生、糜先生或簡先生都可以啊。」陳到已經知道劉備的意思了——讓他們兩個避開這場災難。

「他們三個我另有重要任務……」劉備笑笑：「你們兩個不願意去嗎？」

「我們再離開，只有三將軍和子龍保護主公了，我不放心！」廖化沒那麼多思考，只是大戰在即自己卻臨陣脫逃，實在難以接受。

「曹操已經打算一戰定天下了，所以他必定會集結全部兵力來攻打我，順帶收拾掉東吳，所以我和東吳結盟勢在必行，你們有其他人沒有的優勢，喏，這是書信。」劉備拿出寫好多時的密信，想交給陳到，但是陳到不肯接過這封沉重的信。

「怎麼？不想去？」劉備的手在空中僵住了。

陳到用目光徵求了一下廖化的意見，見廖化的眼神很堅毅，輕輕地對劉備說：「請等我們打完這一仗再去吧。」

「這樣啊……」劉備把信置於案臺，雙手抱肘來回度步，陳到和廖化兩人不知道該做什麼，又不敢貿然退出。

「陳到廖化聽令！命你們二人星夜趕往東吳，將這封信轉交給東吳主討俘將軍孫權手中。不得有誤！」劉備說完，從案臺上拿起那封信，並且從箭壺中取出一支令箭，一併交給了陳到。

陳到接過了。抬頭看了看劉備，轉身看了看廖化，不禁悵然若失。

劉備揮手：「去吧，快去快回。」

陳到一動不動。

廖化怕陳到做出什麼違抗軍令的事，不由分說拉著陳到出了劉備大帳，然後去收拾行裝。

「為什麼每次遇到危難關頭主公都會有意無意把我們支開？不是說養兵千日，用兵一時麼？」陳到還是無法理解劉備的做法。

「這個……」廖化忙著收拾，想了一下回答：「因為你我不是兵，而是將。畢竟千軍易得，一將難求啊！」

陳到被這句話噎住了，差點笑出來，半晌才說出自己的想法：「如果一遇到危險就跑，那武將還有什麼用？習武之人，自當衝鋒陷陣，大丈夫要死就死得轟轟烈烈，這樣的窩囊氣我不是第一次受了。」陳到有些氣急敗壞，「元儉哥，你還記得忠義寨的事吧？那時候我就是像今天這樣被派出去送信，然後……」

「不用多說什麼了，除了勇猛無畏，將還必須對主公保持絕對忠誠和尊重，不能違抗任何一個命令！主公已經下了令箭，你必須服從。」廖化幾句話就化解了，陳到也說不出其他理由了，隨便收拾了幾件衣物、一雙布鞋打了一個包，帶上了以前那把鋒利的匕首，就坐等廖化了。

「叔至，我們這次去又不是一天兩天就能回來，你多帶點東西，要不多帶點錢也好。」廖化責怪陳到準備得太潦草，他依舊像一個哥哥那樣關懷著陳到。

陳到裝模作樣地說：「哈，聽說吳地在孫權的治理下挺富庶的，要是咱們帶太多東西趕路，又笨拙又累人，帶太多錢，我們會不會變得習慣於那花錢買一切的生活？那我們以後還怎麼侍奉主公啊？」

「那你說子明會怎麼樣？他可是在吳地待了二十年了，你可別對我說子明現在成大老爺了。」廖化沒有再為陳到的行李問題囉嗦，轉而擔心起呂蒙來。

陳到沒有介意，打開包袱重新整理了一下，多帶了些行李，他不想讓廖化為這種小事操心。

兩人騎馬晝夜兼程趕路，好不辛苦，過江抵達巴陵後休整了一天，一面打聽劉備方面的戰況，碰巧一名東吳的傳令兵，正要把劉備戰敗的消息帶回東吳呢。

劉備軍在當陽長阪坡被曹軍追上，軍卒百姓傷亡無數，但由於關羽、諸葛亮和劉琦及時率領江夏水軍趕到，並沒有造成不可挽回的局面。劉備已經退守江陵。曹操一時也無法消滅他。

兩人的心略略安定，一心一意去執行自己的任務了。

他們不再騎馬，而是改乘船順江而下，兩人從未領略過南國風光，這次算是看了個飽，兩人都從戰爭的陰霾中解脫了出來，甚至，泊船的時候也不催促開船，而是緊緊盯住一隻在水面上休憩的水鳥，一動不動，生怕驚動了眼前的景色。

兩人觀賞著相同的景色，腦子裏卻是完全不同的念頭。廖化想的是，將來平定天下後，就在這裏生活吧！陳到則在思考這樣一個問題：北方連年征戰之地，糧價爆漲，一切能吃的都被百姓吃了，甚至已經無奈到人吃人的境地！「千里無雞鳴」之類慘狀絕對不只在詩中出現，而江南不僅沒有那種慘不忍睹的景象，百姓們甚至都過著豐衣足食的日子，就眼前這隻水鳥來說吧，要是百姓沒飯吃，牠肯定會成為饑民的食物——陳到已經好久沒有看到人和牲畜以外的動物了。孫權能把東吳治理地這樣好，一定是個有作為的君主。陳到下了決心，不但要促成聯盟，還要學習孫權的治國之策。

船順流而下，所以行進也不算慢，幾日後即抵達三江口，這裏已經是孫權的地盤了。呂蒙前段時間一直在前線與劉表舊將黃祖交戰，所以一直在武昌，離三江口很近。

呵！當年稚氣未脫的半大孩子，二十多年的風風雨雨後，將會磨練成怎麼樣一個人呢？久聞呂蒙在和黃祖的戰鬥中屢立戰功，官職也升遷很快，前次戰役，呂蒙親冒矢石奮勇作戰，大敗黃祖水軍，斬殺了黃祖的水軍都督陳就，孫權對他大加讚賞，賞賜錢千萬，並拜他為橫野中郎將。相對呂蒙而言，陳到和廖化這段時間並沒有做出什麼大的功績——雖然兩次打退曹操的進攻，但那都出自孔明的計謀，況且現在不還是被曹操追得到處跑麼？這次來雖然名義上是進行結盟的談判，實際和乞求支援沒有什麼區別。這叫陳廖二人的心如何平靜得下來？

激動歸激動，拜帖還是發給了呂蒙。

再說呂蒙，他正在挑選士卒，手下人給他送來了陳到廖化的拜帖，他並不知情，甚至沒有覺察到自己有這麼一張拜帖——他處理公務不喜歡被打斷，往往要幹到很晚，東吳官員都瞭解他的脾氣，沒什麼大事不輕易上他的門。

陳到和廖化就這樣傻等了大半天，也沒見個信，又不便說出自己和呂蒙的關係，心中不免煩躁，陳到心裏暗暗說：「好歹小時候大家是好朋友，即使現在各為其主，也不用這樣吧，何況我們又不是站在敵對的立場上，我們這次也是帶著來和你們結盟的任務，於情於理，大半天不見招呼總不是個道理吧！」

廖化只是苦笑，不說話。

兩人在會客廳等到半夜了，同時確定呂蒙今天不會見他們了，無奈先找了家客店住下，明天再考慮是否先拜訪一下別的東吳官員。

兩人走後，呂蒙的侍從李二把這消息告訴了呂蒙：「將軍，上午來拜訪您的兩人，一直等不到您，剛才回去了，您既然不想見他們，乾脆把他們趕出去吧。」

「什麼客人？我怎麼不知道？」呂蒙用帶著家鄉口音的不純正吳語問侍從——雖然在東吳生活了這麼長時間，但是說話依舊帶著難懂的土語：「有客人怎麼不見拜帖啊？」

「拜帖早就給您了。」李二恭恭敬敬回答道。

「胡說八道，我怎麼不記得？」呂蒙下意識開始尋找那拜帖。他知道李二做事精細，絕對不會出這種錯；自己忙於公務，倒是常常丟三落四，果然，在書案上，呂蒙找到了那尚未開拆的拜帖。

「哎，瞧我這記性，得罪這位客人了，白等了我一天。」呂蒙邊說邊拆拜帖，一面尋思著該如何道歉。

李二站在一邊，正鬆了口氣，只聽呂蒙重重拍了一下書案，嚇得他魂飛魄散，接著就是呂蒙的斥罵：「李二你個糊塗蛋，這麼重要的東西不早點給我看，你這是要把我呂子明陷入不義之地啊！耽誤了主公的大事，你就算有十個腦袋都不夠砍！」

李二心裏說：「你辦公務的時候誰敢打擾你？打斷你辦公我有一百個腦袋都不夠你砍。」嘴裏只能說：「小人失職，請將軍責罰！」

「現在罰你還有什麼用！快，立刻派人去各個驛站客店找這兩人——越快越好！」

「將軍，現在都二更天了，不太好吧。」

「混帳，要不我打你五十軍棍！快！」呂蒙自己也整了整衣衫：「我和你們一起去找。」

「是。」李二知道呂蒙說一不二，立刻執行。

陳到和廖化住在離呂蒙府邸最近的客店，所以很容易就被呂蒙找到了。

睡眼惺忪的陳廖二人，終於見到了急匆匆趕來的呂蒙，雖然二十多年沒見，他還是一下子認出了陳到和廖化，激動之下，呂蒙這個血性男兒竟然半跪在地——

「元儉哥，叔至！我不知是你們……請恕罪……」

回憶

呂蒙向陳、廖二人說明了怠慢的原因，並很誠懇地道歉，兩人釋然，但是心裏有一種說不出的滋味——呂蒙雖然依舊很看重兄弟情誼，但是大家似乎都生分了許多，假設在以前，陳到多半會半真半假打呂蒙一拳，說說「你個小子這麼快就不認識大哥啦」這樣親昵的玩笑，現在……

倒是廖化，依舊是那副老大哥的神情，穿上衣服後，仔細打量了一下呂蒙，是他，依稀還能找到小時侯的模樣，只是臉龐更加棱角分明了，一道深深的箭傷，使他看上去更顯得飽經風霜，體格也比想像中更加健壯，廖化猛然一拳打在呂蒙肩膀上，呂蒙動也不動。

廖化咧開嘴笑了：「好小子，的確長進了，以前這一拳，保證你十天爬不起來哦。」

呂蒙知道廖化原諒自己了，也跟著打趣：「元儉哥，你的拳頭可真沒當年的力氣了，換我給你一下子吧？」說著握緊了拳頭。

廖化連連擺手：「不成不成，我剛才那是懲罰你怠客之罪，我真的感覺自己有些老啦！」

「哈哈，元儉哥……還有叔至，走吧，走吧，李二，快回去吩咐擺酒宴，我要為兩位兄弟接風洗塵。」呂蒙見陳到似乎有些冷冷的，沒有多說下去，招呼兩人一起回去了。

李二很少見呂蒙這樣高興，連忙答應著，回去佈置一切，呂蒙他們不過比李二晚到一會，府裏早已備完一切，陳到頗為驚異，呂蒙的隨從們辦事效率高固然是一個原因，但正所謂「巧婦難為無米之炊」，江南之富庶，可見一斑。

陳到無意間觸到了那封信，所以在開宴前，就把那封信交給了呂蒙，並帶著公事公辦的口吻說：「主公之托，公也，兄弟之情，私也，子明，你先把這信看完吧。」

「我知道了。」呂蒙有些怔怔的，他沒想到，這次重逢，陳到竟是如此冷淡。

呂蒙拆開第一封信，是劉備寫給他自己的，呂蒙知道現在劉備方面戰事很吃緊，陳到和廖化這次來肯定是求救的。但是這封信卻並沒有求援的意思，而更類似於一封寫給朋友的信，而且明顯是帶著一種平等的語氣。

呂蒙雖然識一些字，畢竟不是那種熟悉客套文字的人，看著這信裏似乎也沒什麼機密在裏面，隨手交給了自己的隨從劉和，劉和能讀能寫，一直是呂蒙的得力助手，他恭敬接過呂蒙遞給他的信，快速閱讀了一遍，對呂蒙說：「呂將軍，要回信麼？」

「當然要回，用詞你多斟酌，寫完了讓我看一下。」呂蒙很少自己寫信，由於他對劉和的依賴和信任，一般的信箋或者公函完全都是由劉和處理的，他都很少過目，這次處於對陳、廖兩人主公的尊重，才會要求「看一下」。

公事就這樣結束了，該是敘舊的時候了，呂蒙吩咐撤去歌舞，自己也從主位上走下來，和舊日好友坐在一起，談起了這些年來自己的經歷。

當年孫策在袁術處做事時，呂蒙有相當長一段時間追隨著孫策，後來袁術越來越不信任孫策，對孫策手下的人不是拉攏就是分化，除了幾個孫堅時代的老將和呂蒙、大多數都另謀出路了，周瑜則回了老家，一面暗中訓練士兵關注天下，一面等待時機。

後來周瑜漸漸發展到了一定規模，有了三千多兵，開始缺人手，在孫策的一再要求下，呂蒙去了當時周瑜所在的舒縣，他在江南的親戚——也就是當初來江南的主要依靠姐夫鄧當當時也是周瑜的僚屬，呂蒙考慮到和姐夫有個照應，名義上隸屬於他的姐夫。

當時江南無主，盜賊肆起，江南多水盜，平日扮作客商，遇到貨船，即刻下手，得手後就走，周瑜為此甚是頭疼，呂蒙也不和其他人商量，獨自借了條船，帶了十七八個勇敢的水軍扮作商船一路從長江順流而下，終於遇到了一夥水盜，大約有百人，呂蒙不顧人少勢孤，奮勇搏殺，和那幾個水軍一共殺了二十多個水盜，水盜們都被這小小少年的勇氣與膽識驚呆了，大多落荒而逃。呂蒙之名一夜間傳遍水盜之間，他當時頭上總是綁著一條白布，所以水盜中相傳：

「見頭綁白布少年者速逃，其鋒不可擋。」

呂蒙回家，把自己的戰績告訴了母親，當然不乏誇耀的表現，母親大驚，責怪他：「你小小年紀就不知惜命，如被亂賊砍死，你叫為娘的如何是好？」

呂蒙不以為然：「只要立下軍功，就能光宗耀祖，並且完成我成為大將軍的志願，人生苦短，身逢亂世，要想富貴一場，除了自己努力再加上上天保佑，還能怎麼樣呢？」

「我不要富貴！我只要子明你平安！」呂蒙母親急了，生怕哪天兒子就莫名其妙死在了戰場上。

「不入虎穴，焉得虎子？我立誓成為大將軍，其志不可變！」呂蒙從來沒有這樣和母親說話，因為他知道，自己的能力真的很強。

呂蒙的事蹟漸漸傳開，大多數人都敬佩他過人的身手和膽識，但是鄧當手下的一名書記官卻對呂蒙的行為嗤之以鼻：「和水盜搏鬥於江湖之間，不過匹夫之勇，小孩子能有什麼了不起的呢？還『不入虎穴，焉得虎子』，我看是去餵老虎吧！」

書記官的詆毀很快傳遍了周瑜的所有僚屬，呂蒙恨死了這個人，一日鄧當請所有自己的僚屬來議事，書記官看見呂蒙，依然不知深淺挖苦諷刺他，呂蒙忍無可忍，抽出腰間配刀，「喀嚓」一下砍了書記官的頭，然後不避不走，一手握劍一手提頭，高聲說道：「呂子明一人做事一人當，此賊欺我太甚，要抵命的話，快把我抓起來！」

鄧當被嚇得久久說不出一句話，呂蒙當著眾人的面殺了書記官，自己想庇護都不成了，只好先收監起來，報告了周瑜，周瑜又暗中給孫策寫了秘信，孫策瞭解呂蒙的性格，而且是書記官先出口傷人，所以建議周瑜先打呂蒙四十軍棍，讓他戴罪立功。

周瑜則有自己的打算，雖然說法不留情，但是四十軍棍一打，呂蒙就成了半個死人，他身子骨都沒長全，打了四十棍還怎麼上戰場？寄下了這頓棒打，並且命令呂蒙巡視長江兩年。

就是這麼兩年，呂蒙成了水盜的噩夢，水盜們賭咒發誓都說：「如果做了對不起弟兄們的事，叫我出門就遇上呂蒙！」

差不多到兩年的時間，鄧當染病而死，鑒於呂蒙立功不小，周瑜免去了那未執行的四十軍棍，並拜呂蒙為別部司馬，這時孫策已經脫離袁術的控制，自成一家，呂蒙追隨著孫策，打敗了不成氣候的江南軍閥嚴白虎等，成就了孫吳的基業，呂蒙也積功升遷為平北都尉。

不想孫策在一次狩獵中遇刺，不久傷重身死，呂蒙欲哭無淚，好在孫策弟弟孫權也有駕馭全局的才能，對孫策留下的舊將量才錄用，並招攬了一大批賢士，江東的勢力不但沒有因為孫策之死而崩潰，反而漸漸穩固並且擴大。

呂蒙受命討伐丹楊的叛亂，大勝，領廣德長，從征江夏，成了對抗劉表的主要將領，江夏太守黃祖派自己的得力大將水軍都督陳就率領全部水軍出戰，呂蒙在兵力少於對手的情況下，果斷出擊，集中優勢兵力攻打陳就的中路船隊，陳就猝不及防，被呂蒙殺得大敗，呂蒙奮不顧身跳上了敵船，一刀斬了陳就，親梟其首。將士們乘勝追擊，直逼江夏城下，黃祖棄城而走，差點被俘，不得已脫下盔甲丟掉戰馬，混在步兵裏才逃得一命。呂蒙經此戰名噌天下，為軍中之冠。孫權大加讚賞，賜錢千萬。

由於江夏三面環水易攻難守，呂蒙兵少無法防禦，劫掠一番後呂蒙退出了江夏屯兵武昌，一面整理軍務。

聽完呂蒙這些年的經歷，陳到若有所悟，和自己或廖化比起來，呂蒙的仕途是很坦蕩的，雖然有些小的波折，也是有驚無險，經歷無數戰役卻幾乎不敗。而自己追隨劉備到處跑，雖然獲得不少局部的勝利，但是決定性的戰役一次沒贏過。

陳到說出了自己和廖化的經歷，並由衷向呂蒙祝賀：「你是我們三個中最成功的。」

呂蒙輕輕搖了搖頭，喝下一杯酒：「不，我們的對手不同，我的能力我清楚。」

陳到無語，廖化也不知道該說什麼。

「光靠你們的力量，是無法打敗曹操的，要不，我們聯合起來吧，用團結的力量，讓曹操栽個跟頭！」呂蒙帶著三分醉意，笑著說。

呂蒙不知道，這句話，在陳、廖兩人心中，激起了多大的浪花！

第六章 宿命的對決

大戰的預兆

曹操收降了劉琮及其部屬，得到了荊襄一大半富庶的領土，最重要的是，曹操的大軍彌補了自己原本無論數量和訓練度都強差人意的水軍。有了水軍的幫助，曹軍更是勢如破竹，江陵雖然錢糧充足，畢竟抵擋不了曹操的猛攻，劉備無奈之下放棄了江陵，與劉琦一起退守夏口。這次沒有再帶百姓，百姓走不動了，劉備也帶不動了。

曹操真的陶醉了，劉備蟄伏七年的實力也不過如此而已，自己尚未動用全部力量，就把劉備打得落花流水，看來掃平天下，真的是指日可待的事了。

曹操在剛攻下的江陵城召開盛大的慶功會。

場面極其奢華，參與的有功之臣和降將也很多，所以場面之熱鬧，實為罕見，宴會上，曹操一一向自己的謀臣愛將敬酒，他們無不受寵若驚，對曹操感激涕零。

一直敬到劉表降將文聘，曹操停住了。

他分明看到，文聘的眼裏閃著淚珠。

「仲業何故如此？」曹操很掃興，又不好發作，懶懶問了一句。

「身為武將，無力保城護主，有何面目為曹公之將？」文聘一句話，含沙射影點出了曹操殺劉琮的事——殺劉琮這樣的事情即使于禁做得再隱秘，又怎麼能瞞得過天下人呢？退一萬步講，即使真的神不知鬼不覺，能堵天下人的悠悠之口麼？但是這種事只能放在心裏，而文聘卻掛在嘴上，這是拿自己的腦袋開玩笑啊！周圍的人莫不臉色大變，偷看曹操的臉色。

想不到曹操竟然大笑：「仲業真乃忠義之士，我沒看錯人！我沒看錯人啊！」說著，從袖子裏取出一件東西，居然是表奏命文聘為江夏太守的奏疏！

江夏還在劉備手裏，曹操此命，顯然是放手讓文聘去取江夏。

文聘曾為劉表立下無數汗馬功勞，而隨著劉表身體的每況愈下，戰事也減少了很多，文聘越來越沒有用武之地，最後竟淪為曹操的降將——雖然文聘希望能在曹操的手下有所作為，但是他沒想到，自己竟然這麼快就獲得信任，並委以重用。

「明公深知法度，為臣必效其忠。」文聘說不出其他的話，硬憋出了這句，不卑不亢，曹操心下贊許不已。

另一方面，孫權正為江東的未來憂慮不已，他在自己的書案前度步，案桌上擺著魯肅在劉表死訊傳到江東後寫給他的條陳——好幾個月前孫權就瀏覽過。

夫荊楚與我領接，水流順北，外帶江漢，內阻山陵，有金城之固，沃野萬里，士民殷富，若據而有之，此帝王之資也。今表新亡，二子素不輯睦，軍中諸將，各有彼此。加劉備天下梟雄，與曹操有隙，寄寓於表，表惡其能而不能用也。若備與彼協心，上下齊同，則宜撫安，與結盟好，如有離違，宜別圖之，以濟大事。肅請得奉命弔劉表，並慰勞軍中同事者，及說劉備使撫表眾，同心一意，共治曹操，備必喜而從命。如此克諧，天下可定也。今不速往，恐為操所先。

魯肅果然見識過人，事情正如他預料的那樣發展著，孫權也如魯肅所請派他去襄陽行弔喪事，但不巧「為操所先」，魯肅剛進入荊州地界，曹操已經開始和劉備交戰，不得已魯肅撤銷了「弔喪」的名目，轉而直接追趕劉備，在長阪坡追上，並同劉備一起退守江陵，後又一起渡過漢津來到了夏口。

荊州已屬曹操，長江上游為曹操佔據，天險不復存在，以曹操的兵勢，荊州的水軍，攻打江東毫不困難，周瑜在鄱陽湖練兵還沒趕回來，魯肅又在夏口，孫策留下的老臣張昭又軟弱主和，孫權連個商量對策的人都找不到，叫他怎麼不急？

再說劉備，敗退夏口後，憑著劉琦前段時間苦心經營的兵力和工事布下防線，雖然如此，自思仍不是曹操對手，陳到和廖化又杳無音信，便與孔明計議是否再派人跟隨魯肅一起去見孫權，正商議人選中，恰好魯肅也前來詢問劉備的下一步打算。

在類似這樣的外交談判中，先說出自己和對方想結盟的意圖，必定會處於不利的一面，或者說，是自己有求於對方，對方當然得擺擺架子談談條件，劉備當然也得使使外交手腕，對於魯肅的詢問，劉備裝作無可奈何的樣子說：「我和蒼悟太守吳臣有些老交情，正考慮著去投奔他呢。」

蒼悟太守吳臣的確和劉備有些交情，蒼悟地處較為偏遠，孫權無暇顧及，所以和孫權長期保持不戰不和的狀態，但是勢力範圍遠遠不如孫權，劉備絕對不會去投奔吳臣，魯肅看得很清楚，另外，袖子裏還藏著一件東西更確定了他的判斷。

「討俘將軍孫權聰明仁義，敬賢禮士，江表英豪，莫不附之，佔據江東六郡，兵精糧足，足以成就大業。今為君計，不如遣心腹之人結好東吳，共濟世業！吳臣只是一平常人，且郡在遠僻，曹兵一來，自身難保，豈足為托？」

劉備一聽，正中下懷，與吳臣聯兵之語，當然只是虛晃一槍，當下欣然同意，心中歡喜。

魯肅同時建議道：「夏口雖然經劉琦公子設防，畢竟三面環水，易攻難守，曹操現在佔據江陵，隨時可能攻打夏口，不如移軍樊口，與夏口守軍形成犄角之勢，同時靠近了東吳的駐兵處柴桑，與東吳聯繫起來更加方便。」

劉備覺得有道理，也接受了，即刻下令準備移兵，魯肅告辭劉備，回東吳覆命去了。

離開了夏口，在去柴桑的路上魯肅的一個隨從問他：「劉玄德明明派了陳到和廖化兩人來東吳求援，您為何還要主動說出結盟之事？」

「劉備的臉皮可厚著呢！」魯肅一句似是而非的話，回答了隨從。

「可是，不管他臉皮有多厚，呂蒙將軍不是給您寫了一封信提到陳到和廖化的事嗎？他在這樣的證據面前還能不承認？」隨從不解。

「當然可以，劉備既為天下梟雄，就有把白天說成黑夜的本領，不然早就破亡了。」魯肅想盡快結束這種譏謗別人的談話。

「我們為什麼非得和劉備結盟？」隨從不禁感慨，「這對我們有什麼好處？」

魯肅似乎被問住了，許久許久才吐出一句話——

「一切為了東吳。」

說罷，魯肅取出了呂蒙的信，再讀了一遍後，吩咐取火種燒毀了

「今後……誰也不許提起這封信，聽到了嗎？」魯肅吩咐著隨從們。

與此同時，孫權的案桌上，除了魯肅的條陳外，又多了一封曹操派人送來的信，使孫權越加煩惱了。

信很短，只有三十多個字：

「近者奉旨伐罪，旌麾南指，劉琮束手，今治水軍八十萬眾，方與將軍會獵於吳。」

這簡直是恐嚇！是蔑視！孫權暗想，曹操已經驕矜到了何種地步！不但視劉琮、劉備如無物，還在自己面前耀武揚威。「會獵於吳」這四個字，在孫權眼裏是那麼刺眼！

但是曹操的狂並不是無基礎的，實力說明一切，孫權知道，自己雖然掌握著江東六郡的地盤，但不管是兵力、物資、人力、經驗、聲望，自己都遠遜於曹操，曹操是從打黃巾起就橫掃天下的奸雄，破呂布、敗袁紹、滅劉表；自己只是「子承父業」坐領江東，除了剿滅一些水盜流寇，和黃祖爭奪彈丸之地江夏外，沒有參與過一次大規模的戰爭。

孫權在思量雙方實力的對比中，漸漸冷靜了下來，他決定把曹操的恐嚇信公佈於眾，先看看大家的意見。

果然，這封信引起了眾人的震動與恐慌，張昭為首的主和派真是被嚇得不輕，立刻提出求和方案：割地、稱臣、納貢，等等。孫權一聽就煩，看看大家提不出什麼意見，就一面傳令魯肅到柴桑後立刻整頓兵馬備戰，帶著孫策留下的和自己一手提拔的一班文臣武將來到了離劉備所在樊口僅幾十里的軍事重鎮柴桑。

曹操在江陵，劉備在樊口，孫權在柴桑，川原旌旗在望，隔江鼓角相聞，大戰一觸即發，三個生於亂世，為了實現自己理想而努力奮鬥的人，終於碰撞在了一起！

三個為了實現自己夢想稱霸天下的狂熱賭徒，以荊楚大地為賭場，無數士兵的生命為賭注，以自己的權謀詐術為賭具，將展開一場巨大的戰爭賭博！

天下之豪賭，有過於此乎？

戰略準備

劉備軍大部分轉移至了樊口，這下離柴桑近很多了，魯肅回柴桑後整頓幾天後，孫權派遣來的第一批將官也趕到了柴桑，幫助魯肅處理了大部分的軍務，魯肅這才騰出空去單獨拜見孔明，他有很多很重要的事要和孔明面談。

孔明也是，那天魯肅和劉備談時，孔明一直沒發話，而是察言觀色。

孔明的結論是：魯肅是個優秀的外交家，也是一個值得爭取的重要外交夥伴。

魯肅的拜訪，讓孔明頗有些意外，兩人相見，真的是開誠佈公，毫無保留，兩人並不談論軍事，而是說說自己的過去，說自己的主公，說自己的知己。

談到知己，魯肅毫不掩飾自己的內心：「周公謹是我最好的朋友，他睿智沉穩，胸懷大度，是世間少有的帥才，我佩服他的才能，甘心做他的輔翼。」

孔明微微頷首，他也聽說過周瑜的過人才華，雖然從未見面，卻也神交已久，想來不是浪得虛名之徒。

「之後就是諸葛子瑜了。」魯肅談話的興致上來了：「公謹之能，吾自以為遠不及，但是子瑜之能卻與我不相伯仲，哈哈，我們倆都爭強好勝，不肯落於人後，常常在主公面前為一個無足輕重的問題爭得面紅耳赤，但是私人之間的關係卻是越爭越好了，子瑜是個內心寬厚的人，但是對人要求很嚴格，好勝心又強，所以不是人人都能感受到他優秀的一面。」魯肅停了一下，接著說：「瞭解子瑜的人，除了主公、公謹、我，恐怕就先生你了吧。」

孔明心跳驟然加速，魯肅提及的諸葛子瑜正是早年出仕於東吳的孔明大哥諸葛謹，父母早亡，使得諸葛三兄弟小時候就跟隨著叔父過著顛沛流離的生活，諸葛謹是長兄，在出仕前對自己的兩個弟弟可以說是嚴格到了苛刻的程度，這是做大哥的責任，諸葛謹要使自己的弟弟能成為獨當一面的人物，幼年的諸葛亮、諸葛均不但要背井離鄉，而且要刻苦學習，一刻不能放鬆，被束縛著的兩兄弟有很長一段時間都無法理解哥哥，哥哥去江東投效時，兩兄弟還暗暗高興呢。

年華似水，轉眼十多年了，孔明再也沒見過哥哥，但是知道哥哥已經在東吳做了官，既然做了官，怎麼說也得把自己和弟弟也接到東吳去，可是諸葛謹並沒有那樣做，孔明當年從寄居的叔叔那裏跑到隆中隱居，一半也是為了和哥哥賭氣。

「我哥哥……他還好吧……」孔明想想也多虧了哥哥對他的嚴格要求，才養成了自己刻苦讀書的習慣，成就了今天的自己。

「子瑜他……現在應該還在建業，過段時間也會來柴桑，主公離不開他的。」魯肅微笑著，他看得出，孔明是一個值得信賴的合作夥伴，這次來的目的已經基本達到了。

孔明也感覺到了魯肅的真誠，片刻間就做出了自己的決定。他先問魯肅：

「子敬，不瞞你說，劉皇叔在長阪之戰前就派遣了兩位親信來東吳送信，這麼長時間了怎麼都毫無消息？」

魯肅對孔明越發尊敬，這件事本來魯肅已經打算讓它爛在心裏，過幾天就讓陳到廖化去柴桑，想不到孔明居然主動說出了這件可能會影響到兩方關係的事。

魯肅很坦城地說：「陳到和廖化兩人先去了武昌找呂蒙，後來又去了建業見主公，他們和主公說了什麼我不清楚，反正之後幾天他們就被主公軟禁在驛館裏……」

「果然還是出事了，我就不放心，主公派他們倆來的時候我去江夏求救了，不在主公身邊，不過想來孫將軍也不會過分為難他們吧。」孔明微微搖了搖手中的羽扇，其實天並不熱，但是魯肅似乎可以感覺到孔明在冒冷汗。

「想來可能是那兩位將軍在言語上衝撞了主公，不過我知道主公已經停止了對他們的軟禁，並且請他們來回報皇叔了，我估計一兩天內可以到夏口了。」

「那太好了，對抗曹操的戰爭，我還需要他們的力量呢。」孔明鬆了一口氣，使魯肅有些詫異——他見過那兩個充當信使的劉備親隨，陳到似乎是個書生，而廖化一眼看上去就是個粗人，都不是做大事的人，難道自己判斷錯誤？

還沒等魯肅細想，孔明先發話了：「好啦，大戰在即，公事為重，我們一起去見主公吧，你一定也有事想和我主公商議吧。」

這句話又說到了魯肅的心坎上，劉備方面對曹操的態度，將很大程度上影響孫權的信心與戰略部署。如果劉備能全力抗曹，至少能在夏口、樊口一線形成緩衝帶，避免了東吳兩面作戰的危險，同時分散曹軍的兵力，增大勝算。魯肅此行一是要和孔明確立外交夥伴的關係，二就是找劉備商議佈防的事。

劉備也為佈防而犯愁，夏口確實不是容易防守的地方，己方兵力有限，不可能對曹軍發動有威脅性的打擊，當前可以做的就是縮小防禦範圍，然後集中優勢的兵力，不使一些重要據點丟失，再尋找機會破敵。

魯肅、孔明和劉備一商議，覺得夏口一線兵力單薄，最好能和武昌的呂蒙軍一起扼守，魯肅沒有調動呂蒙的權力，只好請示孫權了。

「主公，危機就在眼前，如果我能親自去見孫將軍商議一下，那會比較好。」在增強防禦的議題達成一致後，孔明說出了自己的請求。

「的確需要一個人去拜見一下孫將軍。」劉備顯然有些吃驚：「但是怎麼能少了孔明先生你啊，你去了柴桑，我找誰計議大事呢？」

「孫、糜、簡三位先生會幫主公分憂的，如果真的有什麼大事可以給我寫信，反正樊口離柴桑很近了。」孔明早就為劉備安排好了一切，就等劉備答應了。

「我知道了，望先生早去早回。」劉備還是慨然答應了孔明的請求，一面召義子劉封進來囑咐道：「封兒，你帶五百精銳保護孔明先生和子敬先生去柴桑，不得有誤，有什麼情況發生立刻派快馬通知我。」

魯肅也為劉備之舉而動容，他本想說：「謝謝皇叔好意。」話到嘴邊還是縮了回去——明擺著他只是沾了孔明的光而已。

「謝主公，我去了。」孔明向劉備行了個禮，魯肅也慌忙行禮，一起回去收拾行裝，劉封也去練兵場挑選精銳了。

計畫

孔明和魯肅到達了柴桑，然後就準備去見孫權商議。

孔明早就對這次商議有所準備，他知道孫權和一般的庸主不一樣，一般的花言巧語起不了多大的作用，相反的，說實話可能更能讓孫權知道劉備方的誠心。

所以當孫權問起劉備和曹操的作戰情況時，孔明毫不諱言幾次的失利，同時察言觀色，看看孫權的反應如何。

孫權有些焦躁，聽完孔明的話，只說了句：「看來曹操並非虛張聲勢。」就一言不發了。

孔明看孫權擔心的樣，知道直言相求，未必有效，乾脆用了激將法：「現在天下大亂，將軍佔據有江東，皇叔也尚有漢南之地，現在曹操攻破了荊州，威震天下，皇叔英雄無用武之地，只得逃遁到此。聽我一句勸，將軍最好先計算好自己的實力，凡事不可強求，如果江東之力可以抵抗曹操，那麼就趁早和曹操斷絕關係，並全力一戰；如果抵擋不了曹操，那還是乾脆投降算了，免得江東生靈塗炭。」

孫權不禁有些惱怒，臉上閃過一絲不快，但是依舊一言不發。

「現在將軍看上去好像想和曹操和解，內心裏卻依然猶豫不決，當斷不斷，反受其害，只怕東吳禍不遠矣！」孫權的不快沒能瞞過孔明，略微掂量後孔明微笑著說出這幾句話。

這無疑是火上澆油，句句說到孫權的痛處，盛怒之下，孫權終於反問孔明：「那麼照你這麼說，劉皇叔為什麼不投降？」

孔明一笑，知道孫權的思想已經被自己控制：「皇叔乃是帝王之冑，英才蓋世，名士仰慕而投，就如水之歸海，如果抵擋不了曹操，那是天意難違，又怎麼能再屈尊事賊呢？」

孫權暗想：「這不是明擺著說我不如劉備麼？」臉色漸紅，說道：「我控制著整個江東，有十多萬的精兵，怎麼會受制於人？我已經決定和皇叔一起抗曹，但是皇叔新敗，還有多少力量對抗曹賊？」

孔明暗想：「孫權看來決意要和曹操一戰了，只是擔心主公實力不夠，這就好辦了。」便站起身來慷慨陳詞：「皇叔雖然在長阪大敗，但是關羽將軍的水軍卻完全保存了下來，有一萬餘人，扼守夏口一線毫無問題。劉琦公子訓練的江夏士兵也有萬餘，而曹操為了追趕皇叔，一日一夜竟急行軍三百里，早已疲憊不堪，有道是『強弩之末，難穿魯縞』，同時曹軍多為北方人，不習水戰，荊州降兵也只是人服心不服。現在將軍只要和劉皇叔協力，打敗曹軍是理所當然的事情。只要曹操戰敗，勢必北歸，這樣荊、吳兩方面實力大增，和曹操形成鼎足之勢，成功與否，還要看將軍您的打算。」

孫權完全被孔明說服了，心思一轉，見魯肅一言不發，知道他肯定有機密話要說，藉口更衣進入後室，如他所料，魯肅跟了進來。

「子敬，我想不通，為什麼大家都勸我投降，而你和諸葛兄弟都勸我出兵呢？」孫權歎了口氣，大為困惑。

魯肅板著面孔說：「哼，那些人只為自己考慮，絲毫不管主公。」

「這是什麼意思？」孫權越聽越迷糊。

「像我這樣的人，投降了曹操，照樣有我們的官做，最差也是原封不動，運氣好還可以升官，做太守的依舊是太守，可是主公您呢？您還能有現在的地位麼？」

孫權猛然醒悟，不禁歎息道：「這些人的所作所為，真讓我感到失望，看來是老天爺讓你來助我成就大事的啊！」

魯肅連說「不敢」，一面建議立刻召周瑜來柴桑——先前由於戰事尚未準備充分，周瑜仍然在練水軍，現在既然已經決定開戰，周瑜就一定得來。

孫權點點頭，讓魯肅出去帶孔明回驛館休息。

幾日後，周瑜到了柴桑，魯肅引周瑜來見孔明，周瑜已經見過孫權，並且勸孫權全力應戰，孫權答應了周瑜，魯肅和周瑜因而臉上都洋溢著快樂的神情，而孔明只是微微一笑。

周瑜覺得孔明有話，連忙謙問其故，孔明看見周瑜果然也是聰明人，才說出自己的看法：「公謹所言，雖為孫將軍暫時接受，但是幾天後孫將軍就會有所猶豫，我想一定是顧慮曹操兵多，也難怪孫將軍著急，無論是誰遇到這種情況都會顧慮重重的。」

魯肅和周瑜對視了一眼，心裏都是「咯噔」一下：「自己侍奉孫權也不是一天兩天的事了，居然對主公的瞭解還不如只見過孫權一面的孔明，的確，孫權是一個容易後悔的人。」

周瑜當夜拜見孫權，不出孔明所料，孫權一個人在堂下徘徊踱步，一邊踱步一邊沉思，周瑜暗暗佩服孔明知人之明，和孫權一談，果然是畏懼曹操兵多難以對抗，「今治水軍八十萬眾，方與將軍會獵於吳」這句話，深深刺激著孫權。

周瑜以絕對的自信重申了曹操所處的劣勢，並言：「五萬精兵，足以勝之。」孫權方長出一口氣，說道：「公謹，一切拜託你和子敬了，倉促間不能召集五萬人，先選三萬精兵，糧草軍需也已經備齊，放心去吧，我為你們做後援，如果戰事順利，自不必說，如果不順利那就回來，我親自和曹操決一死戰。」

周瑜知道孫權決戰之意已經不可動搖，便告辭出來連夜準備出兵，第二天，派人將戰書送到江陵。

不為江東所用的人

孔明看著戰書送去江陵，心裏一塊石頭總算著了地，劉備軍不管怎麼樣，都不再是孤軍奮戰了，但是可想而知曹操一定是老大不快。

果然，坐等孫權來投降的曹操接到了東吳的戰書，又驚又怒。暗想：「我軍勞師遠征，雖然並不是很艱苦，但是出征時日已久，將士們都盼早日回去，如果孫權能投降，之後天下就再也沒有什麼人能抵擋我了，現在卻麻煩了。」轉念一想，也想通了：「我縱橫天下已經二十年，孫權這樣的娃娃又怎麼能擋得了我？江東兵力比我軍遜了又不止一籌，即使有諸葛亮幫他出主意，又怎麼能挽回？」

隨即曹操下令，水陸軍兵各就各位，開赴前線。步兵隊和精銳騎兵「虎豹騎」在長江北邊的烏林附近下寨，同時將曾經在玄武池訓練過的張遼、程昱水軍編入了荊州的水軍，荊州水軍大約有七萬，加上曹操編入的，一共有十萬人，也從江陵順流而下，在烏林附近囤兵紮下水寨，還命令投降的蔡瑁將上千艘大船沿江分佈，形成了二十四個水寨，遠遠望去，寨寨相連，旌旗相接，沿江百餘里都是曹軍的旗號，一時間到處都是搭寨的碎木片。

而劉備軍方面，也早早做好了準備，雖然聞知曹操軍駐紮在烏林附近，卻也並不慌忙，孔明一去就是一個多月，毫無音訊，陳到和廖化也好似蒸發了一般，再也沒他們的消息，這讓劉備煩悶不已。

再說孫權，他命周瑜為都督，老將程普為副都督，魯肅為贊軍校尉，孔明也隨軍出發，點起三萬人，逼近三江口。

東吳的大將也幾乎傾巢而出——孫堅時代的老將韓當、黃蓋為先鋒，周瑜和魯肅、孔明率領先鋒水軍隨後，其他諸將率領主力艦隊隨後；另一方面，以呂蒙為主將的馬步軍從武昌出發，開赴漢陽。

劉備的哨馬早就探聽到東吳兵來，立刻準備勞軍之物，雖然孔明不在，三幕僚在處理冗雜事務方面能力還是很強的，所以沒多久就準備停當，樊口和三江口隔江而望，劉備下令糜竺前往三江口勞軍，順便觀察一下周瑜軍的戰力。

糜竺見過周瑜，第一件事就是詢問孔明，周瑜告訴糜竺孔明尚在後軍，之後又對糜竺說：「我想見一見劉皇叔，一起商討一下戰術，但是我現在統帥著大軍，不能離開這裏，麻煩您轉告皇叔，如能屈駕前來，我不勝感激。」

糜竺不敢久留，立刻回報劉備，並對劉備說：「我沒見到孔明先生，雖然現在我們雙方結盟了，但是畢竟得防著他們一手，主公你不要去。」

劉備輕輕歎了口氣：「不去不行，那是示弱，我相信周瑜是君子。」

劉備不聽糜竺的勸阻，只駕駛一艘小船前往三江口拜訪周瑜，周瑜熱情接待了劉備，劉備無心耽擱太長時間，問道：「今拒曹操於此，必須奮戰方能取勝，不知將軍帶來了多少人？」

周瑜帶著自信的微笑說：「三萬人。」

劉備有些失望，只說了兩個字：「恨少……」之後就一言不發。

周瑜只是微笑：「三萬足矣，皇叔看我破曹賊。」

劉備感到有些尷尬，岔開話題：「周都督用兵如神，備自當等候捷報，不知我能否見子敬先生一面。」

周瑜正色道：「軍機受命，不能隨便委署他人，皇叔若要見子敬，請另選時間來。」

劉備更是尷尬，但是他也佩服周瑜的一絲不茍。兩人商議完大計，便開始配置兵力——劉備的兩萬和周瑜的三萬，即使合起來也不足曹操的五分之一，所以集中兵力顯得尤為重要。

最後決定，周瑜的主力水軍扼守在曹操屯兵所在地烏林的東南赤壁一線，作為大本營；夏口的劉琦水軍則移師到赤壁下游樊口西側，作為偏師接應周瑜的主力水軍，萬一周瑜有失，劉琦可以接應周瑜軍，不至於遭受太大的損失，在柴桑的孫權也可以及時調集兵力阻擋曹軍；呂蒙的陸軍部署在離烏林只有幾十里的漢陽一線，可以隨時攻擊曹操的大本營，與周瑜軍相呼應。劉備的步兵則作為呂蒙的後應，同時阻擋曹軍的背後進攻；劉封和三幕僚率領劉備的精銳親兵駐守於樊口東南的鄂縣，作為後方的屏障。

總體來說，是以東吳的兵力為主力，劉備軍為偏師，兵力分配集中於方圓不足百里的三角區域內，而曹操方面，從烏林開始，沿江分佈達三百餘里，雖然兵多，卻過於分散了。

商議完了部署的事，劉備還向周瑜問了陳到和廖化的事，本來防守鄂縣的重任是要交給他們的，兩人去東吳已久，現在仍然杳無音信，劉備當然要擔心了。

周瑜皺了皺眉頭，心想：「兩個好好的大活人怎麼會失蹤了呢？雖然小股的水盜一直沒有徹底平息，但是最近戰事急迫，很多百姓都遷徙避難，也沒聽說過有什麼殺人越貨的事件，而且兩個人都是武將，個把的小水盜應該不是他們的對手吧？難道是呂蒙和老友重逢，歡喜得忘記了公務不肯放他們回去？」細想呂蒙做人的確很講義氣，天天和兩個朋友一起喝酒，那也不是不可能的。

劉備看周瑜不說話，隱隱覺得不妙，一雙眼睛盯住周瑜，只見周瑜低頭沉思，卻並不發話。周瑜的腦子飛快運轉著，猛然抬頭看見劉備的目光，嚇了一跳，不得不說話了：「他們在呂蒙將軍那裏耽擱了，我會寫信問一下子明的，將軍不必擔心。」

劉備歎了口氣，只得先回去了。

周瑜沒猜錯，他們的確在呂蒙那裏。

話說那天呂蒙接過陳到的書信後，不禁悵然若失，淡淡地問陳到：「我們曾經是那麼好的朋友，現在怎麼會這樣？」

「時間和距離，那是任何人都無法抗拒的。」陳到很平靜，似乎和呂蒙是陌路人。

「不，真正的友情，是時間無法抹去的，相反，時間可以使友情越來越深厚。」呂蒙不甘心讓這段友情就這樣結束。

廖化只是一言不發，剛開始時的興奮感早就消失了，現在只是一杯一杯喝悶酒。

「距離呢？」陳到的語氣越發冰冷：「我們現在各為其主，只怕今後再見一面都難上加難，何言其他？」

「這倒是個問題……」呂蒙不禁難過起來，「天意讓我們三人分開，唉……所幸我們尚不是敵人，不用在戰場上兵戎相見。」

「以後就很難說了。」陳到喝下一杯酒，其實他也痛苦萬分，呂蒙款待用的好酒他喝著也毫無味道。

呂蒙想了想，還是說出了自己的心裏話：「元儉哥、叔至，我們三人今日尚能把酒言歡，但是改日就極可能是敵人了。」

「是。」陳到只說了一個字，又喝下一杯酒。

「時間無法抹去我們的友情，我一直堅信。」這的確是呂蒙的心裏話。

廖化微微點頭，陳到又是一杯，低頭不語，也算是默認了。

「但是距離不但讓我們自己，甚至我們的心也漸漸遙遠了。」呂蒙感到一陣悲愴，「元儉哥……叔至……我想來想去，只有一個辦法，你們和我一起輔佐孫將軍吧！」

廖化大吃一驚，連說不可，偷眼看陳到，只見他醉眼迷離，心中不禁暗暗著急。其實陳到沒醉，他聽到呂蒙勸他們侍奉孫權的話，吃驚程度並不亞於廖化，但是他立刻冷靜了下來，裝作已經喝醉，並不答話，腦子卻一刻不停的思考：「如果斷然拒絕，兩人和呂蒙的友情恐怕真的煙消雲散了。」待聽到廖化連說「不可」後，心中更是著急。一時卻也想不出辦法。

呂蒙見陳到醉了，知道今天很難得到確切的答覆了，剛想吩咐帶他們去休息，猛然想起陳到是何等精細之人？立刻吩咐所有僕役全部退下，同時命令不允許任何人來打擾。

待所有僕役都退下後，陳到緩緩抬起頭，看了一眼旁邊的廖化，又掃了一眼呂蒙，只見兩人也都盯著自己，不禁有些難堪，半是賠罪，半是調侃地說：「畢竟還是瞞不過你們。」

「叔至……」廖化見他轉醒，心裏也安定了不少，「還真以為你喝多了呢，沒事就好。」

「元儉哥，你也說說心裏話吧。」呂蒙又看了看廖化，想起當年曾經立下的殺光天下山賊做大將軍的誓言，心裏又是一陣酸楚。

「我……」廖化自己也不知道該怎麼辦了，劉備待自己不薄，但是也不算重用，不過按照自己的性格，那是絕對不會背叛劉備的。只是這些時日，他看到江東富足，也久聞孫權乃一明主，而且有呂蒙大力挽留，竟然頗為心動。

呂蒙把廖化的心裏揣摩地八九不離十，知道現在最好不要說話，讓廖化做出冷靜的判斷。

只見廖化想了好一會，才說：「這件事叫我實在為難，呂兄弟的情意我也不能不領，但是一旦承諾，豈不是將舊日裏對叔至的承諾拋至腦後？」

呂蒙並不知道廖化曾經承諾過什麼，估計是效忠劉備云云，心裏不禁惘然，這事估計成不了。

「我承諾過，要幫助叔至使這個天下重新太平起來。」廖化也察覺到呂蒙不知就裏，便補充說道。

「元儉哥，你怎麼突然提起這個？」陳到有些迷惑不解。

「我的意思很明白了，我唯叔至馬首是瞻，他留我留，他走我走。」廖化平靜地說。

陳到又是一驚，他本想讓廖化出頭，只要廖化說了不願意，自己也就大可以說要和廖化一起，廖化年長，呂蒙也拿他沒轍，三人的感情還不至於破裂，現在廖化倒把「馬首是瞻」的話先說了，陳到只覺得頭皮發麻，說不出話來。

呂蒙暗暗歡喜，這下可好辦了，連忙對陳到說：「叔至，元儉哥都尊重你的決定，只要你願意，我們三個以後就在一起了。」

「對不起，我要讓你失望了。」陳到心一橫，語氣也變陰冷了。

「叔至……」呂蒙和廖化都開了口，又說不出什麼。

「不過，我有一個想法……」陳到著急了，猛然想到一個折中的辦法，「我們兩個留下幫你打完這仗，讓我們見識見識你小子這些年長進了多少，同時觀察一下孫、劉到底哪個才是我們最好的主公，你說呢？」

呂蒙先是一愣，然後覺得很有趣，雖然是軍機大事，呂蒙不能擅自做主，但是他打心底裏贊成這個辦法，然後立刻寫了密信請示孫權。

陳到廖化休息去了，兩個人都睡不著，廖化輕輕對陳到說：「我很喜歡這裏，如果天下太平，我一定會來江東生活。」

「但是我們都是不為江東所用之人。」陳到歎氣說道。

驚愕的再見

建安十三年（西元二〇八年）十一月二十二日，在流經烏林一帶的長江江面上，曹操軍與孫權、劉備聯軍爆發了一場亙古未有的慘烈大戰。曹操由於對戰局判斷失誤，遭遇火攻導致慘敗，這就是著名的赤壁之戰。

曹操在親兵的掩護下逃上了岸，但是等待他的，將會是一張捕捉他的天羅地網。

以呂蒙為首的江東馬步軍早已在周瑜的秘密安排中布下了層層包圍。

呂蒙協同陳到、廖化在曹操旱寨中到處放火，之後觀察曹軍的逃竄位置。這是陳到的計策，用於判斷曹操的逃跑方向，以便追擊。前方大多數關鍵地點都有伏兵，但是兵力較分散，只有兩面夾擊，才有生擒曹操的希望。

「別放火了，快追，別讓曹操跑了！」呂蒙恨不得立刻抓住曹操，「這些曹兵真差勁，東一撮西一撮亂逃，怎麼看得出曹操老賊跑哪兒去了啊！」

「子明，別著急，所謂『磨刀不誤砍柴功』，只要找到了曹操的逃跑路線，那就事半功倍了！」陳到始終冷靜觀察著情況。

「不過，子明說得也有道理啊。」廖化也說，「曹軍到處亂跑，根本不可能知道曹操在哪兒啊，否則我們乾脆拿住一個逼問不就是了？」

「的確，他們不知道曹操在哪兒，不過呢，曹操手下的將官會來聚攏敗兵的。」陳到說，「咱們走吧！」

「莫名其妙，現在去追嗎？」呂蒙問。

「對，跟著我，曹操絕對跑不掉的。」陳到一副自信滿滿的樣子。

「走！」呂蒙跟著陳到衝向烏林，廖化和士兵們緊緊跟上。

一到路岔口，陳到就會觀察一下岔路口對面的情況，然後指揮著大家繼續前進；每遇到一小隊潰逃的曹兵，陳到也不斬盡殺絕，而是命士兵們將他們一個個綁起來，剝下他們的衣甲，同時一路揀著散落的曹軍旗幟，呂蒙好像一下子明白過來了：「真有你的，叔至！」

「如果只是為了偽裝成曹軍然後接近他，我們剛才又何必在寨裏放火？」廖化還是有些不明白。

「你等著看吧，我感覺魚就快要上鉤了。」陳到神秘兮兮地說。

說話間，陳到他們已經搜集到了一千多件曹軍衣甲，陳到吩咐部分士卒換了裝束，剩餘的士卒將俘虜押解回寨。

「叔至，咱們這樣是不是太冒險了？」廖化一面換衣服一面說，「曹操可是認識你的啊，我們這樣混進去難道不會被識破？」

「沒問題，別忘記我們是逃兵啊！」陳到一面說著，一面抓起一把泥沙往臉上抹，一轉眼，陳到變得連廖化都不認識了。其他人也仿照著陳到一一改扮，有的人還揀起地上尚未燃盡的火把，弄出碳黑敷在臉上，好像剛從戰場上掙扎過來一般。

「即使不被曹操發現，人還是太少啊！」廖化也改扮完畢，看到己方人數太少，心裏不免直打鼓。

「不入虎穴，焉得虎子？」陳到說完上路了。

三更天，又是冬夜，本應是伸手不見五指，可江上的火光依然明亮，呂蒙廖化不知道陳到的化裝到底有沒有效，但還是緊緊跟著。

突然，前方一撮埋伏在樹林中的兵馬招呼陳到軍：「什麼人？口令！」

陳到暗喜：魚上鉤了。連忙回道：「口令是『丞相』和……」

「『勝利』！沒錯，是自己人。」對方回應道：「帶隊的是哪位將軍？」

「沒有將軍帶隊，我們是逃難的。」陳到操著北方口音說道，以前在許昌時，駐軍以曹操嫡系「青州兵」為主，陳到就是那時候學會北方方言的：「俺們原先是隸屬於于禁將軍的。」

「你們快過來，暫時先加入我的編制！保護丞相要緊！別讓敵人發現了！」對方明顯壓低了聲音，觀察四周無異常動靜，這才引兵出了樹林，與陳到他們合兵一處。

廖化和呂蒙聽著雙方的對答，不禁驚訝萬分，陳到怎麼會知道曹營今日的口令？又怎麼會說北方方言？這隊曹兵埋伏在樹林中，要不是被誤認為「友軍」，那還真不容易發覺，甚至被他們偷襲也是情理之中的事，真是好險啊。

兩人正為陳到的機智感到慶倖時，只聽陳到說：「將軍，您是哪位？」

「我是偏將軍馬延，你是這群士兵的隊長？」對方似乎有些懷疑。

「回馬將軍，我們的隊長已經戰死了，我是一個普通的士兵，平時比較會說話，大家就推舉我來說話。」陳到裝出一副恭恭敬敬的樣子回答對方，輕而易舉消除了對方的懷疑。

「你們跟我來。」馬延對眼前這些人不再懷疑，帶他們重新回到樹林裏埋伏。

陳到仔細觀察了一下，馬延手下大約有二千多人，己方只有半數，不能輕舉妄動，於是順從著進了樹林。

呂蒙不禁有些焦躁，找不到曹操，卻要在這裏以「曹兵」的身分埋伏，這可怎麼辦呢？他下意識望了望陳到，陳到拉了拉呂蒙的衣袖，意思是「稍安毋躁」。

埋伏了大半個時辰，呂蒙的耐心正一點點被消磨掉，正在快要發作的時候，馬延說話了：「好了，看來沒什麼追兵了。」說罷引兵悄悄走出樹林，陳到軍也跟上了。

陳到向呂蒙使了個眼色，呂蒙會意，悄悄躲在了樹林深處，樹林中光線比外面更暗，馬延也沒有發現。

馬延率軍向西北方向撤退，一路岔彎甚多，陳到都悄悄留下了記號。

就這樣走了兩個時辰，天已經微亮，沿途到處都有倒下的曹軍，路卻並不難走，顯然是不久前有人開過路。陳到的心既興奮又緊張——萬一露出破綻，自己和廖化即使有三頭六臂也難逃一死。

藉著熹微的晨光，陳到也看清楚了帶隊者馬延的相貌，一個標準的北方大漢，不由得暗暗慶倖——如果遇到一個精細的將軍，這計策可能行不通。

終於，馬延軍追上了曹操的後隊，呂蒙回去領兵了，尚未追上，陳到有些著急，但是目前只有一千多人，而曹軍雖然是敗兵，聚攏起來了也有近萬，還不知道什麼時候又會有援軍。

行軍了大半夜，所有人都又餓又累，一個個躺在泥地上休息。陳到強打著精神觀察周圍情形，一面等待呂蒙軍。

突然，曹軍的探馬來報：「有江東追兵趕來！」

馬延和張遼立刻上馬，帶了大約三千人，陳到的一千人大多都在睡覺，馬延知道他們行軍累了，也沒有驚動他們。

陳到心裏踏實了點，呂蒙總算是追到了。不知道戰況如何呢。

這時，曹操的軍令下來了：「全軍立刻出發，調半數人在前方開路。剩下的斷後。」接著就有不少士兵應聲去了前隊，陳到當然知道在前隊開路是非常辛苦的，一旦體力不支就會倒斃在路邊，可是斷後的任務也是非常艱巨的，一旦遭遇追兵，生死就只能看運氣了。

「追兵反正是自己人，還是斷後比較安全。」陳到暗想，「雖然現在在曹操的營壘中，卻不知道曹操的確切所在，貿然出手是沒有意義的。」

「報！前方山谷出現江東的伏兵！」探馬又來報告，只見前隊中一名將領帶了那些原本準備開路的士兵衝向了山谷，陳到依稀認得帶隊的將領是于禁。

「分一半斷後的士兵入中軍帳保護丞相！」轉眼間曹操下了第二道軍令，陳到不禁喜出望外，立刻應命。

陳到帶了五百多他們帶來的士兵，進了中軍營，他向廖化使了一個眼色，廖化會意，約束著剩下的五百人，準備在陳到行動後裏應外合。

走進中軍營，陳到一眼就認出了曹操——他老了，白髮已經爬上了他的兩鬢，眼眶深深凹陷，顯然是疲憊不堪，舉手投足間，一代梟雄的風采不再，陳到眼前的這個男人，只是一個頹唐、蒼老的末路英雄。

陳到不由自主走近了幾步，他想好好把這個曾經不可一世的曹操留在記憶中，也許，今天過後，這個人只能出現在記憶中了。

一瞬間，陳到回想起了被無辜屠戮的徐州百姓，也回想起曹操對自己的賞識，一時百感交集，突然間，陳到的心中有了一絲憐憫——他不想對曹操下手，他想放了曹操。

「不行！我答應了子明的！費勁心機才得到的機會，不能就這樣放手！」陳到一咬牙，大喊一聲音：「動手！」

五百士兵聽到命令，更不答話，按照事先約定好的，每個人取出一根白羽毛綁在頭盔上為記號。

大部分曹軍茫然地站在原地，不明白發生了什麼。

「殺！」陳到一聲令下，五百精銳紛紛拔刀朝曹軍砍去，轉眼就有四五百曹軍在沒有任何還手可能的情況下被砍死，其他的曹軍一個個目瞪口呆，有的甚至拔腳飛跑。

「保護丞相！近衛軍圍成圈子！」突然，混亂的曹軍中有一人指揮道，「頭盔上綁白羽毛的是混入我軍的奸細！大家上啊！」

陳到愕然，到底是誰有如此敏銳的洞察力？這麼短的時間內就能反應過來並做出有效的指揮和防禦？

「原來是你！陳到！」指揮者從人群中走了出來，手中提著一把劍。

「怎麼可能，他居然認出了我？」陳到大驚之下，居然有些慌張，待定睛一看，原來指揮曹軍的，竟然是程昱！

「那傢伙不過是曹操的策士，駕馭士兵不是他擅長的，我倒要看看誰能阻攔得了我！」陳到暗想，手舞長劍，擊殺了身邊的幾個曹兵，縱身一躍，想要殺入防禦圈，取曹操的性命。

「陳到！我來領教一下你的手段！」程昱一聲暴喝，手起一劍斬向陳到。

陳到一驚，隨手擋開這一劍，覺得力道甚是沉重，忙退後兩步，避免被前後夾擊。

程昱不捨，追上陳到，兩人你攻我守鬥了起來，鬥了幾合，陳到越發覺得程昱劍法精妙，力量也強，自己一時之間居然難以取勝。手下的五百人也被曹軍的圓形之陣所阻，無法傷到曹操，形勢漸漸被動。

廖化在周邊也開始行動，不過似乎一時間也不能打到中軍，陳到原先想以「混亂」取勝的策略落了空。

兩人戰了二十合，陳到漸漸取得優勢，眼看程昱即將命喪陳到劍下，曹操終於忍耐不住，從士兵群中走出：「陳叔至，不要逼人太甚了！」

曹操話音未落，陳到已經一劍擊飛了程昱手裏的劍，程昱就勢著地一滾，滾到曹操身邊，用身體護住曹操：「主公後退！」

「曹孟德，以前你一直很器重我，我也一直很承你的情，但是今日我沒有任何理由放了你，你覺悟吧！」陳到長劍直指曹操。

兩人相距不足十步，中間隔著一個程昱。

「你能想出這樣的計謀，又有深入敵後的勇氣，手段也著實高明，不枉曹某當初視你為人才。」曹操說，「我橫行天下數十年，未曾有過如此慘敗，今日甚至還要讓自己的謀士提劍保護我！荒謬，曹某也是馬背上歷練過來的，難道還會怕了你？要取我性命，恐怕也沒這麼簡單吧！」

「怎麼？你想和我一決勝負？」陳到帶著輕蔑地語氣說道。

「正有此意！就讓你見識見識我的手段！來人！把我的馬牽來！」曹操大聲命令。

親兵牽來了曹操的寶馬「白鵠」，曹操翻身上馬，手提寶劍「倚天」，腰掛名弓「落日」，欲催馬而行。

「來吧！想不到我們的再見，竟然是以這種形式！」陳到無馬，後退三步，以防被馬衝倒，擺開了決戰的架勢。

令人懷念的笑容

曹操縱馬一躍，刀光暴起，陳到知道他手中的「倚天」是一把削鐵如泥的利刃，不敢與他刀劍相格，靠著自己快速穩健的步伐，想用游擊戰一擊取勝，近衛軍由於沒接到曹操的命令，都不敢擅自加入戰圈。曹操幾次突刺，都沒能砍傷陳到。

陳到忌憚「倚天」，也不敢過分進逼，雙方的對決比較膠著。

突然，曹操拔轉馬頭就走，陳到恐其有詐，加之自己是步行，不敢追上。

曹操見陳到不追，冷笑了一聲，放慢了速度，雙方相距二十步。

「難道曹操要用馬來衝撞我？」陳到不敢怠慢，微微移動腳步，不讓曹操和自己處在同一直線上。

想不到曹操竟然掛了劍，「颼」地一聲抽出了腰間的「落日」弓，又取出一支箭，正要搭上弓。

「卑鄙！」陳到暗罵一聲，打了一個滾，退入己方戰陣，隨手抄起一面地上的盾牌，盡量遮蔽自己的要害處——

「不對！『落日』可是一把硬弓！以曹操之力，有辦法拉開它麼？」這個念頭在陳到腦中一閃而過，隨即下意識的把盾牌微微放低，露出一雙眼睛觀察前面的情況。

眼前的景象讓陳到驚呆了：

曹操真的拉開了「落日」，卻不是向著自己瞄準，他把弓扣得滿滿的，然後一箭向曹軍的前軍方向射去，隨即就是一陣刺耳的尖銳聲音！

「不好！是響箭！」陳到立刻感到不妙——曹操虛張聲勢，原來就是要引開自己的注意，然後用響箭求救，真是失策！沒有覺察到曹操的計謀！

陳到已經在觀察周圍的情形，開始準備退路。

「陳到！你完了！看來今天你非但殺不了我，自己還要命喪於此了！」曹操哈哈大笑：「我倒要看看你能否像趙雲那樣在我的大軍面前殺進殺出！」

「趙雲？」陳到一楞，隨即集中了精神，心想：「現在沒工夫去管這些，我的武藝可能不如子龍，但是憑著智慧，要逃脫還是有希望的。」

轉眼，前軍的于禁帶了大約一千人趕回來了，大喊一聲：「于禁在此！誰敢傷我主公？」

曹操的中軍原本兵力和陳到差不多，于禁軍一到，強弱之分一下子明顯了起來，優勢的兵力迅速將呈扇形包抄陳到軍的兩翼。

「哼，曹操，你別忘了！前面有江東的伏兵，後面還有呂蒙的大軍！可以告訴你，呂蒙是跟著我一起行動的，他知道這裏是你的中軍帳！」陳到強迫自己鎮定下來，「即使我不能親手殺了你，甚至死在這裏，你依舊插翅難逃！」

曹操沉默良久，歎了一口氣又說道，「曹某與叔至你有什麼仇恨？你居然要我死？」

曹操這一問，卻把陳到問住了——

「我為什麼……為什麼非要殺曹操呢？」陳到不由得自言自語。

「你到底要做什麼？」曹操大聲問道，「你到底有什麼目的？」

陳到無語，傻瓜似地站在原地。

「你命在頃刻！還有什麼話要說？你說啊！」曹操似乎有恃無恐，聲音也大了起來。

「曹操，我和你沒有個人的恩怨，你問我為什麼要殺你，我也不知道，你雖為霸者，卻難持久！知道那是為什麼嗎？」陳到抬起了頭，高聲說道。

「你說！這就當成你的遺言吧！」曹操冷笑著。

「因為你的心中只有天下，沒有百姓！」陳到高亢的聲音在山谷中久久迴盪。

「你說什麼？」曹操似乎皺了皺眉頭。

「你的心中！只有天下！沒有百姓！」陳到揮了一下手中的劍說：「沒有百姓的天下，是不完整的！」

曹操大怒：「你怎麼知道我的心中沒有百姓？」

「如果你心中有百姓，那就不會在徐州肆意殺人了！」陳到毫不畏懼。

「原來你就是在徐州之戰時就對我結下仇怨了，怪不得我幾次想收服你都不行呢。」曹操若有所思。

「不對！」陳到搖頭：「我是在第一次和你對峙的時候，才瞭解到你這個人是多麼的可怕！」

「可怕？」曹操顯得頗為驚訝，同時也想起了徐州城外軍營裏那驚心動魄的一幕。

「不惜一切代價，不計任何後果……你知道嗎？正是由於你許多次的『一意孤行』，才導致你今天落到這個地步！」陳到不知不覺中，說話語氣變得極為嚴肅。

「哼，曹某此敗，實乃天意！若不是天起東風，江南早已被我碾成齏粉了！」曹操依舊對自己充滿了自信，「你們這次算是運氣好，我倒不相信奇蹟會出現兩次！」

「哈哈！曹操，你別再口出狂言了！這次慘敗，沒有十年時間你恢復不了元氣！十年後你幾歲了？」陳到直到此時，臉上才露出了笑容。

曹操語塞，這一年曹操已經五十四歲了，多年來繁重的政務與危險的軍旅生活使這個精力旺盛的梟雄過早衰老了。這些年來曹操總感到疲勞，還有長期糾纏他的頭風病，發作起來簡直生不如死，曹操自己也不知道還能不能活上十年。

他又長歎一聲：「不錯！我老了，我真羨慕你這樣的年輕人啊……」

兩人好一陣沉默，肅殺的戰場好似凝固了一般，只有東風吹動著雙方的戰旗，顯示著戰爭還在繼續。

「曹操，雖然我是在徐州城外的軍營裏認識到了你的可怕，可我依舊懷念著……懷念著你那天的笑容。」良久的沉默後，陳到忽然冒出這句話。

曹操沒有回答。

「你對一個剛剛劫持過你的人微笑著說，你的大門隨時朝他敞開……雖然我最終和你成為了敵人，但是我一直很念你的情……你當時的笑容……一直以來……刻在我的心中……」陳到的語氣由嚴肅變得激動。

「你到底要說什麼？」曹操終於丟出這句話。

「決戰前，我要對你說一聲……謝謝你對我的賞識……謝謝你……」陳到說完，舉起了手中的劍，兩眼不禁流下淚來。

陳到軍一個個都舉起手中的刀劍：「決一死戰！決一死戰！」

就在這時，廖化率領著一小隊士兵衝進了中軍帳，眼見曹操陳到之間的血戰一觸即發，而陳到的兵遠比曹操的少，連忙合兵一處，低聲對陳到說：「曹操斷後的軍隊相當頑強，子明衝不進來，殺曹操也不急在一時，先撤吧！」

「怎麼撤？」陳到也低聲問廖化，「斷後軍如此頑強，連子明都衝不進來，我們現在連一千人都不滿，怎麼衝得出去？況且我們如果撤退，曹操一追，大家盡是個死。」

「我在這裏拖住曹操，你伺機逃出去！」廖化似乎下了很大的決心。

「開玩笑，我怎麼可能丟下你？」陳到觸電般拒絕了。

「聽我一次！你必須活下去！主公的將來需要你！」廖化說罷，也不待陳到答應，已經衝向了曹操，隨他進來的三百人緊緊跟上。

「等一下！」曹操大喝一聲。

廖化和他的三百人不由自主停了下來。

「文責，前面的伏軍怎麼樣了？」曹操轉頭問于禁。

「已經被打退了。」于禁回答，他回來支援的時候伏軍已敗，為了防止再遇到伏軍，在四周打探，即使沒有曹操的響箭，也要回中軍了。

「呂蒙軍勢大，不要在此逗留太久，我們快走吧！」說罷，拔轉馬頭，竟然走向前軍，于禁不明白曹操到底要做什麼，問了一聲：「這些人……怎麼處理？」

「沒空管他們了，我們先走吧。」曹操沒有回頭，「大夥兒都跟上了！」

「丞相……」于禁的話說了一半就停止了，他知道曹操要放陳到廖化一條生路。

陳到和廖化驚疑不定，沒弄清楚怎麼回事，只好學曹操先前那樣，布下圓形之陣防禦，靜觀其變。

曹操軍一隊一隊撤向了江陵，斷後軍依舊在和呂蒙混戰。

一直到曹操軍退遠，陳到廖化都不敢挪動自己的步子。

「先和子明會合吧。」廖化輕輕地說。

陳到沒有答話，手中的劍垂直落下，深深刺入大地。

「戰爭……還得繼續下去……」陳到突兀地說出這句話，是說給廖化聽？自己聽？或者已經遠去的曹操聽？陳到自己也不知道……

第七章 天下的布武

智取、豪奪、力爭、巧算

自從烏林追擊戰失敗，被曹操賣人情放了後，陳到總是鬱鬱寡歡，常常整日不說話，雖然劉備沒有責怪他擅自行動，並且讚賞了他的勇敢，可是一種深深的挫敗感，始終在陳到的心中彌漫。

劉備能體會到陳到的痛苦，給了他和廖化一個月的假期。的確，經歷了一場出生入死的大戰，鐵打的人也需要休整。

陳到謝過劉備的好意後，和廖化一起再次下了江南，這次沒有任何外交任務，純粹是私人間的探訪，他想和呂蒙長談一次。

呂蒙很熱情地接待了陳到和廖化，三人談起決戰那天，唏噓不已。

「也是曹賊命大，不絕於此，他下次再敢來，一定要將他生擒！」呂蒙依舊滿懷豪情壯志，甚至忘記了在追擊戰中自己表現欠佳，沒有攻破曹操的斷後軍。

「曹操可能沒有勇氣再來了。」陳到並沒有順著呂蒙的思路，「這一戰曹操損失太大了。」

「沒錯，這一戰曹操至少損失了七八萬人，糧秣輜重就更加不用說了……」廖化附和著。

「不是，我不是說這個。」陳到搖搖頭，慢慢分析著，「曹操已經擁有天下十分之八九，其實力遠非我們可比，損失幾萬士兵，丟掉一些物資，對他而言都是很次要的，所以這次戰役中，曹操軍事上的失敗並沒有什麼了不起。」

「那曹操的損失……到底是什麼？」呂蒙感到很奇怪，但是又覺得陳到的話很有道理。

「精神與意志。」陳到的口中緩慢而又清晰的吐出這五個字。

「你說得太含糊了，聽不太懂啊。」廖化笑了笑說。

「屬於曹操的黃金時代，已如滾滾長江般一去不返，他畢竟五十四歲了，這次戰敗給他造成的痛苦有多大，我想只有他自己才能體會到。」陳到慢慢道來，如同一位長者般教導著呂蒙和廖化。

「最近聽到一句話評論曹操此戰，我覺得很有道理。」呂蒙轉了一個輕鬆的話題。

「說來聽聽。」陳到很有興趣。

「官渡勝，赤壁敗，勝由火敗亦由火。」呂蒙說得抑揚頓挫，聲音很動聽。

「勝由火敗亦由火，哈哈。」陳到不置褒貶，付之一笑。

「有些片面吧？」廖化說：「火的確是兩次大戰的重要元素，但絕對不是關鍵所在，火不過只是一個道具罷了。」

「元儉哥說得一點也不錯，曹操之勝敗，干火何事？」廖化雖然不算智將，見識卻著實不凡，陳到感到很高興，接著說：「官渡一戰，曹操勝於人謀之周、勝於哀兵、勝於群策群力、勝於鬥智不鬥力；赤壁一戰，曹操敗於人謀不濟、敗於驕兵、敗於過分自信、敗於鬥力不鬥智。」

「哎呀呀，不得了啊，叔至，說起話來一套一套的。有長進啊！」呂蒙被陳到的這一連串排比句說得楞了好久。

「子明，多讀讀書！」陳到說，「不過光讀書也不行，要學會思考問題，這樣才能不失去方向。」陳到趁機教育呂蒙，要他多讀讀書。

「算了吧，處理軍務夠煩人的了，我哪兒有空讀書啊。」呂蒙擺擺手。

「子明，你沒聽出來嗎？叔至剛才這番話，表面上是在談曹操，其實是在規勸你多讀書呀！」廖化苦笑一聲，「你是真聽不出來？」

「什麼和什麼啊？我越聽越糊塗，曹操的大敗和我是否讀書到底有什麼關聯？」呂蒙真的沒聽出來陳到的弦外音。

「叔至剛才這段話，我可以用一句話概括起來，這就作為我和叔至對你的忠告吧！」廖化停頓了一下，見陳到和呂蒙都在用心聽他說，便清了清嗓子：「鬥力莫若鬥智。」

「說對了！好一個『鬥智莫若鬥力』！我再為元儉哥補充一條：任己莫如任人。」陳到繼續說著。

「雖然不能全部領會，不過還是謝謝你們的忠告。」呂蒙很高興地說，「看來咱們三人的友誼依舊，我之前的顧慮看來是多餘的。」

呂蒙沒注意到陳到嘴上的那一絲苦笑。

陳到廖化回驛館休息，廖化的興致還未消退，平常話並不太多的他，還在和陳到聊著。

「叔至，今天真是高興啊，好久沒這麼開心了。」廖化的臉上笑咪咪地，望著這張略微有些黝黑的臉，陳到卻聯想起了一大罐甜甜的蜂蜜，所以只是下意識的嗯了幾聲。

「叔至，不是我說你，記得上次送信時你也是這樣，裝什麼深沉。」廖化似乎有些不快，「子明和我們倆都是過命的交情，還有什麼不能說嗎？」

「不是，我有些後悔今日跟子明說了這些。」陳到回過神來，回答廖化。

「後悔？後悔什麼？」

「經我這麼一點撥，子明可能會成為一個了不起的文武全才，那就……」陳到的語氣不無擔憂。

「那就取代了你在我們三兄弟中智囊的位置，是吧？」廖化哈哈大笑，略帶調侃地說。

「不要亂說了，元儉哥！」陳到一說完，立刻感到自己的語氣太兇了，立刻調整了一下自己接著說：「呂蒙一旦有所成長，對主公的事業將是一個巨大的阻礙。」

「這次是你在胡說了吧！子明侍奉的是孫權將軍，又不是曹操。」廖化不假思索地說。

「從某種角度上來說，孫權和曹操同樣都是敵人。」陳到平靜地說。

「難怪子明老是說聽不懂你的話，現在不單是他，連我都快聽不懂了。」廖化瞪大了眼睛，一臉的不解。

「假設，我說的只是假設。當某一天曹操的勢力被主公和孫權徹底撲滅後，你覺得還會發生什麼事？」

「曹操的勢力被消滅後，還有西川劉璋、漢中張魯、交州士燮、關中十部，天下遠沒太平呢！」廖化的思路似乎走岔了，不過他的確很有見識。

「那些小角色就不用提了，而且在曹操滅亡之前，恐怕都會一個個消失吧！」陳到繼續說：「那我就假設再假設了，當曹操滅亡，連同那些雜牌軍都成為了歷史後，這個天下會變成怎麼樣？」

廖化楞住了。

「從古至今，只有一起打天下的，沒有一起分享天下的。這點道理誰都明白吧？」陳到又說：「眼前還有一個問題不需要假設，曹操敗退，正是奪得荊州的最好機會，你說這荊州應該屬於誰？」

「當然是主公的了！荊州的基業原本是劉表的，現在劉表雖然死了，主公和他是同宗，打退了曹操荊州理應歸主公啊！」廖化連想都沒想就脫口而出。

「孫權會這麼輕易把荊州送給主公嗎？真是異想天開！」陳到低聲說著。

廖化倒的確沒想到：「難道孫權會和主公爭奪荊州之地？」

「豈止爭奪，弄不好就反目成仇！你以為樊口、夏口有多難攻？那是三面環水之地，根本不能久留。」陳到的聲音越發低沉。

「難道我們要把荊州之地拱手相讓？我不甘心！」廖化一急，不由自主聲音大了起來，陳到連連擺手示意他低聲，接著幾乎是用耳語的聲音對廖化說——

「智取，巧算，這才是關鍵……要忍耐，等待機會！」

廖化似懂非懂地點了點頭。

話說兩頭，如陳到所料，孫權正在積極策劃奪取荊州的計畫。不過，在孔明的謀略面前，孫權的策劃簡直毫無意義——劉備打出了劉表大公子劉琦的旗號，二公子劉琮已經死於非命，讓劉琦成為荊州的繼承人那是理所當然的事，劉備又以叔父的名義輔佐，更是名正言順。孫權無話可說，另外劉備還有一個優勢更是孫權不具備的——劉備是長期居於荊州的客軍，有著得天獨厚的地理優勢，孫權即使有心爭奪，也未必能輕易打敗劉備。

劉備除了在政治上取得主動外，還依照孔明之計進行心理戰——赤壁之戰後，劉備立刻向朝廷舉薦孫權為車騎將軍，領徐州牧。這一方面是對孫權的籠絡，另一方面更是對孫權的一種暗示：請孫權往徐州方向發展，不要動荊州的腦筋。

孫權接到朝廷的奏報，真是哭笑不得，因和劉備尚處在同盟的關係下，不能公開撕破臉，無奈只好迅速佔領交州一帶，從柴桑起，在九江、豫章、交州一線布下了包圍圈，不過由於戰線拉得實在是太長了，對劉備幾乎不構成軍事上的威脅，再加上孫權生怕曹操捲土重來，不敢把主要的兵力放在包圍圈上，兩面作戰的危險程度孫權當然清楚了。而劉備也瞭解到了孫權不敢全力對付自己，便開始把自己的主動權轉化為優勢——無視孫權的戰略包圍。

就這樣，雙方在計算與反計算中，維持著同盟。

周瑜之死

劉備的甘夫人突然患病去世，在魯肅的建議下，孫權把自己的妹妹嫁給了劉備，即孫夫人。孫權想借聯姻鞏固孫劉同盟，彌補因為荊州領土爭端產生的隔閡。劉備娶孫夫人後，以公安為荊州治所，百姓們紛紛歸附，公安周邊也越越來越繁華，但是周瑜長期駐紮在江陵的緣故，東吳大量兵力屯在離公安一江之隔的地方，這當然使劉備感到非常不安，諸葛亮的目光更遠——平定荊襄後，早晚要對西川用兵，一旦後方出現變故，比如周瑜撕破同盟突襲公安，那連回救的餘地都沒有。

因此，劉備決定親自去京口見孫權，目的只有一個：「借」江陵。所謂借，就是暫時把江陵劃給自己治理。藉口當然是充足的：江南四郡地狹，來歸附的民眾日益增多，無法容身等等。

孔明覺得「借」荊州勢在必行，但是不能讓劉備親自去，畢竟人心隔肚皮，雖然是同盟關係，也難保有人作梗。

劉備沒有聽從孔明的勸告，只帶了三百衛士、文書孫乾和長期兼職衛隊長的陳到一起去了京口。

劉備一行順流而下，不一日，遙見金、焦二山對峙而立江中，知道已經到了京口，這京口是孫權所建的重鎮，與建業、武昌齊名，也是扼守長江的第一個緊要地方。陳到跟隨劉備走出船艙，只見兩山矗立，天連水合，江面開闊，舟船如陣，城頭旌旗獵獵，江面檣櫓連雲。陳到見了，喝彩不已——以前雖然去過武昌去過建業，但是以前幾次不是要事在身無暇顧及就是只見兵革不見美景，今日見到如此江山人物，心中怎能不喜？

劉備的心中也升騰起了一番感慨，但是一想到此行前途未卜，心立刻冷了不少，略微吹了吹風，又回到船艙靜等到岸。

京口岸邊，孫權早已佈置下了盛大的歡迎隊伍，劉備的船一到，就受到了隆重的迎接，面對聲勢浩大的歡迎隊伍，劉備強迫自己沉住氣，以威嚴的步伐從船上下來，進了京口城。陳到、孫乾一左一右跟隨著劉備，陳到依舊是武將的打扮，只是盔甲外頭套了一件錦袍，孫乾則是尋常的文官裝束，頭上戴了一頂綸巾。身後的三百衛士也個個全副武裝，雙方在聲勢上的較量，雖然劉備的人數遠比孫權少，但也沒落了下風。

現在劉備的身分非常複雜，不但是反曹同盟的主要領袖，又是孫權暗中較勁的對手，同時還是荊州的牧守，更是孫權的妹夫。無論公私，孫權的接待都不應過於馬虎。這本是情理之中的事，但是劉備的心境卻好似自己身分般的複雜，這是他和孫權第一次在正式場合見面和談話，未知的會面竟使這位曾在千軍萬馬中面不改色的豪傑手心出汗。

接風宴後，兩人正式會談，陳到等人走到議事廳前就停下了，孫劉兩人單獨進去會談。談了大半天，劉備和孫權笑著走了出來，似乎談得很順利，劉備等人回驛館休息去了。回了驛館，陳到注意到身邊並沒有孫權的細作，便低聲問劉備：「如何？」

劉備搖頭：「孫權完全是在敷衍我，也難怪他，換作是我，肯定是一口回絕的。」

「孫權沒有歹意吧？」陳到低聲問。

「現在還很難說，稍安毋躁，靜觀其變。」劉備也壓低了聲音。

再說孫權那方面，其實並不是像劉備料想的那樣，對於借荊州這事，孫權並不是毫無誠意，雖然兩人的年歲宛若兩個輩分的人，但是他對老練沉穩的劉備也頗有好感，會談結束後立刻寫了信徵求周瑜的意見，並召集眾謀士商議此事，結果大多數人都不同意，孫權未當權時的親信呂範更是憤怒，提議立刻將劉備扣押起來，用以交換荊南四郡。

孫權知道呂範對自己的忠心，但是這樣會導致聯盟的破裂，會被曹操撿了便宜，那是絕對不可行的，不過南郡是周瑜幾乎以性命為代價攻下的，而且剛表奏他為南郡太守，如果令他撤出南郡讓給劉備，又怎好開口？只好暫等周瑜回信了。

不久，周瑜的信來了，他也不同意把南郡借給劉備，並且向孫權獻了一計——

劉備以梟雄之姿，而有關羽、張飛等熊虎之將，必非久屈為人用者。愚謂大計宜徙備置吳，盛為築宮室，多其美女玩好，以娛其耳目，分此二人，各置一方，使如瑜者得挾與攻戰，大事可定也。今猥割土地以資業之，聚此三人，俱在疆場，恐蛟龍之得雨，終非池中之物。

孫權笑笑，安逸的生活可以腐蝕人的鬥志，這點他當然明白，用美色困住劉備，的確是很陰損的一招，如果說呂範是乾乾脆脆捅人一刀的話，那周瑜之計就是慢性毒藥，而且是帶著甜味的慢性毒藥。

思量再三，孫權在詢問魯肅後，並沒有採納周瑜的「美人計」，因為孫權很清楚，東吳現在的力量尚不能與曹操正面抗衡，劉備則是牽制曹操的重要力量，倒不如順水推舟把南郡借給劉備，不但做了人情，還能收縮兵力加強防禦，只不過周瑜不肯交出南郡，孫權自然不好逼迫。

正當孫權左右為難之際，劉備由於得不到確切答覆，已經開始有些焦躁。

「叔至，我聽說孫權召集了大部分謀士商議借荊州的事，結果好像大多數都不同意。」孫乾略微有些擔憂地對陳到說。

「那很正常啊，不過那些謀士都是些沒有遠見的人，周瑜為了攻南郡，幾乎連命都搭上了，雖然他是個聰明人，也很有可能攥住了城不放。」陳到分析道。

「有道理，依照周瑜的性格，說不定還會布下陷阱什麼的，軟禁我們。」孫乾有些害怕，但是依舊保持著鎮定。

「和主公商量一下吧？」陳到說，「總不能眼睜睜看著他們耍陰謀而無所作為吧？」

孫乾覺得有理，就和陳到一起求見劉備，劉備一見到他們，立刻笑了笑擺擺手：「讓我猜猜，你們是不是勸我早點走人？」

「主公明見！」孫乾顯得頗為驚奇，「此時不走，恐為江東所算。」

「我知道，自從第一次見孫權，我就早有準備了。」劉備不露聲色，「他這個人身長腿短，一看就知道不能長久共事，算了，不用再道別什麼的，快走吧！」

陳到一楞，沒想到劉備還會相人相面，本想問問清楚，可是時間不容許，劉備悄悄下了命令，三百衛士也開始打點行裝。

劉備一行不辭而別，連夜上船回了公安，孫權聞迅，十分不快，只得帶了魯肅立刻上了快船追趕劉備一行，聊做餞行。

劉備見孫權並無惡意，遂在船中擺下宴席，酒過三巡，劉備向陳到使了個眼色，陳到會意，和孫乾退出了船艙，魯肅見狀，也跟著兩人走了出去。

船泊在江面，風吹過，漣漪陣陣。

陳到站在甲板上，一言不發，孫乾站在陳到身後，魯肅出艙後，打了個招呼，想和兩人閒聊幾句。

「請原諒我們的不辭而別。」陳到向魯肅欠了欠身，對一直維護孫劉同盟的魯肅，陳到一向報之以極友好的態度。

「沒事，你這話應該和我主公去說。」魯肅說得滴水不漏，「借荊州的事還有待商議，稍安毋躁吧。」

「周都督難道不聽自己主公的命令？」孫乾在一旁插言。

「不，不是的，是主公照顧到都督的心情，並不是因為其他原因。」魯肅連忙辯白。

「這樣啊……」陳到若有所思，又和魯肅閒聊了幾句，只見孫權從船艙中走出，魯肅便禮貌地向陳到他們告辭，隨孫權一起上了快船回京口去了。

陳到快步走入船艙，見劉備正一個人自斟自飲，便上前說道：「主公，周瑜這個人有問題！」

「什麼？」劉備猛地抬頭，「你這是什麼話。」

「剛才我和魯肅閒談，他說孫權是因為照顧到周瑜的心情才暫時不借我們南郡。」陳到說，「難道是孫權害怕過分刺激周瑜導致他的叛變麼？」

「不會。」劉備回答的很乾脆，臉上透露出一股奇怪的表情。

「為什麼？周瑜在東吳地位已經非常高了，所謂功高蓋主，難道孫權對他沒有一點猜忌麼？」陳到問。

「沒有，我可以肯定，就好像我對雲長、翼德一樣，孫權對周瑜的信任是不可能有所改變的。」劉備說，「因為我剛試探過孫權。」

陳到的嘴唇動了一下，但是沒說出話來。

劉備繼續說道：「剛才我對孫權說：『公謹無論文才武略，均為萬人之冠，吾觀其氣者，非久居人下之士也，望君留心。』」

「以主公之德，尚不至於做出挑撥離間的事吧？原來主公也和我一樣意識到了這件事背後的問題。」陳到暗想。

「孫權卻裝作沒聽懂，隨便喝了幾杯酒就走了。」劉備繼續說，「我看他的臉色，知道他不以為然，所以說孫權不把南郡讓給我們，並不是怕周瑜造反，而是……」

「最大的可能就是……周瑜病重……」陳到輕輕說完這句話。

劉備猛地喝下了一杯酒，算是默認了，他的眼神呆滯，如果周瑜死了，對自己到底是有好處還是有壞處呢？

果不其然，周瑜箭傷極重，久不痊癒，孫權回京口後就派人將周瑜接到京口養傷，後由於劉備在南郡附近增加了駐兵數，周瑜不放心，連夜兼程趕回南郡，行到巴陵時箭瘡迸發而死，時年三十六歲。

孫權聞周瑜死訊，哭得幾乎暈了過去，他親自穿上素服為周瑜舉哀，專程跑到離京口百里之外的蕪湖迎接周瑜靈柩，並且舉行了非常隆重的葬禮，一切費用都官方出。這在當時可以算是絕無僅有的待遇，東吳群臣既痛周瑜之死，又感孫權之德。

未來

周瑜死後，扶柩而歸京口的不是別人，正是當年「水鏡先生」司馬徽口中的「鳳雛」，也是諸葛亮年輕時的好朋友龐統。

龐統字士元，是諸葛亮老師龐德公的侄子，相貌頗為醜陋，人們都以為他不會有什麼出息，但是他自幼刻苦讀書，尤其是一些記載著古代賢明君王事蹟的書，更是令他如癡如醉，他也早已立下大志，要憑自己的能力做出一番事業。

在他十八歲那一年，他隨著叔父一起長途跋涉到穎川拜訪司馬徽，恰巧司馬徽正在採摘桑葉，兩人隨意攀談起來。一個坐在樹上採摘桑葉，另一個坐在地上撿食落下的桑葚，不知不覺竟然談了整整一天，司馬徽也沒想到眼前這個貌不驚人的小青年，胸中的學識卻如江水般滔滔不絕。從此，司馬徽逢人就講龐統擁有的過人之才，由於司馬徽的名望，使這個原本名不見經傳的無名小輩名聲漸漸顯赫，與諸葛亮並肩號為「鳳雛」。

龐統出仕早於孔明，但是孫權因為覺得他相貌醜陋，並不重用，周瑜倒是慧眼識人，將龐統網羅到自己帳下，安排他擔當了功曹之職，成了自己的心腹幕僚，並每逢重大事情必與他商議，龐統感恩，因而對周瑜懷著很深厚的感情，所以雖明知東吳不會重用他，但還是親自扶柩一路不辭辛勞地到了京口。

英雄惜英雄，雖然孫權不重用龐統，但是魯肅深知龐統是一個比自己還要高明的人才，因此龐統到達京口後，魯肅就帶著一些江東名士去探望他，一群人常在一起暢談時事。

魯肅第二次向孫權推薦龐統，但是孫權卻對自己的第一感非常自信，依舊不重用龐統，魯肅非常為難，龐統也歎息不已，想回南陽再隱居一段時日。

恰巧孔明來東吳吊周瑜喪，魯肅就把龐統的情況大致和他說了，孔明大喜，欣然邀請龐統去投效劉備，龐統也允諾了。由於孔明此行是代表劉備方面來弔喪的，不便馬上離開，又怕日久生變，孔明就寫了一封推薦信讓龐統先去劉備那裏報到。

不過龐統是一個不按常理出牌的怪人，按理說有孔明的推薦信，再加上「鳳雛」的名號，一旦報上了劉備絕對不會怠慢，但是他偏偏向劉備大大咧咧地來了個毛遂自薦，劉備見他容貌醜陋卻滿臉傲氣，心中不喜，打發他到耒陽去當縣令。

這耒陽是一個又偏僻又貧窮的小縣城，龐統心中一半失意一半自嘲。到了耒陽後成天只是喝酒，不理政務，劉備聞信大怒，想免掉龐統的縣令之職。

魯肅聽說了這個消息，連忙寫信給劉備，解釋了具體的情況，孔明也吊完喪回到了公安，當他知道了這件事並問明原委後，不禁啞然失笑，連忙向劉備說明。劉備懊悔不迭，親自前往耒陽縣迎龐統。兩人相見，格外親切，一個喜形於色，一個長揖短拜，相互道歉起來。

劉備迎龐統回到公安後，設宴接風，宴上，劉備向龐統談起京口借荊州的事，龐統微微一笑，說道：「那個把您軟禁在東吳的計策，是我出的。」

劉備嚇了一跳：「周瑜採用了你的計策？」

「是的。」龐統毫不避諱。

「還好孫權沒有採納，不然就麻煩了。」孔明說。

「在君為君，是為人臣。希望主公不要怪罪。」龐統非常坦率。

「智謀之士，所見略同！」劉備歎息道，「孔明曾經勸我，我執意而行，果非完全之策。」

接著，劉備又問起天下計，龐統不卑不亢，侃侃而談，其所論者與孔明頗有異曲同工之妙，再加上魯肅的推薦，劉備任命龐統為治中從事，後又拜為軍師中郎將，和孔明同掌兵權。

孫權的運氣明顯不如劉備好——死了周瑜，跑了龐統，孫權甚至不知道該派誰來接替周瑜，這時，周瑜的家人呈上他的遺書，孫權忙不迭拆開，原來周瑜在遺書中已經談到了繼承者的問題：

瑜以凡才，昔受討逆殊特之遇，委以腹心，遂荷榮認，統禦兵馬，志執鞭弭，自效戎行。規定巴蜀，次取襄陽，憑賴威靈，謂若在握。至以不謹，道遇暴疾，昨自醫療，日加無損。人生有死，修短命矣，誠不足惜，但恨微志未展，不復奉教命耳！方今曹公在此，疆埸未靜，劉備寄寓，有似養虎，天下之事，未知始終，此朝士旰食之秋，至尊垂慮之日也。魯肅忠烈，臨事不苟，可以代瑜。人之將死，其言也善，倘或可采，瑜死不朽矣！

孫權讀罷，想起魯肅自從周瑜向自己推薦後，一直輔佐自己，忠心不二，胸懷大略，長有遠計，一切以東吳大業為重。且對自己從無阿諛奉承之言，遂立刻決定由魯肅接任周瑜。次日即拜其為奮武校尉，統帥原本所有周瑜的士兵，管轄周瑜的四個縣。

魯肅接任後第一件事，就是修復孫劉兩方已開始出現的同盟裂痕，在他的反覆勸說下，孫權終於答應暫時把荊州「借」給劉備——讓出江陵城，讓劉備名正言順地統治荊州。

就這樣，劉備拜張飛為南郡太守，關羽遙領襄陽太守。劉備實現了名副其實領導荊州的夙願，孫劉兩方和好如初。曹操聞知「借」荊州之事，內心極為沉重，深感前途渺茫。

劉備並不滿足於現狀，轉眼到了建安十五年，孔明和龐統已經把攻西川擺上了議事日程。這一段時間以來，陳到顯得比較空閒，周瑜之死，給了他不小的觸動——算來自己也已經三十四歲，經歷了將近二十年的戎馬生涯，對生死的感悟也越來越多，一天操練下來，陳到總喜歡獨自一人登上城頭看日落。

一日，趙雲無意間發現陳到獨自一人走上城頭，就跟了上去，想和陳到聊上幾句。

「子龍，辛苦了。」陳到這句話並非客套，他和趙雲兩人共同擔任劉備的衛隊長，不但要經常值夜，白天也往往有操練兵馬的任務，他們倆可能是劉備軍中最辛苦的人。

「你也是，怎麼？還不去休息？」趙雲問。

「無論遇到什麼樣的情況，只要站在夕陽下，心中的戾氣就能化解不少，這對我來說是最好的休息。」陳到說。

「聽說了嗎？可能又要打仗了。」趙雲隨便提了個話題。

「打西川？」陳到有些漫不經心。

「嗯，我總覺得這一戰不會太順利……」趙雲說：「如果能避免戰爭，那該多好！」

「嘿，連你也厭倦戰爭了，我也是，不過我們都背負著天下賦予的使命，我們沒有權力放棄這個使命。」陳到歎了口氣，帶著堅定的語氣說道。

「不知道這個世界的未來，將會是怎麼樣的一個情景。」陳到目送太陽消失於地平線之下，接著說：「走吧，太陽升起的那一刻，又將會是一個新的未來。」

出征西川

劉備出任荊州牧後，終於擺脫了政治乞丐的處境，成了名副其實的一方豪傑，羽翼也漸漸豐滿起來，荊州名士大多投效他。在孔明與龐統等人的努力下，戰後的荊州迅速安定了下來。

此時西川已經是危機四伏，曹操早已覬覦這片膏腴之地，孫權也久有西征之心，益州牧劉璋性格較為懦弱，但畢竟也是在亂世中跌爬滾打了幾十年的人物，自然明白自己處境的危險程度，然而劉璋沒想靠自己的力量勵精圖治，而是把希望寄託在與自己同宗的劉備身上。

這當然是與虎謀皮，給了劉備一個絕佳的帶兵入川機會。

其實，這也是有一定必然因素的——赤壁之戰時，劉璋就曾經派遣別駕從事張肅去曹操處勞軍，曹操拜劉璋為振威將軍，並拜張肅為廣漢太守，嚐到了甜頭的張肅回去和弟弟張松說了，張松的心中就開始打起了小算盤。

不久，劉璋再次派使者去見曹操，張松自告奮勇——他在劉璋處多年不受重用，懷才不遇的痛苦，使他早就擬訂好了一整套奪取西川的計畫，準備作為禮物獻給曹操，想不到他到的時候曹操和孫劉聯軍戰況正激烈，曹操沒怎麼搭理他，由於張松身材矮小，加上性格放蕩不羈，使曹操始終無法對他另眼相看，只拜他為蘇示縣令。後曹操赤壁大敗，劉備佔領了荊州，張鬆氣鼓鼓地回了西川，途中順道拜訪了劉備，而劉備似乎早有預感，給了張松非常高的特殊禮遇，簡直把他視為國賓，張松心有所屬，回益州後在劉璋面前極力詆毀曹操，勸劉璋盡早和曹操斷絕往來，並向他推薦了劉備。

劉璋因劉備為己同宗，又久聞他在荊州仁義布於民，便有心與他結好，問張松誰可為使，張松當即推薦了軍議校尉法正。

法正，字孝直，扶風郿縣人，建安元年便與好友孟達一起投奔劉璋，長期不得志，很長時間後才被任命為軍議校尉。他由於和張松一樣懷才不遇，兩人自然投緣，見劉璋難成大業，常常一起喝酒歎息。所以這次張松自然想起了他，推薦他為使者。

法正奉命出使劉備，回來後與張松秘談，認為劉備雄才大略，仁厚愛民，必能有所作為，兩人大喜，決定密議請劉備入川。

當然，劉璋還蒙在鼓裏。

不久，劉璋聞報曹操派司隸校尉鍾繇攻打漢中，討伐漢中太守張魯，劉璋的內心極為恐懼，漢中乃是西川的北大門，曹操一旦佔領了漢中，那麼益州對他來說就是唾手可得的囊中之物。所以他連夜召開秘密會議研究對策，張松見機會已到，立刻進言：「張魯近年來把漢中治理得不錯，歸附他的百姓很多，頗為富庶，曹兵勢大，如破漢中，得其資財，則無人可擋，劉備是您的同宗，又是曹操的宿敵，且善於用兵，赤壁之戰大破曹操二十萬大軍，如果把他請來攻打漢中，一定能打敗張魯，張魯破則益州強，曹操雖來，亦將無所作為。」劉璋覺得張魯說得很有道理，立刻下令法正帶四千兵馬去迎接劉備入川討伐張魯。

正當法正受命準備出發時，主薄黃權力諫不可：「劉備有驍勇之名，其部下諸將更是勇不可擋，若主公以部下之禮待之，則不滿其心；若以賓禮待之，則一國不容兩君。俗話說『客有泰山之安，則主有壘卵之危。』不如嚴守邊境，以待時清。」

張松一聽，又驚又怒，黃權的話句句在理，自己的計畫弄不好就要泡湯。偷眼看劉璋臉色，只見他一副不以為然的表情，心中略略放心。

果然聽劉璋說：「胡說八道！曹操如果打過來了，還談什麼『嚴守邊境』！」

黃權不死心，反覆勸諫，而張松卻不再擔心什麼，因為他很瞭解劉璋是個非常固執的人物，一旦做了決定絕不會輕易更改。不出所料，劉蟑不但不聽，反而將黃權貶為廣漢縣令。

看出迎接劉備入川這件事中有貓膩的人不止黃權，益州從事王累用白絹把自己倒吊在城門上，等劉璋送法正出城時，一手拿著奏章，一手拿著劍哭著力諫不可迎劉備入川，劉璋大怒不從，王累揮手砍斷白絹，摔下城樓而死。自此無人再敢因此事說一句話，見王累死狀者莫不心中流淚，歎劉璋昏庸無能。

不一日，法正一行人到達荊州，劉備以上賓之禮相待，法正說完公事後，請劉備摒退左右，只留下孔明、龐統兩位軍師，趙雲、陳到兩位衛士。並向他獻策奪取西川：「西川天府之國，而劉璋懦弱無能，以將軍之能，張松、孟達、在下等人為內應，取益州易如反掌。」

劉備聞言，沉默半晌，龐統坐在一邊暗暗著急，說道：「荊州久戰，殘破不堪，北有曹操，東有孫權，即使不是為了爭奪天下，也應該有個安定的根據地，益州民富國強，戶口百萬，今可權藉以定大事。」

「現在，和我勢如水火的人，是誰？」劉備突然沒頭沒腦地問了這句話。

「曹操。」趙雲不假思索，脫口而出。

「曹急，我寬；曹暴，我仁；曹譎，我忠，就是靠著這些，我才和他周旋至今，西川雖然富裕，但是劉璋與我同宗，取之，則失信天下。」劉備說。

孔明力勸：「事當權變，以後可以畫一塊地給劉璋，何為失信？現在不取，將來被孫權、曹操佔了先，那後悔也晚了。」

劉備的心理障礙被漸漸排除了，突然間，他想起了失徐州、投袁紹、會古城、敗當陽的種種往事，顛沛流離無家可歸的日子他再也不想過了，又想到了前段時間差點與孫權翻臉，他就決定下來了，只不過暫不動聲色罷了。

「劉璋雖然無能，但是手下卻有不少精兵猛將，忠臣義士也不乏其人，此戰要獲勝也頗為困難，請主公多加小心。」陳到突然插言。

語驚四座，趙雲先發話了：「主公尚未決定是否真的要取西川啊！你……」

「我相信主公一定會有自己的選擇的。」陳到滿懷自信。

劉備又是一陣沉默，之後打發走了法正，只和孔明、龐統兩人進密室密議，過了很久，劉備他們三人終於商議停當，當即召來全部將領，議定由劉備親自帶兵入川，荊州降將黃忠、魏延分別擔任先鋒和殿後，關羽之子關平、劉備義子劉封為中軍。孔明親自留守荊州，保護大本營，關羽駐軍青泥關防曹操，張飛總領四郡的巡江任務防孫權，考慮到還有一個尚武強悍，手下親兵常横行不法的孫夫人，為了鎮住他，劉備留下了素有威望，嚴謹心細的趙雲屯兵江陵，另派廖化負責押解軍需物資。

陳到頗為驚奇，因為劉備似乎把他遺忘了，沒有給他出征或者留守的命令，又不便當眾詢問，只見劉備結束了軍議，招手找他密談，這才知道有秘密任務。

待眾人退下後，劉備對陳到說：「給你個特殊任務，幫我練一下兵。」

陳到不解，用眼神詢問劉備。

「上次帶去京口的那三百人都是精銳吧？」劉備問。

「對，個個都是我挑選出來的。」陳到回答。

「那，隨便你在誰的手下挑選，然後集中起來訓練，數量不用多，有一千就夠了，但是一定要個個都是以一當十，這麼說吧，你把他們個個都當成百夫長來練。」劉備說。

「好，這個任務可真奇怪，練這些兵做什麼呢？」陳到有些好奇。

「以後你就知道了，你先下去吧，盡早開始訓練，我在西川也有可能會調用這支兵馬。」

劉備說：「不知怎麼的，這次西川之行我總有不好的預感。」

「是。」陳到退下了。

爾虞我詐

劉備進川的計畫實行得還算順利。陳到等人留守荊州，雖然沒有上陣打仗，卻也頗不寂寞，把一般的農民練成勇敢的兵士並不為難，只要假以時日，激發農民心中剽悍的勇氣就可以，而劉備留下的命令是「每個都當成百夫長來訓練」這就比較難了，因為一個合格的百夫長不但要有過人的勇力來駕馭兵士，還需要有指揮官的才能，懂得什麼時候該衝鋒什麼時候該防守，懂得基本的兵法和部隊的紀律，最好還要能識別一些基本的陣形和懂得避實就虛的戰略。這樣的人才當然必須有些文化，亂世中，識字的百姓極少，所以有百夫長潛質的人可以算是一種寶貴的資源。

一般軍隊中的百夫長大多是由士兵們自發選出的，這樣組成的軍團有利有弊，好處是凝聚力比較強，戰鬥時彼此有著很強的互助精神，壞處是如果治軍不嚴，兩個或幾個百夫長之間有矛盾，就容易發生械鬥，每個百夫長手下的兵士數量都差不多，人數相當的械鬥往往不會很快分出勝負，死傷也會非常大——一些不擅治軍的軍閥手下，械鬥而死往往是非戰鬥減員的最主要原因，陳到自然知道這樣的道理，劉備軍一向治軍極嚴，這樣的事也就比較少。

既然是把士兵練成百夫長，自然不能從原來的百夫長中挑選，好在陳到生性隨和，平時跟士兵們打成了一片，在充分爭取兵士們的意見後，又憑藉自己的眼光，選出了一千兩百人，和原先的三百人編了隊。雖然劉備說一千就夠，陳到生怕有人不合格，所以多選了一些。

一日，陳到正在軍營中講演兵法，只見趙雲滿腹心事走進營內，向他使了個眼色，陳到會意，暫停講演，快步走向趙雲。

「孫權在耍小動作。」趙雲劈頭就是一句令陳到感到莫名其妙的話。

「什麼和什麼啊？孫權有什麼異動？」陳到問。

「孫權偷偷派人來接走了孫夫人。」趙雲低聲說，「甚至想把小主人也接到東吳。真卑鄙！」

「什麼？小主人……小主人被接到東吳了？」趙雲的這個消息簡直如同一個霹靂打在陳到頭上，隨即陳到冷靜下來分析：「哼，孫權果然用心良苦，孫夫人名義上是小主人的母親，帶自己的兒子回娘家，倒是夠名正言順的……」

「沒事，小主人我奪回來了，不過我沒有理由攔阻孫夫人，只好放她回去了。」趙雲見陳到沒聽清楚自己的話，連忙補充完整：「小主人現在在軍師那裏。」

「沒殺人吧？」陳到駭然，心想要不是殺了人，孫權派來的人不會那麼輕易放手的。

「我沒出手，就怕影響兩方的同盟，是三將軍動的手，殺了一個孫權的親隨，看起來那個人是孫權此次行動的領隊。」趙雲說。

「我想，接回了孫夫人，孫權不再投鼠忌器，說不定就要對荊州下手了。」陳到歎息道：

「唉，還以為這同盟能維持得久點呢！」

「軍師也這麼說，已經派人去西川告知主公了。如果孫權大兵壓境，憑現在這些留守在荊州的兵力，是抵擋不了的。」趙雲說，「唉，奪取西川的大業，又要半途而廢了！」

「小聲點，現在這件事還在醞釀階段，不可操之過急，我們各自做好本職工作就是了，有軍師在，諒孫權討不了好去！」陳到說著，又道：「可憐孫權的這個寶貝妹妹，純粹成了政治犧牲品，天知道以後還能不能回來。」

陳到言中了，孫夫人這走後，一直淒慘孤獨地生活在東吳，再沒見過自己的丈夫和兒子。

孫權見只有孫夫人一人回來，又聽說阿斗被趙雲截江奪走，大怒，立刻就召集眾人商議攻打荊州，魯肅力勸不可，孫權不聽。正計點兵馬時，突然有人報告：「曹操出兵濡須，來報赤壁之仇了！」

「什麼？」孫權大吃一驚，沒想到曹操居然在這時候在自己背後插了一刀，攻荊州的計畫立刻擺在了一邊，並且立刻致書劉備，請求援助。

遠在西川的劉備同時接到了諸葛亮的奏報和孫權的求援信，心裏一估摸就猜了個八九不離十，心裏真是又好氣又好笑。雖然明明知道要不是曹操發兵了，現在要找人求救的準是自己，卻也不能就此翻臉，盤算了一下，心生一計，命令孔明派陳到率領新練的精銳去援助孫權。

孔明接到劉備的命令，思量再三，還是命令陳到即刻出兵，陳到的一千五百人訓練了幾月，淘汰掉了一些不合格的，還剩下一千兩百，其訓練效果尚未達到陳到滿意的程度，再加上孫權那幾乎無恥的厚顏，使陳到的這次出兵非常不情願，但是軍令如山，陳到帶著一肚子怨氣到了京口，算是名義上的劉備方面援軍。

孫權本來根本沒指望劉備派出援兵，對陳到的援軍頗有些意外，不過一看數量，心裏也不免暗罵劉備陰險，不知道該怎麼樣安排這樣一支隊伍：如果讓它單獨出戰，這麼一支小隊伍很容易全滅，到時候劉備面子上不好看；如果把它暫時編入其他己方將領的軍隊中，就怕制約不了，假如劉備命它突然發難，也非常棘手，思來想去，只得先讓陳到軍暫時受呂蒙節制——這也算是沒有辦法的辦法。

暫且按下陳到支援孫權的事不表，濡須之戰正在進行時，劉備正駐兵葭萌關——這是攻打漢中的重要門戶。劉備在此駐紮多時，但並不發兵進攻，時間一長，傳言四起，劉備感到兵處危境，一旦有變，後方連支援都來不及，只好召隨軍而來的龐統密議。

龐統果然不負「鳳雛」之名，一下子獻上了三個計畫供劉備挑選。上策為星夜兼程攻打成都，讓劉璋在尚不能做出有效抵抗之前就成為俘虜；中策為以回軍荊州為名，引誘劉璋撥歸他統帥的楊懷、高沛來營中道別，趁機殺了，並其眾後再攻成都；下策為暫且退守白帝，可以與荊州大本營保持緊密的聯繫，徐圖益州，也不失為一條萬全之策。

劉備想了一回，說道：「我軍在此立足未穩，不可操之過急；如回兵白帝，則恐日久生變，行中策吧！」

龐統既言之上中下策，當然是希望劉備能採取上策，盡早平定西川，但是劉備卻選了中策，這頗讓龐統有些難以理解。

劉備看出了龐統的疑問，笑著說：「欲速則不達，沒必要操之過急，相信我的判斷力吧！」龐統點頭，答應著退下了。

劉備抓住孫權與曹操會戰的機會，致書劉璋，聲稱自己和孫權唇齒相依，一旦有失，荊州不保，要求劉璋能借一萬兵馬與一些軍用物資給自己回軍援助孫權。

劉璋此時已經覺察到事情的發展有些問題，再加上幾個忠誠的部下冒死直諫，思量再三，只撥給劉備老弱殘兵四千，軍需都是應付了一點了事。劉備借機翻臉，召集眾將說：「張魯以前與我沒有任何恩怨，我們背井離鄉為劉璋拚命，勞師遠征，他卻吝惜財物，不肯賞賜，這樣子怎麼使人為他賣命？」說著便傳出消息，要回兵荊州。

劉備放的當然是假消息，目的是要誘殺楊懷、高沛，但是遠在成都的張松卻信以為真，連忙致書劉備：「今日大事垂成，何故輕易離去？」張松的信還未寫完，恰巧他的哥哥張肅來訪，兩兄弟關係一向極好，所以門房並沒有通報主人。張松來不及藏信，只好向張肅坦白，希望張肅能夠幫助自己。張肅大驚，唯恐事情洩露後遭到株連，表面上不動聲色答應了張松，回家後立刻向劉璋告發。

劉璋聞訊，又驚又怒，立刻殺了張松，並且下令各地守將不許和劉備往來，也不許放劉備回去，一場火拚已經在所難免。

幸好劉備在成都有細作，一聞此事，立刻派流星快馬趕往劉備大寨。劉備當機立斷，立刻命人去白水關取楊、高二將。

劉璋的使者比劉備的細作慢了整整一天，楊、高二人在毫無防備的情況下被劉備誘殺。之後劉備立刻出兵攻下了白水關，兼併了楊、高二人的萬餘兵眾，接著又佔領了涪城。

這些「不仁義」的行動，只是一場爾虞我詐戰爭的揭幕而已。

死兆星的光芒

劉璋聞劉備斬將奪城，懊惱不迭，連忙召集眾人商議對策，很多人都沉默不語，只有從事鄭度力勸劉璋驅涪城以內的百姓內遷，使用「堅壁清野」的戰術，只守不戰，劉備久無所資，不過百日必將撤走，到時候追殺，必可將其生擒。

劉備在涪城聽說了這條計策，非常恐懼，如果劉璋果真用了此計，那就真的是死無葬身之地了。而瞭解劉璋的法正則很從容地對劉備說：「劉璋婦人之仁，必會顧慮民眾內遷將無家可歸，他絕對不會用這條計策的。」

劉備稍微放心了點，果然，傳來消息劉璋不肯內遷百姓，而是派遣了張任、冷苞、吳懿、劉琰等大將分別統帥數萬大軍開赴涪城。劉備抓住時機，採取各個擊破的方式擊潰了他們，吳懿率領著自己的本部兵馬歸降了劉備，餘部被迫退守綿竹。劉璋又派手下的第一智將李嚴為大將，又派女婿費觀為參軍，一起前往綿竹督戰。想不到李嚴和費觀又率部投降了劉備，費觀還勸降了綿竹令費禕。劉璋接報，手足冰冷，差點暈了過去。

等接受眼前的現實後，劉璋躲進府邸中的密室，一個人暗自落淚——如果李嚴的背叛使他感到憤怒的話，那麼費觀、吳懿的背叛則使他感到一種悲哀，費觀不但是自己的女婿，吳懿也是自己舅舅，劉璋有了一種眾叛親離、窮途末路的感覺。

走出密室，又有糟糕的消息傳來：綿竹戰場上劉璋軍再次戰敗，冷苞陣亡，張任和劉琰退到劉璋之子劉循所守的雒城。劉璋即刻下令：死守雒城，不得有失。

劉備自從收降了吳懿、李嚴等西川將領及其兵眾後，聲勢大振，一路攻向雒城，想不到張任接受了防禦的命令後，在雒城設下了嚴密的防線，劉備軍的幾次強攻都以失敗告終。魏延屢次敗於其手，幾乎丟掉性命，劉備見強攻不行，改用包圍戰術，戰況卻越發不利，雒城打了幾乎一年都沒有攻下。

劉備無計可施，退守涪城，忽報留守荊州協助孔明的副軍師馬良受其命而來，馬良遞上了孔明寫給他的信，劉備大喜，心想定是孔明有了什麼攻城妙計，哪知這封信的內容竟然是一個不吉利的預言！

> 亮夜算太乙數，今年歲次亥，罡星在西方，又現乾象，太白臨於雒城之分，主於將帥，多凶少吉。

劉備呆若木雞，聯想到一年來攻城不順，半晌無語。過了很久才回過神，將手中的信遞給了龐統。

太白，也稱為死兆星，預示著不可避免的死亡，劉備是個實用主義者，不太相信這些東西，但畢竟此語出自孔明，劉備的心情極亂，不知是不是該撤退。

龐統看後，暗暗心驚：「我前幾日夜觀天象，確有此景，卻沒有想那麼多，難道真是天意不可違嗎？」

「不行，小小雒城攻了一年都沒攻下來，如果還要調孔明來這裏協助主公，我以後還能見人麼？雖說天命不可違，但是……我必須賭一賭！即使是以生命為賭注……」龐統暗暗下了決心，說道：「主公不必過慮，我也推算過太乙數，罡星在西，不是應了主公該得西川嗎？太白臨於雒城也沒什麼錯，安知死兆不是應在雒城守將身上？敵人已經被圍困了一年，鬥志早失，當一鼓作氣，不可錯失良機啊！」龐統一字一句地勸諫劉備。

劉備對孔明一直是深信不疑的，但一聽龐統說得也有道理，再加上求勝心切，被雒城阻擋了一年的怒火使劉備失去了冷靜判斷的能力。

「主公，立刻對雒城發動攻擊吧！」龐統再三要求盡早發動進攻，劉備又詢問法正的意見，法正也無良策，同意攻城計畫，劉備也就決定了。

雖然劉備決定再次攻城，但對孔明信中所言總是不能忘懷，有心留龐統守涪城，但他哪知龐統已經有了不成功便成仁的決心，堅決不肯留守涪城，劉備只得改變計畫，留下了法正。

臨行前，法正單獨拜訪了龐統：「你不應該去的，張任是劉璋那裏除開李嚴外最了不起的智將，雒城城牆堅固，張任又多謀，此戰……」

「孫子曰：『上兵伐謀，其次伐交，其次伐兵，其下攻城。』這些道理我懂，但是沒有別的辦法了，你覺得有辦法籠絡張任麼？」龐統很感謝法正的好意，但他早知此戰是不可避免的，所以沒有任何的動搖。

「不可能，我瞭解張任，他不會背叛劉璋的，所以他是一個勁敵。」法正說，「看來勸阻不了你，士元，多多小心啊！」

「孝直，如果我死了，請你轉告孔明，說我有負他的期望。我受主公知遇之恩，只有以死相報。」龐統說得毅然決然。

法正無言，含淚而退。

劉備龐統各領一軍，劉備以黃忠為先鋒，龐統以魏延為先鋒，再次合圍了雒城，張任命劉琰幫助劉循守城，自己率領三千精銳繞出城外，潛伏在劉備軍攻城必經的山路旁，伏軍剛佈置完畢，魏延的先鋒軍已到，張任傳令放過前軍，等待時機——魏延屢敗其手，張任早就認識他了，他不屑只打敗魏延，這次是衝著劉備來的。

不多久，龐統的大隊人馬趕來，張任見隊伍浩浩蕩蕩，又注意了一下旗號，知道是龐統軍，心中暗暗歡喜，待龐統軍大部進入埋伏圈後，張任射出一支響箭為信號，三千精銳立刻亂箭射出。

龐統騎馬行軍，只聽一聲尖銳的響聲，山坡上箭如雨下，情知中了埋伏，立刻下令軍隊集結後退，但是來不及了，一支流箭射中了龐統的心窩。

龐統跌下了馬，親兵拚死將其救回營寨，請來軍醫時，龐統已經氣絕身亡，時年僅三十六歲。

張任率軍衝下山坡，龐統軍由於失去了主帥，頓時潰不成軍，魏延、黃忠、劉備等各部兵馬見中軍混亂，知道龐統有失，立刻來援，劉琰見張任得手，率軍出城掩殺，劉備軍大敗，死傷非常慘重，各部只能分別突圍回到涪城。

劉備回到涪城，得知龐統死訊，痛哭不已，深悔不聽孔明之言，導致龐統陣亡。法正等人也唏噓不已。

張任哪肯放過這個機會，劉備剛退回涪城，張任立刻率軍攻到城下，黃忠、魏延請戰，要為龐統報仇。法正站出來說：「萬萬不可！士元戰死，士氣低落，此非戰之時。」

「孝直說得對。」劉備說，「攻打西川，必須要有一位得力的軍師，士元已死，必須去荊州請孔明先生來，否則戰況會越發不利。」

「話是這麼說沒錯，但是荊州大本營也是非常重要的，一旦有失，那就大勢去矣。」法正道。

城下的戰鼓聲傳到了議事廳，魏延再次請戰，劉備搖頭，下令士兵在城頭上架設起強弓硬弩防守。

「救兵如救火，讓誰守荊州的事，就交給軍師決定吧。」黃忠試探地提出自己的建議。

「漢升的意見很有參考價值，就這樣吧！」劉備下定決心請孔明來，他沉默了好一會，說道：「關平將軍，你把求援信送到軍師手裏吧！此事耽擱不得，飽餐一頓後立刻出發。」

「得令！」關平立刻去吃飯了，劉備則開始寫信，眾人的心都很沉重，一聲不響。

不一會，關平已經在門外待令，劉備的信也寫好了，關平將信貼肉收藏，騎上自己的愛馬，帶領五百本部騎兵，從後門絕塵而去。

劉備目送關平消失在飛揚的塵土中，心中又苦又澀。

獨當一面

話說陳到率領那支一千多人的軍隊支援孫權，被分派到呂蒙手下。

呂蒙好奇地問陳到：「劉皇叔怎麼不多派點兵？」

陳到回答：「兵貴精不貴多，你到時候就知道了。」

呂蒙很知趣，沒有多問，陳到也不便多說什麼，這支兵馬是劉備讓他秘密訓練的，雖然現在不知道原因，但是陳到相信劉備這麼做一定有他的用意。

孫權召集眾人商議對策，陳到作為受呂蒙節制的參戰將領也參加了會議，坐在呂蒙下首。當孫權說到曹操兵不易抵禦時，呂蒙提議了：「濡須口缺乏防禦工事，可早在那裏建築土塢，作為攻守的的據點。」

「子明的建議很好！」孫權稱讚道。

「曹兵即來，如果他們上岸，我們就進行正面打擊；如果下水，我們的水軍又怎麼會輸？何必造什麼土塢？」孫權話音剛落，立刻就有人反對，陳到不認識這個人。

「沒錯，我軍兵力本就單薄，如果將有限的兵力分散而去造土塢，勢必要動搖整個戰局。」有人附和著反對呂蒙的提議。

但是孫權卻不為所動：「呂蒙，我撥一萬士兵給你，再加上你的本部人馬與陳將軍的部眾，總計大概有一萬五千人吧，加緊建設，在曹兵來之前要完成一部分，不得有誤！」

「得令！」呂蒙接下了命令。

會議結束後，呂蒙和陳到一起去召集人馬，準備開工。

「真有你的，子明，看來孫將軍對你是言聽計從啊。」陳到笑著打趣，呂蒙連忙擺擺手說：「別亂說，主公有著自己的判斷力，我只是提出建議罷了，只要是有戰略價值的計畫，即使有人反對主公也不會為之動搖的。」

「話是這麼說沒錯，不過你這任務挺難辦的，曹兵轉眼就來，你來得及造土塢嗎？」陳到在會議時已經在計算大致的工作量，覺得這個任務靠呂蒙一人很難完成。

「我也正著急呢，沒辦法，盡力而為吧！誰叫這是我提出的建議呢？」呂蒙苦笑道：「建築什麼的我不太擅長，麻煩你幫我多擔待點了。」

「好，我也盡力而為。」陳到口頭上答應著，可內心卻在激烈交戰，要不要真的努力幫助呂蒙呢？

「怎麼了？叔至？」呂蒙不愧是他多年的至交好友，立刻就察覺到了陳到有些心不在焉，陳到只好坦白：「我在想，要不要當真用心幫你，畢竟，你和我現在各為其主。」

「我們至少還是盟友吧？」呂蒙有些不快。

「如果曹操沒有發動濡須之戰的話，我們現在可能已經是敵人了，甚至已經在戰場上兵戎相見！」陳到沉重而又不忘低聲地說，他想乾脆把一切說白了，省得尷尬。

「原來……你們也察覺了……」呂蒙低聲地說，同時心虛地向四周瞟了幾眼。

「你們把孫夫人都接走了，就差把小主人綁架了，難道還看不出來？」陳到說著說著就顯出了氣憤的神色，聲音也不知不覺提高了。

「低聲，低聲。」呂蒙擺手，「偷襲荊州的計畫我不贊成也沒反對，那是主公決定的。」呂蒙對陳到也算是非常坦白，這些原本都屬於機密。

「子明，我答應你，這次我會幫你的，希望這不會是最後一次！」陳到下定了決心，「這次修築土塢的工作，我會全力幫助你的，但前提是你的一萬多士兵必須服從我的調度。否則工程絕對來不及。」

「怎麼？你帶的一千二百人全是建築專家？」呂蒙不解。

「可以算是吧，你相信我嗎？」陳到問。

「我相信你，叔至，那一切就拜託你了，我雖然不懂建築，但我也會去監督的。」呂蒙答應了。

兩人分手，各自去召集部眾，第二天，修築開始了。陳到經過實地勘察，設計了一個晚上，決定造月牙形的土塢，陳到在以前的訓練中，就很注意戰鬥以外知識的傳授，這一千二百人中，大多數都有算路程之遠近，計糧草之餘缺，感勝負之得失的本領，建築、開墾、屯田、開礦這些能力也學到了大概。就「百夫長」而言，這些能力並不需要，但是在陳到的悉心教授下，這些人幾乎成了「上馬可為將，下馬可為相」的全才。

呂蒙對軍隊的約束也非常得力，一萬多人對陳到的指揮言聽計從，陳到的部下每個都帶領十餘個人，修築土塢，由於有了懂建築知識的人指揮，不至於像沒頭蒼蠅一樣亂撞，所以修築進展很快，呂蒙站在一個土坡上，幾乎都不敢相信自己的眼睛，幾乎是在一夜之間，濡須水岸邊築起了無數的月牙塢，等曹兵來時，修築幾乎已經完成了，遠遠超過了孫權要求的數量，呂蒙因此受到了孫權的嘉獎。

曹軍號稱四十萬，實際二十餘萬，一鼓作氣攻破了孫權的江西大營，活捉了孫權的都督。而孫權只率領七萬步騎與之對抗，相持混戰達一個月，曹操絲毫佔不到便宜，後改用優勢兵力突襲孫權的水寨，但是打水戰曹操又怎麼可能贏得了孫權？只一戰，損失千餘人，經此一敗，曹操便不再主動進攻，孫權親自率領數百艘戰船來到曹軍陣前挑戰，曹軍將領都爭相請戰，曹操大笑：「孫權是來參觀我軍陣容的，如他所願吧。」下令不許向孫權軍射冷箭。

孫權的坐船在曹操軍陣前從容橫行了六七里才返航，返航時，船隊中鼓樂聲響起，絲竹之聲十分悅耳，曹操見孫權軍軍伍整肅，旗仗鮮明，不僅聯想起劉表的兒子劉琮和袁紹的兒子袁譚、袁尚，不禁長歎道：「生子當如孫仲謀！」

孫權回營後，覺得曹軍為數眾多，自己要取勝也很困難，想了半天，寫了一封信派人送給曹操。

曹操接過書信，只有八個字：「春水方生，公宜速去」。翻過來一看，背面還有八個字：「足下不死，孤不得安」。曹操看完大笑，連稱孫權聰明，並對部下說：「孫權不欺我。」下令全軍撤回許都。

孫權大喜，擺下了慶功宴，宴上，他大方地告訴了眾人信的內容，眾將嘖嘖稱奇，對孫權越發崇敬。

陳到的援軍也完成了任務，回了荊州。回去後的第一件事，就是把孫權寫給曹操的信轉述給了孔明。

孔明說：「孫權很了不起啊，『不戰而屈人之兵、屈人之兵而不屈人之意』。可謂外交的最高境界，我也不一定能做到他這樣好。」

陳到也說道：「人可以理屈之，不可以力屈之，這道理懂的人不少，可惜要加以運用，何其困難啊！」

孔明笑著說：「好了，孫權的事就暫時說到這裏吧，主公那裏我總有些不放心，雖然有龐士元，但是最近我觀天象，極為不利。」

「曹操已經被打退，孫權也要休養生息，我想荊州暫時不會有什麼事，不如派兵支援一下前線吧？」陳到提議。

「一個月前我已經派馬良送信了，希望前線可以暫緩攻勢，等待機會，到現在也一直沒有消息，只能請你再辛苦一躺，快馬趕到西川，轉告主公不要輕易發兵，小心中計，有必要的話，安排好荊州的事務後，我也去前線，調士元守荊州。」諸葛亮說道。

「好，那我就星夜出發吧？」陳到試探地問。

「你剛從戰場上回來，先休息兩天吧。」孔明說，「別累出病來，以後進川或者防守荊州，都少不了你啊！」

「沒事，戰場境況瞬息萬變，把握時間才能抓住戰機，況且這次我去東吳並沒有真正參戰，只是幫著修築工事而已。軍師，請下令吧！」陳到恨不得立刻飛去西川。

孔明為陳到的精神所感：「那好，你……」

「報！」諸葛亮的親兵突然進來，「關平將軍帶著書信從前線回來了，現正在議事廳等候！」

「糟糕，莫不是前線出了什麼事？」陳到失聲喊道，因為如果沒什麼大事，根本沒必要讓身為重要戰將的關平充當信使，所以信中一定有非常重要的事情。

陳到轉過身，只見孔明跌足哀歎：「龐士元命休矣！」站起身來，跌跌撞撞走向議事廳。陳到也跟著去了。

到了議事廳，孔明才略微恢復了常態，接過了關平的信，陳到看關平的臉色，雖然大汗淋漓、滿面風塵，卻也不能掩蓋其悲哀的內心，心中越發不安。

孔明用顫抖的語調讀著信：「本年七月初七日，龐軍師於攻打雒城時為流矢所中，卒……」讀到這裏，孔明再也抑制不住悲傷的心情，大哭起來，眾人也隨著落淚不止。

「這下我們又失去了一個可以獨當一面的人物，無論孫權還是曹操，這樣的人才都有很多，為什麼，唯獨我們……好不容易有了士元，又不得永年……」陳到痛苦的思考著，他和龐統並沒多大交情，但是聽到他的死訊，依然非常難過。

「雲長！我必須前往西川，荊州就交給你了！你是我們最後一員可以獨當一面的大將了！記住，絕對不容有失！」諸葛亮的臉上還掛著淚，卻已經用超人的理智控制住了感情，威嚴的下達了命令。

「雲長！我怎麼忘了還有他！」陳到恍然大悟，突然間，在眾人的目光下，關羽的形象異常高大了起來。

前線傳來的捷報

孔明毅然決定由關羽接替自己守荊州，自己率領張飛、趙雲入川援助劉備，當下便和關羽交割了印信。

「若曹操或孫權前來攻打荊州，你會怎麼應對呢？」交割完印信，孔明心事重重地問關羽。關羽慨然應道：「我會讓他們片甲不回的！」

孔明搖頭：「如此，荊州危險了，我有一言，將軍切記：『北拒曹操，東和孫權』，如此可保荊州無恙。」

關羽口頭上應允了，心中卻頗不以為然，這一切當然逃不過孔明的眼睛，他瞭解關羽的脾氣，沒有多說什麼，回到了自己住處後，派親兵請來了馬良。

馬良天生白眉，是有名的荊襄智者，龐統來之前，一直是劉備的第二號軍師，他提的意見並不多，但幾乎言出必中，孔明早年就和他熟識，故對他很敬重。這次馬良很明確地提出反對關羽守荊州。

「這可能將會成為我出山後的第一個決策性錯誤，不過這也是沒有辦法的優化選擇。」孔明早就預料到馬良會提出反對意見，解釋道：「留下翼德或者子龍，無濟於事，翼德智不如雲長，且對他言聽計從，不能有效阻止雲長的錯誤決斷；子龍雖智勇雙全，但是此次進川，我軍志在必得，必須要借助子龍的力量。」

「那我留下來幫助雲長吧。」馬良說道，「前線有你就夠了，還有歸附我們的法正，我看他也是個了不起的人才，有什麼事難以決斷，可以與他商議。」

「其實，主公派關平當信使，已經說明了一切，他雖然沒有明說，其實已經暗示我留雲長守荊州了。」孔明說。

「謀士方面有我，那麼武將呢？」馬良問，「你把翼德和子龍都帶去，這裏的力量會大大減弱啊！」

「我打算把陳到留下，另外調廖化過來。陳到是一員智勇兼備的戰將，廖化也是個慎重的人，這兩人和雲長交情都不錯，必要時，可以讓他們幫著你勸諫雲長。」孔明就在頃刻之間已經安排好了一切。馬良點點頭。

事務交代完畢，孔明便與張飛、趙雲、簡雍等率領大軍殺奔西川。

陳到自此開始了協助關羽守城，一面訓練那些精銳，每天重複著同樣的事，甚為單調，而前線的捷報卻頻頻傳來，使長期無所建樹的他，渴望也能參與一場激烈的大戰。孔明軍一路勢如破竹，連續攻克白帝、江州、涪陵諸城；張飛用計攻破巴郡，收降了劉璋部下的宿將嚴顏，並順水北上攻下了巴西、巴州；趙雲率軍繞過成都，平定了成都以西的江陽、犍為；孔明自領一軍攻破雒城東面的德陽，三支軍隊在雒城下會師，把城團團圍住，孔明還用計誘出了張任並將其擒殺，攻破了雒城，使劉璋失去了手下的最後一員大將和最後一個屏障。

這時，又有一個勝利的砝碼加在了劉備軍的天平上——關中的豪傑馬超。

馬超，字孟起，原涼州刺史馬騰的長子，建安十六年，曹操攻打張魯，他心懷不安，原本已經表示服從於曹操管轄的他聯同父親的舊部韓遂一起謀反，曹操趁此機會殺了在朝為質的馬騰，率部攻打馬超軍，雖然起先敗給馬超，但是之後運用有效的戰術和反間計，將馬超軍打得大敗，韓遂投降，關中十部人馬幾乎全滅。

戰敗後，馬超又幾經坎坷，想重振旗鼓，再和曹操決一死戰，雖然獲得了一些局部勝利，但是在幾次關鍵的戰役中都慘遭失敗，最後不得不突圍，在走投無路的情況下投奔了張魯。

張魯不敢怠慢，給了馬超僅次於自己的高地位，但是張魯其他的部下非常嫉妒馬超的才能，以及他不費吹灰之力得到的地位。而馬超覺得張魯也不是可以成就大業的人，所以也無久留之意。碰巧劉備處有說客來說降，正合馬超心意，答應投奔劉備。

馬超帶著弟弟逃出了張魯的營盤，隻身前往劉備大營，並寫信給劉備，劉備心念一轉，想出一條妙計，孔明聽了也稱好——暫時不要讓馬超前來，而是暗中資助他一萬軍兵，讓他帶兵到成都城下，駐紮在城北。成都城中的軍民正因為劉備軍兵臨城下而恐懼不已，現在又見勇猛的馬超率領著所謂的「西涼兵」屯兵城北，全城震動，人們都議論紛紛，造成的巨大的攻心壓力。

圍城半個月後，劉備沒有急著發動進攻，而是派人勸降，先是由部分劉璋手下的降將寫信，劉璋不肯。劉備只好換了個辦法，他想起初次相見時，劉璋很喜歡自己身邊那個放蕩不羈的簡雍，便召他來商議。

簡雍自孔明出山以後，主要都是處理接待來賓的工作，很少參與軍議，這次見有自己發揮本領的機會，心情頗為激動，主動要求入城勸降。

「憲和，此去勸降，異常兇險，鬧不好，會落個和酈食其一樣被烹殺的結果，你是我幼年結交的好友，我真不放心讓你去啊，要不，你還是寫封信給劉璋吧？」劉備的心情非常矛盾，雖然簡雍早已不是自己核心集團的成員，但是就私交而言，他也不願意讓簡雍孤身涉險。

「我意已決，定能說服劉璋歸降，寫信的話則不夠誠意，一定要走一趟，玄德，如果我回不來，麻煩你照顧我的家小，不要輕易強攻成都，重蹈雒城的覆轍。」如同曹操的夏侯惇一樣，多年來簡雍依舊保持著直稱劉備表字的習慣，這在劉備的部下中也是絕無僅有的。說罷，他向劉備深深行了個禮，起身前往成都城。

劉璋見簡雍居然敢不帶一人一騎前來勸降，心中也暗歎劉備得人助死力，自己萬萬不如，便有心投降，部下的文武將佐都是僅存的對劉璋忠心耿耿的人，都言寧願死戰，不肯投降。城中百姓大多也因劉璋多年來雖然暗弱但是寬厚愛民，願意為守城而死。聽說劉備派人來勸降，都自發集合起來到劉璋府邸面前請願，拒絕投降。

劉璋大為感動，心中越發不忍讓無辜的民眾遭受兵火之災，他暗想：「事已至此，即使憑藉成都城牆高厚、糧草充裕，可以守個一年半載，可是現在外無強援，內無良將，終非劉備之敵。唉，罷罷罷，就讓世人說我劉璋是個昏弱無能的庸主吧！為了百姓，一切的罪責都由我來承擔吧！」

他又想起了早已故去的父親劉焉：「父親，孩兒不孝，無法守衛基業了，我如今為了百姓，放棄抵抗，將來在九泉之下，再來向父親謝罪！」

不知不覺，劉璋的眼淚流了下來，他走出府邸，向著請願的百姓與身後的將佐道：「我父子二人盤踞益州已經二十多年了，無恩德加以百姓，今為劉備攻戰三年，死於草野者無數，這一切都是為了我，我……我於心何安？」

說到這裏，劉璋再也止不住淚水，大哭起來，百姓們也大都痛哭流涕，少頃，劉璋派從事張裔前往劉備軍營談判。

劉備見劉璋派人來和自己談判，心中一寬，自然答應了優待劉璋及百姓的條件，張裔回城覆命，劉璋終於開城投降，西川從此易主。

劉璋和簡雍同坐一車，前往劉備大營，成都城中其他的部屬大哭著跟隨。

劉備先見了簡雍，瞭解到了劉璋雖然暗弱無能，但是有德布於百姓，以及百姓聚於府門請戰的種種情形，不禁感歎，他有些沒精打采地吩咐道：「辛苦你了，下去休息吧。」

劉備信守諾言，先下令各將士約束士兵，不許侵擾百姓，又把劉璋遷到大本營荊州的原治所公安，撥給了他一所大的宅邸，並對劉璋的個人財物秋毫無犯，又從成都的金庫中取出部分財物送給了他，允許保留振威將軍之印。劉璋懷著感激的心情上了路。

就這樣，一個在亂世中毫無根底的破落皇族，憑藉自己的雙手、智慧、勇氣，終於成為一方霸主，在這個滿目瘡痍的天下，挖下了一塊不算太小的富饒疆域，獲得了與其他對手同臺角逐的資格。

佔領西川的消息傳到荊州後，平時因軍務繁忙而鮮見笑容的關羽，興奮的差點落下了眼淚，陳到與他相交多年，無論多麼惡劣的戰場，或者危險的局面，幾乎都看不到他皺眉，陳到甚至覺得，不管前途多麼渺茫，只要和關羽在一起，就能燃起鬥志，就是這麼一個以戰神身分存在的鋼鐵男子，居然笑了，發自內心地笑了，笑得幾乎流出淚來，陳到不由得呆住了。

「他們一個個都立下赫赫戰功，而我們卻只能待在這裏，悶死了。」關平也聽到了捷報，但是心情卻並不愉快。陳到也能理解他，沒有多說什麼。

說話間，前線的封賞到了。

「走吧，看看去，雖然我們沒有立下軍功，但是至少間接幫助他們了嘛，畢竟我們為前線提供了一個安定的後方。」陳到說完，走向了議事廳。

眾將聽了，都覺得有道理，心中的憤懣稍減，快步跟上陳到。

平衡之間

劉備平定西川後，立刻任命了新的高層幹部。

諸葛亮仍然任軍師將軍、加署左將軍府事（劉備在朝廷中一直保留著左將軍的名位）、揚武將軍、兼益州太守；關羽加封蕩寇將軍、領董督荊州事；張飛加封征虜將軍，兼巴郡太守；法正加封揚武將軍，兼蜀郡太守；其他新投降的西川官員，大多或居要職，或掌兵權。與劉備一起共過患難的如簡雍、孫乾、糜竺等雖然名義上都加封了將軍，但是沒有兵權，依舊處於幕僚地位。陳到粗粗看完了任命表，頗不能理解劉備的用意，不過也沒有多說什麼。

「這不會是開玩笑吧？」廖化在看任命表時，脫口而出：「馬超、吳懿都是新歸降的人，居然都能封平西將軍、討逆將軍，掌握兵權。趙雲是在我們最困難的時候加盟進來的，這次又在前線立下了大功，居然只封了翊軍將軍？軍階比他們的還低？」

「這個更加離譜了，你看，三將軍只封了巴郡太守，和新降的李嚴平起平坐。」關平補充道。

翊，是保護的意思，翊軍將軍其實還是劉備的衛士，軍階自然比較低。

眾人議論紛紛，這時候關羽和馬良來了，他們剛才去接待劉備派來的使者了。

「看樣子，眾位還是不能理解主公的用意吧？」馬良用目光請示了一下關羽，然後問道。

廖化和關平老實地點了點頭，陳到則說：「我大致能猜到一些，也不知道準不準，還是您來說吧。」

「叔至，你說說看，沒必要忌諱什麼，不管你說什麼，我們都不會出去亂說的。」關羽瞭解陳到的顧慮，於是給他打氣。

「那我就說了。」陳到搓了搓手，略微停頓了一下：「新加盟者，往往具有不穩定性，現在情勢尚不穩定，需要這些人才幫我們穩定大局，這時候，只有採取壓抑舊部的辦法，來使新加盟者獲得心理平衡，產生公正感，從而有效消除他們作為降將的恥辱感，幫助我們挑起擔子，鞏固我們的新政權。不過這也只是我的猜測，可能主公另有想法也說不一定。」

陳到一說，其他都都恍然大悟，馬良也贊道：「叔至，有見地，說得好。」

「為了穩定大局，官職高或低有什麼關係？大家都是共過患難的，不要在意這種事。」關羽補充道。

眾人紛紛點頭，馬良輕噓了口氣，對陳到說：「使者還帶來了一封主公的親筆信要我轉交給你。」說罷，從懷中取出信封，陳到雙手接過，放入懷中。

回去後，陳到想起了劉備命令自己訓練的精銳，那一千二百人都是好樣的，但是人數超出了劉備的要求，所以他已經把其中的一百人重新編回軍中，擔任百夫長，又曾派一百人前往西川協助劉備攻城，這封信可能就是對自己練兵的評價吧？

陳到定了定神，拆開了信，的確是劉備親筆，幾句噓寒問暖的客套話後，進入了正題，信中稱讚陳到兵練得好，自己非常滿意，那一百人已經成為劉備的貼身侍衛，希望陳到率領剩下的一千人好好輔佐關羽。並為這支軍隊起了「白毦」作為名字。

陳到一顆懸著的心，總算是放了下來。

這一年已經是建安十九年（西元二一四年），陳到已經三十八歲了，這段時間以來，陳到漸感體力比年輕時下降了不少，每日操練兵馬也很容易疲倦，雖然在關羽眼中，他尚年富力強

——關羽這一年已經五十三歲了，雖然是劉備手下的第一員宿將，可是終究也抗拒不了時間的束縛，長年艱苦的軍旅生活，使關羽的頭髮、鬍鬚好些都白了，他也再不能將手中的大刀揮舞如風了。

可是，關羽的威名卻不會衰退，靠著這個威名，荊州大地無人敢來犯。

荊州無事，但是劉備那裏前線卻依然有敵人——建安二十年（西元二一五年），正當劉備、孔明忙於整頓治理剛平定的西川時，曹操親自舉兵進駐長安，開始西征張魯。

張魯先前僥倖抵抗住了劉璋與劉備的進攻，但他知道自己遠非曹操對手，可是就這樣把自己的地盤拱手讓人又不甘心，只得走一步算一步了。

曹操出兵正是因為劉備奪取了西川，怕他再佔領漢中，形成不可剿滅的勢力。劉備因曹操出兵，怕他攻下漢中後又揮師南下攻西川，只得先派遣張飛、馬超率軍去益州北面設防。

曹軍的一路並不順利，抵抗他們的少數民族隊伍人數雖然不多，卻個個剽悍，而且往往據險而守，曹操的十萬大軍在付出了慘重的代價後，用了整整四個月的時間才到達漢中的第一險要隘口，由張魯弟弟張衛把守的陽平關。

陽平關險峻異常，東臨峽谷、西北兩面都是崇山峻嶺，南面只有一條容一人通過的羊腸小徑，十萬大軍根本無法展開兵力，由於路上耽擱了太多時間，張衛在關上處處設防、修築堡壘，曹操的幾次進攻，非但沒有成效，反而損失了好些人馬。

張衛軍見曹兵數戰不利，守關便更有信心了，士氣一盛，曹兵更是屢戰屢敗。不到一個月，曹軍糧草運輸不濟，只得撤軍，為了防止遭到追殺，曹操決定在半夜裏悄悄撤退。

可是，命運在此時和曹操開了個不大不小的玩笑，難怪有人說，命運是人的半個主宰。半夜時分，曹軍開始撤退，偏巧有一小隊士兵不當心迷了路，走上了羊腸小徑，無意中竟然誤入了張衛的營盤。張衛守軍見此情況以為曹操夜襲得手，都嚇得四散逃走，小隊的隊長果斷命令一人回去報信，一面帶著人到處放火虛張聲勢，已經準備撤退的曹軍趁機進攻，輕而易舉地佔領了陽平關。

張魯得知陽平關失守，感到自己無力再戰，決定率眾從治所南鄭逃往巴中，出逃時，部將想把寶庫中的珍寶燒掉，不要讓曹操得到。張魯卻說：「我們要做的，只是避開曹操的鋒銳，並沒有什麼惡意，寶貨和倉庫，那是國家的東西，不可毀燒。」下令將寶庫封好而去。

曹操兵不血刃奪取了南鄭，見寶庫封存完好，對張魯頗有讚歎與敬重之意，同時也知道了張魯不願意鐵了心和自己為敵，便派人去巴中與張魯聯絡，進行勸降，到了十一月，張魯終於回到南鄭歸降了曹操，同時歸降的還有馬超的舊將龐德。

當曹操攻打陽平關時，西川降將黃權立刻向劉備提議：「漢中原本為平衡我們與曹操關係的緩衝地帶，如果丟了漢中，則三巴不振，西川危矣！」劉備立刻派他率兵支援張魯，可是剛到巴中，就傳來了張魯投降的消息，黃權來不及請示劉備，立刻揮軍北上，打敗了曹操新任命的巴東、巴中、巴郡太守，使三巴地帶置於劉備控制之下，獲得了新的緩衝帶。

當黃權回成都後，因擅自出兵而向劉備請罪，劉備連忙將他扶起：「將軍非但無過，反而立下了大功，何罪之有？」

建安二十年八月，趁著曹操攻漢中的時機，孫權在合肥展開了攻勢，合肥守將張遼採取突襲的手段，以不足孫權軍十分之一的兵力，重創孫權軍。

第二年，曹操留下了夏侯淵、張郃守漢中，又再次攻打孫權，孫權初戰不利，向曹操求和，曹操答應了，兩家暫時盟好。

劉備和孫權頗有點捉弄曹操的意思：曹操準備要打劉備，孫權就給曹操背後來上一刀；曹操準備去收拾孫權，劉備又如法炮製──他留諸葛亮守成都，以法正為軍師，親自率領大軍攻打漢中。

就在這時，孫權方面出了一個重大的變故──一向極力維持孫劉聯盟的東吳第一謀臣魯肅不幸病故，年僅四十六歲，消息傳到成都，孔明心情十分沉重，魯肅之死，不僅對東吳是個巨大的損失，對劉備方面也是一件麻煩事──魯肅的繼任者可能不會像現在這樣遷就雙方的同盟了。

他立刻寫了一封信給關羽：

聞子敬身故，吾深惜之，然孫吳久有呑荊州之心，賴子敬從中周旋，遂保城於此。要保荊州，「北拒曹操、東和孫權」之言不可忘，切切。

孔明折好信，歎了口氣，周瑜、龐統、魯肅，一個又一個智謀之士不得永年！這些關鍵人物的故去，使得原本平衡的天下一次又一次晃動起來，要重新獲得平衡，談何容易！

他站起身來，打了個哈欠，窗外的晨曦照射進了屋了，天亮了，孔明為了公務又熬了一夜。

第八章 關羽的奮戰

摩擦

關羽收到了孔明的信，只是付之一笑，自言自語道：「魯肅對我來說也算是個難纏的對手，以前不招惹孫權都是看他的面子，現在他死了，孫權那裏也就沒什麼像樣的人才了，我還用怕他？」

再說劉備攻漢中，一直打到建安二十四年（西元二一九年），期間，曹軍前線指揮官夏侯淵陣亡，曹操不得不親臨前線，接著相持了幾個月，曹操始終無法打退劉備，被迫退兵。趁著曹操撤軍的空檔，劉備又攻下了房陵、上庸、西城，由劉備義子劉封負責鎮守，法正好友，西川智將孟達為輔。從此荊州、西川、漢中三地連為一體，成了一片完整的根據地，這一年劉備已經五十九歲了。

鑒於曹操早已被封為魏王，在諸葛亮的策劃下，一百二十多名大臣聯名勸進，表奏朝廷封劉備為漢中王，七月，群臣在沔陽設下壇場，陳兵列眾，劉備在壇上讀罷就王位表章，拜受了漢中王的金印，加戴王冠，向朝廷送還了左將軍和宜城亭侯的官印，立劉禪為王太子。

稱王後，劉備返回成都，建立了蜀漢政權。

關羽、陳到等奉命守衛荊州，不能去漢中觀禮，陳到也還罷了，關羽卻著實難過，一日，關羽召陳到來商議軍情。

「漢中已平定，到底會讓誰來鎮守呢？」關羽又像在問陳到，又像在問自己。

「依我來看，漢中太守非三將軍莫屬了。」陳到說：「除了他，別人都不行。」

「翼德？他不行，脾氣太過暴躁，又太過感情用事，守一方領土，光憑力量和勇氣是絕對不夠的。」關羽搖頭道，「還記得當年徐州之失嗎？張飛還有個好酒貪杯的壞習慣。」

「這次入川，三將軍立下了大功，用兵也遠比原來老練成熟，他已經是可以獨當一面的大將了。」陳到說，「而且，三將軍現在是巴西太守，離漢中最近，熟悉那裏的風土人情。」

「子龍你說怎麼樣？」關羽問道。

「子龍的確是個合適的人選，不過，我想軍師不會讓子龍離開他吧，子龍是軍師最倚仗的戰將。」陳到停頓了一下：「說句實話，你別生氣，我覺得子龍比你更適合守荊州，不過軍師不肯啊。」

關羽哈哈大笑：「我也覺得子龍比我適合，不過不知道軍師留下我的原因，原來如此。」

兩人談話間，封賞到了，讓兩人吃驚不已的是，漢中太守既不是眾望所歸的張飛，也不是冷靜果敢的趙雲，而是名不見經傳的魏延。

「主公的詔命總是出人意料。」陳到苦笑著說，關羽也大惑不解：「魏延……我記得他官位不過牙門將而已，怎麼會……」

「魏延入川時應該立下過不少的戰功，不過論功績他絕對不可能比得上翼德或子龍，我想功績應該不是主要的原因吧。」陳到的分析總是能以理服人，關羽聽了不住點頭。

「魏延能得賞識，一定有其過人之處。」關羽放下了這個問題。

「恭喜將軍，主公進拜你為前將軍。」陳到喜形於色地對關羽說，關羽只是微微一笑：「其他人呢？」

「翼德封右將軍，馬孟起封左將軍，黃漢升封後將軍……」陳到讀著。

「馬超封左將軍，黃忠封後將軍？那子龍呢？你呢？」關羽聽到這裏已經有些不快。

「子龍……」陳到努力找著，長長的名單上的名字很多陳到都聞所未聞，可一個個都身居高位，終於在後半部分找到了趙雲的名字，並且在趙雲的名字下找到了自己的名字：「子龍依然是翊軍將軍，末將得主公錯愛，封護軍將軍。」

護軍將軍的職司和翊軍將軍一樣，都是衛士，官位都不算高。

關羽聽到這裏，忍不住哼了一聲：「馬孟起加入我們陣營才幾年？也沒聽說他立下什麼大功，居然封到左將軍，他是將門之子，那也就罷了；黃忠只是個老兵，也能封到後將軍，與我並列，真是荒唐！子龍和你經歷了多少戰陣？那才是出生入死一起過來的戰友，官位居然比不上他們？」

陳到並不在意自己的官大官小，他名義上的官職大約有十多年沒變過——豫州的別駕從事。而廖化甚至有相當長時間連個名分也沒有，離開劉備軍他就只是個平民，或者是個山賊。陳到忙著尋找廖化的封賞，所幸很快找到了，廖化封前將軍主簿，等於是關羽的助理，這是個文職，陳到不禁啞然失笑。

「正因為是出生入死過來的，官大官小還會在乎嗎？」陳到反過來安慰關羽，「大家都為主公辦事，何必計較這些身外之物呢？」

「不行，和老兵黃忠同伍，這口氣我咽不下，大不了我不當這前將軍了。」關羽一衝動就去找使者，拒不接受印綬，陳到來不及阻擋，心中暗暗叫苦。

想不到那使者面對怒氣衝衝的關羽，卻不慌不忙地說：「當年蕭何、曹參和漢高祖小時候就是朋友，而韓信、陳平都是逃亡去的，論地位，卻是韓信最高，但從來沒聽說過蕭、曹二人有什麼怨言。現在漢中王以一時之功提拔黃老將軍，但是其中的輕重誰都知道。王與您同休等戚，禍福共之，那是何等的地位！愚以為您不應計較官號之大小、爵祿之高低，在下不過一使者，銜命之人，君侯不願意受印，我回報就是了，但是我很為您惋惜呀，擔心您日後會後悔。」

關羽聞此言，恍然大悟，接過印綬，陳到也聽到了這番說詞，心中暗暗敬佩。

他悄悄打聽了一下，瞭解到這個使者的名字叫費禕，是西川劉璋的舊部。

陳到感慨良多，他似乎瞭解到了為什麼西川那些新投降的人能官封高位，自言自語道：「西川人才何其多，可惜劉璋不能用，若能用，我們豈能正眼瞧這天府之國。」

最後的榮耀

關羽回想起了他和魯肅的最後一次接觸。

那是劉備剛得了益州時，因和東吳有言在先：得益州還荊州。孫權派諸葛謹到成都找劉備討荊州。

劉備怎麼肯把荊州還給孫權呢？不過他知道不能公開撕破臉，表面上答應了諸葛謹先歸還荊南三郡長沙、桂陽、零陵，令他彙報孫權。

孫權得到劉備答應還荊州部分的彙報後，有些驚疑不定，他料準了劉備不肯還的，沒料到竟得到了歸還的答覆，於是他立刻派出官員，接受三郡。

不數日，派遣的官員一個個狼狽而回，說關羽放言：「將在外，君命有所不受。」根本不承認歸還三郡的事，甚至用武力驅逐，走得晚了就要殺。

孫權大怒，再次派遣諸葛謹去劉備處詢問，劉備裝得一副無奈的樣子，說自己也很難說服關羽，現在正著手打涼州，攻下後調關羽守那裏，這時候再還荊州，請孫權多擔待云云。

諸葛謹無奈，回了東吳，孫權決定用武力奪取荊州。

呂蒙奉孫權之命，率水陸兩軍共計二萬，輕易攻下了長沙、桂陽，直逼零陵，零陵太守郝普堅守不降，呂蒙的第一次強攻沒有奏效。

呂蒙派人入城說降，使者曾受呂蒙叮囑，零陵已經被包圍，與外界消息已經被阻斷，可以編造一些謊言，把外面的形勢說得萬分兇險，援軍無望，使者依照呂蒙的吩咐，成功說服了郝普。

呂蒙親自去城門迎接郝普歸降，並且笑著把孫權的信遞給他看，郝普見信才知道劉備已經因為孫權起兵而親赴公安，關羽已在益陽，救兵指日可到，他悔恨的無地自容，無言以對。

孫權大軍分別由魯肅、呂蒙統帶，劉備大軍則由關羽統帶，大戰一觸即發。

魯肅雖為東吳的統兵大將，卻始終以大局為重，想要親自去關羽處談判，東吳諸將都怕他發生意外，但魯肅依然堅持要單獨見關羽。

關羽清楚記得，那天兩人單獨談判，魯肅侃侃而談，說話有理有據，反倒是自己有些理屈詞窮，說不上幾句話，最後談判不了了之。

就在此時，曹操發兵攻打漢中張魯，劉備急於回去穩定局勢，不得不對東吳做出了些讓步，再加上魯肅從中周旋，雙方終於沒有兵戎相見——以湘水為界，長沙、江夏、桂陽屬東吳，南郡、武陵、零陵屬劉備，幾乎土崩瓦解的孫劉聯盟，再次獲得了暫時的修復。

從那以後，關羽就沒再見過魯肅，魯肅過早地死去了，在關羽眼中，魯肅是個值得敬畏的強大對手。

不過關羽沒想到，接替魯肅的人竟然會是呂蒙。

呂蒙不但在上次攻荊州時立下大功，在後來對抗曹操的戰爭也表現不凡，魯肅死後，孫權又拜他為陸口都督，率兵與關羽對抗。

關羽召來了陳到詢問呂蒙的情況，陳到心情沉重得把他所知道的呂蒙詳細說了，關羽知道他和呂蒙的關係，只能安慰他：「現在同盟還在，我們不必與他為敵。」

「這個所謂的同盟隨時都會破裂。」陳到歎著氣，「我瞭解呂蒙，他接替魯肅的位置，戰爭就不可避免。」

「你剛才也說了，呂蒙是一位猛將，不過，勇而無謀，武藝再高強的人，也不過是匹夫之勇罷了，我們可以用計策打敗他。」關羽並沒有把呂蒙放在眼裏，他數十年縱橫天下，斬殺了不知道多少位猛將，怎麼會在乎多一個呂蒙呢？

「如果呂蒙只是一位多勇少謀的將領那也就罷了，可我覺得他這些年似乎成長了不少，上一次東吳攻零陵，呂蒙就運用了攻心的戰術，兵不血刃奪下了城池，所以對他還是得多提防才行。」陳到說。

關羽點點頭，又說道：「西川漢中已定，攻打曹操的計畫已經寫入了議事日程，軍師的計畫是從荊州、漢中兩地同時進兵，讓曹操首尾不能相顧。」

「這是唯一有可能打敗曹操的方法。」陳到一向佩服孔明的智慧，「不過，荊州並不完全屬於我們，曹操、孫權那裏都各自有一塊土地啊。」

「孫權是暫時的盟友，不能動他，對曹操還有什麼客氣的？前幾天我已經派人去成都請示攻打了，只要一批准，立刻進攻樊城！」關羽威風凜凜地說。

「照理說，我們現在剛獲得這麼大的地盤，應該發展生產，穩定局勢，現在轄域一下子大了好幾倍，防守的兵力尚自不足，草率發動攻擊不太恰當。」陳到說，「不過，曹操剛經歷漢中之敗，孫權那裏剛死了魯肅，都處在不利的境地，而我們正處在春風得意之時，一鼓作氣把曹操的勢力趕出荊州，也並非不可能的事。」

「說得好，有你幫助我，曹仁算個什麼東西，還號稱『鬼神之勇』，我非把他活捉不可。」關羽自信滿滿。

一個月後，成都大本營批准了關羽的計畫，關羽一刻也等待不了，發動了荊襄戰役。

建安二十四年（西元二一九年）八月，關羽留下了糜竺的弟弟糜芳守江陵，部下大將傅士仁守公安，以馬良為軍師，親自率領陳到、關平、廖化等將進攻樊城。

曹操聞訊，派遣于禁和龐統率領七支大軍支援樊城，關羽決定先擊破援軍，之後樊城就容易攻下了。

軍議時，關羽先發話了：「眾位可知此次援軍的曹軍主將是誰？」

「據探馬來報，主將是曹操五大將之一的于禁，副將為隨張魯歸降曹操的原馬超部將龐德，部下的七支大軍也都是曹軍的精銳。」廖化負責此戰的情報工作，做得一絲不苟。

「于禁？」陳到一怔，突然想起了曹營中驚心動魄的劫持事件，還有烏林追擊戰中，于禁勇敢機警的表現。

「于禁嗎？我也聽說過，那個龐德是馬超的舊將？」關羽問廖化。

「根據情報，據說是馬超來投奔時，龐德正好身染重病，所以沒有能成行。」廖化把自己掌握的情報一一說了。

「看來這人有爭取的價值，大家說說看，用什麼方法對付曹軍。」關羽轉而詢問眾人。

馬良獻計道：「時值秋日，不數日必秋雨大至，曹軍駐軍低窪，不如利用大雨，形成洪水，消磨曹軍的士氣，一戰而定。」

「妙計！」關羽贊道，即刻下令：「如此一來，樊城指日可下。平兒，你立刻回荊州調撥船隻水軍待命。」

「可是……」陳到一聽這計畫，腦子裏立刻想到了一件事，脫口而出，一想到關羽最不喜歡有人在他決定後又提出反對意見，話到了嘴邊又縮住了。

關羽對陳到總是看高一眼，所以對他的插嘴並沒有生氣，相反思考著這個計畫的漏洞所在，想了一會，覺得無懈可擊，便問陳到：「這條計策對我方沒有任何的損失，即使被對方識破，那也不過是敵軍移師到高地，有什麼破綻麼？」

陳到連忙回答道：「不是，這個計畫非常完美，不過，如果就這樣隨便利用雨水倒灌，那麼百姓必定會來不及提防，他們的損失……」

「原來是這個。」關羽點點頭道，「這的確是個問題，但是我們必須要確保這次戰役的勝利，如果通知當地的百姓，勢必會洩露這一軍事機密。」

「難道就對這些百姓棄之不顧了？」陳到一陣心酸，雖然他也知道戰爭是無情的。

「先水攻，死了的百姓戰後再撫恤。全軍移至高地！等待秋雨！」關羽毫不留情。

「得令！」眾將齊聲說道。

議後，馬良主動去找陳到道歉：「對不起，我不該出這種計謀的，曹軍遠來，和城內無法聯繫，我軍等待時機破敵，取勝的概率也相當高，我……唉……」

陳到慌忙回禮：「季常兄，這事不能怪你，雖然百姓遭殃，曹軍也一定全都餵了魚鱉，這是使我軍損失降到最低的最好戰略，不過，這會使我軍大失人心啊。」

「自古得人心者得天下，如果孔明在，一定有其他的辦法，我出了這樣的計策，將來定會折我的壽數。」馬良歎道。

大戰在即，陳到也不好多說什麼，安慰了馬良幾句，就回營備戰去了。

在等待秋雨期間，關羽曾與曹軍交戰了幾次，各有勝負，一次戰鬥中，關羽的手臂中箭，傷勢雖然不重，卻也不得不停止主動對曹軍發動進攻。

不數日，秋雨終於如期而至，漢水猛漲，關羽派人悄悄掘開航道，暫態平地水深數丈，曹軍立刻被大水淹沒，于禁、龐德率領少數兵士衝上高地，見四周已經成為一片汪洋，關羽水軍已將其完全包圍，知道此戰已必敗無疑。

于禁是追隨曹操出生入死多年的戰將，雖然膽識過人，見其情景也是非常驚慌：「公明，怎麼辦？沒料到關羽還有這麼毒的一手，眼下兵丁零散，我軍無船，根本不可能抵擋得了久居荊州的關羽水軍。」

「若能戰，則突圍，若不能戰，則以死報魏王！」龐德不擅辭令，但是每一字說出來，都是重如泰山。

于禁這些天與他朝夕相處，知道龐德是一個將才，便勸阻道：「你的舊主馬超在西川為大將，哥哥龐柔也在那裏當官，今日勢危，徒死無益，你就投降關羽吧，我受魏王厚恩，今日只有以死相報！」

「文則！你將我看成什麼人了？今日，我死日也！」龐德大怒，說完就要衝下去和關羽拚命。

「那麼，我和你分開突圍，關羽首尾不能相顧，衝出去的機會比較大。」于禁為龐德的忠勇所感，流下了眼淚。

戰敗的恥辱，辛酸的淚水，未卜的前途，不停飄落的雨滴，如同萬斤般的巨石壓在了龐德身上，他最後一次扶正了自己的頭盔，背對著于禁說：「你是主將，不能孤身涉險，我在正面吸引關羽注意力，請你從相反方向突圍……」

不等于禁說話，龐德猛地跨上了自己的坐騎，率領少數兵士向下坡方向衝去，于禁擦乾淚水，綽起兵器上馬，帶領其餘兵士也走上了突圍的路。

另一方面，關羽水軍中，陳到站在自己的戰船上，望著眼前的汪洋，握著穩操的勝券，心裏卻有一種莫名的悲哀……

「這或許是我們最後一次的榮耀了吧？」陳到自言自語。

危機四伏

龐德和于禁最終還是沒能衝出包圍圈，雙雙被俘，所屬的七軍大多投降了關羽。

關羽對戰敗了的于禁不屑一顧，認為他徒有虛名而已，但是他很喜歡那個力戰不屈的龐德，有心收服他。

龐德被五花大綁帶到了關羽大營，關羽笑著勸龐德：「你的哥哥在西川為官，你的舊主馬孟起也是我們的大將，為什麼不歸順我，和你的哥哥、舊主站在同一線戰鬥呢？」

這話和于禁說得如出一轍，無論于禁也好，關羽也好，他們都不能真正理解龐德。

只見龐德怒目圓睜，大聲喝罵：「我身受國恩，自當以死相報，不必多言，可速斬我！」

關羽越發敬重龐德是條漢子，反覆勸降，龐德只是不從，到後來甚至大罵關羽：「魏王帶甲百萬，威振天下，你幫你的主子劉備扳扳指頭，到底在魏王手裏敗過幾次？就這麼個庸才也要我臣服手下？真是癡心妄想！」

「放肆！一個敗軍之將竟敢口出狂言！來人，立刻將龐德推出去斬首！」關羽聽到龐德非但不投降，言語還侮辱及自己最尊重的劉備，立刻怒火萬丈，龐德毫不畏懼，大罵不止直到被斬首。

陳到恰好在計點戰利品、安撫歸降士卒，恰好不在關羽身邊，等他回到中軍帳，發現關羽面帶怒色，情知事情不妙，急忙問道：「不知何事，惹怒將軍？」

「龐德那廝無禮！竟然侮辱漢中王！」關羽在陳到面前，已經在強壓怒火了。

陳到心一沉：「人呢？」

「斬了，首級在轅門號令著呢！」關羽哼了一聲，看來是餘怒未消。

陳到知道此時無論說什麼都不合適，只得緘默不語，退立一邊。暗想：「連張飛這樣暴躁的人，都能在入川時義釋嚴顏，而關羽一被罵就怒上心頭，難道他還不如張飛有氣量麼？」

思量間，于禁被押解上來了。陳到知道現在的關羽正在氣頭上，很不理智，個言語不當，于禁立刻成了刀下之鬼。

陳到注視著于禁，只見他一臉的晦氣與不甘心，但是神色間沒有絲毫的恐懼與屈服，見了關羽，立而不跪。

「你就是于禁？」關羽沒好氣地斥問。

「本帥就是！」于禁針鋒相對，毫不退讓。

「你可知龐德對我無理，已被我斬了！」關羽哼了一聲，他沒什麼心思和于禁囉嗦，打算斥罵幾句就拉出去斬了。

「敗軍之將，無顏苟活於世上，請賜一死。」于禁聽到龐德已死，知道自己也難倖免，甩開押解他的士卒，轉身走向帳外的刑場。

「且慢！」陳到知道再不發話于禁就沒命了，立刻喝住了刀斧手，然後在關羽耳邊低聲說道：「于禁是曹操援軍的主將，把他押到樊城城下，對瓦解守軍軍心有著很大的作用，現在殺了他，作用不大，空污刀斧罷了。」

關羽皺了皺眉，覺得陳到雖然鹵莽，說得卻著實在理，下令先將于禁囚於軍中。

于禁聽到了有人喊「且慢」，但是沒有回頭，現在聽到關羽的命令，暫且不殺自己，大吃一驚，這才回頭，看清楚了那個出言救他的人，竟然是當年那個刺殺曹操的陳到！

「你為什麼要救我？」于禁從死到生走了一遭，雙足再也支撐不住身體，幾乎倒了下來，神思恍惚，口中反覆叨嘮著，被刀斧手帶走了。

關羽擒于禁，斬龐德，聲威大振，魏軍的降兵一下子多出來好幾萬，關羽軍的軍糧一下子接濟不上，陳到請示關羽，是否要先回軍荊州補給軍糧。

關羽沉吟了一會，說：「戰機稍縱即逝，現在是攻破樊城的最好時機，不能回荊州，先把于禁押回荊州吧。」

陳到問：「那軍糧問題怎麼解決呢？總不見得去劫掠徵收百姓的糧草吧？」

想不到關羽竟然點頭：「好主意，就這麼辦吧。」

陳到大驚，想不到自己的一句玩笑竟然為關羽採納，連忙勸道：「君侯萬萬不可，前次水淹曹軍，實出無奈，現在這裏的百姓有不少死於洪水，僥倖活下來的也都無家可歸，我們應該對他們進行撫恤，現在不但不撫恤，反而徵收糧草，可能會激起民變啊！」

「軍糧尚缺，哪兒有錢糧去撫恤災民？這也是權宜之計。」關羽說道。

「我軍經此一戰，已經頗為疲憊，還是先回荊州等待時機才是，還有，後方的東吳集團對荊州虎視眈眈，居心叵測，不得不防啊！」

「說到東吳，你看看這個。」關羽遞給陳到一封奏報，陳到接過一讀，才知道東吳現任的陸口都督呂蒙因病調回建業。

「呂蒙病了？」陳到的心中一陣惆悵。

關羽沒有覺察到陳到因這個消息而心神不寧：「我派細作去調查過了，屬實，代替呂蒙的是一個叫陸遜的人，從沒聽說過這人。哈哈，東吳再也沒有可以獨當一面的大將了！」

陳到沒有接話，只是呆呆地想：「呂蒙病了……病了……」

「對了，叔至，湘關離這不遠，那裏不是有孫權設的糧倉麼？」關羽突然發問。

「是的，那裏是孫權的備用糧倉，不到戰時是不會投入使用的。」陳到勉強從胡思亂想中掙脫出來，機械地回答了關羽的問題。

「戰時投入使用？現在正好啊，叔至，咱們減少對百姓的搶掠，就用湘關糧倉的吧！」關羽似乎很得意。

「君侯，那是東吳的糧倉啊，不是我們的，擅自動用會給孫權以攻擊我們的口實，這可不行啊！」陳到下意識想阻止關羽。

「事態緊急，沒別的辦法了，你剛才也說了，我們害百姓害得太苦了，一旦激起民變，那就不可收拾，現在呂蒙生病，東吳缺乏良將，即使給他們口實，他們也無力攻打我們，後方的守備也相當的堅固，憑東吳現在這麼一點點實力，根本就不可能攻得下來，再說了，我們借糧也不是為了私用，那是對付曹操的權宜之計，曹操也是孫權的敵人，我們借孫權的糧打孫權的敵人，也算不上什麼得罪。」關羽舉出自己的理由。

陳到雖覺得不合適，卻也沒有別的說辭來說服關羽，重要的是借孫權的糧總比劫掠百姓要強得多。現在是攻下樊城的最好時機，沒有理由回軍荊州補給糧草和休息，但是糧食問題必須解決，不然再過十來天大家都要喝西北風了。

「就這麼辦吧，平兒和你帶三千人一起去辦，務必要快，軍情緊急！」關羽一聲令下，陳到只能接受命令。

守衛糧倉的都不是孫權的正規軍，而是雇傭軍和民兵，數量雖然不少，卻沒有做什麼抵抗，陳到講明是關羽軍前線缺糧前來相借，帶走了糧倉中的大部分糧食。

關羽到自己地盤借糧的事傳到東吳，孫權一聽，暴跳如雷：「昔日是劉備親自以湘水劃界，湘關就是我新設用來防衛囤兵的！關羽這廝竟敢到我的地盤上公然搶糧！來人，召呂蒙來見我！」

呂蒙抱病來見孫權，他的病由來已久，年輕的時候精神好，沒什麼症狀，現在年紀也漸漸大了，體力也漸漸差了，病情終於顯露了出來，但也沒嚴重到不能上馬作戰的程度，孫權見了他，立刻氣呼呼地把事情的大概說了，要呂蒙立刻領兵，攻打荊州。

呂蒙說道：「關羽在後方留下了重兵，我們現在攻打，徒損兵力錢糧罷了，白讓曹操得了便宜。」

孫權餘怒未消：「我忍不下這口氣！這次就便宜了曹操！立刻出兵攻打荊州！」

「與其這樣直接和關羽為敵，倒不如和曹操聯繫，一起消滅了關羽，平分荊州，雖然與虎謀皮，也好過同時和曹操、關羽為敵。」呂蒙見孫權決心已下，自己的腦子中頃刻之間就有了完整的計畫，略微整理了一下思路後，便完整的告訴了孫權。

孫權聽完呂蒙的計畫，高興極了，撫著呂蒙的背說道：「卿有此謀，何不早言？雖亡子敬，尚有子明，東吳不乏賢人啊！」

呂蒙帶著沉重的心情回到寓所，他知道，一旦全力攻打關羽，和陳到、廖化的激戰就將不可避免，三十多年了，最不願意發生的事終於就要發生了。呂蒙拖著自己病態的身體坐在床上，僕人點起一支鎮魂香，呂蒙閉眼冥想了好久……

他想起了幼年時期，三人彼此的友誼；想起了自己下江南時，陳到與自己惜別的情景；想起了多年來出生入死參與的數次慘烈壯絕的戰役；想起了孫權對他的破格提拔，使他從一個普通軍官擢升為現在的大都督……

他想了很久，也想了很多，直到淡淡地鎮魂香再也聞不到，他站起身來，抖動了一下因坐得太久而有些麻木的兩腿，用堅定的聲音輕輕地說：

「叔至，元儉，讓我們為彼此的信念而戰吧！」

強弩之末

呂蒙先以書信迷惑關羽，對湘關借糧之事一筆帶過，以非常恭敬的語句討好關羽，並聲稱自己有病在身，請關羽多出力保護東吳云云。

關羽收到信，把信隨手交給其他將領看，並放心地說：「如此看來，東吳對我們不再有威脅了。廖化，你帶著兵符回公安和江陵去調兵來支援，我們要早日攻下樊城！」

陳到看完信，隱隱感覺有些不對，待眾人退去後，獨自去見關羽。關羽像往常一樣接待了他。

「君侯，這封信可能是用來麻痹我們的。」陳到顯得有些憂心忡忡。

「何以見得？」關羽又拿出信，細細讀了一遍，並沒發現有什麼破綻。

「我認識的呂蒙不是會寫這種信的人。」陳到說得很乾脆，而且充滿了絕對的自信。

「你說說看，這呂蒙是個怎麼樣的人？」關羽放下了手中的信，饒有興趣地問了起陳到

「剛毅、果斷、勇猛、孤傲，絕對是一個寧折不彎的好漢。」陳到說。

「很有趣，和我有點像嘛！」關羽笑了一下，「他是你的好朋友，又和你同年，是吧？」

陳到點了點頭。

「人是會變的。」關羽說，「呂蒙的身體狀況也不太好，這麼多年了，他的性格可能也有

改變，或者說，為了東吳大業，他必須倚仗我們的力量，身為上將，理應為自己的主公付出，寫封討好的信，說幾句違心的奉承話，又有什麼大不了的？」

陳到覺得關羽說得在理，說道：「是末將多疑了，還請君侯莫怪。」

關羽大笑：「你和我之間還有什麼客套，叔至，以後遇到什麼覺得不對勁的事，立刻來找我，馬良雖然是我們的軍師，有些地方還不如你呢，他出的水攻之計，我現在略微有些後悔使用了它。」

關羽一面繼續攻打樊城，一面派陳到回荊州調派援軍，同時押解于禁，臨行前，陳到突然有了個想法，請示關羽：「雖然東吳無力攻荊州，卻也不可不防，不如在沿岸一帶增造烽火臺，夜晚點火，白天點煙，以為信號，我就負責烽火臺的防守，一旦東吳有變，您可以立刻回軍支援。」

關羽點頭：「這個辦法好，不過你不必留在那兒，烽火臺造好後就來前線，我這裏少不了你，還有，順便催促一下糧草，湘關的糧草畢竟不能持久。」

「得令！」陳到上馬，率領一千精銳「白毦兵」趕回了荊州。

就在陳到監造烽火臺的那段時間裏，曹操聞知于禁兵敗的消息後，派出了平寇將軍徐晃支援樊城，關羽聞訊，派出一支守軍進駐偃城，阻擋徐晃軍的前進，卻被徐晃一陣擊敗，並丟了偃城。徐晃一軍逼近關羽大寨僅數里下了寨。

其實，這一切都不是孤立存在的，徐晃的援軍，正是整場戲的開幕——呂蒙早就已經和曹操聯繫上了，兩家相約一起消滅關羽，平分荊州。呂蒙這時也率軍悄悄出發了，一面飛書曹操，告知自己已經襲擊關羽的後方，並要求曹操保密，以達到奇襲的效果。

曹操將此信遍覽眾謀士，大多數人認為應該保密，只有董昭和程昱不同意，董昭先發話了：「我們應該表面上答應孫權保密，暗中悄悄把消息散播到關羽營中，這樣，樊城之圍可以不解自開。」

程昱附和著：「關羽一聽到後方遭襲，必定和孫權火拚，我們就可以坐收漁利，一來，關羽兵多，單靠徐晃一軍，無法取勝，一旦樊城失守，全盤皆輸；二來，關羽為人孤傲強梁，徐晃援軍已到，他要攻破樊城已經不是一件簡單的事了，但是這越發會激勵出他內心的戰意，再打下去，我軍傷亡必然慘重，何必為孫權賣命呢？」

曹操一聽，正中下懷，立刻寫密函給徐晃，令他用箭書將東吳包抄關羽後路的事散佈到樊城內，同時「誤射」了一封到關羽營地，樊城守軍得知援軍再次開赴，關羽後方已被抄，無不信心百倍，努力守城。

關羽收到信，則疑惑不定，偏巧陳到在監造烽火臺，不在身邊，只得密召關平、馬良、廖化等商議，正商議間，中軍來報：「陳將軍監造烽火臺完畢，已經回營，在外候令。」

關羽大喜道：「來得正是時候。」立刻召陳到入內，把信給他看了，陳到回前線後尚未休息，又是晝夜兼程趕來的，略顯疲憊的他借過關羽的信，仔細讀了一遍：

遣兵北上，欲掩關羽。江陵、公安累重，羽失兩城，必自奔走，樊城之圍，不救自解。乞密不漏，令羽有備。

「叔至，你說怎麼辦？」廖化心急如焚，搶先發問。

「大家先冷靜下來，這很有可能是曹軍的奸計，他利用這條假消息，擾亂我們的神智、消磨我們的士氣，他們可以把信射錯到我們營中，也就意味著可以把信射到城裏，城中的士兵看到這個消息，一定軍心大振，我們的攻城難度也會增大。」馬良說出了自己的看法。

「不過，對東吳不可不防，一旦後路被抄，我等全都死無葬身之地。」陳到說。

「那到底怎麼辦？先攻下樊城？還是回軍等待時機？」關平有些迷惘了。

「樊城指日可下，此時放棄，太過可惜，後方防禦堅固，又有叔至新監造的烽火臺，想來短時間內還不至於陷落，不過，對東吳必須提高警惕。陳到、廖化聽令：你們率領本部人馬，回防荊州，並督促守軍加強戒備。」

「是！」陳到和廖化接令，正要轉身出帳，被關羽叫住了：「不必急著出發，你先休息兩天吧。」

「可是，軍情緊急，如果這樣耽擱，不會誤了大事嗎？」陳到有些不能理解關羽。

「沒事，一兩天，誤不了事，你監造烽火臺的這些天，肯定天天趕夜工，否則怎麼能提前完成？路上看你也沒耽擱，總有幾天沒休息了吧？耽擱這幾天沒事，萬一你累病了，誰來幫我打這仗啊？」關羽擺了擺手，陳到雖然不理解，卻也感激關羽的好意，回到了自己的宿處。

畢竟幾天沒睡了，陳到一回去，倒頭就睡，一直睡了大半天，等他起身，廖化及兵馬早已打點完畢。

陳到沒有想到，就是這大半天，改寫了這天下原本已經既定了的腳本。

一路行軍到荊州還差半日的路程，可怕的消息傳來了——呂蒙已經偷襲荊州並得手，守公安的傅士仁、守江陵的麋芳分別投降，荊州之地已然易主。

陳到聽到這個消息，只覺天崩地裂，他反覆盤問哨馬，一面緊緊抓馬轡，以免自己摔下來。聽到呂蒙如何一環一環的破解己方的防守後，更是從心底透過了一陣涼氣。

原來，自己費盡心機督造的烽火臺，被假扮商船的東吳精銳水軍悄悄奪了下來，裏面的守軍還沒反應過來就做了「商人」的俘虜，根本沒有能夠及時起到警報的作用。

奪下烽火臺後，呂蒙又率軍馬不停蹄一路攻到公安，由於大部分兵力被關羽調到了前線，所以呂蒙軍幾乎沒遇到什麼有效抵抗就已經抵達公安城下，守將傅士仁因先前監管糧草補給不利，已被關羽派人訓斥過一頓，此時見呂蒙軍勢大，心想與其在關羽手下受到屈辱，不如投降，倒還能有個前程。

主意一定，他立刻舉城投降，並且自告奮勇去勸降江陵的麋芳，麋芳是麋竺的弟弟，本不願降，在傅士仁的利害陳述下，又見大兵壓境，終於也歸降了東吳。呂蒙不費一兵　卒，連賺兩城，關羽的大本營就此陷落。

「現在呂蒙大軍駐於江陵城，此地不可久留！」哨馬急得跟什麼似的，勸陳到立刻撤回樊城大營。

「不行！全軍聽令！立刻進軍，強攻江陵！」陳到突然大聲下令，「大家上！」

「荒謬！叔至，給我停下來！」廖化想拉住陳到的馬韁，可是已經來不及了，只有大聲斷喝。

陳到幾乎是帶著狂野絕望的鬥氣，大聲喊道：「大家都給我上，攻下江陵！」

服從是軍人的天職，紀律是獲勝的保障，陳到手下的一千「白眊兵」更是精銳中的精銳，雖然明知道是送死，依然擺開了急行軍的架勢。

「陳到！你給我冷靜一點，平常的你怎麼會下如此錯誤的判斷？」廖化少有的直呼陳到名字：「你一個人莽撞送了命，那還不打緊，連累這些忠勇的將士也陪你死了，那算什麼事兒？對改變大局沒一丁點的好處！」

陳到手下一千、廖化手下一千，合起來只有兩千人，即使是這個數字的十倍，也未必能攻破錢糧充足、城牆高厚的江陵。

陳到騎在馬背上，身體顫抖著，手裏的三尖刀再也握不住了，「鐺」的一聲掉在了地上。此時的陳到，感到的並不是恐懼，而是一種深深的絕望。

「如果不是我睡了這半天，也許一切還有救……也許……」陳到嘴裏喃喃地說。

「回大營吧。」廖化安慰道，即刻代替神志不甚清醒的陳到下令：「前軍改後軍，快速撤離！回樊城大營。」

功過

陳到帶著沉重的心情，回到大營，哪知道還沒來得及向關羽報告整件事，曹軍的周邊援軍已經攻來了，關羽軍只能倉促應戰。

關羽為了及早攻下樊城，親自駐守圍頭，另派關平紮營於四塚，抵抗援軍，徐晃表面上似乎繞開了四塚營，直接攻打關羽大營，實際上正指揮大軍攻打兵力較薄弱的四塚營，關羽見四塚危險，不得不親自領兵五千來戰徐晃，恰巧這時陳到、廖化及時趕回，關羽見此情景，估摸著荊州已失，只是當前景況不容自己細問，讓他們也加入了戰局。

關羽在曹營時，除了張遼外，就是和徐晃的關係最好，始終以兄弟相稱，今日兩軍對陣，兩人都不由得緩緩縱馬出陣，竟相互問起往事與近況，不言戰事，兩軍的將士都呆呆的。

寒暄罷，徐晃突然勒馬回營，大聲下令：「得關羽人頭者，賞金千斤！」關羽人吃一驚，高聲問道：「大兄，這是什麼話？」

徐晃沒有轉身：「這是國家大事，不可不如此，某雖與君交厚，也不可因私廢公。」說完，下達了總攻擊令，關羽無奈，提刀應戰，關羽帶來的軍兵不多，與陳到軍合起來也不過七千人，關平駐守在營中，也只能派出五千多人協助關羽作戰，而徐晃軍卻在曹操的數次增補援兵後，達到了二萬多，強弱之勢已經甚為明顯，加上關羽軍長期作戰，疲憊不堪，不久就露出了敗勢。

關羽提刀大戰徐晃，原本想親自斬了他，以挫曹軍銳氣，想不到上次與龐德作戰時，左臂上曾中過一箭，當時取出箭頭後也沒覺得怎麼樣，現在戰鬥一久，只覺得左臂隱隱作痛，戰了八十回合，漸漸敵不住徐晃，陳到見勢不妙，連忙上前替住關羽，暫且抵擋住了徐晃，廖化掩護向四塚營內撤退，陳到無心戀戰，見關羽已然脫險，也即刻退回，徐晃見破敵良機已到，緊追不捨，雖然四塚營被關平設下了十重的鹿角，防禦堅固，但是卻被徐晃一一攻破，關平見無法抵擋，只得率生力軍殺開一條血路，退回樊城大營。

退回樊城大營後，關羽計點軍馬，死傷五千餘多，另有相當數量的士兵潰散了，以于禁的降兵為多，己方兵馬只有不到一萬五千，唯一可以依靠的，就是沔水的地理及沒有受到重大損失的水軍了。

陳到的一千精銳陣亡了幾十人，連受傷的在內也不超過百人，在所有部隊的損失中算是最小的，這並不意味著他畏戰不前，相反的，陳到軍在戰鬥中有著非常好的表現，關羽見了，歎了口氣道：「要是我軍所有士兵都能像『白毦』一樣擅戰，平定天下，又有何難？」

他召陳到、廖化密談，開門見山地說：「荊州已經丟了？」

陳到不語，廖化見狀，只得自己開口，把荊州如何失陷的事說了。

「如果能早到半日，那麼至少還可以保住江陵，現在……」陳到等廖化說完，狠狠打了自己一拳，悲憤地說道。

「叔至，別自責了，讓你休息的命令是我下的，這是我的錯，我雖然老了，不及年輕時那麼中用了，也不會推卸自己的責任。」關羽面無表情，但是他並不責怪陳到，繼續說著：「唉，怎麼說這件事才好呢？晚去了半日，丟掉了荊州，從此我們的糧草補給將會非常困難，丟掉了大本營，軍心也會一蹶不振；如果你早去了半日，現在必定被呂蒙軍包圍在江陵城中，江陵有你在，可能不會丟，但是今天，在和徐晃的戰鬥中，如果沒有你及時掩護我，我大概已經被徐晃殺了，我如果死了，嘿，這裏的將士們，恐怕沒有一成能活著撤到成都吧？」

陳到聽到這番話，腦子亂得很，他今天和徐晃交過手，知道這是一個厲害的強敵，自己也只能勉強和他打成平手而已，年老的關羽，現在已經不是他的對手了。

「為今之計，只有暫且駐守這裏，派人去成都求援了。」關羽無奈地搖頭：「真慚愧啊，攻樊城沒有任何進展，反而把守荊州的任務搞砸了，我怎麼還有臉去見漢中王！」

「勝敗乃兵家常事，君侯何出此言？」陳到說，「荊州已丟，要和成都取得聯繫比較難，幸好漢中王已經打通了這裏與上庸的路，現在守上庸的是少將軍劉封，還有西川智將孟達為輔，手下精兵萬餘，只要他們能派兵來援，我們就能擺脫危機了。」

「那就暫且這樣吧。」關羽說道，「廖化，你帶上我的信，去上庸求援，路上可能會有曹軍的埋伏，務必多加小心。」

廖化帶著書信，馬不停蹄奔到上庸，上庸守將劉封接過廖化的信，並聽他說完事情的來龍去脈，點了點頭：「關將軍有難，我怎好不救，廖將軍先下去休息吧，待我與孟達將軍商議出兵事宜。」

廖化謝過，下去休息了，劉封即刻召來了孟達，將關羽兵敗一事說了，孟達說：「君侯勢危，不救不可，但是上庸地處要害，兵力也不甚充足，如果草率出兵，很有可能會遭到曹軍的襲擊。」

「說得有理，說不定，這是曹操的計謀，否則，廖化又怎麼能那麼容易衝出來？」劉封微微點頭：「那麼，不能輕易派兵援助了？」

「君侯雖敗，但水師完整，有沔水之險，不會那麼容易落敗的，不過一旦軍糧不足，那就有問題了，這裏兵士雖然不足，糧草還有有餘的，就先讓廖化把糧草護送過去吧，好歹打退了徐晃軍，就可以全力奪回荊州了，我們派遣援軍也就可以沒有什麼顧慮了。」孟達老謀深算，稍一思考就有了打算。

「就這樣吧。」劉封同意了孟達之言，立刻籌辦糧草去了，同時令孟達連夜去新城籌辦糧草，兩天後籌措完畢，並撥出一千人，連同廖化的一千人一起護糧，廖化見劉封雖然沒有派遣足夠數量的援軍，但是能體察到關羽當前最缺乏的東西，並且籌措得力，也是十分感激：「末將會捨命將糧草送到，絕不讓一顆糧食落到敵人的手中。」

在回軍的路上，廖化果然遭遇了曹軍的攔截，經過激烈的爭奪戰，加上關羽發覺後的及時支援，大部分糧草終於運達關羽大營，軍糧危機得到了緩解。

關羽雖見軍糧已到，心中卻依舊慘然，心中只想早日收復江陵，下令一路南下。

徐晃本想追趕，突然曹操飛書傳檄：「不得追趕。」

徐晃帶著不解的神色詢問使者：「為什麼不能追趕關羽？現在是捉他的好時機啊。」

使者笑著說：「孫權因為關羽和我們作戰，才會趁機掩襲他的後方，他們害怕關羽回救，還有我們的攻擊，使自己處於兩面作戰的不利地位，才會和我們聯合作戰，現在關羽已經戰敗，樊城之圍已解，我們再追擊，是沒什麼好處的，不如讓他們自相殘殺。」

「擒殺關羽，不是一件很榮耀的事麼？」徐晃說。

使者笑了：「把這榮耀留給東吳吧，連帶著這榮耀的，還有劉備的憤怒與無盡的征戰。你就看好他們互相殘殺的好戲吧！」

徐晃似懂非懂地點了點頭。

關羽一軍退回南郡，見江陵已經插滿了東吳的旗幟，只得遠遠紮下寨，派了使者去責備呂蒙背信棄義，呂蒙並不做正面的回覆，而是熱情款待使者，並且帶著使者遍視城中住戶，眾將士的家屬也都平安無恙，呂蒙治軍有方，剛入城時一名追隨他多年的親兵拿了民家一頂草帽蓋在鎧甲上避光，因而獲罪斬首，所以全軍對百姓秋毫無犯，使者見狀，只好回關羽處一一稟明。

軍中的將士紛紛找使者打聽自己的妻兒老小的情況，使者照實回答，眾人聽得家屬待遇比平時還好，個個都對呂蒙充滿了感激之情，鬥志也幾乎完全瓦解了——一旦強攻江陵，家屬性命定然不保。關羽即使有通天的本領，又能如何呢？

鬥志一消散，關羽軍中的逃亡現象日益增多，先是三三兩兩，後來是成批成批，再後來甚至是個別中低層將領率領自己的部屬歸降呂蒙，呂蒙來者不拒，收繳了降兵的武器後，立刻讓他們回家和家屬團聚，呂蒙的瓦解軍心之計，獲得了成功。

不久，孫權親自來到江陵，任命呂蒙為南郡太守，孱陵侯，賜錢一億，黃金五百斤。並派原來代替過呂蒙的「白面書生」陸遜攻宜都，一路望風歸降，少數守土不降擁有地干武裝的當地大姓，也一一被陸遜打敗，關羽的舊日領地幾乎全被東吳佔領，自己也到了進退維谷的悲慘境地。勢孤力窮的他得知南郡當陽縣東南的麥城尚未陷落，只得奔麥城而去。一路上，士兵的逃亡達到了高潮，抵達麥城時，關羽的身邊只剩下關平、陳到、廖化等將，一千多普通士兵與八百多的「白毦兵」。幾乎是不戰自潰，孫權方面得知消息，立刻包圍了麥城。關羽有了那種末路英雄的感覺。

「我的一生可能就要劃上句號了，將來，人們對我的評述，會怎麼樣的？是過大於功？功大於過？還是根本就沒有我的存在？」關羽一個人默默地想著，身後站著為數不多的忠勇將士。

責任

關羽站在城頭上，久久發呆著。

大半天，關羽嘴中才吐出一句話：「嘿，這個呂蒙，實在是夠狠的，我原本派使者去，並沒妄想他能把城還給我，只是想獲得道義上的優勢，想不到居然被他鑽了空子，亂了軍心，嘿嘿，真是個聰明的將領。叔至，你說呢？」

陳到不知道該怎麼回答，聽到關羽的苦澀語調，望眼城外遠方似乎到處都是「呂」的旗號，頭一次，陳到感到了自己是多麼的無能，無法挽回現在的局勢。

「嘿，我記得當時問你，呂蒙是個怎麼樣的人，你說，他是個和我一樣勇猛、孤傲、寧折不彎的漢子，現在看來，消息有誤呀！」關羽在這樣的絕境中，還在和陳到調侃。

「如君侯所說，人是會改變的，我太低估呂蒙的能力了。」陳到低頭，臉有慚色。

「叔至，這次咱們可能就要死在這裏了。」關羽笑了，越是危難關頭，越是能激發他潛在的能力。

「情況危急萬分，為今之計，只有盡快派人去上庸少將軍處求援。」陳到只能這麼說，他的心裏也明白，如果真的能派人去上庸求援的話，那這支不大的隊伍也完全可以棄守麥城。撤到上庸。

「廖化，只有麻煩你再辛苦一次了。」關羽轉過身去，高大的軀體和略微顯得蒼老的臉，讓廖化覺得一陣心酸。

「末將定會竭盡所能。」廖化向關羽深深行了個禮。

關羽閉上眼，努力控制自己的情緒：「平兒，你率五百人掩護元儉，實在衝不出去，就退回來，不要勉強。」

關平領命立刻去召集士兵。廖化飽餐了一頓，也準備好要出發了，這時，他忽然想起了陳到，剛想在出發前再和他說上幾句話，卻發現他已經站在自己身後了。

「叔至……」廖化只說了兩個字，喉頭就哽咽地說不下去了。

「元儉……」陳到緊緊握住廖化的手，也說不出話了。

關平原本已經選好五百兵馬，剛想招呼廖化出發，只見廖陳兩人似乎有話要說，便悄悄退了出去，這麼多年了，他跟隨父親征戰多年，算是身經百戰了，但是這次，關平也有了戰死的覺悟，廖化光憑個人的勇武，是很難衝出東吳的包圍圈的，自己的護衛，也不過是略盡人事罷了，運氣不好，自己和那五百人一旦被包圍，也得死。

「為什麼，我們有關將軍在，有你在，我們為什麼還會落到這個地步？」廖化終於忍不住哭了，就好像三十多年前，自己投黃巾離開陳到一樣。

「子明……他變厲害了……他可能是我們三個中最厲害的……」陳到喃喃地說。

「馬革裹屍是戰將的光榮，我不會逃避的！」廖化擦了一把眼淚，「只是還沒看到天下一統，死得有些不閉眼。」

「不能這麼說，只要你成功突圍，請來上庸的援軍，重新奪荊州可能不行，要全身而退，去成都找漢中王來替我們復仇，恐怕並不難，只要雲長活著，大家活著，一切都是可以重新來過的，你不記得當年我們是怎麼樣屢次戰敗的麼？」陳到緊緊纂著廖化的手，拚命想給他打氣。

「三十年前的生死之交，竟要為了各自的信念互相殘殺，最終，我們還是沒能擺脫冥冥之中的天意。」廖化歎息道。

「彼此都有著安邦定國的美好願望，大家的目的是相同的，卻非得走上廝殺的絕路？」陳到思索著：「道雖同，卻不相為謀，這……」

「平定天下的路，總是攙雜著個人的心思，大家最後的目的，都是皇位，呂蒙希望孫權能當上皇帝，我們則希望主公能當上皇帝，不能算『道雖同』。」廖化瞧了瞧四周，見沒有其他人在，輕輕說出了這番話。

「元儉哥！這話不能亂說，漢天子尚在，不可倒行逆施！」陳到聽得心驚肉跳。

「主公雖名為大漢皇叔，實際上，也是逐鹿中原的亂世英豪。」廖化慢慢地說，「在這一點上，主公和曹操、孫權沒有本質上的區別。」

陳到如同傻了一般不知道該說什麼好。

「叔至，這些天來，我始終在想為什麼會失敗。」廖化說著，「指揮失當的確是一個重要的原因，還有就是敗在太過於驕傲了！另外……失去了民心。」

「水淹七軍，壯哉，可惜為此失去了民心！」陳到幾乎是哭著說出來，「失民心者，即使富有天下，早晚也會失去這一切的！」

廖化拍了陳到一下肩膀：「好好保護雲長，我去了。」

說罷，廖化便走了，陳到再次登上城頭，目送廖化和關平消失在叢林之中。

接下來的時間，對陳到來說真可謂「度時如年」了，既要提防著孫權可能發動的進攻，又要為廖化的生命提心吊膽，關羽軍的輜重已經在亂軍之中丟棄了大半，城中原本無糧草囤積，全軍的糧食來源全靠隨身攜帶，但沒有糧秣隊，一個人背的乾糧能吃幾日？即使廖化突圍成功，上庸的援軍能否及時開到也是個問題。

一天後，關平率領大部分軍兵回來了，說廖化已經成功衝出重圍了。路途中遇到的阻擊沒有想像中那麼厲害，關羽和陳到懸著的心，也算放了下來。

事實上，關平的護送是不夠完善的，或者說，護送的距離太短了。

廖化別過關平後，自己一人馬不停蹄的衝向上庸，他知道自己背負著的重大使命，一點時間也耽擱不得。

走了大半天，已經不再是樹林地帶，廖化辨清了方向，只管走小路，估摸著自己已經衝出了包圍圈，正暗自慶倖時，一聲炮響徹底粉碎了他心中僅存的希望。

小路兩邊埋伏著的孫權軍一字兒排開，把路攔得嚴嚴實實，廖化粗略一點，大約有五百人，人數雖然不算多，但是個個盔甲耀眼，行動迅速，顯然都是訓練有素的精兵。

廖化出發時雖吃得飽飽的，但是自從別過關平時略微吃了點乾糧，此後的大半天都在趕路，水米未進，體力自是不濟，別說是面對五百名身強力壯的士兵，就是五名，憑現在的廖化，也很難取勝。

廖化觀察了一下地形，知道自己絕對不可能憑藉馬力衝過這五百人的包圍，後退的話恐怕也逃不了，又沒能完成求援的任務，他仰天長歎一聲：「不想廖化斃命於此！」舉起了手中的三尖刀，縱馬衝殺過去，斬殺了一名敵兵。

敵人似乎措手不及，都紛紛向兩邊退開，廖化咬緊牙關，趁機向前衝，同時向周圍的敵兵連砍數刀，又砍傷了好幾個。

廖化正奮力死戰，忽然馬失前蹄，將他拋了下來，原來敵人用上了絆馬索，待廖化摔倒後，無數鉤繩鎖鏈向他飛來，用意已經很明顯，要活捉他。

廖化左手扶地，使自己不至於失去重心，右手揮刀，擋開了第一波的攻擊，接著站了起來，徒步死戰，又斬了一人。眼見無路可走，廖化心一橫，大喊一聲：「廖化寧死不做俘虜，卻也不願意死於無名鼠輩之手。」說罷，抽出腰間的長劍，就要往脖子抹去。

「元儉！住手！」敵軍中忽然冒出一個聲音，倉促間，廖化沒覺察到聲音的方向。只能辨認出那是在東吳人群中傳出的。

又是一聲炮響，不知道哪兒又冒出來一支全副披掛的長槍隊，數百支長槍的簇擁中，捧出一員大將，廖化仔細看了一眼，那不是呂蒙又是誰？

「元儉，不要再打了，你沒有勝算的！」呂蒙早就把一切看在眼裏，自己再不出來，廖化的性命就不保了，「放下武器吧！」

廖化見包圍他的士兵都後退了三步，知道呂蒙並不想殺自己：「子明，伏兵是你設好的？」

「我料到關羽必定會派人去上庸求救，早就在各個隘口布下了天羅地網，你一個人又怎麼可能衝得出去？」呂蒙試圖說服廖化放棄抵抗。

「我早就有死在這場戰爭中的覺悟，可是沒想到，最後居然死在你的手裏！」廖化高傲地甩出了這麼一句話，抬起頭，手中的刀依然是防守的架勢。

「眾軍士聽命！不許傷他，只許捉活的！違者軍法處置！」呂蒙下令。

「子明，這就是亂世，亂世逼著我們必須為敵！」沉默寡言的廖化，在這最危急的關頭，竟然如同換了個人似的，「只有奮力為了彼此所相信的東西而戰，把握住有限的生命幹一番事業，才對得起自己，不是麼？」

「……你說得不錯，元儉，過去，我一直奉你為兄，而如今，我只有全力攻擊，才能對得起我們之間的友誼！」呂蒙聽廖化一番話，終於解開了纏繞著的心結，下了馬，倒提大刀，步行出陣，「讓我來證明給你看吧！」

之後，呂蒙又傳令：「三軍聽令，若我為廖化所殺，不許為難他，放開大路，由他去上庸或是其他什麼地方，不許任何人來幫助我，違者立斬！」

「單挑麼？這樣對你有些不公平啊，你有這麼多士兵，我就單槍匹馬。」廖化心中暗自詫異，不知道呂蒙是什麼意思。

「來吧！廖化！」呂蒙手起一刀，廖化架住，兩人開始廝殺，呂蒙的士兵用長槍圍成了一個圈子。

兩人都已不再年輕，刀法也都略顯遲鈍退步，但是，在呂蒙的士兵們看來，這可能是在亂世中最壯絕的一場決鬥！

生命

廖化畢竟有一段時間沒有進食了，年齡也比呂蒙大點，加上他的刀法原本就比呂蒙略微遜色，所以兩人戰到二十回合，強弱已判，只是呂蒙手下留情，而廖化又奮戰不已，勝負一時未分。

又打了幾回，廖化跳出圈子，氣喘吁吁地說：「呂蒙！你再敢放水，我死了也不放過你！這是我們彼此之間友誼的證明，你竟然這樣看待？」

呂蒙並不答話，調整了一下呼吸，又攻了上去，廖化感到呂蒙的力量又增強了，心中一片坦然：「一切都結束了……」

呂蒙又是一刀斬來，廖化已經來不及招架，只能趁勢一閃，可惜沒有閃過，廖化只覺得自己被什麼東西劃了一下，身體便輕飄飄地好似飛了起來。

廖化感覺自己的意識並沒有消失，一種從未有過的輕鬆感，彌漫了全身，說不出的暢快，他能感覺到自己似乎在移動，正徜徉在一個未知的世界裏。

如夢如幻，這個詞是廖化唯一能用於形容此時自己景遇的辭彙，好似什麼都看不見，又好似眼前的一切都是實實在在的，追求了多年的完美之地。

「我……死了麼？原來死了，是這麼的無憂無慮啊……」廖化感覺自己能動了，站起身來，眼前的一切原來都是混沌，「我死了……死在子明的手裏……這裏是什麼地方？黃泉麼？我該去哪裏？」

他在一片混沌中，搖搖晃晃地走著，分不清東南西北，就這樣不停走著。

「我這是要去哪兒？」廖化嘴裏嘟囔著，「我死都死了，還不能安心長眠麼？」雖然這麼想，但是他發覺現在又不能控制自己的身體了，一種超越了意識的力量，迫使他不停地走著。

過了好久好久，廖化又感覺到自己似乎掉進了水裏，他自幼熟習水性，但這次無論他怎麼努力，只能保持住不沉下去，呼吸不到空氣，胸口越來越悶。

「死了也會有痛苦麼？」廖化不知道怎麼的，突然冒出了一股力量，猛的從水裏掙脫了出來，瞬間，混沌、水，一切景物都消失了，他重新掙開眼睛，發現自己趟在一張床上，四周一片漆黑，好像是一個小倉庫。

「怎麼回事呢？我好像死了，又好像沒有死，子明那一刀即使沒當場要我的命，他也不可能送我回麥城的，即使他真的送我回了麥城，我也不會躺這麼一個古怪的地兒。看來我的確實是死了，可是和剛才的感覺又完全不一樣。」廖化自言自語，「難道我下了地獄？我這是在第幾層地獄呢？」

好在意識已經回歸軀體，廖化摸索著站起身來，發覺自己似乎被關在一個小小的黑牢裏，沒有一絲的光亮，能活動的空間很小，走三步就能從一邊走到另一邊，牆是很堅固的皮革，牆後似乎有著什麼東西，很軟，廖化用手按牆，感覺到牆壁往外突，一放手，又回復成原樣。

「真奇怪，地獄就是這個樣子啊。」廖化想，「我一生殺人無數，按理說下地獄也不冤枉，如果這裏真是地獄，那我就該受一些可怕的酷刑啊。」

想到這裏，廖化原本放鬆的心又緊張起來了：「真是麻煩呢，死了還不能太平，不知道什麼時候能轉世投胎啊。」

廖化又四處摸了一遍，確定沒有什麼出口，又回到剛才躺的地方，又坐下來，正胡思亂想之時，只聽外面有腳步聲。

廖化剛站起，就聽見不知隱藏在何處的黑牢之門被打開了，他本能的閉上了眼，避免被強光刺上眼睛——人類的本能反應使他忘卻了自己是生是死。

閉上眼的廖化，並沒有感覺到外面有光，但是他聽見了有人進來，剛想掙開眼，來人已經將他的雙手按住，並且用布蒙上了他的眼睛，隨即又用東西封住了嘴，從腳步聲和速度上看，顯然是兩個年輕精幹的人，廖化暗暗吃驚，既然是人，同時也意味著，自己還活著。

那兩個人將廖化帶出了牢門，又走了好一段路，眼睛微微睜開，已經有光線透過布，刺得眼睛微微生疼。

兩人並不停步，半推半拉得將廖化帶進了一間屋子——之所以這樣說，是因為他感覺光線變暗了，但並沒有完全消失，兩人站定，同時，拉下了蒙眼布，揭下了封嘴的布條。

廖化已經確定自己尚在人間，於是慢慢掙開眼睛，防止被光刺傷，可睜眼一看，又使他迷惑起來——剛才那兩人已經不見了，眼前這個房間裏，只有一張臥榻，臥榻上躺著的，竟然是呂蒙！

正當廖化驚疑不定的時候，躺在床上的呂蒙咳嗽了兩聲，轉過頭，面向廖化：「元儉哥，對不起，這兩天委屈你了。」

「子明，我不是輸給了你，死在了你的刀下麼？這裏是哪兒？是陽世？還是陰間？」廖化懷著不安的心情，試探性地問呂蒙。

「這裏是陽世，我治下的江陵城……咳……」呂蒙剛說一句話，就連連咳嗽，廖化大致明白了自己是怎麼來到這裏的，張望四周，發現一個僕人也沒有，便上前拍打他的背脊，呂蒙又咳了幾聲，吐出了一口血痰，廖化大吃一驚。

「我早在進攻你們之前，就得了重病，我也有預料，無論勝負，我大概都會在戰爭中死去……」呂蒙說著說著，眼淚便流了下來，「攻打荊州是我的主意，請你不要怪我的主公……」

「為什麼，子明，你明明有病在身，為什麼還要提出攻打荊州的方案？為什麼還要上戰場？」廖化幾乎要驚叫起來，「你的身體一向很好，如果你留在東吳靜養，病說不定會得到控制，你為什麼一意孤行，非要使你和我，還有叔至，都走上毀滅的路呢？」

「一切……都是為了東吳啊……」呂蒙的眼神直到剛才為止，都透露著一股死氣，直到現在，才略微透出一種興奮。

「為了東吳？」廖化問，「你以為這一切都是為了東吳？」

「要奪取天下，荊州是唯一的踏板，這裏本來就是我們東吳的囊中之物，你的主公利用了魯子敬善良，長期霸佔荊州，使得我們沒有進佔天下的據點！今日我們終於勝利了，勝利了，從今往後……東吳終於有了稱霸天下的資本了……我死了也值得了……」呂蒙話一多，立刻不連貫起來，說話斷斷續續，廖化這才知道呂蒙病得很重。

「你……為什麼要選擇和我單挑？」廖化的心都快碎了，「你是我最不願意面對的對手，而且你還有病在身，為什麼……」

「我……不希望……你和叔至……死……」呂蒙又咳了好幾聲，廖化只能輕輕拍他的背，幫助他吐出血痰，呂蒙略微歇了口氣，繼續說：「那天，你說我放水……嘿嘿，我已經是盡了自己最大的努力了，實在是力有未逮啊……」

「你明明已經砍到我了，為什麼我沒死？」廖化問。

「那把刀……上面塗了特製的麻藥……那一刀……並不是致命傷，你昏迷三天了，傷口也好了大半……我那是要在士兵面前掩人耳目，其實，你戰死的消息，早就傳到麥城了。這件事現在除了你、我跟我的兩個親隨，沒人知道。」呂蒙慢慢解釋，「你三天沒吃東西了，一定餓了吧，快吃點東西。」

廖化想到自己「陣亡」的消息傳到麥城，不知道陳到會有多麼難過，心中正惆悵，這才注意到臥榻邊上還有張桌子，一張椅子，桌子上擺放著豐富的食物，原本精神集中在其他地方的他，肚子根本沒覺得餓，現在看見了食物，立刻感到饑餓難耐，因為是呂蒙請他吃，他暫且拋開煩惱，狼吞虎嚥吃開了。

略微緩解肚餓的廖化，重新回到呂蒙身旁：「麥城的情況怎麼樣了？」

「根據我的計算……麥城的糧草應該還能支撐三天左右……」呂蒙歎息道：「所以關羽的突圍就在這幾天了，我已經布下天羅地網，他插翅也飛不了……只是我的身體狀況已經不容我再親自上戰場了……叔至也很有可能會死在亂軍之中……」

「子明……你錯了，你全都做錯了……」廖化長歎一聲：「你知道你做了一件多麼愚蠢的錯事麼？」

「什麼？」呂蒙勉強支起身子。

「你說我的主公利用子敬的善良，這壓根就錯了，你根本就不能體會到他的良苦用心啊！」廖化幾乎是痛心疾首地在說：「我承認，你成長了很多，你現在是東吳獨當一面的大將，謀略與計畫的本領也都遠超常人，但是你絕對不是一位戰略家！絕對不是！」

呂蒙怔怔的，一動不動。

「表面上，你們東吳奪了荊州，實際上，那是在自毀遮罩！東吳從此要面對東西兩方面的攻擊，你們能抵擋曹操的大軍麼？」廖化不知不覺中，嗓門大了起來。

「我承認，兩面作戰，我軍必將不利，可是我們和曹操是有同盟的……」呂蒙的臉色一下子白了，但還在試圖說服廖化。

「你忘記你是怎麼背叛孫劉聯盟的麼？」廖化一句話驚醒了尚在夢中的呂蒙。

「我的一切，難道都做錯了？我非但沒有能讓東吳強盛，還一手毀了它？」呂蒙陷入了深深的迷惘和自責。

「子明，你怎麼了？」呂蒙突然聽到廖化在喊自己，嘴裏似乎有粘稠的液體流出，他剛伸手想擦掉，只稍微一動，就失去了意識。

呂蒙倒下了，他的耳旁，似乎縈繞著廖化呼喊他名字的聲音。

漳水之恨

「元儉死了……」陳到聞知廖化戰死的消息後，一個人坐在城頭的角落一動不動，嘴裏反覆念叨著廖化的名字，整整一天，水米未進。

關平躲在另一邊的角落，不敢去勸陳到，他的右手包紮了起來，鮮血不時滲出——因為他惱怒自己沒有多護送廖化一程，一拳狠狠砸在城牆上，鮮血迸濺。

糧官趙累一言不發，反覆計點著已剩不多的糧草。

關羽的貼身侍從周倉在幫幾個傷兵包紮傷口。

關羽本人坐在議事廳發呆。

廖化戰死的消息，使原本尚存一線希望的關羽軍，受到了嚴重的精神打擊，全部兵馬一千二百，糧草一共夠用五天，城外是數不清的東吳包圍軍，在這種情況下，即使孫武再生，也只有束手就擒的份了，不過孫武絕不會把情形弄得這般糟糕。

東吳遲遲沒有發動總攻擊，並不是攻不下，而是要讓關羽屈服。小小的麥城，在東吳面前，是那麼的渺小。

關羽這幾天一直在回憶，將他從戎半生的經歷在腦子裏過了一遍，想到傷心與遺憾的地方，也會禁不住留下眼淚。除了關羽自己之外，沒人知道，這個孤傲的靈魂，也存在著脆弱的一面。

「父親，東吳派來了一個使者，在門外等候。」關平拖著受傷的手，從側門進入議事廳，向關羽報告。

「是勸降的，平兒，讓他進來吧。」關羽慘然一笑，若是以前的關羽，見到勸降的使者，肯定立刻下令將其斬首，而現在，關羽已不得不收斂起自己的脾氣，他想利用一下這個使者。

使者進來了，幾句客套話後，使者拐彎抹角說出了自己的來意，關羽耐著性子聽完，心裏嘀咕道：「真是個蹩腳的使者，孫權看來沒打算真的說服我，好，我就讓他出乎意料一回！」關羽就這樣假意答應了使者，使者顯得驚喜交加，立刻回去稟告了。

使者走後，站在一旁的關平走到關羽面前跪下：「父親，孩兒寧死不降，如我隨父叛主，是為不忠；背父歸蜀，是為不孝，不忠不孝之人，無顏存於天地之間，請賜孩兒一死！」

關羽大為感動，連忙扶起關平：「平兒，你不愧是我的好兒子！你應該瞭解為父是個怎麼樣的人，我絕對不會屈服於東吳的。」

「那您剛才……」關平不解。

「嘿，城中糧草全無，援兵也無望，除了突圍，別無他法，但東吳把我們包圍得如鐵桶一般，元儉就這樣枉送了性命，如何衝得出去？只有先假意投降，讓東吳放鬆警惕，才有機會啊！」關羽帶著難得的，只有作為父親時才有的慈愛笑容，慢慢地解釋給關平聽。

「那，什麼時候突圍？」關平問。

「今晚，這是唯一的機會，明天孫權就會來進城受降。」關羽說。

「沒問題，大家都已經做好突圍的準備了，那麼，路線呢？」關平面露喜色。

「陳到率領精銳『白毦』，走小路，其他人跟著我，走大路。」關羽早已經做好打算了，從使者進門的那一刻起。

「大路恐怕會有埋伏，還是走小路比較穩當，叔至的『白毦』都是百裏挑一的精兵，數量也比較多，不如讓他走大路，能夠吸引孫權的火力。」關平一聽關羽要走大路，連忙勸阻。

「平兒，那你覺得該讓叔至去闖埋伏？」關羽略微有些生氣。

「為了保護父親您，叔至不會逃避的，再說，憑他的身手，還有『白毦』幫助，突出重圍的機會也不是沒有。」關平連忙解釋。

「平兒，你記住，這次突圍，能衝出去的人，最多只有三分之一，而叔至，必須在那三分之一的人中。」關羽的語氣不容置疑。

「那，叔至跟隨父親大人走小路，用他的『白毦』來掩護父親，也是很好的，大路方面，我率領少數兵馬，故布疑陣，吸引孫權軍的注意力。」關平下定了決心，想犧牲自己。

「平兒，你還是沒弄明白，這一次突圍，主角並不是我，而是陳到。」關羽拍了拍關平的肩膀，接著說：「換而言之，現在任何人都可以作為誘餌，吸引敵人，陳到就有機會衝出去。你說，我們所有人當中，誰最具有當誘餌的價值？」

關平啞然。

「除了我，沒人能勝任這個誘餌的工作，不是嗎？孫權這次是衝著我才來的。」關羽又微微笑了一下。

「這怎麼可以！」關平下意識地大喊起來，「您是主將，你是絕對不能冒險的！今後平定天下的道路上，怎麼可以缺少你呢？」

「丟了荊州，我已經沒有顏面再去見漢中王，我老了，除了名聲，真的是一無所有了，丟荊州是我的責任，我要為自己的過失承擔起一切的後果。平兒，未來是屬於你們這些年輕人的，有可能的話，你也要活下去，你的生存價值已經遠遠超過了我。」關羽慈愛地看著關平，今晚，自己很有可能戰死沙場，這也可能是父子間的最後一次談話。

「父親，您不知道麼？漢中王如果知道您戰死了，會有多大的反應？弄不好，會傾全力攻打孫權！」關平著急了，「到時候，因為您的死，會弄得天下大亂啊！」

「誰不願意活著呢？平兒，我還是很看重自己這條命的，不會那麼輕易就搭上，你先下去準備一下吧，順便把叔至叫來。」關羽無奈的笑了笑。

關平退下，去叫陳到，悄悄把關羽的計畫和他說了，叮囑他：「不管用什麼方法，千萬要說服父親不要做傻事，切切！」

陳到聽關平說完，心裏疑惑不定，按照吩咐去見關羽。

關羽見他進來，笑了，指著陳到的嘴說：「從你進來所用的時間判斷，平兒一定把什麼都和你說了，首先，你只許聽我說，不許插嘴，違反就軍令處置！」

陳到只好把一肚子的疑問暫且壓住。

「你聽著，元儉死了，我要你連他的份一起活下去，所以你不能死，八百『白毦』依舊由你統帶，今晚突圍，你從小路走。」關羽下令。

陳到用眼神反抗著。

「注意，這是命令，你是軍人，服從命令是軍人的職責。」關羽說，「好了，我允許你說話了，但是不允許你再反對我的計畫，這也是命令。」

「君侯……為什麼？你自己為什麼要走危險的路？為什麼要把活下的機會留給我？」陳到憋了半天，只問出這麼一句話。

「因為你……你是我軍的棟樑，我之所以落敗，就是因為好幾次沒聽你的意見，你要活下去，繼續為漢中王，為天下貢獻力量。」關羽是個不會推卸自己責任的人，他把一切都擔在了自己的肩上。

說罷，關羽一揮手，陳到只得退下。

夜降臨了，在關羽的安排下，城頭上到處插滿旗幟偽裝成人影，迷惑敵軍，一面悄悄打開城門，兵分兩路，準備突圍而出。

此時已是十二月，傍晚時，雪從天空中紛紛落下，原本美麗的雪景，卻使得關羽心中更加淒涼，處在希望與絕望邊緣的關羽，此時的心情，是不可能用筆墨形容的。

關羽留下了周倉和三百多名士兵守麥城，只從這一件事，就說明了他已經下了必死的決心——周倉自從投奔劉備軍以來，一直都服侍關羽，從未分開過。

和陳到道了別，將馬良安插在相對比較安全的陳到軍中後，關羽率領一百多名騎兵、連同關平、趙累一起，向四川方向突圍，哪知剛出得城，一百多人就有一半四散而逃，關羽歎了口氣，只是催馬急行。

雪越下越大，不斷有人馬沿途倒下，關羽只能拉緊披在身上的皮製披風，聊以禦寒，一行人來到漳水邊時，只剩下十多騎了。

「這裏就是我的死地了……」關羽抬頭看了看四周的地勢，低聲說。

風雪聲音淹沒了關羽哀歎，在這裏埋伏著的吳將馬忠，率眾出現，關羽及其長子關平、都督趙累等就在漳水邊，被全部擒獲。

而相反的，陳到一軍則是從小路轉走上庸，一路上沒遇到任何的阻礙，當陳到保護著馬良，率領著八百「白毦」衝到上庸城下時，尚不敢相信自己已經脫離了危險。

他狠狠掐了一下自己，很疼，不是在做夢。

陳到不知道，此時，關羽、關平、趙累、周倉等人，早已做了泉下之鬼。關羽被俘後，拒不投降，被孫權下令斬首示眾，關平、趙累同時遇害；當孫權軍挑著關羽等人的頭在麥城下號令時，守城的周倉也自刎殉主，麥城陷落。

陳到更不知道，自己之所以能那麼輕易逃出，全是已經病重的呂蒙暗中佈置好的。

第九章 霸者的終結

在燦爛中死去的夥伴

建安二十四年（西元二一九年）十二月魏、蜀、吳的荊襄會戰結束，一代名將關羽飲恨漳水，從此，劉備集團被徹底排擠出荊襄九郡。

襲取荊州，擒殺關羽，東吳大都督呂蒙自然是首功，因而孫權還沒回到東吳就在關羽設下的荊州治所公安擺下了慶功大會，也直到此時，孫權才知道自己現在最重要的部下已經身染重病，吐血不止了。

廖化依舊躲在呂蒙的府邸，因為不肯投降孫權，呂蒙答應他，風聲過去後，就會將他放回去，所以只能先避一下風頭。

「元儉，我先去參加一下宴會，過一會就回來。」廖化這些天，都住在呂蒙住處裏間的小屋，一是防止有人發現廖化，二是容易互相照顧，呂蒙把自己得病的消息封鎖得很嚴密，連孫權都不知道，多個廖化，就多個照顧他的人。

廖化不語，這個宴會從另一個角度而言，是他的恥辱。

「我的身體狀況很糟，看來不能隱瞞主公了。」呂蒙低聲說，「這次我們的所謂勝利，那是用我的命換來的，我是看不到以後的時局變化了，元儉哥，你可得幫我留點心。」

廖化歎氣，安慰了呂蒙幾句，呂蒙今年不過四十一歲，但論其心態，已經和垂暮之人毫無分別了，就個人而言，廖化不願意失去這麼一位朋友，如果能拯救朋友的命，那麼即使犧牲自己，廖化也甘願；但是同時，呂蒙又是一個強大的敵人，從這方面來說，廖化又巴不得呂蒙早早死去。

呂蒙在兩個親隨的攙扶下，勉強上了馬車。騎馬對他來說已經很困難了，廖化躲在屋裏，目送他遠去。

慶功宴的規模很大，呂蒙印象裏只有赤壁之戰後的宴會才有如此規模，這次的宴會，呂蒙自然是主角，不僅是眾人矚目的焦點，更是為人敬仰的典範。

在這熱烈的氣氛中，呂蒙卻感到一種落寞，他的嘴唇只能略微沾一下酒，面對眾人阿諛奉承、歌功頌德的話語，他的腦子卻是一片空白。

「今天是我終生榮耀到達頂峰的一天，奮鬥了這些年，不就是為了今天的地位麼？」呂蒙暗暗問自己，「為什麼，我今天一點也高興不起來？」

廖化和陳到都是由自己安排放掉的，呂蒙這麼做已經很顧及朋友感情了，所以呂蒙想清楚了，自己的憂傷來源於自己即將告別人世的痛苦。

孫權注意到了呂蒙的不對勁，他已經知道呂蒙患病，但以為並不嚴重，猜測呂蒙是因為殺了好友廖化才會如此，便對他說：「擒殺關羽之功，子明之謀也，今大功已捷，慶賞未行，何必悶悶不樂？」

呂蒙勉強站起向孫權道謝，孫權向呂蒙以及眾多立功將官祝酒，然後當場宣佈了對呂蒙的封賞——南郡太守，督董廬江郡，封孱陵侯，贈給步兵、騎兵兩隊鼓樂手，拜為虎威將軍，群臣一齊向呂蒙祝賀。

慶功宴終於結束了，孫權親自送呂蒙還營，前面有兵馬儀仗隊，後面有無數相送的文武大臣，對於醉心追求功名的人，人生能如此，還有何求？只是，沒有人能真正瞭解呂蒙的心中到底在想什麼。

封賞的文書尚未頒佈，呂蒙的病情卻突然惡化，孫權連忙派人把呂蒙送到自己在公安居住的內殿。

廖化不願意就這樣丟下呂蒙，眼見他來日無多，就算是冒死也要陪他走完人生的最後一段路，他便假扮呂蒙的親隨，跟著一起去了。

孫權用盡了一切辦法搶救呂蒙，甚至到民間徵集藥方，出了非常高的價格，凡是可能有用的方法，都用上了。

廖化憑著自己這幾天的冒險，感到孫權待人的確很有一套——他對治療呂蒙，已經超越了「千方百計」的程度了：徵集的藥方數以萬計，並且公告天下，能治癒呂蒙者，賞賜千兩黃金。這「萬方千金」，就足以說明一切了。

但同時，孫權頃盡全力，也沒能找到挽救呂蒙的方子，因為戰事的拖延，他的病已到了不可挽救的程度。

半個月後，呂蒙的進食已經非常困難，每次和廖化說話，也非常勉強，有時候廖化不得不把耳朵貼到呂蒙嘴邊，這樣才能聽清微弱的聲音，孫權聞知消息，淒慘不已，由於不放心呂蒙的病情，想經常能看望他，可又怕打擾他，使他得不到好的休息，靈機一動，在沒通知任何人的情況下，只帶了幾個隨從悄悄搬到呂蒙隔壁，在牆上悄悄開了一個孔，經常從孔中觀察呂蒙的病情。

廖化是在無意中發現這個秘密的，因為有一天用了新的藥劑，吃飯時，呂蒙吃得比平時略多一點，他感覺隔壁似乎有笑聲傳過來，仔細一找，便發現了其中的奧秘，他悄悄打探，才得知孫權的良苦用心——孫權看見呂蒙吃得比平時多，開心得幾乎是手舞足蹈。

靠著千金覓來的珍貴藥劑，呂蒙的病竟然有所緩解，說話的中氣也略微足了，孫權見病情好轉，下令赦免自己治理範圍內的全部囚徒，求得上天的寬容；並請來道士築起高臺，在星夜之下為呂蒙請壽，廖化遠遠望見祭壇的香煙，心中又苦又甜。

廖化回到屋內，恰好呂蒙剛睡醒，廖化把孫權為他所做的種種，一一說了，換來的，只是呂蒙慘然的一笑。

呂蒙的臉色透露出一種將死的蠟黃，雙頰因飲食太少而深深凹陷了下去，眼球卻突了出來。廖化見過不少病入膏肓的人，很多人死前都是這個樣子的，他歎了口氣，並不相信孫權的那套玩意兒能救得了眼前這個可憐的夥伴。

「元儉哥，我不行了，我當年許下諾言，要掃平一切賊寇，成為大將軍，……嘿……第一個心願十年前我就已經達成了，我掃平了長江水盜；現在我已經當上了大將軍，生平也沒什麼遺憾了，我覺得，我的一生，是燦爛的。」呂蒙的聲音一天比一天沙啞，廖化若不是天天和他朝夕相處，突然聽到這樣的聲音，一定分辨不出這竟然是呂蒙的。

「子明，我們是三十多年的老交情了，我也不和你說什麼虛的，你還有什麼未了的心願麼？只要是你想要的，我都會盡力幫你，我幫不了的，可以請你的主公來完成。人總是有死的那天，完成了心願，你就安心上路吧！」廖化的心裏在流淚，但表面上，他裝得不動神色。

送終者的眼淚，會使死者的心靈蒙上陰影與不安，這點道理，很多人都懂，但是能像廖化這樣成功控制自己情緒的人，並不多。呂蒙也知道，廖化很在乎自己。

「要說遺憾，嘿嘿，死前沒能見上叔至一面，那就是最大的遺憾了。」呂蒙輕輕地說。

廖化的身體一震，現在陳到在哪兒？根據呂蒙自己講，他有意在包圍圈上設了漏洞，陳到在幾乎沒有阻攔的情況下奔上庸而走，此時候應該在漢中或者成都，即使飛馬傳書，沒個十天半月是不可能叫來的，呂蒙大限已到，撐不了那麼久。況且，現在的孫劉兩方是敵人，陳到也根本不可能到敵軍的陣營裏來探望自己的朋友。

不管是誰都無法實現呂蒙死前的心願，廖化很清楚這一點。

「三十多年了，我下江南時，他來向我送別，我現在還記得他對我說的幾句話……」呂蒙的聲音越來越輕，下面的幾句話，廖化沒聽清楚，大概是呂蒙在重複陳到曾對自己說的話吧，廖化把耳朵貼到呂蒙嘴邊，聽清了他的最後兩句話：

「叔至，你答應過我，有一天，要和我在刀法上比個高下……還有……我照你說的，飽讀兵書，努力學習，的確成就了一番事業……可是你……」

聲音停止了，廖化抬起頭，只見呂蒙的嘴唇可怕的痙攣了幾下，之後是一陣急促的呼吸，隨即暈了過去。

「子明——！」廖化失聲大喊，治療呂蒙的醫官聽到聲音，都衝了進來，其中一個醫官搭脈後，立刻喊道：「快快去叫大人！晚了就見不上最後一面了！」

當隨從氣喘吁吁的將正在祭壇下默默祈禱的孫權帶來時，呂蒙已經在眾人的眼淚中氣絕身亡了，年僅四十二歲。

孫權見呂蒙已死，號啕大哭，聞訊趕來的眾多文武，也都紛紛流下淚水。這間房間，成了悲哀的源泉。

呂蒙的家人含淚捧出兩份遺囑，一公一私，稱呂蒙生前有言，希望能讓孫權當眾宣讀，並照上面的做。孫權欣然接過遺囑，用顫抖的語調讀了出來。公家的遺囑上寫著，將孫權一切賜給他的金銀珠寶，歸還國庫，喪事從簡，並推舉吳將朱然、陸遜代替自己的職位；私人的遺囑上，除了叮囑家人要節哀外，還特地寫明了要親隨阿大去蜀中找陳到報喪。

廖化大吃一驚，阿大正是他在呂蒙府邸中用的化名，呂蒙死後，他根本就來不及去想自己該怎樣脫身，現在聽到這份遺囑，才知道呂蒙事先已經安排好了一切。

孫權讀罷，感歎不已，吩咐親隨「阿大」即刻出發，不得有誤。

廖化的眼角留下了淚的痕跡，他恭恭敬敬為呂蒙磕了三個頭，懷中揣著一件呂蒙前幾天交給他的遺物，跨上一匹駿馬，飛一般的向成都方向跑去。

距離

陳到率領著八百「白毦兵」，衝到了上庸城下，守城士兵在確認其身分後，將他們放進了城，劉封聞知陳到來了，知道前線有變，立刻召見了他。

眼前的陳到，風塵僕僕，滿臉倦容，顯然是經過了好幾天的飛奔，沒有休息過，劉封迫不及待地問：「前線出什麼意外了嗎？君侯沒遇到什麼危險吧？」

「希望沒有，但是現在他一定遭遇了危險。」陳到低著頭說，接著，他把荊州失陷的事原原本本說了。劉封聽著聽著，神情越來越凝重，當他聽到關羽從大路衝回成都時，下意識的站了起來，喊道：「什麼危險，那根本就是送死！」

劉封立刻修書一封，派親隨快馬送到成都，請求成都方面派遣援軍接應關羽，一面派出大量探子，潛入江陵一帶搜集情報，事情完成的乾淨利索，陳到不禁有些敬佩這位劉備的義子——劉備的親生兒子劉禪從未上過戰場，和眼前的劉封比起來，似乎差了點。

「陳將軍一路辛苦了，先下去休息吧。」劉封好言撫慰道，「君侯吉人自有天相，一定能安然脫險的。」

陳到謝過，回到了劉封撥給他的住處，雖然奔波勞苦，體力透支幾乎到達極限，但是陳到依舊毫無睡意，對廖化的思念，對關羽的感激，對劉封的敬佩，對未來的迷惘，折磨得他不得安眠。

第二天，心急如焚的陳到一大早就去見劉封，只見他皺著眉頭在自己的官邸來回踱步，陳到一見就知道情況不妙。

「陳將軍，有探子回報，君侯一行人在行至漳水時，遭遇埋伏，全數被擒，君侯和部下諸將均已遇害。」劉封把自己剛得到的情報告訴了陳到。

雖然早有心理準備，陳到依舊感覺胸口好似被重錘猛砸了一下。

「這消息還沒經過確定，現在只有一個探子回報，我們只有等待確切的消息了，不過，先做好最壞的打算吧，唉，因為我的判斷失誤，使君侯陷入絕境，我真是該死。」劉封的性格非常剛毅果斷，處理事情總是以理性控制感性，所以看上去有些冷冰冰，陳到聽完他的話，心裏頗不是個滋味。

「報！有探子回報！」親兵進來報告。

「快傳！」劉封喊道，探子一進來就跪下了：「稟告將軍，君侯一行人已經全部遇難，小人在江陵城外的軍營門口，見到了君侯他們的首級正掛在門口號令。關平將軍、趙累將軍、周倉將軍的首級也掛在那裏。」

「……你先下去吧。」劉封閉上了眼，揮了揮手，隨從又磕了個頭，正準備要退下，被陳到叫住了：「且慢，沒有廖化將軍的首級麼？」

「沒有，小人數過，一共四顆，沒有廖化將軍的。」探子回答完，見陳到沒有再問什麼，便退下了。

「廖將軍是和君侯一起被俘的麼？這就奇怪了……」劉封好似在問陳到，又好似在自言自語。

「不，他是先前突圍來上庸求救時陣亡的。」陳到說，「吳軍可能已經收斂了他的遺體。」

「不管怎麼說，先把消息發到成都吧，唉，又有一場大戰了。」劉封說著，又寫了一封書信，即刻發出，陳到不得不感歎劉封的辦事效率。

提心吊膽的日子一天天過去了，估摸著關羽死去的消息已經傳到劉備耳朵裏，陳到很想回一次成都，去看看劉備這位昔日的戰友，如今的漢中王。只是沒有命令，他寸步難行。

一個月後，成都的詔命到了，令陳到大吃一驚的是，劉備在詔命中痛責劉封、孟達對關羽見死不救，而對自己卻是好言撫慰，詔書命令劉、孟二人即刻回成都領罪，上庸、新城一帶的防務暫時交給陳到處理。

劉封從來沒遇到過這種事，驚慌的不知所措，一面和陳到商議，一面派人去請駐守新城的孟達前來。

陳到覺得詔書蹊蹺，劉封、孟達並不是沒有對關羽進行支援，而是支援的力度不夠，只停留在物資上，況且這一帶經常遭受曹軍的襲擊，如果派出大軍支援，後方空虛，被曹軍攻擊破上庸、新城，那麼非但救不了關羽，援軍也要跟著陪葬。而陳到則是以敗將的身分來到上庸，沒有能輔佐好主將，有負劉備的重托，不僅沒有被責怪，反而成了因荊州丟失而成為前線的上庸的臨時指揮官。

「漢中王的詔命總是令人費解，不過就我看來，少將軍此次並沒有什麼過失，只要回去向漢中王稟明情況，一定會得到諒解的。」陳到說

「希望如此了，我總有不好預感。」劉封一改往日的神情，腦袋搭拉著，一副無精打采的樣子。

兩人議論了大半天，前去請孟達的士兵一個人回來了，並帶了一封孟達的告別信，原來他害怕劉備加罪於他，已經投降了曹操，劉封聽了，呆若木雞。陳到接過信，展開來看，大意是說劉備昏庸殘暴，不能任用賢能，勸劉封也投降曹操，以免自尋死路，並有兩句話，請求帶給劉備：「交絕無惡聲，去臣無辭怨。」

「這話還是別給漢中王看見，否則非氣死。」陳到看完信，不禁有些咋舌，平心而論，孟達的信中所言，多少有點和陳到的心境相同，不過，陳到對孟達投降曹操的事感到不可原諒，非常鄙薄他的為人。

劉封仔細想了想，沒有立刻動身，而是寫了一封措辭恭敬的奏報，把這裏發生的變故以及自己的苦衷一一寫明，同時為了防止孟達來攻，即刻下令進入戰備狀態。

半個月後，劉備的詔命再次抵達上庸，這次不再要求劉封回成都了，而是命令他就地攻打孟達，奪回新城。同時命令陳到即刻回成都，另有任用。

「陳將軍，請您在父王面前多為我美言幾句，在下感激不盡。」劉封知道陳到是父親的愛將，而且是一個正直的人，一定會為自己辯白，擺脫陷害關羽的不白之冤。

「少將軍，此是末將份內所為，何言感激？在下詔命在身，告辭了，願少將軍旗開得勝，擒獲逆賊孟達。」陳到這些天和劉封相處，對他已經很有好感，自然願意幫他。

「還有，請陳將軍言及此地戰事，孟達軍力與我相當，再加上曹軍，我恐怕就不是對手了，希望父王能及早派兵來援。」劉封拱手道：「祝將軍一路順風。」

陳到帶著那八百人回到了成都，抵達後，立刻受到了劉備的召見。

他和劉備已經有很多年沒見面了，以前，兩人是戰友；現在，兩人是君臣，那一大套陛見的禮儀，讓長期在外作戰的陳到很不習慣。

成都的確是個繁華的城市，華美的漢中王府更是整個城市的中心，陳到在完成了那幾乎算煎熬的禮法，終於見到坐在王座上的劉備。

「見鬼了，這麼大的排場，臉還用簾遮著。」陳到在心中嘀咕，「這人是劉備麼？我根本認不出來。」

繁瑣的禮儀過後，陳到被召入內室與劉備詳談，陳到認識與不認識的一群群大臣紛紛向他祝賀，陳到這才知道被召入內室是件很光榮的事。

陳到在一名隨從的帶領下，來到府內一間並不是太大的房間，劉備已經在那兒等他了。

陳到不敢抬眼直視劉備，只是跪著行禮，劉備揮手示意隨從退下，內室中只有他和陳到兩人了。

劉備逕自上前扶起陳到：「叔至不必多禮，剛才大殿內那些是做給其他大臣看的，孤與卿是患難與共的生死之交。」

陳到的心中一片溫暖，抬頭看了一眼劉備。

肥大的王服已經換成了輕盈的便裝，雖然沒有了王者風範，卻給了人一種親近感，遮面的珠簾也撤下了，露出了劉備那略顯蒼老但依然透露出生氣的臉，皺紋也悄悄爬上了他的額頭，但劉備的舉手投足間，依然流露出戎馬英雄的氣質。

「謝陛下，小將有一事要稟明。」陳到和劉備談起了正事。

「你是要和我說封兒的事吧？」劉備笑了。

「少將軍文韜武略，擅於治兵，實乃我軍難得的人才，只是經驗尚不足，對荊州戰事的判斷出了錯，才導致如今的局面。」陳到沒忘記為劉封美言，「現在孟達叛離，上庸危急，單憑少將軍無法挽回頹勢，請陛下盡早發出救兵，否則上庸一失，再無奪回荊州的可能。」

劉備哈哈大笑：「你是我最忠愛的部下之一，跟你說了也不妨，這在成都早就是人人都知道的秘密了。我是故意要讓封兒走上絕路，這也是軍師的意見。」

「什麼？」陳到大驚，「且不說上庸地處要害，就憑少將軍是您的義子，也該速速發兵啊！」

「正因為他是我的義子，不是我的親生兒子，所以他得死。如果阿斗有封兒這般能力，我死也甘心了。」劉備長歎一聲。

陳到聽完劉備的這句話，背上滲出了汗。

記憶裏的劉備正離他越來越遠。

政治犧牲品

「陛下，這……」陳到回想起劉封那過人的膽略。不由得臉上變色。

「封兒對雲長見死不救，這才導致荊州淪陷，上庸離荊州如此之近，只要急行軍的話，三天就可以抵達了。無論怎麼說，都是罪責難逃。」劉備的回答乾脆俐落。

「雲長……都是因為我……」陳到想起了死去的關羽，不禁說道：「真要怪罪，首先應該怪我，如果我和雲長調換一下路線……」

「叔至，你沒錯，你一點也沒錯。」劉備親切地叫著陳到的表字：「我想，你還不至於自我膨脹到說，雲長是為你而死的吧？」

「我……」陳到欲言由止。

「在戰場上，面對敵人殘酷的攻擊，大家都只要想著保住性命，如此而已，可即便只是如此，也要用盡各種方法，能經歷百戰活著回來，不管有沒有立功，都是很榮耀很幸福的事。」

劉備轉過身去，背對著陳到，如同長輩一般語重心長地勸導著。

「雲長的存在價值遠比我高，為什麼……」陳到依然沒能聽明白。

「最重要的是，你活著，馬季常活著，大部分經由你訓練出來的精銳『白毦』也活著，這就足夠了。」劉備的聲音有些顫抖，陳到似乎也聽明白了。

「你在軍中多年，應該知道很多軍中打頭陣的敢死隊都有個習慣，每次臨出戰，所有敢死隊員都拿出一枚銅錢，刻上自己的名字，裝進一個錢袋中，戰鬥結束後，能僥倖活下來的少數士兵，將分享這袋錢。活下來的人說不定能衣錦還鄉，同時獲得一筆為數不小的錢，而死者卻一無所有，表面看上去很不公平，但其中蘊涵著深厚的袍澤之誼。」劉備畢竟是馬上打天下的人，對於軍中的一些細節也瞭若指掌。

「……意思就是……活著的人……要連帶死去同伴的份，繼續活在這個世界上……」陳到當然知道軍中的這個習慣，只是平時根本沒有去仔細思考，現在回過頭一想，果然大有道理。

「但是，此仇不報，我妄自為人。叔至，我和雲長、翼德的親密關係，就好比你和廖化、呂蒙那樣……」劉備說到這裏，突然住了嘴，他很在意陳到的心情。

「陛下還是幸福的，自始至終和君侯、三將軍站在同一陣線，君侯面對死也不願意背叛你，這也算得上是幸福吧？」陳到說。

「想當年，雲長在下邳戰敗，被迫歸順曹操，很大程度上是因為他背負著我的家屬。」劉備陷入了往事的回憶，「這次城中並沒有我的家屬，他就毅然選擇了死亡。」

「我和呂蒙已經站在敵對的立場，下次出兵討吳，我願為先鋒。」陳到不願意讓劉備再想起關羽的事，提出了征吳的計畫。

「等上庸一線的戰事平定後，我會盡快發兵的。」劉備揮手示意陳到退下：「你從今天起重新擔當起護軍將軍的職責吧。」

沒有了劉備的援軍，劉封只能孤軍奮戰，孟達聯絡上了曹軍，打敗過關羽的曹軍大將徐晃奉命配合孟達作戰，加上孟達巧妙策反了房陵守將申耽，劉封軍四面受敵，遭遇慘敗，只得逃回成都請罪。

劉備見劉封敗歸，大怒，立刻命令將其推出斬首，劉封據理力爭，拚命為自己辯解。劉備知道劉封和孟達、徐晃打過一場殊死的大戰，也知道他雖然戰敗，表現卻極為英勇，一時之間，又有些猶豫，只得先軟禁了劉封。

陳到聽說劉封被軟禁在劉備的王府中，便利用自己護衛隊長的職權，在未經批准的情況下擅自探望了他，劉封的臉上寫滿了無辜與茫然，陳到只覺得心酸。

「陳將軍，父王真的要我去死麼？」劉封見到陳到，如同見到了一位老朋友般，「到底發生了什麼事？」

陳到又怎麼能把這些事情的內幕告訴劉封呢？

「身為戰將，我早就有死在沙場上的覺悟，我不怕死，可是要我死得有個名目啊！」劉封是個乖覺的人，見陳到不語，心中已經猜到了八九分：「只怪我長期守土於外，對這裏的事都不瞭解了。」

陳到安慰了他幾句，怕有人發現自己來，打算告辭。劉封見他要走，便低聲對他說：「劉封原本一無名小卒，得父王錯愛，方有今天，我的命是父王給的，父王什麼時候要，我絕無一句怨言，希望將軍能傳話給父王，不要急著打東吳，把注意力放在曹操的身上。」

陳到答應了，逕自去見劉備，由於其身分的特殊性，他很輕易就見到了深居簡出的劉備。

「怎麼，封兒跟你說了什麼？」劉備似乎早就知道陳到去見過劉封了，陳到嚇了一跳，這才知道自己被人跟蹤了。

「少將軍似乎已經明白了自己的處境……」陳到想為他求情都無從說起，「陛下，您能放過少將軍麼？」

「雖然沒有血緣關係，他畢竟是我認的義子，若不是因為雲長，我絕對不會怪罪他的。」劉備歎息道。

「我身在前線，能夠瞭解到，少將軍不發援兵，自有其苦衷，您也看到了，申耽原來就是魏將，只是迫於形勢才暫時歸順，若少將軍派申耽去支援，恐怕他不會盡力而為；若少將軍親自帶兵前往，勢必會削弱上庸一線的防守，一旦有失，滿盤皆輸，損失只會更大，少將軍其實已經盡了自己最大的努力，搜集了軍糧和補給物資送往前線，只是……」

「你說封兒對前線有過物資援助？」劉備驚詫地問。

「是的，是廖元儉親自去求援，少將軍連夜籌集，第二天就送了去的。」陳到據實回答，他從劉備驚詫的語氣中，發覺了有些不對勁。

「可是軍師對我說，封兒是因為對雲長懷恨在心，所以拒不發援兵啊！」劉備說，「當年我認封兒為子時，雲長曾經冷言冷語道『既已有子，何需螟蛉』。這件事我也知道，難道封兒當時並沒有在意？」

「軍師？」陳到只覺得頭皮發麻，「這都是軍師的安排？」

「孔明這些天一直勸我盡早殺掉封兒，並說他對荊州見死不救，必定和曹魏私通，意圖叛蜀，所以我才下詔讓他和孟達趕回來，孟達反叛後，軍師建議讓他們鬼打鬼，封兒兵力單薄，堅持不了多久，軍師卻讓我們先觀望一下……」劉備的腦子飛快的運轉起來：「難道軍師和封兒有仇？」

「這事還是去問一下少將軍吧。」陳到建議。

「有理，這事不能去問孔明。」劉備點頭。

畢竟身分是漢中王，起駕也很麻煩，折騰了好半天，總算是到了劉封在成都的臨時居所，奇怪的是，用來監督劉封的衛士都分列兩旁，似乎有誰帶著人來了。

「陛下千歲千千歲。」領頭的劉封府衛士見劉備親來，連忙跪下行禮。

「怎麼回事呢？不是要你們守好門，不讓任何人進出的嗎？」劉備有些不悅。

「是諸葛大人，諸葛大人說有陛下的詔命。」衛士慌忙說道，「小人不敢阻攔，諸葛大人進去有一會了，還沒出來呢。」

「糟糕了，來晚了一步。」陳到一跺腳，衝了進去，劉備也拖著長長的王服緊跟在後，這次跟隨劉備來的還有二十名從「白毦兵」中選出的精銳衛士，也跟隨著衝了進去。

外堂空無一人，陳到快步衝向內堂，遠遠已經看到有一群衛士了。

「什麼人？竟敢擅自闖入少將軍府！」內堂外有個衛士眼尖，遠遠看見陳到一路奔來，立刻拔劍喝問道。

幾十個衛士跟著拔出劍。將內堂的門擋住了。

「我是護軍將軍陳到！漢中王陛下就在後面！快收起劍！」陳到由於是跟著劉備一起來的，身邊沒有帶兵刃，只得喊話。

這時劉備也趕到了，衛士們見果真是漢中王，連忙拋下劍，一起跪下行禮，劉備大聲問道：「封兒呢？軍師呢？這是怎麼一回事？」

就在這時，孔明從內堂走出來，恭敬地說：「逆賊劉封已經自裁謝罪，請陛下念在舊日情分上，收斂他的遺體，依舊以王子之禮安葬。」說完便跪下行禮。

「封兒……死了？」劉備懷疑自己聽錯了，大步跨上階梯進了內堂，果然，劉封已經自刎，鮮血尚從頭頸處汩汩流出，劉備用手輕輕撫摩著劉封的屍身，餘溫尚存。

劉封死去時，眼睛是掙開的，但眼神卻是坦然的，劉備用手合上了他的雙眼，突然失聲大喊：「封兒——！」

聽到劉備聲嘶力竭的叫喊，陳到用冰冷的眼神看著久違了的孔明，一言不發。

稱帝

「是誰？是誰逼死了封兒？」劉備氣急敗壞，撫著劉封的屍身大叫大嚷，孔明走入內堂，說道：「是我，是我讓劉封自裁謝罪的。有些話不能在這裏講，請陛下暫且回宮，待臣慢慢解釋。」

「陳到，你帶人收拾一下這裏，暫時安置一下封兒的遺體，我會選個吉期下葬的。」劉備無力地揮了揮手：「回宮。」

「孔明，我想不到你竟然是這樣的人！」待劉備和孔明走後，陳到幾乎是惡狠狠地咒罵著，一面帶著幾個衛士收拾起劉封的遺物，置辦了一具棺木，暫時安置了劉封的遺體。

回王宮後，陳到立刻就想見劉備，卻被告知漢中王正與軍師秘談，任何人都不得打擾，陳到只有坐在待客廳等待。

整整半天時間，陳到一直在等，可是劉備和孔明似乎都沒有出來的意思。

「惡人先告狀，嘿，看來說得還很在理。」陳到對孔明長久以來的尊敬之情幾乎化為烏有，劉封的冤死對他的刺激太大了。

直到最後，劉備也沒召陳到重新談及此事，陳到一次硬著頭皮問起，劉備顯得有些不高興，只是說孔明另有隱情。

劉封的葬禮在成都舉行，規模相當大，劉備徵用了相當數量的百姓服役造陵，朝中上下有不少人對此不以為然，但劉備在為劉封修陵這件事上很頑固，不聽任何人的勸阻。

劉備先失關羽，又失義子，狀態差到了極點，日夜憂鬱於心，終於病倒了，劉備恨不得立刻去征伐東吳為關羽報仇，只是自己有病在身，不便行動。此外，還有一個原因。

建安二十五年（西元二二〇年）正月二十三，一代梟雄曹操在洛陽突然病逝，時年六十六歲，其子曹丕繼任為魏王，領冀州牧，改元延康。

曹操病死的消息傳到成都，不少官員都設酒慶祝，劉備卻有些悵然若失的感覺，曹操是他這輩子最大對手，自己屢次敗給曹操，卻沒有真正打敗過對手一次。赤壁之戰靠的是周瑜、孔明，漢中之戰靠的是法正，現在這位對手不存在了，劉備再也沒機會和他一較高下了。

「曹操都已經死了，我是否也該考慮一下自己的身後事？」劉備暗暗問著自己。

當年的十月，繼任的魏王曹丕迫不及待的把當了幾十年傀儡的漢獻帝趕下了臺，在許都南七十裏的繁陽亭設一高臺為壇，升壇受璽，即皇帝位，自稱魏文帝，改元黃初，追授曹操為武皇帝，廟號太祖，封已經不再是皇帝的漢獻帝為山陽公，定了一個「位在諸侯王之上」的特殊級別，並「恩准」其奏事可以不稱臣，受詔不拜，可用天子車服祭祀天地、宗廟等。

大漢王朝至此壽終正寢，歷史正式進入三國時代。

曹魏取代漢室的消息不日便傳到蜀中，不過有些走樣——曹丕只是逼宮禪位，而傳到蜀中卻成了獻帝被曹丕殺害，病中的漢中王劉備聞訊十分哀傷，命令蜀中舉國服喪致哀。

劉備由於心情不好，便把一切事務交給了孔明，自己則在宮裏養病。同時思考著應對這一重大變故的對策。傳聞漢獻帝已死，曹丕篡位，劉備在思考，孔明和許多蜀中大臣也在思考：「曹丕可以稱帝，我們為什麼不能？」

於是乎，一些上層人物不謀而合，開始動用大量的酸腐文人引經據典，搜集祥瑞之兆，上言勸進。一些古書上的讖言，被這些一心想升官又沒什麼本事的人全翻了出來，而且又不斷列舉出西蜀的種種天象、數術帝王之氣象，來論證劉備應該當皇帝。

前後大約有八百多人上書勸進，人數極多，只是，幾乎每個人都打著小算盤。

孔明見大勢所趨，輿論已成，感覺時機已經成熟，便和太傅許靖、安漢將軍麋竺等人聯合上書，要求劉備登皇帝位，而且奏明他們已經開始著手建立禮儀，擇令辰，上尊號。

若把此事放在十年前，陳到一定會因此事歡呼雀躍，可是現在，他在成都的這幾個月裏，見到了大臣們之間的勾心鬥角，劉備與孔明也有諸多做作與虛偽之處，現在劉備雖然當了皇帝，陳到卻覺得自己走的路已經和當初的夢想背道而馳了。

章武元年（西元二二一年）四月，劉備在成都武擔山南築臺，登壇即位，原劉璋舊臣譙周在祭壇上朗讀祭文，祭告漢高祖和光武帝：

惟建安二十六年四月丙午，皇帝備敢用玄牡，昭告皇天上帝後土神祇：漢有天下，歷數無疆，曩者王莽篡怒致誅，社稷複存。今曹操阻兵安忍，戮殺主後，滔天泯夏，罔顧天顯。操子丕，載其凶逆，竊居神器。群臣將士以為社稷墮廢，備宜修之，嗣武二祖，龔行天罰。備惟否德，懼忝帝位。詢於庶民，外及蠻夷君長，僉曰「天命不可以不答，祖業不可以久替，四海不可以無主」。率土式望，在備一人。備畏天明命，又懼漢阼將湮於地，謹擇元日，與百寮登壇，受皇帝璽綬。修燔瘞，告類於天神，惟神饗祚於漢家，永綏四海！

文章作得很漂亮，也很有氣勢，但陳到聽來，卻覺得有一種說不出的彆扭。

劉備即位，大赦蜀中，改元章武。以諸葛亮為丞相，許靖為司徒，劉禪為皇太子，其餘那些拚命奉承的官員大多升了官，而陳到則官位未動，不單是陳到，如趙雲等宿老級將領也都沒得到什麼封賞，陳到把前途看得越發淡然了。

劉備當皇帝後，第一件事就是想興兵伐吳，為關羽復仇。

劉備下旨，讓陳到去請在蜀中有神仙之稱的李其意問以吉凶，陳到將人請來了，只見這位「神仙」向劉備磕了一個頭後，索取了紙墨，畫了幾十張的兵馬器仗，然後一一撕碎，又另取一張紙來，畫一大人，拿到庭院中挖了一個坑埋上，之後就一言不發，揚長而去。

劉備哭笑不得，問陳到：「是不是找錯人了？」

陳到跪下：「啟稟皇上，微臣在村子裏打聽過，人沒錯，一路上也不斷有百姓認出這位『神仙』，無不對他恭恭敬敬。」

劉備十分不快，揮手讓陳到退下。

「看來皇上要打東吳，也沒有必勝的把握啊。」陳到暗想，「古人云『不疑何卜』，還是有道理的。」

次日早朝，劉備便徵求群臣的意見，群臣見劉備心意已決，無人敢言語，劉備正要部署具體計畫，卻見翊軍將軍趙雲出班奏諫不可，劉備不悅，但也只能由得趙雲陳述自己的觀點。

陳到也正納悶——關羽和趙雲的關係相當不錯，劉備要為關羽報仇，趙雲為什麼會反對呢？只聽趙雲不卑不亢，侃侃而談：「國賊，曹操父子，非孫權。若先滅魏，則孫權自服。今曹操雖死，其子曹丕篡位，天下共忿，理當順應民心，早圖關中，居河渭上流以討凶逆，關東義士必定裹糧策馬以迎王師，不應該放開曹魏而先與吳戰。兵勢一交，不得猝解，討伐東吳，絕非上策。」

群臣見趙雲開了頭，也紛紛勸諫不可，但是劉備根本不為所動，大臣秦宓力陳天時不利，竟然被劉備下令收監，再無人敢上奏。

劉備的東征大軍力量配置並不是很強：張飛為左翼，趙雲為右翼，馬良、黃權、程畿等人為軍師參謀，陳到、吳班、馮習、傅肜等為中軍，一共動用了水陸馬步軍共計五萬。

劉備傳令車騎將軍兼巴西太守張飛從治所閬中直接發兵，南下到江州會師，然後走水路直接下荊州，可是時間不久，正當大家都在成都進行緊張的出征前軍事準備時，忽然帳下報有張飛大營的都督報送文書來到。

「什麼？張飛大營的都督？」劉備只覺得天旋地轉，暈了過去。

熱血

當陳到與劉備親兵將劉備救醒後，神智稍一清醒，便淚如雨下：「翼德也死了！」

「皇上，保重龍體！」陳到攙扶起劉備，「三將軍怎麼會……？」

「巴西的軍事文表應該是由翼德直接呈送，這次卻是他的下級都督越過上司直接呈送，這只有在翼德不在時才可能發生……」劉備擦著眼淚說道，一面傳令接見都督，果然，劉備所料不錯，張飛已經在閬中遇害，時年五十五歲。

劉備強忍住悲痛，擺出一副鎮定自若的帝王之態，問起那個都督張飛遇害的事，都督便詳細說明了。

原來，張飛早就因為關羽之死而哀傷不已，沒有一天不想著為關羽興兵報仇，而且曾經為了此事和劉備大吵大鬧過，怎奈政變聯翩，才一直拖了下來。一接到劉備東征的命令，便心急如焚地命令部下準備出征事宜，部下范疆、張達二人負責籌辦白盔白甲，不能克日齊備，張飛自從關羽死後，常常藉酒澆愁，藉著酒勁，他親自狠狠抽了兩人一頓鞭子，並揚言道：「來日就要完備，否則殺了祭旗！」

兩個窮途末路的無名下將，在張飛的無理逼迫下，鋌而走險，於夜間乘張飛熟睡之際，潛入帳內，將其刺死，割下了首級，逃到長江邊上，沿水路投奔孫權去了。

聽都督說完，劉備揮手：「下去吧。」

劉備待都督退下後，轉身回自己的寢室，陳到暗暗歎息：「翼德一生出生入死，千軍萬馬中，元戎宿將莫奈其何，竟然被兩個一文不名的部下割去了頭顱，實在太可惜了。」

隨後，陳到又想：「本次出征，能稱得上我軍宿將的，只有子龍和翼德，硬要湊數的話，我也能算進去，現在翼德身故，我軍如同缺了一條胳膊，這次征戰的難度，更加大了。」

趙雲這時也來了，他剛聽說張飛身死的消息，心情也很不好，見了陳到，只是說：「翼德已死，左翼大將的位置，由誰來擔任呢？」

「能不能調馬超或者魏延替補翼德的位置呢？」陳到突然想出這個主意。

「馬超守蜀北，魏延守漢中，那些都是要緊的地方，怎麼能調動呢？」趙雲歎氣道：「還有，後將軍黃忠也在去年病死了，師未出而失一股肱，此戰不利已成定局，不知道皇上為什麼執意要攻打東吳？」

「子龍，你一直是我最信任的戰友，這次就看你的表現了，不單是雲長，廖化、關平、周倉，還有劉封、翼德，這些新仇舊恨，全都要算在東吳頭上！」陳到自從上庸回成都後，意志一直都很消沉，現在有些振作起來了。

「我們所能憑藉的，也就只剩下你說得那一腔義氣之血了……不過，單靠這個，能打贏東吳麼？」趙雲低著頭。

章武元年（西元二二一年）七月，劉備調集了四萬五千人馬，浩浩蕩蕩匯集到了江州。

劉備在和幾個參謀商議後，突然下了命令，令趙雲率領五千人馬連帶其本部軍兵，留守江州，一是作為強有力的後援，二是作為成都的東南屏障，防止東吳抄了後路。陳到聽到這個命令，感覺有些不可思議——在張飛已死的情況下，趙雲是軍中最可依靠的宿將，現在非但不讓他打頭陣，反而讓他看守大本營，實在是匪夷所思。

不過，命令就是命令，軍人的天職就是服從。

陳到能感覺到自己背負的壓力，趙雲留守江州，自己實際上就是的西蜀戰將首領。

在劉備的統帥下，大軍順流直下，殺奔荊州，在劉備大軍壓境的情況下，孫權才感到事情不妙，為了獲得東部防線的安全穩定，同時避免兩面作戰的危險局面，孫權厚著臉皮向曹丕稱臣，消息傳到劉備大營，所有人都議論紛紛。

陳到和舊川軍的將領都不熟悉，三個參謀中也就和馬良有些交情，便問馬良道：「以前孫權不也向曹操稱臣過？這又不是第一次了，怎麼大家都有這麼大的反應呢？」

「叔至，看來你還是比較適合上戰場當將軍，朝中的政事你一點也不懂嘛。」馬良笑了笑：「你的話是不錯，孫權兩次稱臣，目的都是為了避免遭受夾擊，不過性質可不同了。」

「不懂，完全不懂，都屬於厚顏無恥的外交策略啊。」陳到苦笑，三十多年了，他始終沒有能真正理解所謂的政治。

「很簡單啊，因為曹操在世的時候，可以說漢即曹、曹即漢，孫權尚能有所掩飾，可是現在呢？曹丕篡位，魏已經代漢，他依然低頭稱臣，機心實在太重了。」馬良說道。

「原來如此，哼，除了『厚顏無恥』我已經想不出別的詞來形容孫權了。」陳到撇了撇嘴，深感自己在政治方面的幼稚。

八月，孫權的奏章交到了曹丕的手裏，為了討好曹丕，還將從江陵大獄裏救出的為關羽所俘的于禁一併送還，表示友好。

曹丕得意洋洋，雖有部下言孫權的奏章是緩兵之計，但曹丕不聽，還封孫權為吳王，加九錫，曹魏方面的軍事壓力得以緩解。

孫權同時也不忘用外交手段緩和和劉備之間的矛盾，幾次派使者，都被劉備趕回，孔明的兄長，時任南郡太守、綏南將軍、宣城侯的諸葛謹也寫信調停：

奄聞旗鼓來自白帝，或恐議臣以吳王侵缺此州，危害關羽，怨深禍大，不宜答合。此用心於小，未留意於大者也。試為陛下論其輕重，及其大小。陛下以關羽之親，何如先帝？荊州大小，孰於海內？俱應仇疾，誰當先後？若審此數，易如反掌矣。

諸葛謹的信中未提息兵一字，道理卻講得很明白，但是要說服一個狂野絕望，志在復仇的猛獸，那是根本不可能的。

東吳見連諸葛謹的話劉備都聽不進去，也就只有研究應戰的對策了，孫權提拔呂蒙生前推薦的陸遜為大都督，由於陸遜資歷尚淺，孫權允許他假節行事。

一面是孫權的焦頭爛額，一面則是劉備的意氣風發。劉備大軍由白帝出發，越過巫峽，開入荊州地界。攻打東吳的橋頭堡巫縣，大軍過處，勢如劈竹，先鋒軍吳班、馮習順利攻破巫縣，初戰告捷，聲勢大振。

劉備贏了第一仗，更是趾高氣揚，撲向第二座軍事重鎮秭歸城，守將不敵，再次大敗，劉備順利奪下秭歸，馬良此時獻計，聯絡當地的少數民族武裝，劉備批准了計畫，在馬良的遊說下，一些少數民族的首領紛紛帶兵來援，劉備的心情也跟著振奮了起來。

劉備決定讓大軍在秭歸休息幾天，當晚，陳到在營內正要休息，忽然隨從報告說有一當地百姓要見他，說是陳到的老朋友。

「會是誰呢？」陳到眯著眼想了好一會，實在想不出來，命令讓求見的百姓進來。

一個高大的身影從帳門走入，油燈的光亮很昏暗，陳到沒看清楚來人是誰，只是問道：「閣下是誰？找鄙人有何貴幹？」

只聽那人哈哈大笑：「叔至，不認識我了麼？」

聽到此人說話的聲音，陳到暫態呆住了：「廖化的聲音！是元儉！」

他猛地上前，仔細看清了來人的臉，不錯，是廖化，只是比原來瘦了點，陳到簡直不敢相信自己的眼睛，廖化不是戰死了麼？怎麼會在這個地方出現？難道是廖化的鬼魂？陳到不禁打了個激靈。

「叔至，我沒死，沒有死，我還活著，活得好好的！」廖化見到陳到，也是喜不自勝，一拳打在陳到肩膀上：「看吧，如果我死了，打你的話應該沒感覺的！」

陳到揉了揉肩膀，終於相信眼前的廖化是大活人而非鬼魂，發自內心的快樂將疑慮衝得煙消雲散，兩個好朋友，緊緊擁抱在了一起。

「元儉，你是怎麼活下來的？」陳到急切地想知道這一切的秘密。

「……是子明……他救了我……還有你……」廖化好似突然變了一個人，臉上的神情黯淡而又寂寞。

「究竟怎麼回事？」陳到不解，連忙催問。

廖化從懷中取出一件物事，塞到陳到的手中，說：「這是子明的遺物……要我留給你的遺物……」

陳到撥弄了一下，是個很舊很小的裝錢用的黑色荷包，他好似突然從夢中驚醒了一般，很久很久沒有說話，陷入了對往事的回憶。

致命的錯誤

這個小荷包，是陳到小時候用來裝零錢的，陳到還記得，兒時，廖化參加了黃巾起義失敗後，下落不明，陳到曾經和呂蒙打賭，說廖化沒事，卻因為沒有得到確鑿的證據而輸掉了壓歲錢，這個荷包就是當年裝壓歲錢用的。

「子明……他……」往事驀然湧上心頭，淚水模糊了陳到的雙眼，雖然早已聽說呂蒙病故，回想起過去的種種，現在依然是黯然神傷。

廖化便把自己冒險留在東吳服侍呂蒙的事和陳到說了，當說到呂蒙如何救過自己和暗中放掉陳到的種種事件之後，陳到終於忍不住號啕大哭起來。

「子明的遺囑中，特意讓已經假扮了親隨的我帶著這個荷包來找你。」廖化見陳到哭得如此傷心，自己也忍不住抹了幾把眼淚，「他一直到死……都惦念著你啊……」

「那你為什麼不早來找我……」陳到覺得好生奇怪，呂蒙已經死了一年多，廖化應該早就脫身了，卻遲遲沒有去成都找自己。

「叔至，我在到達秭歸時，突然有了一種想法，我已經有些厭倦戰爭了，想找個地方重新開始過平常人的生活，只是不放心你，還有就是沒完成子明的囑託把遺物帶給你，加上我一路奔到這裏時，兩方已經交惡，通路已經被封，所以沒能回來。我料到主公會來為雲長復仇，所以就在這裏住下了。你們果然來了。」廖化擦乾了眼淚，平靜地說。

「主公已經稱帝了，我帶你去拜見他。」陳到拉著廖化的手，卻發現他安詳地坐在位子上，並不挪步。

「怎麼了？元儉？」陳到問。

「叔至，我剛才已經說了，我有些厭倦無止境的戰爭了，現在除了你，沒人知道我還活著，既然大家都以為我死了，那就讓我從大家的記憶裏消失吧。」廖化的心態變了很多，他繼續說：「我已經看穿了，大家都只是為了爭奪皇位，誰也不比誰清高，為了爭奪帝位，百姓們流了多少血？我沒有辦法改變這一切，唯一的辦法就是退出，如此，我的心情才會平靜一些。」

「我和你有著相同的想法，但是，請恕我現在不能和你一起退出。」陳到重新坐下，開始撥弄那個荷包，「這是子明請你帶給我的？」

「是。」

「他果然是個能洞察一切的天才，我看來比不上他。」陳到歎息，「天不佑善人以時日，如果他的命能長一點，這個天下將會有另一番景象的。」

「洞察一切？」廖化還是沒有明白。

「他已經覺察到你已經心生退志，所以才把這個荷包交給我。」陳到便把自己和呂蒙的賭約說了，接著又說：「這個荷包，是我和子明相信你會有一番作為的證明，你，不要讓我，還有子明的在天之靈失望啊。」

廖化聽完，沉默了良久才說：「我答應你，雖然不敢保證能有一番作為，我還是不能讓你們失望。」

陳到笑了，他帶著廖化去見劉備，說明了一切的情況，劉備見到廖化，又不禁想起關羽，睹人思人，徒增傷感，卻也為廖化的歸來而高興。當下任命廖化為宜都太守，由於宜都尚在吳軍手中，廖化只是遙領，劉備命令他先回成都休息一段時間。廖化接受命令，拜別了陳到，回成都去了。

在秭歸的休整期間，劉備又召開了一次軍事會議，研究以後的軍事行動。劉備自己打算親自上陣，率領主力攻打陸遜的指揮部夷陵城，謀士黃權反對，說道：「我軍順流而下，勢如劈竹，進攻很佔優勢，但同時，後退也很困難，還是讓我們來做先驅，陛下在後方坐鎮指揮，方為上策。」

「朕要親自為雲長、翼德復仇，再說了，朕親臨前線，對將士們將會是很大的鼓舞，何愁東吳不滅？此事不必多言，朕意已決。」劉備說得斬釘截鐵。

「臣不只是為了陛下的安全考慮，更重要的是留下足夠的緩衝地帶，保證戰爭的勝利。」黃權跪下諫道：「臣等作為前鋒，一旦失勢，那麼陛下在後方還可以補救；一旦陛下率軍冒進，必然是全力投入戰鬥，出了變故，誰控制得了？趙雲將軍的兵團遠在江州，要支援也來不及，請陛下三思。」

「黃權聽封：朕任命你為鎮北將軍，去江北都督諸軍以提防曹魏的夾擊。即刻出發，不得有誤。」劉備已經厭煩黃權的囉嗦，乾脆把他打發到別的地方去。

黃權無奈，含淚而去，陳到就自己幾十年的戰爭經驗，覺得黃權說得很在理，剛想上前進諫，劉備倒先發話了：「陳到聽令，你率領五千兵馬，加上本部精銳『白毦』兵八百，守衛秭歸，以為我軍後援。」

劉備身為皇帝，說話一言九鼎，不容反駁，做臣子的進諫也難，陳到接受了命令，留守在了秭歸，眼睜睜地看著那批年輕的舊川軍將領意氣風發的上了路。

面對劉備的凌厲攻勢，陸遜避其鋒芒，下令撤出夷陵，向猇亭一帶重新佈置了防線。劉備兵不血刃得了夷陵。

前線雖然捷報頻頻，陳到卻一點也高興不起來。

「主公真的變了，他現在根本聽不進謀士們正確的建議，一切都是獨斷專行。」秘室裏，陳到和奉命一起留下的馬良一起，相對著發牢騷。

「這話可只能在秘室裏說，出去可不能洩露半個字。」馬良面無表情，「否則那就是殺身之禍。」

「據說，主公又奪下了好幾個城。」陳到的左手捏著前線的捷報，「看來孫權沒什麼了不起的，我們也不必太過擔心。」

「不對，現在我軍處於戰略進攻階段，而陸遜處於戰略防禦階段，一城一地之得失，根本不能說明什麼問題，一著不慎，滿盤皆輸，我們雙方都面臨著這樣的局面。」馬良搖頭，他對前景並不樂觀。

「我就擔心戰線拉得太長，這樣可對我軍不利。」陳到說，「我軍原本有四萬五千，陸遜的部屬大約有五萬人，我軍本來就不佔兵力優勢，再把戰線拉長，就怕被各個擊破啊。」

「說得有理，不過現在的主公肯定什麼也聽不進去，等我們的攻勢略挫，再去進諫，比較有成功的把握。」馬良見黃權已經被排擠出高層指揮部，不得不有所顧忌。

「也只能這樣了。」陳到無奈地點點頭。

陸遜退到猇亭後不再後退，設下了大本營與劉備針鋒相對，利用當地險要的地勢，推行絕對防禦政策，不管劉備軍如何挑戰，就是堅壁不出。

劉備見陸遜不出戰，便又派吳班率領一軍繞過猇亭攻打夷道，守將為孫權的親族孫桓，由於兵力不足，很快就被吳班軍包圍，陸遜聞訊，識破了劉備的策略，部下將領紛紛請戰，陸遜說：「孫將軍深得人心，夷道城城池堅固、糧草充足，劉備只是分一支軍隊去，那是絕對攻不下來的，如果出兵支援，反而中了劉備的陰謀。諸位稍安毋躁，我自有計解圍。」

劉備見孫權不肯接戰，心中焦躁，戰爭時間拖得越長，己方就越是不利。糧草供應也漸漸接濟不上，軍心開始浮動，勢態發生了微妙的變化。

無奈之下，劉備又命令吳班軍折回，以少量兵力為誘餌，同時埋伏下了精兵，想吸引吳軍出戰，又被陸遜識破，劉備至此，已經無計可施了。正面有陸遜的主力部隊布下的不可突破的防線，吳班一軍也久攻不下夷道城，黃權的偏師遠離戰場，毫無存在價值。整支軍隊，已經到了師老無用的地步了。

一直耗到章武二年（西元二二二年）六月，荊州的天氣已經非常悶熱，劉備軍無論水軍陸軍，都不得不在山中陰涼處紮起營寨，陸遜聞報心中暗喜：「破敵的時機到了。」

與此同時，守秭歸的陳到，接到前線送來的戰略圖與戰報。

陳到請來了馬良，打開了戰略圖，掛在了支架上，兩人細細一看，都不約而同驚叫起來：

「不好！」

「開什麼玩笑？軍隊全駐紮在樹林中避暑？要是敵人放把火，還不都烤熟了？赤壁之戰的沖天大火難道又要重現了？」陳到一急，幾乎是罵罵咧咧地說出了自己的想法。

「不止那麼簡單呢，看，從巫縣到夷陵，我軍戰線已經拉到七百里，這已經遠遠超過我的想像了！我軍總共才四萬人，這裏又是很難集結兵力的山地，一旦有失，那必然潰不成軍！」馬良畢竟是優秀的謀士，看得比陳到更遠。

「季常，你立刻趕到前線，把這一切告訴主公！一旦陸遜發動總攻，我軍必敗無疑！」陳到立刻傳令，並將出城的權杖交給了馬良。他是秭歸的太守，不能離開自己的守地，只有讓馬良趕去了。

「我知道了，就是死也要把陛下勸回來，這場仗沒什麼好打的了。」馬良說完，衝出衙門，跨上了一匹駿馬，帶上了一百名「白毦」，一路飛奔而去。

「馬兒！快點！再快點！晚了就完了！」馬良並不擅長騎馬，這是他第一次如此急迫地催馬疾行，他知道，自己的身上，背負著數萬將士的生命！

輝煌的反擊

馬良日夜不停的奔走，沿途不斷更換馬匹，終於趕到了前線的劉備大營。謝天謝地，大營尚安然無恙，馬良神經一鬆，竟然暈了過去。他太疲憊了，這些天來，他幾乎沒下過馬背，只有在極度困乏的時候，才會在疾奔的馬背上趴著小睡一會，過不多久會在顛簸中驚醒，他的手幾乎握不住韁繩了，在最後一次換馬時，不得不用布纏住手和韁繩，避免脫落。

「是馬良先生！」守寨門的衛兵連忙扶起馬良。

「我們是從秭歸城趕來的，有緊急軍情要上奏陛下，馬良先生走不慣長路，他太累了，這裏有軍醫麼？為他看一下吧，軍情緊急，我們要盡快見陛下。」「白眊兵」的小隊長也下了馬，立刻對衛兵說，他畢竟行伍出生，急行軍是家常便飯。

「好的，你先扶馬良先生去軍醫那裏休息一下。我立刻稟報。」衛兵知道事關重大，不敢怠慢，即刻便去報告。

當馬良醒來時，發覺自己躺在一張臥榻上，旁邊有人喊：「陛下，馬良先生醒了。」

馬良掙扎著起來，只見劉備正在批閱奏章，聽到馬良醒過來的消息，連忙起身，來看他的狀況：「季常，你不要緊了吧？」

「陛下……」馬良連忙跪下行禮。劉備扶起了他，說道：「看你如此馬不停蹄，定是有要緊的事，不必拘禮，快說吧。」

「陛下，我軍已處在萬分危急的關頭，請您盡早定奪！」馬良正要說下去，傳令兵奔入帳內，大聲說：「報！陸遜軍突然傾巢而出，向我軍展開了攻擊！」

「終於還是出來了，全軍出擊！」劉備大喜過望，立時便要出戰，馬良知道事情急迫，大喊道：「小心東吳有詐！」

「有詐？」劉備的頭腦一下子清醒了不少，「沒錯，陸遜半年多來從來都沒應戰過，現在突然出擊，果然有些古怪。」

「我軍紮營樹林，極易遭受火攻，兵力又太過於分散，難以集結，不但不能打敗敵軍，反而有可能被包圍後各個擊破。」馬良急迫地說，「我們應該迅速後退，集結兵力，利用水軍的優勢順流直下，突破陸遜的防線，才是取勝之道！」

「報！陸遜士兵所到之處，到處放火，我軍一片慌亂，請陛下盡快避難！」傳令兵又衝了進來，一聽到這個消息，馬良跌足長歎：「我還是來遲了一步！來不及補救了！」

「不要慌，傳令全軍撤出樹林，水軍盡快登上船隻，給敵人迎頭痛擊！」劉備果斷下令。一面自己也披掛起來，馬良勸道：「請陛下盡快和秭歸、江州方面的蜀軍聯繫，還有江北的黃權軍，只要兵馬集結及時，我們還沒有全盤皆輸。」

「馬良先生，你的忠告很有參考價值，可惜一切都晚了，我們只有放死一搏了！來人啊！」劉備大喊，傳令兵應聲入帳。

「傳令馮習、張南出兵迎擊！直接攻其要害，再傳令攻夷道城的吳班回師，夾擊陸遜的大本營！」劉備指揮若定，不失大將風範。

與此同時，陸遜的軍隊正不顧一切撲向劉備的大本營，登上岸就放火，劉備的軍營轉眼之間就成了一片火海，劉備軍早已經疲憊不堪，哪兒還顧得上戰鬥？劉備無奈，在軍兵的簇擁下，率領本部兵馬撤退。

與陸遜主力對抗的馮習、張南兩軍，見大本營有變，連忙回兵救火，吳班也無心攻打陸遜大營，一同回兵，卻被陸遜的主力軍團團包圍，戰況極為不利，吳班拚死衝出一條血路，和馮習、張南合兵一處。

「大營守不住了！」吳班大聲喊道，「我們先後退，陛下在後面，我們保駕要緊！」馮習張南都點點頭。

「秭歸有陳到的精銳部隊，保護陛下向那裏撤退！」吳班補充道。

可是，在敗退的途中，東吳第二軍已經包抄了後路，吳班率領的先鋒部隊勉強衝了出去，可是吳軍迅速合圍，劉備及以下的全部文武都未能衝出，吳班兵力不足，無法再次衝入，只得率領殘兵撤向江州，向趙雲求救去了。

劉備身陷重圍，危急萬分，馮習大喊：「大家保護陛下抄斜路從馬鞍山突圍！不怕死的隨我來斷後！」

馮習的喊話極響，劉備也聽到了，他的腦子裏一片空白，身體只是下意識地隨著奔逃的人流而行。

馮習親自上陣，帶領為數不多的兵馬阻殺追兵，只見他連斬數人，勇不可擋，但是大軍的頹勢，又怎麼能靠個人的勇武來挽回？不久，他的軍兵損失殆盡，自己也戰死亂軍之中，成為了此戰第一位犧牲的西蜀高級將領。

吳軍消滅了馮習的斷後軍後，又緊緊向馬鞍山方向追來，混亂之中，劉備軍被衝散成了兩股：劉備與張南繼續向馬鞍山撤退，傅肜保護著馬良、程畿兩位軍師撤向江邊。當得知劉備的撤退路線後，程畿立刻命令傅肜率全部陸軍馳援劉備，自己則率領少數水軍與吳軍周旋，減輕劉備的撤退壓力。

馬良狠狠地咒罵著自己：「如果我路上再快點，能堅持住不暈過去，我軍……」程畿苦笑著說：「這不怪你，從這次東吳的行動來看，他們事先已經做好充分的準備工作，我軍之敗局，早已定下。」

「我不會認輸的，還有一件我能做到的事！」馬良堅毅地跨上了一匹馬，單騎而去。

馬良找到了屯兵離此地不遠的，由他策動的少數民族武裝首領沙摩珂，說出了前線大敗的消息，沙摩珂是個一諾千金的硬漢子，因為答應過劉備要出兵，也就不顧戰況不利，和馬良率軍馳援，可是，這畢竟是一支沒有經過正規訓練的地主武裝，數量也不甚多，兩人此時都只不過是一腔熱血而已，在和東吳大軍交戰後，部屬全軍覆滅，兩人雙雙戰死。

率領水軍的程畿，故意打出鮮明的旗號，吸引吳軍來攻，眼見吳兵如螻蟻一般湧了過來，他已經下了必死的決心，手中緊緊握著一杆長戟。

親兵見吳軍勢大，不可抵擋，連忙喊：「程先生，追兵已至，乘上快船立刻撤退，還有希望免難！」可程畿卻說：「我從軍多年，從未遇敵而逃，況從天子而見危？」

說話之間，追兵已至，程畿乃一文職官員，這是他第一次操戈殺敵，卻也威風凜凜，連續戮翻了好幾艘吳軍的小船，不久，東吳的精銳水軍趕到，將其座船團團包圍，程畿終於寡不敵眾，不屈戰死。

張南見追兵迫近，不得已率領本部軍兵再次留下斷後，雖然為劉備爭取到了一點時間，但是張南自己也隨著部屬一起戰死。

劉備入吳的各路軍兵，到此已經基本被消滅，劉備收拾起殘兵敗卒，繼續撤退至馬鞍山，一路陸續有敗兵歸來，但是已如一盤散沙，毫無建制統屬。直到傅肜和在戰鬥中部屬完好的牙將向寵趕到，部隊才有人指揮編組，在傅肜與向寵的指揮下，蜀兵四面守衛佈陣，以防備東吳大軍來攻。

東吳的追兵終於一支一支趕赴小小的馬鞍山，陸遜也親自趕到的最前線，可是，當他見到佈陣有序的劉備守軍時，雖然勝局已定，卻依然感到害怕。

在陸遜面前的劉備軍，已經不是一支單純的軍隊，而是一大群為了活下去而拚命的，狂野絕望的猛獸。

「全軍！進攻！」陸遜陰沉著臉，一揮令旗，東吳士兵一個個爭先恐後衝了上去，他們以為蜀兵都是喪失了勇氣的散兵遊勇，想不到遭受的卻是一場迎頭痛擊！

蜀兵靠著有利的地勢和相對集中的兵力，以巨大的代價壓制住了第一波攻勢。蜀兵陣亡一萬餘人，東吳也有相當數量的損失。黃昏降臨了，吳兵攻擊暫緩，傅肜和向寵一齊來到劉備跟前，勸劉備乘著夜色迅速突圍。

「還能去哪兒呢？」劉備耷拉著腦袋，一動不動。

「巫縣乃兵險之地，秭歸戰況危急，只能向白帝城突圍了！」向寵說道。

「聽你們的，向白帝城突圍……」劉備有氣無力地說。

與此同時，陳到正率領著自己的兵馬和吳軍作戰。他已經撤出秭歸，拚命尋找著劉備的下落，一路不斷和吳軍交戰，最後駐紮在秭歸邊上的石門山一帶。

這恰好是馬鞍山突圍到白帝城的必經之路。

白帝春深

夜幕降臨了。

向寵一馬當先，率領著所剩無幾的殘兵，保護著劉備殺出了一條血路，一直向白帝城衝去，陸遜早料到了劉備必定會在夜晚突圍，只是東吳兵馬的損失也相當大，不可能輕易攔住劉備的逃亡大軍。劉備軍大營的最後一員戰將傅肜領命斷後，他一面阻殺敵兵，一面且戰且退，及至秭歸時，終於被陸遜從後方急調的預備軍趕上，傅肜拼力死戰，竟然暫時遏止住了吳軍的強勁攻勢，吳軍統帥見傅肜如此忠勇，心中敬佩，便喊話勸降，傅肜大罵：「吳狗！漢將軍哪有降者？」

但是，一路來的連日廝殺，早就耗竭了這位忠義之士的全部體力，人縱然不怯，馬力已乏，安能久戰？傅肜最終還是氣衰力竭，死於亂軍之中。

傅肜戰死後，蜀軍再也沒有能戰之將，一路逃到石門山，眼看吳兵又要追上了，劉備哀歎：「難道今天要死在這裏麼？眾將士隨我佈陣！一起迎敵！」

「陛下！陳到在此！」

一將帶著一支數量不多的軍隊，從斜裏衝了出來，劉備定睛細看，正是陳到！

「陛下快快後退！這裏就交給我吧！」陳到見劉備安然無恙，心中很是激動，「四處均為敵佔，只有白帝城尚在我軍的掌握中，易守難攻，只要江州趙雲軍開到，那就沒問題了！」

「叔至！一起走吧！馮習、張南、傅肜他們都是為了朕斷後而死的！朕不願意再有人犧牲了！」劉備想帶著陳到一起撤回白帝。

「『白毦』勇士們！你們都是最忠於陛下的人！今日陛下有難，我們理應為陛下捐軀！」陳到向著由自己統帥的五百多名精銳，喊出了最後的一句動員。只聽勇士們跟著齊聲喊道：

「欸——嘿——吼——」

這是敢死隊員常喊的口號，沒人懂這表達了什麼確切的含義，只能模糊地解釋為：「誓死完成任務！」

「陳到，這是朕的旨意！你留在這裏斷後！而且，要活著回來！絕對不許死！」劉備再也克制不住內心的激動，陳到親眼見到了，只有在關羽、張飛死時才哭泣的劉備，為了自己和這批忠勇之士，流淚了。

「遵旨！」陳到在馬上欠了欠身，劉備掩著面，奔向白帝城而去，陳到讓過劉備後，試探性地詢問著部下：「我們要阻擋住敵人，還得活著回去，怎麼辦呢？」

「這裏的路徑非常狹窄，一夫當關，萬夫莫開，我軍人數雖少，卻也不會吃虧。」一名小隊長說道。

「可是我們都得要活著回去啊！」一名普通士兵說重複道：「活著回去！」

「我有辦法了，這裏地勢狹窄，我們只要把這裏堵住，不就萬事大吉了？」一名士兵突發奇想。

「好，這個辦法很有價值，我有主意了！」陳到被這麼一提醒，立刻想出了法子：「大家立刻去把沿途丟棄的器械、鎧甲撿來，這裏恰好有主公設下的驛站，裏面一定有供馬吃得草料和做飯的木柴，一起取了來，先把路堵了，再放把火，除非東吳軍會飛，否則想衝過來，門都沒有！」

「好！」士兵們大聲叫好，按照陳到的吩咐照辦了，一把熊熊大火燒了起來，瞬間吞沒了石門山的官道。這麼多的物資柴火燒了起來，哪兒是一時半會能燒完的？吳兵追到這裏，也只能望火興歎。

劉備終於安全撤退到了白帝城，陳到的斷後軍也毫髮無傷，平安撤回。劉備的命是保住了，可是這一仗打下來，蜀軍的舟船、器械、軍資、幾乎全部丟掉了，士兵的屍骸幾乎塞江而下，慘不忍睹。這場戰爭至此以劉備的徹底失敗而告全部結束。

江北的偏師，由黃權統帶的水軍，無法衝破東吳的防線，又不肯投降孫權，只得被迫向曹魏集團投降。蜀將杜路、劉寧等部也被東吳分割包圍，被迫投降。這次戰爭的打擊，對劉備來說幾乎是致命的。

陳到初到白帝，胸中懸著的心總算是放了下來，雖然城周圍只有七里，但地勢非常險峻，是三面環水一面羊腸的天險，退守這裏，足以固守待援。

吳班僥倖衝出重圍，將前線的消息報之了趙雲，趙雲連忙派人通知孔明，一面和吳班分率大軍，日夜兼程趕赴白帝城，趕到後在巫縣一帶布下重重防線，防止東吳再次包圍白帝，趙雲不愧是蜀軍的百戰名將，東吳的攻勢被死死遏止在巫縣以東，再也威脅不到劉備了。

戰局穩定後，趙雲進入了白帝城，拜見劉備，只見陳到守在劉備所住的永安宮中，便問道：「陛下的龍體是否安康？」

「不太好，我也只在剛回這裏時才受到陛下的接見，雖然陛下稱讚我做得好，但是說話聲音有氣無力，唉……」陳到低著頭說。

劉備的侍者傳趙雲和陳到一起晉見，兩人進入宮內後，見到劉備臉色憔悴不堪，未免潸然淚下。劉備見了趙雲，也是老淚縱橫，勉強坐了起來，和趙雲執手相視：「朕悔不聽子龍之言，方有今日之敗，蜀軍將士為我一己之怒，死傷無數，復有何面目去見蜀中父老！」

趙雲也只有好言撫慰而已，劉備又看了一眼陳到，歎氣說道：「如果帶著子龍和叔至上前線，我說什麼也不會輸給陸遜啊！」

此時，侍者來報，稱臨近前線的巴西太守聞劉備兵敗，連忙從各縣調撥了五千軍兵，已經趕赴前線救駕，已經抵達白帝城。劉備的臉色透出一絲的高興，命令趙雲和陳到去收編這支軍隊，兩人奉命退下。

除了趙雲的援軍外，如今加上新來的五千人，再加上大戰中殘存的向寵軍、陳到的「白毦」以及敗亡散兵的重新編制，白帝的防守力量已經很強。劉備也不想回成都，決定留在白帝，並下詔將白帝改為永安。

劉備此時雖然無危險可懼，但是戰敗的陰霾使他心頭的憂鬱日見加重，終於一病不起。而與此同時，吳魏的的暫時性盟好終於破裂——曹丕一直要孫權遣子入朝當人質，孫權再三拖延，見曹丕態度強硬，只能斷然拒絕了；曹丕大怒，興兵攻吳，孫權下令即刻停止攻打劉備，調整部署抗拒曹丕的攻擊。劉備到了此時，雖然無力反擊吳軍，但還是想挽回一些面子，便寫信給陸遜，說道：「我軍將配合曹軍東進，請問將軍以為是否可能？」陸遜接信後，不卑不亢地回信：「但恐貴軍所敗，蒼痍未復，如果堅持再戰，窮兵黷武，硬要以敗餘之兵來送死，那就無所可逃了。」

劉備見軍事戰敗，書信上也轉不過面子，只得派出大臣出使東吳重新盟好。

轉眼過了春節，劉備的病情越發沉重，不覺經常想起死去了的關羽、張飛，回顧自己顛沛流離的一生，一幕幕在眼前掠過，自知不久於人世，便傳詔成都，請孔明攜著兩位皇子、和西川宿將李嚴盡快來永安。

孔明曾經好幾次要求去探視，都被劉備謝絕了，這次不請自招，知道是形勢不好，安排完成都的事務後就急匆匆帶了皇子劉魯、劉理和李嚴一起趕赴永安，自劉備出兵後，孔明和他已經一年多沒見了，劉備見孔明來，請他坐於榻前，撫其背歎道：「朕得丞相，幸成帝業，奈何知識淺薄，不聽丞相之言，自取敗亡，悔之晚矣！」

孔明見劉備兩鬢蒼蒼，面如黃草，瘦骨伶仃，只是涕泣無聲，劉備喚兩位皇子並李嚴一一見過，孔明李嚴兩人就和劉備日夕相伴，談論軍國大事。

閒談中，劉備得知了在這一年中，勇將馬超、太傅許靖等人已經先後逝世，心中又多了幾份傷感，馬鞍山的潰逃恍如昨日，在無限的後悔與疲倦中，他的病情越發沉重。

陳到奉命守衛永安宮，轉眼到了四月，城外的杜鵑鳥叫聲不斷傳入他的耳朵，如怨如恨，如泣如訴，簡直擾得他不得安寧。劉備也在杜鵑的淒涼叫聲中，走到的生命的盡頭。

一日，劉備覺大限已到，便下旨令孔明輔佐太子劉禪，李嚴副之。並喚兩位皇子到榻前叮囑道：「我死之後，你們兄弟要像侍奉我一樣侍奉丞相，你們要和丞相一起經營我們的天下啊！」

說罷，伸手指了指榻邊的木匣：「我死之後，方可打開！」

孔明見劉備喘氣不止，連忙宣召太醫，驚動了守衛在外的陳到，陳到見劉備已經走到了生命的盡頭，發瘋似地要衝進永安宮，被其他侍衛拉住了。劉備揮了揮手，遣開了拉住陳到的侍衛。

劉備無力的拉住陳到的手：「叔至，子龍還在周邊防守，估計是回不來了……咳……你要和子龍一起，保護我們創造的基業！」

「臣等敢不效犬馬之勞！」陳到已經不知道自己還能說些什麼了。

「我可以放心去了……雲長……翼德……我來了……」劉備的嘴嘟囔了一會，再也沒有發出聲音。

四月二十四日，一代豪傑劉備在永安宮中逝去，時年六十三歲。

第十章 朝露的夢幻

孔明的囑託

劉備死後，諸葛亮親自扶喪還成都，太子劉禪在成都即位，改元建興，加封孔明為武鄉侯，領益州牧，西蜀政權的一切重擔都壓在了孔明的肩膀上，當務之急就是處理完劉備的喪事，還有對大戰的善後事宜進行處理。

陳到隨著孔明一起回了成都，劉備的葬禮這些事陳到都是無從插手的，陳到唯一能做的，就是穿著喪服，靜靜回憶和劉備並肩作戰的一點一滴。

忽然有一日，孔明派人召陳到去丞相府，說有要事談。

自從劉封自裁，陳到對孔明就沒什麼好印象，不但如此，孔明還沒能勸阻劉備停止這場戰爭，甚至沒有派遣一名援兵。但是孔明畢竟是蜀漢政權中一人之下萬人之上的丞相，作為下屬的陳到不得已，還是得去拜見他。

陳到在孔明親隨的帶領下走進了丞相府，孔明正等著他。兩人寒暄畢，陳到在客位坐下後，略微觀察了一下孔明屋內的陳設，相當的簡樸，找不到一件奇珍異寶，正中間的條幅上用濃墨寫著「淡泊明志」，字跡蒼勁有力，周圍牆壁上掛著幾幅畫，看來都出自孔明的手筆。孔明果然是個多才多藝，志趣高雅的人。陳到心中的不快，被眼前的這些看似微不足道的小擺設沖淡了。

「叔至，你是追隨先主幾十年的老將了，論資歷，你比我更深。」孔明好似和一位老朋友閒談，語氣中透露著無比的親切，「依你看，當前的局勢，我們該如何應對。」

孔明所問的，正是陳到這些天所想的，所以他不需要思考，隨口就可以回答：「我軍元氣大傷，應與東吳暫時盟好，休養生息，再圖發展。」

「善！」孔明贊道，「盟好的使者我已經派出，東吳估計不會再來為難我們，你覺得我們是不是該信任東吳這個盟友？」

「不，說白了，我們雙方都只是互相利用的關係。」陳到又是想也沒想，脫口而出。

「說對了，互相利用，所以，對東吳，我們不得不防。」孔明說道，「追隨先土打天下的宿將，現在只剩下你和子龍了。而子龍一直是我最信任最倚重的將領，你應該明白我的意思了吧？」

「丞相的意思，是要末將負責針對東吳的防務？」陳到試探性地問。

「先主遺命，我為輔政大臣，李嚴副之，我打算派李嚴和你負責對付東吳，而我和子龍負責對付曹魏。」孔明說得很明白。

「李嚴……這個人怎麼樣？我只知道他是劉璋的舊將，既然是先主的遺命，定然是有些本事的了。」陳到長期駐軍荊州，對成都的宿老並不熟悉。

「李嚴，字方正，南陽人，原本是劉表手下的無名官吏，曹操入荊州時，他正好在秭歸當太守，見荊州無望，又不願意投降曹操，便率眾歸降了劉璋，據說政績相當不錯，後來歸降我軍，官拜犍為太守、興業將軍。他多次討平零星的叛亂，並且在先主攻吳時打敗了叛亂的少數民族。不但長於治軍，也長於治國，實一難得的人才。」孔明向陳到略微介紹了一下這將來要長久共事的人。

「似乎很了不起呢！他有法正的智謀麼？」陳到說著，龐統早死，接替其位置的法正也已病死了多年了，蜀國除了孔明，一直缺乏能謀者。

「他的智謀絕不在法正之下，但是他的理念和孝直有區別，這次征吳如果有孝直在，我軍絕對不會落得個全軍覆沒的慘狀。」孔明說著說著，也想起了法正，一時之間說話也流露出悲哀的感情。

陳到也聽說過，當孔明在成都聞知前線大敗的消息後，曾捶胸頓足，哭歎道：「若孝直在，絕無此敗！」這時，陳到不由得問起孔明來：「丞相既知征吳無益，何不勸止？」

「我和先主的關係太密切了，相互之間尊敬有加，所以我的勸阻只能點到為止，而我絕對不會撕破臉皮歇斯底里勸阻先主，孝直不一樣，他的話，先主肯聽，即使不聽，孝直也有辦法讓他聽。」孔明歎息道：「這點我比不上他，正方更是差得遠。」

「原來，關係太過親密，也是有壞處的。」陳到似懂非懂的說。

「在大事上，幾乎都是先主一個人做決定，沒有人能撼動他的意志。」孔明說道，「當年我教先主從病危的劉表手裏取荊州，先主不從；言不可去京口見孫權，又不從，寫信諫告暫緩攻雒城，還是沒有聽我的，導致士元殞命。唉……」

陳到也不知道該說什麼好，一聲不響。

「後主繼位，大赦天下，必有一次升官潮。」孔明見陳到不語，便換了一個話題：「叔至，你的官位也多年沒變動了吧。」

「末將這些年並未立下什麼功勳，不罰已是聖上厚恩，何言其他？」陳到這些年的確沒打過什麼勝仗，心中慚愧不已，他忽然想起趙雲多年來立下大功無數，卻依然是個官位低下的翊軍將軍，不由得說：「但是子龍這些年來功勳顯赫，卻不得晉升，實是奇怪。」

「你如果沒有功勞，那些在成都什麼事都不做的官吏更是沒有功勞！不都照樣升官發財？」孔明突然露出難得的憤慨，「叔至，我今日向你、向子龍、向原先追隨著先主打天下的宿老們請罪了！」說罷便向陳到鞠了一躬。

「丞相這是何故，折殺小人了！」陳到沒弄明白這是怎麼回事。

「叔至，你也知道吧，我們自從踏入蜀地後，就沒有一天的安定日子，一有風吹草動，各地就叛亂四起，無論遇到多麼大的變故，我和先主必有一人留在成都穩定大局，以免丟了這片來之不易的根據地。」孔明繼續說道。

「是的。」這點陳到倒是很清楚。

「穩定人心，光是這件事，就足夠讓我絞盡腦汁了！」孔明苦笑道，「為了穩定人心，我不得不對你、子龍，甚至雲長、翼德都採取了壓抑的措施。我想每次封賞的上諭到達荊州時，大家一定都疑惑不定吧？」

陳到不由自主點了點頭。

「委屈你們了！」孔明說道，「今後還可能會有類似的情況，希望你能諒解。」孔明說罷，又深深鞠了一躬。

「不敢當。丞相，有件事，我不知道當問不當問。」陳到見孔明態度誠懇，心中對此官職之事早已釋然，只是對劉封的事依然無法理解，但這畢竟是劉備的家事，似乎不宜過問，這種事，知道得越多，越沒有好處。

「是少將軍的事吧？我知道你因此事對我耿耿於懷，你隨我來。」孔明微笑了一下，站起身走向後堂，陳到稍一遲疑，跟了上去。

陳到跟著孔明進了一間光線很暗的小屋，整間小屋透露出一種神秘的氣氛。孔明說道：「這裏是我平時冥想的地方，沒有我的允許，那是任何人都不能接近的，在這裏談吧，不會有任何人聽到的。」

屋子裏就一個蒲團，那顯然是孔明用的，陳到也不講究，不過畢竟是在上級的家中，依然正襟危坐在地上。孔明又笑道：「委屈了，除了偶爾進來打掃的僕人，你是第一個進這屋的，所以沒有坐具。」

陳到感到了一種榮耀，但是他並不說話，用眼神催促孔明，孔明輕輕說道：「少將軍有膽有識，但是性格太過剛烈，要當一名戰將，那是綽綽有餘，但是要當君主，那就遠遠不夠。」

「那完全可以不給他做皇帝的機會啊！」陳到不解，「立嫡長子為主，那是天經地義的事，少將軍年紀雖長，畢竟不是先主親生，想必會理解的。」

「那萬一少將軍將來和後主爭奪皇位呢？」孔明這句話說得很嚴肅，「後主是個善良、單純的少年，根本就不可能是他的對手，弄不好還會有逼宮之類的事發生，到時候內憂外患，再加上各地的叛亂，這個政權就會被徹底顛覆！」

「再說了，少將軍在不經意間，就逼走了孟達，足見其不擅長籠絡人心，後主年幼，也無這方面的才能。曹操死後，先主稱帝已成必然，如果在那之前少將軍不死，那麼朝廷之中定然會分裂為兩派，一派支持後主一派支持少將軍，而兩人又不擅長掌握人心，勢必會出現混亂，這個局面你會願意看到麼？」孔明的分析非常透徹，一針見血。

陳到這才恍然大悟，對孔明由鄙視轉變為深深的崇敬，當下向孔明告辭，孔明挽著陳到的手，深情地說：「那麼，西南的政事，交給方正來處理，西南的軍事，就交給你了！」

「是！」陳到響亮地回答！

用盡一生來完成

劉禪即位後，西蜀官員的官位大多得到的提高。詔命中，趙雲因曾經在孫夫人回江東時截住了後主，有著特殊的功勳，所以後主對他有著深厚的感情，得到了第一批的封賞：趙雲官拜為中護軍、征南將軍、封永昌亭侯。同一批得到封賞的還有李嚴和魏延，李嚴官拜輔漢將軍、中都護、假節、加光祿勳、封都鄉侯；魏延官拜鎮北將軍、封都亭侯。

陳到的封賞比前面的幾位要晚一些，但也獲得了較高的新官位：拜為左護軍、征西將軍，封都亭侯，名位僅次於趙雲。

不久，孔明將白帝邊防的事務全部交給了李嚴，同時督促陳到移軍白帝，陳到雖然是征西將軍，卻沒有屬於自己統屬的本部兵馬，原先訓練的「白毦兵」名義上是劉備的精銳近衛軍，他只是指揮官而已。現在劉備死了，這支兵理應成為劉禪的貼身衛隊，如此一來，陳到就是個光桿司令了。

孔明得知陳到的難處後，對他說：「先主駕崩，『白毦』的編制理應解散，但是這支精銳來之不易，如今士兵數嚴重不足，我也沒有其他的兵馬可以調撥到你的手下，你裁汰一些受了重傷的或者無視紀律的士兵，從我的親兵營中挑選補充一些，湊成一千，組成新的編隊，依然以『白毦』命名表示對先主的紀念。這支西蜀最精銳的部隊，就由你來統帶了！」

陳到大喜，雖然不知道以後要面對的新上司李嚴是個怎麼樣的人，但陳到的心中沒有任何的顧慮。

「我曾經侍奉過天下最孤傲的關羽，李嚴再怎麼說，也不會比關羽難伺候吧？」陳到這麼安慰自己。

然而，當對未來滿懷憧憬的陳到重新回到白帝城時，等待他的，只是一張冷若冰霜的臉，還有一種嚴肅的氣氛。

「陳將軍一路辛苦，鄙人久仰將軍大名，今後軍事防務，還要靠將軍多多協助。」雖然表面上李嚴十分友好，可是陳到卻覺得李巖的話中充滿了寒氣，使他感到一種難以用言語表達的冰冷，也只得還禮道；「李大人受先帝托孤，實乃我朝所幸，大人正乃股肱之臣，末將能朝夕聆聽大人的教誨，實是平生幸事，還請大人不吝賜教。」

這些話說完，陳到自己都覺得有些滑稽，他一向不會打官腔，可是剛才，卻把官場上初次見面的老話，廢話，空話，套話都說了出來。這些肉麻的恭維即使是在孔明面前陳到也沒說過，這個比孔明尚且低了一級的李嚴如何承受得起，可那知李嚴竟然點了點頭，說道：「陳將軍遠道而來，先去休息吧。」

「謝大人好意，末將行伍出身，早已經習慣走長路，些許路途，並無大礙，愚意先巡視一下軍營情況，不知大人意下如何？」陳到肚子裏已經有些憋氣。

「如此也好，在下公務纏身，就不陪將軍同去了。將軍如見軍中何處不妥，盡可以提出，有軍士違反軍紀的，也可以先斬後奏。」李嚴說完，竟然沒等陳到說話，就逕自回了書房。陳到好不尷尬，又好氣又好笑。

「將軍，先去休息吧？」「白毦」的小隊長見李嚴已走，便上前問陳到。

「先視察軍營去，一千『白毦』都去，我倒要看看這個李嚴部下的兵是不是有三頭六臂！」陳到很少受過如此的侮辱，他真有點生氣了。

「是。」小隊長立刻出去傳令，「白毦兵」們跟隨著陳到，來到了李嚴的練兵場。

眼前是一派熱火朝天的訓練場景。

「嗨——嗨——」的聲音此起彼伏，士兵們被劃分為不同的方陣，每個方陣都有獨自的將官指導訓練，有訓練陣法的，有用石擔訓練力量的，有在腳上裹了沙袋長跑練足力的，也有用木刀木槍進行實戰演練的。雖然比之「白毦」這些兵的素質頗有不如，但是陳到仔細地在每個方陣觀察了一會之後，不由得歎道：「李正方真乃帥才，他的本領絕對不亞於東吳的陸遜，不用親自到場，士兵們就能練得這麼好，我是絕對做不到的。」

「說不定李大人不肯陪將軍您一起來，就是有心要炫耀一下自己的本領呢！」一個小隊長不由得說。

「沒錯，好讓我們對他心悅誠服，畢竟，我們曾經是先帝近衛軍啊！個個都是剽悍之人，李正方要沒什麼本事，怎麼約束得了？」陳到若有所思地點點頭。突然，他轉過身，向身後的一千「白眊」大喝道：「大家都是從成都趕來的，還沒來得及休息，有人感到累了嗎？」

聲音極大，甚至蓋過了訓練場上的李嚴士卒們的訓練號子，在場的數千人，至少有一半人聽得清清楚楚。

原先未裁撤的大約五百多名老「白眊兵」跟隨陳到已久，已經能猜到他的用意，自然要順著陳到的意思。新加入的那些士兵都是從孔明親兵中挑選出來的猛士，又年輕力壯，本身也不感到很累，所以難得這一千人竟然異口同聲喊道：「不累！」

「很好！那麼立刻開始今天的訓練！」陳到說完，帶著人馬來到訓練場中的一片空地，陳到從繫在腰中的皮革袋子裏取出一面小小的令旗，只一揮，所有士兵都如著了魔一般，立刻排成圓形之陣——白眊的人數較少，圓形之陣是最基本的強力防禦陣，所以無論是訓練還是實戰，這都是基本的開始。

只見陳到又揮舞了幾下令旗，隊伍立刻變換了陣勢，一排士兵向前一排士兵向後，轉眼就成了箭矢之陣，那是突破敵陣的；又是眼花繚亂的迴圈陣，那是擾亂敵人判斷的；令旗上下翻飛，隊伍也不停變換著陣形，無論速度還是準確性，都是李嚴部下遠遠不及的。不知不覺，李嚴的士卒們都停止了操練，轉而開始觀摩陳到軍的陣形變化，一個個都在心中暗暗讚歎。

突然，陳到聽到一個冰冷的聲音在斥責：「都在幹什麼呢？你們都是士兵，卻不好好訓練！」

陳到放下令旗，隊伍重新列為圓形之陣，只見圍觀的士兵們紛紛向兩邊讓路，路中間走出一騎，不是李嚴卻又是誰？明明說公務繁忙，卻又突然出現在訓練場上，陳到對他的印象越發糟糕。

「陳將軍，你我之責，具為一體，我的士兵偷懶，你理應出面喝止。」李嚴幾乎是用責備的口氣在和陳到說話，這讓陳到有些難以接受。

「李大人，這些是您的部下，在下不敢越俎代庖。」陳到只是拱了拱手，硬聲硬氣地回答。

「所有偷懶的人，每人罰跑訓練場十圈，足上要綁沙袋！」李嚴甩下這麼一句，也不和陳到道別，逕自策馬而去。

「這人真是惹人討厭。」「白毦兵」中有人說出這麼一句，陳到沒聽清楚是誰說的，好在李嚴已經走遠，沒聽到。

陳到心中居然暗暗說道：「同感！」

傍晚，陳到回到自己的居所，自己的府邸還沒建起來，李嚴只撥給了他一所小屋，陳到是住慣了營帳的，原本並不在乎這個，但是一想到李嚴住在寬敞明亮的宅邸裏，陳到心裏氣就不打一處來。

「嘿，果然是個難伺候的主。」陳到暗暗地對自己說，「看來我也不得不採取點行動了，訓練場的下馬威本來就有些隔靴搔癢，得動真格的了。」

正當陳到盤算著怎麼樣報復時，親兵突然送來一封信，陳到接過手就感到奇怪了，竟然是孔明的親筆信，自己到白帝才一天不到，這信必然是六百里加急，那必然是成都出了什麼大事。可也不該送給自己而應該給李嚴啊。

陳到懷著忐忑的心情拆開了信，讀完第一行，心情已然一鬆；讀完全信後，不由得長抒了一口氣，歎道：「孔明真乃神人也！」

陳到取了火種，將信燒了，之後蒙頭就睡。

第二天，陳到起了個大早，他帶著「白毦兵」提前上了訓練場，訓練的口號聲吵醒了李嚴的士卒們，使他們也不得不提早上了訓練場，陳到不再只負責「白毦」的訓練，而是兼顧了所有人，特別用心指導李嚴的的士卒，果然，用了新的訓練法，李嚴士卒的訓練也很有成效。

陳到遠遠瞥見李嚴又像昨天一樣單騎步入訓練場，但這次只是轉了一圈便走了，沒有訓話，陳到心中暗暗高興：「孔明信中的辦法果然有效。」

「這就是我以後要面對的生活吧！」陳到自言自語道，「這是一個要我用盡一生來完成的艱巨任務！」

一文一武

陳到是武將，要駕馭士兵，除了過人的膽識和勇氣外，自然還得有高超的武藝，經歷了幾十年的戎馬生涯，陳到知道自己的武藝並不是天下無雙，但也自信年輕時在實戰中能徹底打敗自己的人幾乎沒有，能和自己戰成平手的也不過二三十個，但隨著時光的流逝，曾經的猛將們或解甲歸田，或馬革裹屍，或年老體弱，而新一代的戰將卻尚未成長起來。陳到想找個和自己實力想當的對手也很難，況且現在是守土一方，背負著非常重要的職責，即使敵人兵臨城下，叫陣單挑，不到萬不得已自己也不能接受。

寂寞，這是陳到內心的真實寫照。

一日，陳到在訓練場指導士兵對練，士兵們練得非常努力，可是陳到感覺訓練進度實在太慢，加上最近沒動過手，忍不住上場親自演示。聽說將軍親自上場，幾乎所有參加對練的士兵都來圍觀。

陳到這次的對手是李嚴軍隊中的一名百夫長，年齡在三十歲左右，長得人高馬大，一看就知不好對付，陳到定了定神，將手中的木刀舞了一個圈，擺開了防守的架勢。

對方並不懼怕陳到，採取了主動進攻的態度，幾下試探性的攻擊後，立刻發動猛攻，陳到早料到如此，輕易隔擋住了所有的攻擊，瞧準了一個破綻，一刀劈中對方的脖子。如果用得是真傢伙，早就擊殺對方了，百夫長楞了一下，隨即認輸下場。

士兵們發出了由衷的讚歎聲。那位百夫長的實力平日裏大家都是有目共睹的，竟然在幾回合內就被徹底打敗，雖然對手是將軍，可已經不是年輕時的將軍了，大家不由得想：「現在這位將軍尚且這麼強，在他年輕時，還不知道有多可怕呢！」

陳到頗有些飄飄然，自己的武藝似乎沒有隨著時間的流逝而退步多少，但他也感覺到，體力真的是大不如前了，不過幾個回合的對決，已經讓自己有些氣喘，如果打上二三十回合，非氣喘吁吁不可。在實力相當的對手面前，二三十回合分不出勝負那是很正常的事情。那自己到底還算不算厲害呢？

想到這裏，陳到立刻收斂住自己的情緒，指導士兵們：「你們也看見了，在個人戰中，一味防守就是示弱，但是如果一味進攻，那就會露出破綻，在打倒對手之前就送掉性命，要把握住進攻防守的時機，這樣才能獲勝！繼續練！」

「陳將軍今日有如此的興致，實在難得。」突然，一個令人感到彆扭不已的聲音從訓練場外傳來，陳到閉著眼睛就知道，那是李嚴。

「李大人放下公務，屈尊前來，末將有失遠迎，實在是惶恐。」陳到不得不走向訓練場的大門迎接李嚴：「大人來此有何貴幹？」

「陳將軍，鄙人本是來督促士兵們訓練的，剛才見將軍親自示範，身手不凡，真乃我軍之楷模！」李嚴並沒有回答，而是用自己那毫無感情的語言稱讚著陳到。

「大人謬贊，愧不敢當。」陳到以官腔對付官腔，「永安的防守，職責重大，末將不敢有絲毫懈怠。」

「陳將軍不必過謙，鄙人見將軍雄姿不減當年，實在羨慕不已，將軍如有興致，可否與我練上幾手？」李嚴似乎對陳到剛才幾回合打敗百夫長的事非常在意。

「他腦子是不是壞了？就他怎麼可能是我的對手？」陳到來不及多想，說道：「李大人，訓練雖然用得是木製武器，但畢竟刀劍無眼，末將深受大人恩惠，萬一傷到大人，豈不是陷末將於不義之地？」

「不必在意，木製武器而已，不會引起什麼致命傷，再說了，我對自己的身手還是頗為自信的，你也未必能勝過我啊！」李嚴一副自信滿滿的樣子。

「哦？」這倒使陳到有些吃驚，他想起赤壁追擊戰中程昱的精妙劍法，文臣有時也會具備高超的武藝，難道李嚴也是？陳到暗想：「既然這樣，那就另當別論了，我長久沒和實力相當的對手對決了，如果李嚴有接近程昱的水平，倒是可以打上一場。」

「將軍意下如何？」李嚴已經在活動筋骨了，似乎是志在必得。

「既然大人有此興致，末將敢不奉陪？請了。」陳到讓李嚴先進場，上了比武臺。李嚴挑了一把木劍，陳到本來是使長柄武器的，為了不至於讓李嚴太下不了臺，隨手拿了一把短柄的木刀充當兵刃，兩人各自擺下了準備戰鬥的架勢。

聽說文臣李嚴和武將陳到在比武場上一決高下的消息後，士兵們議論紛紛，不少人冒著被處罰的後果，停止訓練來觀看兩人的對決，李嚴平時對士兵們的要求極嚴，特別是對疏於訓練的士兵，處罰極重，但是這次李嚴卻沒有像以前那樣訓斥士兵們，而是用一種近乎商量的口氣對陳到說：「今日你我對決，實屬難得一見，就讓士兵們放半天假，大家都輕鬆一下，好吧？」

陳到隨便點了點頭。

李嚴此語一出，臺下歡聲雷動，士兵們如同發了瘋一般圍聚在比武臺下，一傳十，十傳百。這下，保守點說，至少有兩千人圍住了比武臺。

「這下怎麼辦？李正方即使會一點粗淺武藝，肯定不是我的對手，我如果讓他幾回合就慘敗，豈不是讓他下不了臺？可如果我故意輸給他，士兵們看到統帥自己的將軍被一個文官打敗，我以後還能帶兵麼？」陳到沒想到事情會到這樣的地步。

「賜教！」李嚴不等陳到想出該如何收場的辦法，已經揮舞木劍攻了上來，陳到無暇再想，隨手兩下，化解了李嚴的攻勢。李嚴劍招一變，並不攻中路，專走偏鋒，又連刺陳到下盤，陳到措手不及，連連後退，勉強穩住了陣腳。

這一陣，竟然是陳到被李嚴死死壓制住，臺下的士兵們紛紛叫好，讚歎李嚴的劍法；也有不少尊敬陳到的士兵為他們的將軍感到擔心。

「刀攻中路，劍走偏鋒，這原本沒有錯，李正方的劍法也相當不錯，可我們彼此手中的都是木製武器，木刀沒刀應有的剛猛，木劍也沒有劍應有的靈巧，他如果還是不加變通的話，偏鋒很難傷到要害，必定會輸掉的。」陳到的腦子裏瞬間閃過這樣的念頭：「劍法比想像得要強上一些，可以和程昱一決高下，可惜學得死板了。」

想到這裏，陳到立刻轉變戰法，只過了幾個回合，李嚴立處下風，被迫停止進攻，轉而守住要害，不至於太快被陳到打倒。

陳到從中路劈出相當迅猛的一刀，卻被李嚴用劍擋在了胸前。陳到一楞：「如果我們手中的都是真傢伙，他的劍早就斷了，當胸的那一刀即使不致命，也絕對是重創，現在是木刀，果然也沒了中路進攻的優勢。」

兩人打了十來個回合，陳到越發感到李嚴雖然不知變通，劍法卻著實精妙，不由得暗暗敬佩，他回想起和程昱的對決，知道自己該怎麼辦了。

終於，機會來了，李嚴在收招時露出了一個破綻，陳到抓住機會，上前斜砍一刀，力道大得驚人，震裂了李嚴的虎口，將他手中的木劍擊飛。劍飛出數十步之外，只聽那裏「哎呀」一聲，眾人細看，才知道劍砸在了一名圍觀的士兵頭上。

「好！」士兵們歡呼雀躍，為臺上一文一武的精彩表現深深折服，歡呼之後就是議論，議題不外乎陳到那過人的力量，以及李嚴的劍法。

陳到獲勝後不知道該說什麼好，倒是李嚴先發話了：「陳將軍真是了不起，鄙人的家傳劍法數十年來罕遇對手，近年來少有機會和人單挑，但劍法並沒拉下，每日都有練習，今日之敗，心服口服，將軍的武藝真是超群絕倫！」

陳到感覺李嚴是在真心稱讚自己，不由得非常高興，倒不是因為讚美，而是因為兩人的關係將從此走向友好，便道：「大人更是難得，文質彬彬卻又身懷絕藝，令人讚歎。」

「來人啊！去我家吩咐家人設宴，鄙人要好好款待陳將軍！」李嚴竟然宴請陳到，這可是非常少見的事，陳到欣然赴宴。

酒席喝得盡歡而散，陳到雖然喝醉了，但神智一直很清醒，並沒有在宴會上發酒瘋，可是第二天，陳到發現李嚴又回復成原先那個冷如冰霜的人了。

兩人例行公事般會過面後，陳到走向訓練場。

「李正方，你要我如何與你相處呢？」陳到歎息著。

改變蜀國的境遇

劉備之死造成了巨大的衝擊，各地叛亂紛紛。孔明派人進行安撫，暫時平息叛亂。同時加快了和東吳和解的進程，結果東吳終於也派出使者張溫出使西蜀，孔明率百官宴請張溫一行人。張溫見西蜀排場如此之大，知道孔明很看重這次外交，心中得意洋洋，臉上頗有傲慢之色。百官們幾乎全到齊了，獨不見孔明一向很敬重的學者秦宓，張溫見孔明好幾次派人去請秦宓，很是詫異，便問孔明道：「所請何人？」

孔明微笑著回答：「益州學士。」

張溫不以為然，當這個「益州學士」秦宓來到席間後，張溫便毫不客氣地開始發難：「您讀過書麼？」

秦宓笑了笑：「蜀中五尺小童尚且讀書，何況小人？」

「那我請問你，天有頭麼？」

「有之。」

「在何方？」

「在西方。」

「何以見得？」

「詩曰『乃眷西顧』，以此推之，頭在西方。」

「天有耳嗎？」

「有之。」

「何以見得？」

「天處高而聽卑，詩曰『鶴鳴於九皋，聲聞於天』，天若無耳，何以聽之？」

「天有足嗎？」

「有之。」

「何以見得？」

「詩曰『天步艱難，之子不猶』，若其無足，何以步之？」

張溫見秦宓對答如流，心中佩服不已，可又不願意就此敗下陣來，略微思考了一下，又問出一個刁鑽的問題來：

「天有姓麼？」

「有之。」

張溫皺起了眉頭，不知道秦宓會怎麼回答，只得繼續問道：「姓什麼？」

「姓劉。」

「何以見得？」

「天子姓劉，故以此知之。」秦宓的回答幾乎驚倒了在場的所有人，大家都對他敏捷的思路嘖嘖稱奇。

孔明怕張溫太失面子，便出來打圓場，張溫見西蜀有如此人才，心中又增添了幾分敬意，言語之中也收斂了許多，不再顯得傲氣凌人。

在孔明的努力下，吳蜀終於復盟，孫權從此不再理曹丕，曹丕大怒，想要出兵討伐東吳。可部下大多數謀士都反對此舉，理由是上次攻吳毫無建樹，此次也無取勝把握，曹丕不聽，御駕親征，只因遇到東吳的假城樓和疑兵計加上大風浪，便草草班師了。

西蜀經過了幾年的休養生息，實力基本上回復到了戰前水平，趁著魏吳交戰，孔明尋思著解決掉多年來的老大難問題：南中少數民族叛亂。

孔明權衡利弊後決定親自出征，大軍到處，勢如破竹，但是在夷民中很有聲望且擁有相當數量士兵的孟獲卻渡過瀘水而逃，時值建興三年（西元二二五年）夏，渡過瀘水之後就是雲南，那裏氣候炎熱，瘴氣橫生，非本地人很難適應這裏的環境，又正值夏天，即使有避瘴物資，穿著兵衣鎧甲行軍作戰，中暑也是無法避免的。

孔明決心克服一切困難，毅然下令全軍渡過瀘水，繼續追蹤孟獲，這次軍事行動以蜀軍的勝利告終，孔明並沒有急於班師，而是親自處理善後事宜。

首先是重新規劃郡縣，同時任命了大批的少數民族頭領為官，允許地主武裝的存在，並做到不留官的地方不留兵，給予少數民族相當大的自由管理空間，防止再發生叛亂。

之後，孔明還想辦法削弱地方豪強，將南中最強健的青羌騎兵移到蜀中，收編為經制之師，一共五隊，每隊二千騎，以馬匹毛色區分，號稱「五部無當飛軍」。

如果說陳到的「白毦」是蜀國最精銳的步兵的話，那麼這支「無當飛軍」就是蜀國最強的騎兵隊了。趙雲從中選出精壯白馬五百匹，讓精兵騎乘，按照他的舊主白馬將軍公孫瓚的編制編組成軍，名字也取為「白馬義從」，這就成了蜀國最精銳的騎兵隊。

孔明還鼓勵地方大戶出金銀財物，收買悍民，在地方服役，其一收買的都是當地人，不存在大的隔閡；其二那些強梁之民有事可做，減低了流氓兵痞鬧事的概率；其三大戶所出錢財較多，起到了一種濟貧的作用，同時也加強了地方的武裝力量。

最重要的，孔明在南中地區大力發展經濟，並且派專人監督修築官道，親自指導當地百姓耕種之法，改進農耕技術，發展水利工程，教授鐵礦冶煉，促進手工業和商業的發展，這些功德無量的事大大改善了當地的物質文化生活，對其發展產生了巨大的推動作用。

孔明在辦完這一切事務後，於十二月班師凱旋，在此期間，曹丕的第二次攻吳又如鬧劇一般收了場，轉眼殘冬已過，後方安定，國力強盛，孔明立刻開始著手北伐。

孔明將北伐的大本營設在了漢中，之後暗自尋思：「北伐曹魏，絕非一朝一夕之功，那將會是一場耗盡一生的持久戰，曹操雖然已死多年，但是瘦死的駱駝比馬大，曹丕雖然無甚才華，卻也不是一個會亡國的昏君，就將領、兵力而言，西蜀和曹魏更是有天地之差，看來只有讓我親征，才能有機會以少勝多。問題是，必須要有安定的後方，前線的將士們才能奮勇殺敵，誰來主持後方呢？」

「李嚴！」孔明的頭腦中立刻跳出了這個名字。

吳蜀已經復盟，沒有必要再讓李嚴駐守邊境。李嚴一向以能幹著稱，又是蜀中舊臣，熟悉人文地理，後方交給他來主持，孔明自己也覺得放心，不過孔明並沒有把李嚴調回成都，而是讓他移居永安和成都之間的江州，陳到依舊率領本部「白毦」留守永安。

陳到和李嚴關係並沒有如同陳到原先預計的那樣友好發展，但李嚴對陳到明顯比對其他人要友善一點，不過絕對沒到推心置腹程度。對於李嚴的移居，陳到並不感到意外，只是見李嚴沒有能回到蜀國的政治中心成都，不知怎麼的，心裏總覺得有些奇怪。

孔明的軍事調度傳到東吳後，諸葛謹立刻致書弟弟，認為永安是蜀國的邊防重鎮，只派陳到率少數兵力駐防不合時宜。孔明看過信後，微微一笑，回信兄長道：

兄嫌白帝兵非精練，到所督，則先帝帳下白毦，西方上兵也。嫌苦少也，當復部分江州兵以廣益之。

〈出師表〉背後的明爭暗鬥

建興四年（西元二二六年）四月，曹丕征吳失敗，心情很不好，並染上了重病；五月，病情突然加重，遂立長子曹睿為太子，命中軍大將軍曹真、鎮軍大將軍陳群、撫軍大將軍司馬懿三人為輔政大臣，不久，曹丕病死，時年四十歲。

消息傳到東吳，孫權認為有機可乘，便率領大軍攻打江夏，守將正是當年曹操親自任命的原劉表手下宿將文聘，孫權雖然率大軍猛攻，卻攻不下來，加上攻打襄陽的諸葛謹也被增援的曹軍幹將曹真打敗，孫權便率軍退回。

建興五年（西元二二七年）三月，孔明的一切戰前準備就緒，率軍向漢陽開拔，臨行前，向劉禪上表告別，這就是千古傳誦的〈出師表〉：

臣本布衣，躬耕南陽，苟全性命於亂世，不求聞達於諸侯。先帝不以臣卑鄙，猥自枉屈，三顧臣於草廬之中，諮臣以當世之事，由是感激，遂許先帝以驅馳。後值傾覆，受任於敗軍之際，奉命於危難之間：爾來二十有一年矣。先帝知臣謹慎，故臨崩寄臣以大事也。受命以來，夙夜憂慮，恐付託不效，以傷先帝之明；故五月渡瀘，深入不毛。今南方已定，甲兵已足，當獎帥三軍，北定中原，庶竭駑鈍，攘除奸凶，興複漢室，還於舊都：此臣所以報先帝而忠陛下之職分也。至於斟酌損益，進盡忠言，則攸之、依、允等之任也。願陛下托臣以討賊興複之效，不效則治臣之罪，以告先帝之靈；若無興複之言，則責攸之、依、允等之咎，以彰其慢。陛下亦宜自謀，以諮諏善道，察納雅言，深追先帝遺詔。臣不勝受恩感激！今當遠離，臨表涕泣，不知所云。

劉禪讀罷〈出師表〉，很是感動，頒下了伐魏詔，孔明將詔告露布天下後，率軍向漢中進發。孔明囤駐漢中時，派人去打聽已經投降了曹魏的孟達的消息，結果卻出乎意料：孟達自從曹丕死後，一直很不得意。

孟達投降曹魏後，曹丕對他十分信任，親自接見了他，讓他與自己同乘王輦，任命其為散騎常侍，建武將軍，封平陽亭侯，並將房陵、上庸、西城三郡合併為新城郡，由孟達出任太守。不少人都勸曹丕不要過分重用孟達，曹丕不聽。

曹丕死後，朝中的大臣們就不再遷就孟達，荊州都督司馬懿一向對其不信任，孟達一直惟恐有變故發生。

聽完情報，孔明突然有了一個想法：如果能夠策反孟達，那麼從新城這條路線進攻，直取洛陽，完全可以取代荊州的作用。有了這個想法，孔明立刻請與孟達交好的李嚴寫信，自己也寫了幾封，雖然沒有直接勸降，卻是在暗示和鼓勵孟達。

孟達見李嚴信中頗有招攬之意，孔明信中並不責怪自己的叛蜀之罪，心中很是感動，便有心歸蜀，孔明見時機成熟，便又寫了一封勸降信：

往年南征，歲末乃還，適與李鴻會於漢陽，承知消息，慨然詠歎，以存足下平素之志，豈徒空託名榮，貴為乖離乎！嗚呼孟子，斯實劉封侵陵足下，以傷先帝待士之義。又鴻道王沖造作虛語，云足下量度吾心，不受沖說。尋表明之言，追平生之好，依依東望。故遣有書。

孟達讀了此信，決心歸蜀，並在回信中贈送孔明一副寶玉為證，孔明自此與孟達書信來往密切。

這一切舉動，都被荊州都督司馬懿察覺了，他來不及表奏曹睿，親自率軍日夜兼程趕到新城城下，孟達措手不及，勉強守了十六日，城破身死，孔明想借用新城直逼洛陽的計畫徹底破產，這已是建興六年（西元二二八年）的事了。

這一年，陳到已經五十一歲，他的精力一天比一天差，每日出操訓練完，總感到身心俱疲，多年來除了永安一線的防務，基本上是無事可做，眼見屬於自己的時間飛快逝去，陳到只能在心中默默流淚。

「看來我一輩子都得駐守永安了。」陳到有了這樣的覺悟，「有些年頭沒見到廖化了，也不知道他過得怎麼樣，沒辦法離開自己的駐地啊。」

一日，陳到忽然收到了李嚴的信，說是多時未見，想特地來白帝會個面，陳到心中暗暗奇怪，李嚴一定有什麼重要的東西要和自己說。

李嚴如期而至，陳到命軍士擺下酒宴為李嚴接風，李嚴只是和陳到談起上次對決的事，倒也聊得頗為酣暢。酒過三巡，李嚴突然冒出了一句話：「陳將軍年富力強，正是為國出力的時候，何以長久駐於此地，無所建樹？」

這句話正刺到陳到心裏的痛處，酒在肚子裏燒著，陳到想說什麼就說了出來：「軍令難違呀！李大人以為末將願意整天待在這兒麼？」

李嚴的臉上露出了一種難以說明的微笑：「好，果然是我看中的人，只要將軍和我齊心協力，要建立功勳，有何難處？」

陳到的腦子略微清醒了一點，深悔跟李嚴說了剛才的話，但是說出去的話又怎能收回，陳到只能略微掩飾地說道：「守衛永安，職責重大，末將定會全力以赴，這便是功勳了。」

李嚴請陳到下令將四周的侍從都撤了下去，之後說道：「孔明忌諱我的才華，將我打發到這鄉下地方，不給我建功的機會，他是害怕我功勞大了，在朝中組織起個人的勢力與他分庭抗禮，我想他也一定與將軍您有什麼過節，不是麼？」

陳到假裝喝醉了，腦袋微微耷拉著，其實內心正在強烈地碰撞，劉封之死的場景又映入了他的眼簾，陳到有了一種不寒而慄的感覺，難道，孔明是一個陰謀家？

李嚴見陳到趴在酒桌上睡了，也弄不清楚陳到到底在想什麼，無奈之下先告辭而去了。陳到心亂如麻，不知道該相信李嚴還是相信孔明。

「他在利用我！」陳到想了一會之後，猛然醒悟，「李嚴利用我想立功的心態，利用我和我手下的白毦兵，成為他和孔明爭權奪利的籌碼。」

轉瞬之間，陳到也感覺到了，李嚴也是出於無奈，同為先主的托孤大臣，孔明在成都、在漢中都有著說一不二的絕對權威，李嚴則長久遠離政治中心，只能在偏僻的江州苦苦經營自己的一片小天地，李嚴只是迫切想獲得和孔明一樣的地位，只是，在這多事之秋，李嚴卻只是考慮自己的地位，實在有些差勁，雖然有才華，李嚴也不會將精力全部放在幹正事上。

「嘿嘿，這種勾心鬥角的活動，還是不適合我吧，政治方面，我永遠都是一個呆瓜。」陳到自嘲，同時寫了一封信給孔明，一是要他提防李嚴可能有不利的舉動，二是主動請纓，想要上北伐戰場，一顯身手。

陳到盼星星盼月亮一般盼著孔明的回信和調自己去漢中的詔命，可等來的卻是孔明一封冷冰冰的公函：「到及所督白毦，永鎮永安，不得有誤。」

「真的要老死在這裏麼？」公函從陳到手中滑落，同時帶下了一串失意的淚水。

時空的幻夢

雖然借新城之道發奇兵攻洛陽的計畫破產了，但孔明事先只是把它當成一路偏師，一著奇兵，雖然事情不成，卻也無礙整個戰局，孔明立刻召開軍事會議，決定出兵祁山，攻打雍州、涼州。

為了迷惑曹軍，孔明令年過七十的趙雲率一支軍隊從陽平關向東，出斜谷以為偏師，虛張聲勢，趙雲將部下的這一萬多「無當飛軍」分散了駐紮，到處設下營房，漫山遍野虛插旗幟，一時間陳倉以北一帶儼然蜀軍大本營的樣子，旌旗獵獵，鼓角相聞。消息傳到洛陽，曹睿果然上當，下令大將軍曹真統帥大軍集結於郿縣，打算和蜀軍的「主力」一決勝負，孔明趁機出兵祁山，曹魏毫無提防，一路過處，望風歸降，僅僅數日，蜀軍便摧枯拉朽一般奪下了天水、南安、安定三郡，孔明還降服了代表天水百姓和投誠的魏青年將領姜維。

曹魏雖然被疑兵計和孔明的突然行動弄得措手不及，可很快也反應了過來，一方面派出猛將張郃火速出兵涼州，攔截孔明，一方面命令曹真牽制住趙雲一軍，守住斜穀口。

此時，蜀軍的主力據守在天水、南安一帶，魏延的先鋒部隊駐守在安定，張郃到達郿縣後，採取了一個大膽的戰術：不理睬孔明、魏延兩軍，而是直接北渡渭水，從兩軍之間的空白地帶穿插而過，支援蜀軍下一步必然要攻打的軍事目標——隴西郡和金城郡。之所以說其大膽，那是因為張郃此舉完全可能遭到孔明、魏延兩軍的夾擊。

當孔明得到這一情報時，已經來不及和魏延聯繫協同作戰了，經過商議，孔明決定在隴西郡一線的街亭阻擊張郃軍，問題是，派誰當這次行動的主將呢？

孔明知道，張郃乃曹魏現在的第一宿將，己方唯一能與他勢均力敵的，只有趙雲或魏延，偏偏兩個人都在重要的位置上，也來不及調回，身邊的將領中，雖然有參與過數次大戰的吳班、馬超之弟馬岱、智勇雙全的馬忠、王平、張嶷等人，但始終不能讓人放心，一旦有失，那就大勢去矣。

忽然間，孔明想起了遠在永安城的陳到：「要是陳到在這裏，倒是可以和張郃一戰，只是離得太遠了，子龍、文長尚且來不及調回，何況是他了。」

想起陳到，孔明不禁又想起了一個人——在征吳戰役中死節的軍師馬良之弟馬謖。

想起馬謖，孔明的思緒不由得回到了過去。

劉備病危之日，留下了一個木匣子，只允許孔明一人拆開，安葬劉備完畢後，孔明在自己冥想的小屋內打開了匣子。

匣子內只有一塊絹帛，上面寫著字，一看就知是劉備親筆，字體略顯歪斜，顯然是病中所寫，原來，那是劉備和孔明一次閒聊後寫下的。

「丞相言馬季常之弟馬謖乃當世之英傑，依朕之見，不然，此人言過其實，不可大用，望察之，丞相可引為左膀右臂之人，唯子龍、叔至可勝任也。」

趙雲一直是孔明最信賴的宿將，但是孔明一直不太喜歡陳到，總覺此人太過單純，雖然毫無機心，卻也容易被人利用，還沒什麼政治頭腦，不明白自己除掉劉封的苦心，充其量也就能守永安而已。倒是被劉備稱為「不可大用」的馬謖，這些年來立下無數功勳，在許多場合都提出了自己的建設性意見，尤其是征戰南中時，馬謖提出的「心戰為上，兵戰為下」的基本戰略，更是與他不謀而合，此時馬謖已經升為丞相府參軍，孔明對其也十分信任。

「派馬謖去如何？」孔明突然有了這個想法，「論武，帳下眾將無人是張郃對手，用計，也多半瞞不了這個征戰半生的老將，只有用馬謖這樣高智商的人物，才有獲勝的把握。」

孔明破格擢任馬謖為前線指揮，還命富有作戰經驗的王平為其副將，並派遣後續部隊隨時支援前線，同時致書魏延命其與馬謖軍配合，夾擊張郃。

孔明怎麼也沒想到，自己船不漏針的完美計畫，竟然會因為馬謖的一意孤行，全部變得毫無意義。

馬謖的大軍來到街亭，觀看地勢後，決定紮營於山，副將王平則堅持沿江佈防，駐紮於路口，並指出駐兵於山，一旦水道被斷，則大軍不攻自亂，敵軍也有偷道而過的可能，馬謖也搬出平時學得倒背如流的兵法，「居高臨下，勢如劈竹」云云。兩人誰也不能說服對方，馬謖最後還是沒有聽王平的忠告，只分給他五千兵馬，自己率領大軍上山搭營，王平無奈，帶著這支小隊在山下疏散紮營，並且盡可能多的虛設旗幟以為疑兵之計，並畫了一份紮營草圖，派人火速送到孔明大營。

孔明一見圖本，懊惱不迭，知道馬謖必敗無疑，立刻傳令各部軍兵接應街亭，只是一切都晚了。

張郃見馬謖屯兵山上，先是派人牽制住王平軍，然後親自上陣，斷了山上的汲水之道，一天之後，馬謖率軍從山上衝下，卻反而被張郃打退，此時，馬謖方感不安，水道一斷，人心慌亂，夜間魏軍又開始燒山，馬謖被迫率軍突圍，原先的後續援軍也被張郃打敗，副將王平見敗局已定，只得放棄自己的營盤，命令自己的部署點燃火把，鳴鼓吶喊，一方面作為疑兵，一方面作為信號接應敗退的馬謖軍，張郃深怕中了埋伏，不敢追趕，馬謖這才撿回一條命，回到了孔明大營。

孔明見街亭失守，知道敗局已定，率軍撤回漢中，原先奪得的三郡也先後背叛投魏，趙雲一軍也不得不撤退，趙雲親自斷後，連續幾次反擊曹真的追兵，並燒掉了棧道，曹真軍也只得撤回。孔明的第一次北伐，就此失敗。

撤回漢中後，孔明立刻將馬謖逮捕下獄，馬謖自覺愧對孔明，憂慮與羞恥的雙重壓迫，使他入獄不久便染上了重病，彌留之際，請求獄吏轉告孔明，想見他一面。

孔明來到監獄門口，馬謖的眼裏掛著淚花，向著這位與自己亦父亦兄的三軍統帥有氣無力地說道：「明公視謖猶子，謖視明公猶父，願深惟殛鯀興禹之義，使平生之交不虧於此，謖雖死無恨於黃壤也。」

孔明感到是自己害了馬謖，不覺兩行淚下：「吾與汝義如兄弟，汝子既吾子，何須多囑？」

兩人各自都只說了一句話，然後相視而泣。

孔明判馬謖斬刑，但是還沒有到臨刑之時，馬謖已經病死獄中。三軍將士無不為之流涕。

孔明感到這次戰敗，自己責任重大，上書要求自貶三級，後主劉禪下令降孔明為右將軍，代行丞相事，孔明又擢升了在街亭戰役中表現出色的王平為丞相府參軍，代替了馬謖生前的位置，並將與自己一共撤兵的趙雲貶為鎮軍將軍，後聽說趙雲親自斷後，打退追兵的事蹟後，又對其進行了賞賜，趙雲明白孔明的苦衷，不肯接受獎賞，孔明心中感動不已。

孔明直到此時，才瞭解到先主劉備的知人之明，他唯一能做的，就是寫信將先主密匣絹帛的內容，告訴遠在永安的陳到，並且告訴他，下一次北伐，一定讓他上戰場。

陳到讀完孔明的信，不知怎麼的，先是大哭起來，哭完之後立刻大笑三聲，搞得衛兵一頭霧水。

衛兵只見陳到取火種將信燒了，之後站起身來，走向練兵場，一面走，一面大喊道——

「人生得一知己足矣！廖元儉、呂子明、趙子龍、先帝、現在還有一位孔明，老天真是待我不薄！我這輩子值了！」

轉眼到了十二月，孔明率軍又做了一次試探性的攻擊，此時，趙雲已經染病不能出征，被送到成都養病。孔明攻打陳倉城，攻打了二十多日，小小的陳倉始終沒有陷落，魏兵援軍開到，孔明軍又糧草不繼，只得撤退，雙方都無大的損失。

孔明還軍漢中時，噩耗傳來，伴隨著他走過半生戎馬生涯的蜀漢開國元勳趙雲不幸病逝於成都，時年七十二歲。

這無異於一個晴天霹靂打在孔明的頭上，好半天，孔明才回過神來——子龍……死了？永遠不能在跟隨自己上戰場了？

消息傳到永安，陳到也驚呆了，自己在蜀軍將領中最敬重的趙雲，如同一縷青煙般，從記憶中永遠消失了。此時的陳到，只覺得胸口中一股鬱悶之氣無處發洩，他猛地從府邸衝了出去，跨上一匹馬，一路奔到永安以北的郊外，一口氣奔了三十多里，天空忽然下起了瓢潑大雨。

「……子龍！……子龍！……子龍！」陳到在雨中一聲一聲的呼喊著，只覺得胸口的鬱悶漸漸緩解，陳到又覺得嗓子堵得慌，張口一吐，竟然一口血痰。

雨水很快沖淡血痰的顏色，陳到腦子一片空白，他感到屬於自己的時日已經不多了。

詮釋屬於你的人生

陳到緩緩睜開眼睛，感到全身都脫了力一般，印象裏即使是經過了幾天幾夜的急行軍也沒這麼累過，陳到勉強掙扎著起來，只記得自己剛才是在永安城北三十里外的小森林。而現在周圍環境很熟悉，是自己的征西將軍府，一名侍衛正在陪護的坐位上打盹。

「喂，你怎麼打盹了，起來。」陳到本想大聲斥責侍衛一頓，突然覺得自己嗓音嘶啞，甚至沒喊醒那侍衛，陳到又努力喊了一聲，終於喊醒了侍衛，侍衛驚喜地站起：「陳將軍您醒了！我去叫大夫！」

「我睡了多久？」陳到問。

「回將軍，您在三天前冒著大雨衝出了城，是您的馬獨自奔回城後領我們去找的，找到您的時候您已經暈了過去。」侍衛從實回答。

「三天前？我難道睡了三天？」陳到大吃一驚。

「是的，大夫說您一醒來，就去請他，我這就去。」侍衛立刻轉身就走，看得出他十分高興，侍衛一出門，就有僕從端了藥和食物進來。

雖然整整三天水米未進，陳到卻連一點點饑餓的感覺都沒有，勉強喝下了藥，卻怎麼也吃不下飯，僕從把飯菜撤了下去，換來了稀粥，陳到勉強咽下去幾口，略微有了點力氣，大夫這時走進來，搭了搭陳到的脈，臉上不動聲色，說了一句：「病不輕啊，需要靜養。」便出去了。

陳到一臉漠然，回想起自己吐血的經歷，他感到自己大限已到，對僕從說道：「取紙筆來，或者叫記室來，我要寫信。」

陳到下令封鎖自己病重的消息，只通過信函告訴了廖化，廖化此時已經因戰功升為廣武都督，駐地在江油附近，一接到陳到的信，立刻向成都方面告假，日夜兼程趕到了永安。

廖化從接到信後趕到永安，因為要向上奏報請假，耽擱了不少的時間，可前後也就二十多天的時間，而此時的陳到，已經瘦骨嶙峋，再也沒有往昔的氣度了。

廖化吩咐左右侍從退下，低聲叫醒陳到：「叔至，我來了。」

陳到微微睜開眼：「是元儉嗎？可把你盼來了，你再晚來幾天，我兩腿一伸，你就白來啦，嘿嘿。」

病重的陳到為了不讓廖化過於擔心，故意和他打趣，而廖化的心中卻是不勝悲涼。十多年前，是他親自陪伴呂蒙走完了生命中的最後一程，現在，同樣的事情要又重複在陳到身上。廖化雖然只比他們大幾歲，談不上是「白髮人送黑髮人」，但是這麼多年來，廖化早已把陳到當成自己的親弟弟，眼看著親弟弟的生命即將消失，卻無力幫他什麼，雖然拉住他的手，卻不能抓住他的魂，人生最大的痛苦，不正是生離死別時的無奈麼？

「叔至，你原本不是好好的麼？怎麼突然會……」廖化只說了一句，便說不下去了。

「我也不知道為什麼……一聽到子龍的死訊，心中的難過就如決堤的洪水，我無法控制自己的情緒，加上身體內早有病根，還在野外淋了半天的雨……要不是我的馬帶人找到了我，恐怕我已經嗚呼哀哉了。」陳到的語句不太連貫，不過廖化大致還是聽懂了。

「七情過度，必定傷身，叔至，子龍剛去世，國家正處在人手捉襟見肘之際，你可要保重啊！」廖化心如刀絞，雖然知道這句話現在毫無意義，但還是忍不住安慰他。

「元儉，子龍的追封下來了麼？」陳到問。

「沒有，但是追諡是必然的，只是時間早晚的問題。」廖化說道，「叔至，死者已矣，子龍如果活著，看見你這樣，他會怎麼想？你還是多考慮一下自己的身體吧。」

「沒用了，子龍之死對我的病起到的只是一個導火線的作用，我的病由來已久了，拖到今日，早已不治。」陳到說著又把話題轉到趙雲的身上：「子龍之前因北伐失利，隨丞相一起貶了官，死時只是一鎮軍將軍，實在是令人感慨，我軍德行最佳的猛將，死時的地位竟然比我還低，直到現在還沒追諡，咳……」

陳到吐了一口血痰，瞬間，淚水迷糊了廖化的雙眼——呂蒙也是死於這種吐血之病，這的確是絕症。

「叔至，我和子龍並無深交，他是個怎麼樣的人？」廖化偷偷擦乾了眼淚，雖然擔心陳到的病情，可是他也不禁對趙雲產生了興趣。

「子龍……我總覺得自己一輩子也沒能走出他的陰影……他與先主一見如故，終生追隨不二，其義何正？當陽長阪喋血大戰，子龍往來衝突，血染戰袍，救出後主，其武何精？桂陽一役，面對絕世女色竟毫不動心，其心何正？留守荊州，一絲不苟，孫夫人見之尚忌憚三分，其威何嚴？東吳虜走後主，子龍單槍匹馬截江，跳上東吳大船，其怒何盛？漢中城一戰，智用空城計，嚇退曹軍數萬，其膽何壯？先主決意攻吳，只有子龍敢力勸，其見何遠？」陳到一興奮，說話一下子連貫了許多，「我不如他，你也不如他，他現在死了，所以在我的記憶中，他幾乎是完美。」

「子龍果然是個了不起的人。」廖化這句話似乎可有可無，可陳到覺得這是廖化在肯定自己對趙雲的評價。

「子龍用一生，詮釋了自己的價值所在，我哪一項都不及他，況且我來日無多，再也沒時間詮釋我的價值了。」陳到苦笑著說，「元儉，你可得抓緊，不知道老天爺還會給你多少時間。」

「叔至，你還記得四十年前，我給你的一條馬鞭麼？」廖化陷入了往事的回憶中，鬼使神差便想起了那條馬鞭，那條彼此之間相互刻字激勵對方的馬鞭。

「怎麼會忘記呢？這麼多年來，我一直都帶在身邊。」陳到笑著說，微微抬起手，指了指身邊的那座支撐鎧甲的支架，廖化看清楚了，一條很破舊的馬鞭，掛在鎧甲的繫腰絲帶上。

廖化輕輕走了過去，解開絲帶，取下了馬鞭，撫摩著鞭子的手柄部分，四十年了，馬鞭早已破舊不堪，鞭身看樣子已經換過好多次了，鞭柄上當年刻下的字，也已經被磨得看不清楚了，廖化將馬鞭放到陳到身邊，說道：「記得嗎？當年我們曾在這裏刻下過字。」

「『天下』！」陳到咬著嘴唇說道：「當我把這兩個字刻在鞭柄上時，它們早已經在我的心中留下了烙印，怎麼可能會忘記？可是你看，只不過四十年的歲月，字已經磨得看不清了，如同我的心境一般，再偉大的雄心壯志，也敵不過漫漫的黃沙與時間的長河，人，終究要歸於一掊黃土，不是麼？」

廖化沒有作答，他從懷中取出一根馬鞭，款式很舊了，可是看得出，這根馬鞭保養得極好，陳到猛然看見鞭柄刻著「太平」兩字。

「叔至，一切都會歸於一掊黃土，但是人們世世代代追求的，無非就是永久的太平，能否為太平付出你的努力，才是詮釋了你生命價值的最大標準，你的一生，應該是無愧於心的，難道還不夠麼？」廖化說完，將鞭子遞到陳到的手裏。陳到接過，輕輕把玩了兩下，說道：「我是無愧於心的，子明、子龍、主公，想必……你們也是吧……」

陳到的聲音越來越輕，突然連續咳血，廖化慌忙叫來大夫，陳到此時已經陷入了重度昏迷，無法吃藥，也無法進食，大夫搭脈後，向廖化絕望地搖了搖頭。

廖化無力的在臥室的一個角落坐下，努力將陳到的相貌和聲音永遠封存在了記憶中，整整三天，不吃不喝不眠，直到他靜靜地離開這個世界。

建興七年（西元二二九年）深秋，為蜀漢事業拚鬥了大半生的宿將陳到，不幸病逝於永安征西將軍府，時年五十二歲。

廖化哭祭陳到完畢，守靈三日後，重新在陳到的馬鞭上刻下了「天下」兩字，並將馬鞭裝入了陳到的靈柩，將自己的刻著「太平」的馬鞭小心翼翼地用油布包裹好，放入懷中，踏上了回廣武的路。

深秋，官路兩旁的參天大樹撒下片片落木，風起，落木捲上半空，如同一張深紅色的幕布，將廖化的背影襯托的零絕淒絕。

「我答應你，在我死的時候，也要做到無愧與心。」廖化在心中暗暗發誓。

如果清醒是「太平」的話，那麼，所有人，都在做著「平天下」的夢，一場持續著無數生命、理想、宿命、痛苦的幻夢。

廖化在此時，終大徹大悟。

後記

本書是以三國時代的將領陳到為主角的歷史題材小說。

陳到其人雖默默無聞，卻非虛構人物，歷史上實有此人。只因他未在羅貫中的《三國演義》中出現，加上當時蜀國不設史官，陳壽在編纂的《三國志》時資料極缺，沒有編寫陳到傳，故使其大名埋沒於歷史的長河中。現在我們也只能從《三國志》中的一些零星史料來瞭解陳到了。

史載，陳到是在劉備當上豫州牧後成為他的屬下，從此追隨劉備南征北戰，事蹟雖不詳，卻以忠勇著稱，名位與趙雲相齊。蜀後主時期，他與趙雲一同被提拔，趙雲為征南將軍，隨諸葛亮北伐，陳到為征西將軍，鎮守蜀國的東大門永安，病逝於任上。

「征南厚重，征西忠克，統時選士，猛將之烈。」這是歷史對陳到唯一的評價，「征南」指趙雲，「征西」即指陳到，語出楊戲的〈季漢輔臣贊〉，若無此贊，則後人將永遠無法得知三國時期尚有這樣一員猛將。

與陳到齊名的趙雲，在羅貫中的筆下，被塑造成了一位幾乎完美的武將，讀過三國的人大多都喜歡趙雲。可以說，羅貫中犧牲了陳到，成功造就了趙雲這樣一位德行俱佳的大將，或者說，羅貫中是將歷史上的趙雲與陳到糅合在了一起，再加上藝術加工，才有了《三國演義》中的趙雲。

三國中尚有不少因《三國演義》「尊劉抑曹」思想而被讀者討厭的角色，如奪下荊州後被關羽靈魂嚇死的呂蒙、水淹七軍後投降關羽的于禁、用計騙徐庶投奔曹營的程昱等，演義中的描寫，或言過其實，或純屬虛構，都不是他們原來的面目，相反的，在《三國志》的記載中，他們個個有膽有識，有著屬於自己的光輝經歷。劉備、諸葛亮、關羽等人也都不是完人，都有著自己的缺點、野心、甚至陰謀，演義的表現跟歷史有著相當大的偏差。

本書就是以一些並不是名動三國的二線人物為主要描寫對象，以陳到的行蹤為主要線索，穿插一些三國的重大事件寫成的，筆者並不喜歡毫無根據的戲說，所以小說中完全虛構的部分相當少，大多數歷史事件都有史可查，年代經過考證，人物個性描寫也多參考史書，希望能塑造幾個三國人物的新形象。

希望讀者能在讀完本書後，會心一笑：「三國裏還有陳到這樣了不起的武將啊。」並用心去體察歷史、感悟歷史，那就是我最大的快樂了。

釀文學99　PG0770

三國天下

作　　者　凌君洋
責任編輯　林泰宏
圖文排版　邱瀞誼
封面設計　陳佩蓉

出版策劃　釀出版
製作發行　秀威資訊科技股份有限公司
114 台北市內湖區瑞光路76巷65號1樓
電話：+886-2-2796-3638　傳真：+886-2-2796-1377
服務信箱：service@showwe.com.tw
http://www.showwe.com.tw
郵政劃撥　19563868　戶名：秀威資訊科技股份有限公司
展售門市　國家書店【松江門市】
104 台北市中山區松江路209號1樓
電話：+886-2-2518-0207　傳真：+886-2-2518-0778
網路訂購　秀威網路書店：http://www.bodbooks.com.tw
國家網路書店：http://www.govbooks.com.tw
法律顧問　毛國樑　律師
總 經 銷　聯合發行股份有限公司
231新北市新店區寶橋路235巷6弄6號4F
電話：+886-2-2917-8022　傳真：+886-2-2915-6275

出版日期　2012年8月　BOD一版
定　　價　590元

Printed in Taiwan

國家圖書館出版品預行編目

三國天下 / 凌君洋著. -- 一版. -- 臺北市：釀出版,
2012.08
面； 公分. --（釀文學99；PG0770）
BOD版
ISBN 978-986-5976-43-9（平裝）

857.7 101009977

讀者回函卡

感謝您購買本書，為提升服務品質，請填妥以下資料，將讀者回函卡直接寄回或傳真本公司，收到您的寶貴意見後，我們會收藏記錄及檢討，謝謝！
如您需要了解本公司最新出版書目、購書優惠或企劃活動，歡迎您上網查詢或下載相關資料：http:// www.showwe.com.tw

您購買的書名：________________________________

出生日期：________年________月________日

學歷：□高中（含）以下　□大專　□研究所（含）以上

職業：□製造業　□金融業　□資訊業　□軍警　□傳播業　□自由業
□服務業　□公務員　□教職　□學生　□家管　□其它____

購書地點：□網路書店　□實體書店　□書展　□郵購　□贈閱　□其他

您從何得知本書的消息？

□網路書店　□實體書店　□網路搜尋　□電子報　□書訊　□雜誌
□傳播媒體　□親友推薦　□網站推薦　□部落格　□其他________

您對本書的評價：（請填代號　1.非常滿意　2.滿意　3.尚可　4.再改進）

封面設計____　版面編排____　內容____　文／譯筆____　價格____

讀完書後您覺得：

□很有收穫　□有收穫　□收穫不多　□沒收穫

對我們的建議：________________________________

____

____

____

請貼
郵票

11466
台北市內湖區瑞光路 76 巷 65 號 1 樓
秀威資訊科技股份有限公司 收
BOD 數位出版事業部

（請沿線對折寄回，謝謝！）

姓　名：＿＿＿＿＿＿＿＿＿＿　年齡：＿＿＿＿　性別：□女　□男

郵遞區號：□□□□□

地　址：＿＿＿＿＿＿＿＿＿＿＿＿＿＿＿＿＿＿＿＿

聯絡電話：(日)＿＿＿＿＿＿＿＿＿＿ (夜)＿＿＿＿＿＿＿＿＿＿

E-mail：＿＿＿＿＿＿＿＿＿＿＿＿＿＿＿＿＿＿＿＿